歷代小説話

五

黄霖 編著

鳳凰出版社

小說考證

蔣瑞藻　撰

是書始纂於一九一〇年，一九一一年起在《神州日報》、《東方雜志》等報刊上登載。如《東方雜志》即從一九一一年三月二十五日第八卷第一號起連載，陸續至一九一八年十二月十五日第十五卷十二號止。一九一三年上海廣益書局即出單行本，收入『古今文藝叢書』第一集。一九一五年商務印書館出十卷單行本，收入『文藝叢刻乙集』。後又將增輯的附録一卷、續編五卷、拾遺一卷與正編合訂成册，由商務印書館於一九一九年出版，一九二〇年、一九二四年、一九二七年、一九三一年等不斷再版印行。上世紀五十年代，古典文學出版社、中華書局上海編輯所又利用舊紙型重印三次，一九八三年上海古籍出版社重新予以標校出版。編著者蔣瑞藻（一八九一——一九二九），字孟潔，號花朝生、羼提居士，浙江諸暨人。最初發表《小説考證》時年僅二十一歲，得到了前輩學者胡寄塵、蔣智由等的賞識。後任教於上海澄衷中學、杭州女子中學，一九二八年應聘之江大學中文教授，因病未就，翌年病歿。現存編著除《小説考證》、《花朝生筆記》外，尚有《小説枝談》、《新古文辭類纂》、《越縵堂詩話》、《續杜工部詩話》、《神州異産後志》等。是書編纂的體例及宗旨於卷首作了説明：『今取各家著述之言小説者，略次其時代之先後，類爲一編，條分縷析，本末井然。熟乎此者，其讀各小説也，如土委地矣。』共收輯了金元以來四百七十餘種小説、戲曲、彈詞、民間小唱等有關資料，其中小説、筆記一百〇八種，戲曲三百二十五種，彈詞及民間小唱十二種，翻譯作品二十五種。所徵引的範圍極爲廣泛，有些材料已十分罕見或亡佚，其中包括蔣瑞藻自己的作品，如《花朝生筆記》（存）、《羼提齋叢話》（佚），竟佔全書的三分之一强。這些文字有考證，有品評，雖『未精審，亦繁博』，且自有所見，足證蔣氏爲二十世紀初研究中國小説戲曲等通俗文學用力最勤的一位學者，其功甚偉。至於魯迅在《小説舊聞鈔序言》中説他『并收傳奇，未曾理析』，這是當時通識，蔣氏在《附録》題詞中説：『子不聞乎，戲劇與小説，異流同源，殊途同歸者也。』故未可深責。

目録

卷一

卷二

卷三

卷四

卷五

卷六

卷七

卷八

卷九

卷十

附録　戲劇考證

續編　卷一

續編　卷二

續編　卷三

續編　卷四

續編　卷五

拾遺

卷一

蔣瑞藻曰：小説者流，蓋出於稗官，街談巷語，道聽塗説者之所造也（《漢·藝文志》）。繇來甚古，然體例不與今同。今之小説，非古之所謂小説也。今之小説，其殆出於宋天聖、嘉祐間乎？傳言仁宗御宇，國家閒暇，朝臣曰進一奇怪之事以娱之。平話日出，海宇風靡。瞿存齋詩所謂『陌頭盲女無愁恨，能撥琵琶説趙家』者，其盛可想。而《青瑣高議》、《宣和遺事》諸書，七字標目，又章回一體所自昉焉。元明而降，分道揚鑣，作者如林，附庸蔚爲大國。雖所言未必可信，所紀未必皆實，而其佳者，頗足以娱樂心目，增廣見聞。或則寓莊於諧，棒喝癡頑，其有功於世道人心，蓋視高文典册無多讓也。孔子所謂『雖小道必有可觀者』，不綦然哉！顧作者往往以游戲出之，著書之由，不以告人，甚則并姓名而隱之。讀者亦徒賞其文章之工妙，事跡之離奇，書之義例若何？原委若何？不過問焉。善讀小説者，當不如是。今取各家著述之言小説者，略次其時代之先後，類爲一編，條分縷析，本末井然。孰乎此者，其讀各小説也，如土委地矣，度亦大雅君子所不棄乎！作《小説考證》。

荆釵記第一

王十朋字龜齡，號梅溪，樂清人。年四十七，魁天下，以書報其弟夢齡、昌齡曰：『今日唱名，蒙恩賜進士及第，惜二親不見，痛不可言。嫂及聞詩、聞禮，可以此示之。』詩、禮，其二子也。此二語者，上念二親，而不以科名爲喜；特報二弟，而不以妻子爲先；孝友之意可見矣。爲御史，首彈丞相史浩，乞專用張浚。上爲出浩帥紹興。又上疏，言舜去四凶，未嘗使之爲十二牧，其忠義蹇諤如此。今世俗所傳《荆釵記》，因梅溪劾史浩八罪，孫汝權實慫恿之，史氏切齒，遂令門客作此傳以蔑之。蓋玉蓮乃梅溪之女，孫乃梅溪同榜進士也。史客故謬其説耳。又有一説，玉蓮實錢氏，本娼家女。初王與之狎，錢心許嫁王。後王狀元及第歸，竟不復顧，錢憤而投江死。二説頗異。大約傳奇中如此假託附會者極多，不足深究耳。（《甌江佚志》）

《梅溪文集》有《令人壙志》，載令人賈氏。王、賈同邑，且世姻，故令人歸於我。初封恭人，再封令人，卒年五十五。又祭令人文云：『子歸於我，今三十年。』其爲世好舊姻，夫婦偕老可知。焉有入贅權門，致妻投江之事？《壙志》又云：『女二人，長嫁國學進士錢萬全。』蓋即錢玉蓮也。撰傳奇者，悠謬其説以誣大賢，實爲可恨。施愚山《矩齋雜記》亦詳辨之。（《浪跡續談》）

褚人穫《堅瓠集》引《南牕閒筆》云：『錢玉蓮，宋名妓，從孫汝權。某寺殿梁上題「信士孫汝權同妻錢玉蓮喜捨」。』又引《聽雨增筆》云：『孫汝權乃宋朝名進士，有文集行世，玉蓮則王十朋之女也。十朋劾史浩八罪，乃汝權唆之。史氏子姓，怨兩人刺骨，遂作《荆釵記》，以玉蓮爲十朋妻，而汝權有奪配事。』此二書，余皆未之見，未知足據不。要之，王十朋事，與蔡中郎同一不根也。（《小浮梅閒話》）

王應奎《柳南隨筆》云：『王梅溪嘗讀書温州江心寺，寺中住持真歇了禪師，知其爲龍種。時寺前埂子山門屢築不就，將成，即有龍潰之。一日，梅溪大醉，禪師進曰：「公能捨山門前一塊土乎？必中狀元無疑矣。」就之乞書券，梅溪醉中戲書與之。其後禪師坐山門乘涼，有一老人拄杖而來，攜一童子索地，出券示之，泣而去，至今寺中寶藏其券焉。寺去桑門三里。桑門，温州城門也。往來嘗與妓錢玉蓮善，約富貴納之。梅溪登第後，三年不還鄉。玉蓮爲人逼嫁，自沉於桑門江口。蜀人破堂和尚，爲錢先生湘靈述之如此。今其事備載湘靈集中。破堂蓋久住江心寺者。』按此則錢玉蓮投江，乃真有其事矣。又戴咸弼《瑣語録》：永嘉林某詩注：『江心孤嶼，中界一川，龍居焉。宋紹興間，木待問讀書於中，老僧知其爲龍，時以酒脯相邀，求施其地。公戲書一券與僧，因填之，遂建堂室。後公登孝宗隆興癸未狀元，以學士卒。龍復起江心，寺僧焚香讀券，乃止。每歲中元日，必建道場，然後風雨以時。』是書券者，非王梅溪也。（《茶香室三鈔》）

董西廂第二

胡元瑞曰：『今世俗搬演戲文，蓋元人雜劇之變，而元人雜劇者，又金人詞説之變也。予考北曲，始董解元。』陶宗儀《輟耕録》云：『董始造《西厢記》，今世傳習已寡。蓋王實父改本盛行，而董書遂微，自元末已然矣。董曲但以弦索彈唱，與元人扮演雜劇不同，當日所謂「詞説體院本」也。董名、字、鄉里，皆不可考，要是才士。曲中製語，有風調獨絶處。如：「愁何似，似一川煙草黄梅雨。」殆不滅南唐，實父往往竊之。』梁廷枏《曲話》，言嘗見楊升庵定本，有唐子畏畫像，刻極工，予未得見。近聞貴池劉氏有重刻本，不知即此本不？（《曲苑叢談》）

《西廂記》，世只知《聖歎外書第六才子》，其餘古本，多不知也，又焉知所謂董解元《西廂》者？販夫俗子無論矣。如明王驥德《西廂凡例》云：『碧筠齋本序言，係前元舊本，第謂是董解元作。』則不知董出於何代。金人瑞痛詆續《西廂》，則又不知原出於此。前人尚復如是，矧又在三百年後耶？毛奇齡《詞話》：『金章宗朝，董解元不知何人，實作《西廂記》彈詞，則有白有曲，專以一人記彈，并念唱之。』《輟耕録》謂金章宗時，董解元所編《西廂記》，世代未遠，尚罕有人能解之者。元人咏《西廂》詞煞尾：『董解元古詞章，關漢卿新韻腔。』關撰雜劇，有《董解元醉走柳絲亭》一本。楊維楨《元宮詞》有云『大金優諫關卿在』，關卿其指漢卿。徐逢吉《西廂》序云：『關漢卿仕於金，金亡，不肯仕元，其節甚高。』則是與董同時，殆即指此董解元乎？施國祈跋董曲，有言隆、萬以前，董曲與關漢卿并稱。胡應麟《莊嶽委談》，亦言董曲今尚行世，精工巧麗，備極才情；而字字本色，言言古意，當是古今傳奇鼻祖，金人一代文獻盡此矣。黄嘉惠刻董曲云：今世所刻，僅見於《四西廂》。《傳是樓書目》載有古本《西廂記》，董解元作。今得董解元《西廂》，是閔齊伋朱墨本，分爲四卷。案：施跋所見海陽黄刻本，分上下二册，已自不同。嗣又到閔遇五六幻本，亦作二册。想從黄本出，惜黄本未得見。董曲無齣名關目，行間全載宫調，引子尾聲，率填樂府方言，不採類書故實。曲多白少，不注工尺，乃優人絃索彈唱者，非扮演雜劇也。黄、閔諸本，有分二册，有分四册，皆以爲未安。四卷本，二卷起

〔商調・定風波〕，與上燒疏白鬲。三卷起〔雙調・文如錦〕，與上紅娘令張生以琴挑之白鬲。四卷〔大石調・玉翼蟬〕起，與上蒲西十里小亭置酒白鬲。二卷本，下本起〔文如錦〕，即齊伋本之三卷卷第一分則，賓白詞曲，都不相屬。既是記彈之體，當以元人雜劇例，次爲一本。兹刻故作長編，不依四卷二卷之舊，并録各家載説，列考據於卷首。齊伋本前有畫圖，多被蠹蝕，無從鈎景。山荆乃摹顧元緯所刻《會真記》之宋陳居中、明唐子畏畫鶯鶯兩像，宋本《會真圖》、《河中普救寺西廂圖》兩圖以冠之。董曲在昔已等於鳳毛麟角；今此本一出，幾同石破天驚。世知《西廂》之鼻祖，有不令人視爲球璧者哉？（《夢鳳樓題識》）

西廂記第三

元微之當元和、長慶間，以詩著名。傳入禁中，宫人能歌詠之，呼爲『元才子』，風流藴藉可知也。其作《鶯鶯傳》，蓋託名張生。復製《會真詩》三十韻，微露其意。而世不悟，乃謂誠有是人者，殆癡人前説夢也。（《歸田詩話》）

《雙文傳》，世以爲元微之自寓。然吾觀元氏《長慶集》中誨侄等詩叙云：『吾生長京城，朋從不少，然而未嘗識倡優之門。』則小説未必真微之事也。（《池北偶談》）

唐鄭太常恒暨崔夫人、鶯鶯合祔墓，在淇水之西北五十里。曰『舊魏縣』，蓋古之淇澳也。明成化間，淇水横溢，土奔石出，秦給事貫所撰誌銘在焉。犁人得之，鬻諸崔氏，爲中亭香案石。久之，尋得。其家有胥吏名吉者識之，遂白於縣令邢某。置之邑治。誌中盛稱夫人四德咸備，乃一辱於元微之《會真記》，再辱於王實父、關漢卿《西厢記》。歷久而誌銘顯出，爲崔氏洗冰玉之耻。亦奇矣！或傳此誌銘又出於康熙初年，崔氏見夢於臨清守。守往學宫，自穢土中清出。夫臨清與淇邑，道里遼遠，何以墓石又在臨清耶？存以備考。（《曠園雜志》）

《西厢》傳奇，本唐人《會真記》，夫人知之矣。惟所謂鄭恒者，據唐宰相世系表，鄭氏二房允伯後，實有名恒之人。今浚縣有一碑，云唐故滎陽鄭府君夫人博陵崔氏合祔墓誌銘。給事郎試太常寺奉禮郎攝衛州司法參軍秦貫撰碑，稱府君諱恒，則即其人也。其云高祖世斌，曾祖元嘉，祖有常，烈考探賢。按世系表，世斌、元嘉，實有之。然恒則敬道之後，世斌、元嘉，則敬德之後，與碑固不符也。據碑，恒享年六十，夫人以大中九年正月十七曰病終，年七十有六。女一人，適范陽盧損之。嗣子六人，項、珮、瑾、玘、璿、琬。考金石者，謂足辨《會真記》之誣。然此有二碑：一碑云，府君諱恒；一碑云，府君諱遇，文皆相同。疑好事者得鄭遇碑，而易其名曰恒，以欺世耳，未足據也。（《小浮梅閒話》）

北詞以《西厢記》爲首，俗傳作於關漢卿。或以爲漢卿不竟其詞，王實父足之。予閲《點鬼簿》，乃王實父作，非漢卿也。實甫，元大都人。所編傳奇，有《芙蓉亭》、《雙蕖怨》等，凡十種。惟《西厢記》盛行於時。（《南濠詩話》）

元人周德清評《西厢》云：六字中三用韻，如『玉宇無塵』内『忽聽一聲猛驚』及『玉驄嬌馬』内『自古相女配夫』，此皆三韻爲難。余謂古女仄聲，夫字平聲，未爲奇也。不如『雲斂星空』内『本宫始終不同』，俱平聲，乃佳耳。然此類凡元人皆能之，不獨《西厢》爲然。如春景時曲云：『柳綿滿天舞旋。』冬景云：『臂中緊封守宫。』又云：『醉烘玉容微紅。』重會時曲云：『女郎兩相對當。』私情時曲云：『玉娘粉妝生香。』《搊梅香》雜劇云：『不妨莫慌我當。』《兩世因緣》云：『怎麽性大便罵。』《歌舞麗春堂》云：『四方八荒萬邦。』俱三韻六字，穩貼圓美，他尚未易枚舉。蓋勝國詞家高處自有在，此特其剩伎耳。我朝周憲王《牡丹仙》雜劇云：『意專向前謝天。』亦元人之亞。（《顧曲雜言》）

世傳實父作《西厢》，至『碧雲天，黄葉地，西風緊，北雁南飛』，構思甚苦。思竭，撲地，遂死。平心論之，四語非不佳妙。然此等句法，元人所不尚，故元曲中亦少見也。（《藤花亭曲話》）

王實甫之撰《西厢》，見《太和正音譜》。王弇州《曲藻》，謂實甫元本至『碧雲黄葉』而止矣。後所續爲關漢卿筆，世謂止於《草橋驚夢》者，非也。今按漢卿所撰曲，多至六十餘本，其目不載《西厢》。且續本多鄙俚不倫之句，尤可疑也。（同上）

《西厢》本唐元稹《會真記》。宋安定郡王趙令畤，填商調《蝶戀花》十二闋述其事，始作鼓子詞。金章宗時，董解元率以方言復譜成曲，乃是優人絃索彈唱體。王實甫又成雜劇四本，每本四折。關漢卿續一本，亦四折。即所謂《西厢》五劇，已一變而爲般衍者。《西厢》實翻董曲，有云漢卿撰而實父續成之，終無定論。王、關皆由金入元，關之名盛於王，或王爲關掩。諸本皆以王撰關續，今仍從其舊也。庚子、辛丑間，從繆藝風丈得閔刻本董解元《西厢》，刊之寧。第求王、關五劇，竟不可得。

嗣在歸安金君拱北許，得閔遇五刻《會真》六幻，亦非五劇本。六幻：曰『幻因』，元才子《會真記》并詩賦説泉唐夢；曰『搊幻』，董解元《西廂記》；曰『劇幻』，王實父《西廂記》；曰『賡幻』，關漢卿《續西廂記》，附《圍棋闖局》、《五劇箋疑》；曰『更幻』，李日華《南西廂記》；曰『幻住』，陸采《南西廂記》，附《園林午夢》。後又得顧玄緯《增補會真記雜録》，王驥德《校注古本西廂記》，徐逢吉《重刻元本顯評音釋西廂記》，陳繼儒《批評音釋西廂記》，正擬合校鍥行。適六弟蘧陸於江寧覓得王、關《西廂》五劇，寄至京邸，喜不自勝。翻閲一過，惜間有涂抹蠹蝕處。聞李君文石，藏有一本，亟假之來。印本極精，一無殘缺。前刊舊目，并載凡例。題即空觀主人識，不署姓名。考訂詳審，悉遵周憲王元本，一字不易置增損。每本後附有解證，至爲精當；圖畫亦極古雅。實父四本目，作《張君瑞鬧道場雜劇》、《崔鶯鶯夜聽琴雜劇》、《張君瑞害相思雜劇》、《草橋店夢鶯鶯雜劇》。關漢卿續一本目，作《張君瑞慶團圓雜劇》。每目爲一本，每本分四折。元人造曲，入場以四折爲度，謂之雜劇。其有連數雜劇而通譜一事，或一劇，或二劇，或三、四、五劇，名爲院本。此合五劇譜一事，仍元曲本色，可稱善本。徐士範、王伯良、陳眉公、閔遇五諸本，瞠乎後矣！大業堂、鬱鬱堂、懷舊堂、芥子園各家所刻《第六才子聖歎外書》，皆坊間俗本，可不具論。伯良序亦言僅毗陵徐士範、秣陵金在衡、錫山顧玄緯三本，稍稱彼善。徐本間詮數語，偶窺一斑。金本時更字句，亦寡中竅。顧本類輯他書，似較賅洽，惜去取弗精，疵謬間出。金在衡本，雖未得見，而世所謂佳本，搜羅幾亡不備。伯良於金本，頗有包彈，又何足重？顧玄緯本，多記載崔、張，兼及題咏，不關詞曲。徐士範本、陳眉公本與閔遇五本，賓白闕目，間有異同。徐本前有首引《西江月》詞説白開場詩，一如傳奇家舊習。《白馬解圍》折内，均已加入周憲王〔仙吕·賞花時〕二折。王伯良本無此二折，較勝於徐、陳、閔三本，然終遜此五劇。士範、伯良兩本，即空觀主人取以參校，凡例中并曾述及。此五劇本，劇目曲白，無不以古爲據，尤駕兩本而上之，宜其以村學究譏伯良。唯是伯良校注，頗具苦心。即空觀主人亦時有推重伯良處，要未可厚非也。徐士範音釋本，目分二十齣，第一《佛殿奇逢》，第二《僧房假寓》，第三《墻角聯吟》，第四《齋壇鬧會》，第五《白馬解圍》，第六《紅娘請燕》，第七《夫人停會》，第八《鶯鶯聽琴》，第九《錦字傳情》，第十《妝臺窺簡》，第十一《乘夜踰墻》，第十二《倩紅問病》，第十三《月下佳期》，第十四《堂前巧辯》，第十五《長亭送别》，第十六《草橋驚夢》，第十七《泥金報捷》，第十八《尺素緘愁》，第十九《鄭恒求配》，第二十《衣錦還鄉》。陳眉公批評本二十目，與徐本同。閔遇五《會真》六幻本，亦分二十目，每本四目。第一本《佛殿奇逢》，《僧寮假館》，《花陰倡和》，《清醮目成》；第二本《白馬解圍》，《東閣邀賓》，《杯酒違盟》，《琴心挑引》；第三本《錦字傳情》，《妝臺窺簡》，《乘夜踰墻》，《倩紅問病》；第四本《月下佳期》，《堂前巧辯》，《長亭送别》，《草橋驚夢》。關漢卿一本，《泥金報捷》，《尺素緘愁》，《詭謀求配》，《衣錦還鄉》。王伯良校注本作五折，每折分四套，亦二十目。第一折四套：《遇艷》，《投禪》，《賡句》，《附齋》。第二折四套：《解圍》，《邀謝》，《負盟》，《寫怨》。第三折四套：《傳書》，《省簡》，《踰垣》，《訂約》。第四折四套：《就歡》，《説合》，《傷離》，《入夢》。第五折四套：《報第》，《酬緘》，《拒婚》，《完配》。大業堂、鬱鬱堂、永懷堂、芥子園諸本目録，每本分四章。第一本四章：《驚艷》，《借閙》。第三本四章：《前候》，《閙簡》，《賴簡》，《後候》。第四本四章：《酬簡》，《拷艷》，《哭宴》，《驚夢》。續本四章：《泥金報捷》，《錦字緘愁》，《鄭恒求配》，《衣錦榮歸》。王本每折後，又各附以題目正名四句：第一，『老夫人開春院』，『崔鶯鶯燒夜香』，『俏紅娘懷好事』，『張君瑞鬧道場』。第二，『張君瑞破賊計』，『莽和尚生殺心』，『小紅娘畫請客』，『崔鶯鶯夜聽琴』。第三，『老夫人命醫士』，『崔鶯鶯寄情詩』，『小紅娘問湯藥』，『張君瑞害相思』。第四，『小紅娘成好事』，『老夫人問由情』，『短長亭斟別酒』，『草橋店夢鶯鶯』。第五，『鄭衙内施巧計』，『老夫人悔姻緣』，『杜將軍大斷案』，『張君瑞兩團圓』。總目四句：『張君瑞要做東床婿』，『法本師住持南瞻地』，『老夫人開燕北堂春』，『崔鶯鶯待月西廂記』。《聖歎外書》，亦有題目、總名四句：『張君瑞巧做東床婿』，『法本師住持南禪地』，『老夫人開宴北堂春』，『崔鶯鶯待月西廂記』。每四章後，亦有題目正名四句：第一，『老夫人開春院』，『崔鶯鶯燒夜香』，『小紅娘傳好事』，『張君瑞鬧道場』。第二，『張君瑞解賊圍』，『小紅娘畫請客』，『老夫人賴婚事』，『崔鶯鶯夜聽琴』。第三，『張君瑞寄情詩』，『小紅娘遞密約』，『崔鶯鶯喬坐衙』，『老夫人問醫藥』。第四，『小紅娘成好事』，『老夫人問由情』，『短長亭斟別酒』，『草橋店夢鶯鶯』。續四章，『小琴童傳捷報』，『崔鶯鶯寄汗衫』，『鄭伯常乾捨命』，『張君瑞慶團圓』。閔本題目正名，第一、第五兩本，與《聖歎外書》同。第二、第四兩本，與王本同。第三本作〔絡絲娘〕煞尾，無題目正名四句。徐本第四齣、第八齣、第十二齣、第十六齣，每齣皆用〔絡絲娘〕煞尾。第二十齣，用隨尾并七律一首：『蒲東蕭寺景荒涼，至此行人暗斷腸。楊柳尚牽當日恨，芙蓉猶帶昔年妝。問紅夜月人何處？共約東風事已忘。惟有多情千古月，夜深依舊照西廂。』題目正名，列在第一齣、第五齣、第六齣、第十三齣、第十七齣之前。第一、第五與閔本、《聖歎外書》多同。第二與王本、閔本同。第三作『小紅娘傳書簡』，『張君瑞害相思』，『老夫人命醫士』，『崔鶯鶯寄情詩』。第四作『小紅娘成好事』，『老夫人問元因』，『長亭上送君瑞』，『草店裏夢鶯鶯』。與王、閔諸本，微有不同。此五劇本題目正名四句，第一本、續一本，徐本、閔本、《聖歎外書》，均與此合。徐、王、閔三本，第二、第四兩目，亦與此合。唯第三作『老夫人命醫士』，『崔鶯鶯寄情詩』，『小紅娘問湯藥』，『張君瑞害相思』，徐、閔、聖歎各本，多與此不同，僅王本與此合。陳本既無題目正名，又不用〔絡絲娘〕煞尾，與各本皆異。閔本只第三本用〔絡絲娘〕煞尾，徐本每四齣後都用之。題目總名四句，徐、陳、閔三本皆無。王本列第二十折後，每本又無〔絡絲娘〕煞尾。即空觀主人言：此有〔絡絲娘〕煞尾者，因四折之體已完，故復爲引下之詞結之，見尚有第二本也。此非復扮色人口中語，乃自爲衆伶人打散語，猶説詞家有分交以下之類，是其打院本家數。王伯良謂：諸本益以〔絡絲娘〕一尾，語既鄙俚，復入他韻，又竊後折意提醒爲之，似搊彈説詞家所謂『且聽下回分解』等語。竟而削去。泰無識矣！詞隱先生答伯良書，其別紙云：『猶有〔絡絲娘〕煞尾二句體，皆已删去。然查《正音譜》，亦已收於越調中。且此等語，非實父不能作。乞仍爲録入於四套後，使完成璧，何如？』可見當時詞隱校訂，亦甚以删削爲非也。此分劇目五本，不用題目總名，是元劇院本體裁。以視各本，其佳處直判若天淵。閔遇五撰《五劇箋疑》，明書『五劇』。每本又分爲四目，大失元人家法。余合各本審定，允推即空觀本爲第一，而士範眉公之《音釋》，伯良之《校注》，遇五之《箋疑》，各有可取，不妨并存。昔既刊董曲，今再刊五劇，得非一大快事？黄嘉惠刻董曲，序言僅見於《四西厢》，以爲熏蕕共器，識者傷之。董解元及王、關、李、陸而外，未見别本。閔遇五《會真六幻説》云：『董、王、關、李、陸，窮描極寫，顛翻簸弄，是合李、陸兩家成《四西厢》。湯若士輯《西厢骰譜》，其最句亦不出董、王、關、李、陸諸家，更可爲《四西厢》作一左徵。』施北研跋《董西厢》云：『不知實父五本，即此曲否？』又云：『不知何人并改南詞以便演劇。』北研未見五劇，并未見李、陸兩本，作是模棱語，愈以見五劇之不易得，而余此刻之可貴也。聖歎謂《續編西厢記》不知出何人之手，益悟前十六篇之獨天仙化人，永非螺螄蚌蛤之所得而蹔近也者，可見讀書之難。王、關藍本於董，聖歎未見董曲，又未見五劇。使其見之，不知若何贊嘆，而於續編，宜不值一笑也。余故綜論《西厢》之全，而爲之解題如右，要亦讀曲者所不廢云。（《夢鳳樓題識》）

明李日華《紫桃軒雜綴》云：『昔人謂谷永字子雲，實作《劇秦美新》，而以累揚雄。宋方士顔洞賓，以採戰邪術昵妓女白牡丹，而以累純陽。憶余筮仕江州理官，上官有向余索《西厢記》者，蓋以世行李日華《西厢》本也。余既辨明，付之一哂。且幸此公未曾留意醫術，不從余覓《本草》，《本草》亦有日華子注也。』按此知明代所行《西厢記》，皆李日華本，自《金聖歎外書》行，而李本廢矣。（《茶香室三鈔》）

沈起評點《西厢記》，言十六闋立名，上下相對，猶乾與坤對，屯與蒙對。以《大易》之體，行《左傳》之法。是其所見，更出金聖歎上，夫亦浪費筆墨已。王圻《續文獻通考》以《西廂記》、《琵琶記》同入經籍類中，究亦失之泛濫。（《九九消夏録》）

毛奇齡《西河詞話》云：『《西廂》久爲人更竄，余求其原本政之，逐字覈實，其書頗行。』按今人祇知有金聖歎之《西廂》，不知有毛西河之《西廂》。（《茶香室續鈔》）

《西廂》一記，李日華以北賡南，可稱輕妄。猶之臧晉叔删訂四夢，將元本佳處，反多掩没，不免斷鶴續鳧之誚。（《關隴輿中偶憶編》）

普救寺在山西蒲州，與文昌閣隔坡。《志》云：『寺有窣堵波，合磚成之。於地擊石，有聲若吠蛤。』過其地，因觀焉。寺甚古而不宏闊，《志》所謂明初并廣化、旌勛、藏海、乾明四寺入焉者，蓋皆傾圮無有矣。寺外西偏有浮屠，高十三層，當即《西廂記》所云『日午當天塔影圓』也。塔前丈餘地有微凹，塔後亦然，蓋瓦石擊久所致。試以石擊凹處，有聲出塔中如巨蛙。土人不知空谷之應響也，遂以爲塔中有大蝦蟆精矣。然擊前地則聲在塔底，擊後地則聲在塔頂，前後上下，所應不同，理未可解。寺建於隋代，塔修於明嘉靖十三年。塔上有宋刻《陀羅尼經》，蓋宋時亦重修之。小兒輩欲聞蝦蟆聲，日以瓦石擊塔，經字漫漶矣。按《志》云：『寺，唐時名西永清院。』五代漢遣郭威討李守貞於河中，周歲城未下。威召院僧問之，曰：『將軍發善心，城即克矣。』威折箭爲誓，翊日果破，乃不戮一人，因改院曰『普救』。是普救之名，五代始有。《西廂記》作於金章宗時董解元，故稱『普救』。何以元稹作《會真記》，已有普救之名？（《竹葉亭雜記》）

《西厢》傳奇：『河中有普救寺。』《畫墁録》：『郭威帥河中，逾年，登浦坂以望城中。憤蒲民固守，曰：「城開日，當盡誅之。」幕府曰：「若然，守愈固矣。」第告之曰：「誅守城者，餘皆免。」城既開，乃即其地爲普救寺。』《蒲志》云：『舊名永清院。院僧與郭威約，城克之日，不戮一人，因改名普救寺。』二書大同小異，然寺名實始五代，傳奇假以成文耳。（《池北偶譚》）

周亮工《書影》云：『輝縣褚丘，去百泉四十里，旁有白馬將軍祠，土人多崔姓者。近又有鄭村，有於褚丘演《崔鄭傳奇》者，土人訟之官。』此與《兩般秋雨庵隨筆》所載西門氏、潘氏，以污蔑其先世成訟事相類。烏有子虛，而乃有自認爲其雲仍者，何也？（《茶香室續鈔》）

宋趙德麟《侯鯖録》，載王性之《傳奇辨正》，乃徵明元微之所作傳奇張生崔鶯鶯事，張生即其自寓也。又載《商調蝶戀花》詞，先有叙。略云：『夫傳奇者，唐元微之所述也。……至今士大夫……無不舉此以爲美話。惜乎不能比之以音律，故不能播之聲樂，形之管絃。……今因暇日，詳觀其文，略其煩褻，分之爲十章。每章之下，屬之以詞。又別爲一曲，載之傳前。詞曰《商調》，曲名《蝶戀花》。句句言情，篇篇見意。奉勞歌伴，先定格調，後聽蕪詞。』按全文凡千餘言，將《會真記》元文，分爲十章，各繫以詞。而傳之前，別爲一曲，傳之末，復綴一曲，故爲詞十有二。此乃南北《西厢》之先河也。今《西厢記》膾炙人口，而此詞則知者鮮矣，因備録之。至《會真》元文，人所共知，故不載焉。

麗質仙娥生玉殿。謫向人間，未免凡情亂。宋玉墻東流美盼，亂花深處曾相見。密意濃歡方有便。不奈浮名，旋遣輕分散。最恨多才情太淺，等閒不念離人怨。

錦額重簾深幾許？繡履彎彎，未省離朱户。强出嬌羞都不語，絳綃頻掩酥胸素。

黛淺愁深妝淡注。怨絶情凝，不肯聊回顧。媚臉未勻新淚污，梅英猶帶春朝露。

懊惱嬌娘情未慣。不道看看，役得人腸斷。萬語千言都不管，蘭房跬步如天遠。

廢寢忘餐思想遍。賴有青鸞，不比憑魚雁。密寫香箋論繾綣，春詞一紙芳心亂。

庭院黄昏春雨霽。一縷深心，百種成牽繫。青翼驀然來報喜，花箋微喻相容意。

待月西廂人不寐。簾影摇光，朱户猶慵閉。花動拂墻紅萼墜，分明疑是情人至。

屈指幽期惟恐誤。恰到春宵，明月當三五。紅影壓墻花密處，花陰便是桃源路。

不謂蘭誠金石固。斂袂怡聲，恣把多才數。惆悵空回誰共語，只應化作朝雲去。

數夕孤眠如度歲。將謂今生，會合終無計。正是斷腸凝望際，雲心捧得嫦娥至。

玉困花柔羞揾淚。端麗妖嬈，不與前時比。人去月斜疑夢寐，衣香猶在妝留臂。

一夢行雲還暫阻。盡把深情，綴作新詩句。幸有青鸞堪密付，良宵從此無虚度。

兩意相歡朝又暮。不奈郎鞭，暫指長安路。最是動人愁怨處，離情盈抱終無語。

碧沼鴛鴦交頸舞。正恁雙棲，又遣分飛去。灑翰贈言終不許，援琴訴盡奴衷素。

曲未成聲先怨慕。忍淚凝情，强作《霓裳序》。彈到離愁凄咽處，弦腸俱斷梨花雨。

別後相思心目亂。不謂芳音，忽寄南來雁。却寫花箋和淚捲，細書方寸教伊看。

獨寐

良宵無計遣。夢裏依稀，暫若尋常見。幽會未終魂已斷，半衾如暖人已遠。　環欲

尺素重重封錦字。未盡幽閨，別後心中事。佩玉綵絲文竹器，願君一見知深意。

長圓絲萬繫。竹上斑斕，總是相思淚。物會見郎人永棄，心馳魂去人千里。　青翼

夢覺高唐雲雨散。十二巫峰，隔斷相思眼。不爲旁人移步懶，爲郎憔悴羞郎見。

不來孤鳳怨。路失桃源，再會終無便。舊恨新愁那計遣，情深何似情俱淺。

鏡破人離何處問？路隔銀河，歲會知猶近。只道近來消瘦損，玉容不見空傳信。　棄

擲前歡殊未忍。豈料盟言，陡頓無憑準。地久天長終有盡，綿綿不似無窮恨。（《茶香室叢鈔》）

錦西厢第四

《會真記》，鶯鶯既委身於人，張生往訪，以詩絶之云：『自從消瘦減容光，萬轉千回懶下床。不爲旁人羞不起，爲郎憔悴欲羞郎。』他書有云，鶯鶯所嫁即鄭恒者。周公魯撰《錦西厢》，截《草橋》以後數折不用。言鶯鶯未嘗歸鄭，紅娘實代之，詩亦紅作，嫁名鶯鶯者。最記其略，亦風流一話枋也。珙宿草橋客店，鶯鶯夢與叙别，受孫飛虎之侮。及覺，與琴童言。琴童亦夢鄭恒大魁，欲取崔氏主婢。珙欲折回，琴童力勸阻之。至京遂病，考官白居易，以『月明三五夜』爲詩題，珙不任構思，録鶯鶯『待月西厢下』之什。草草完卷而出，竟落第。鄭恒哀然中狀元，奉敕與崔氏完婚。乘傳至蒲，鶯

鶯誓死不渝盟。紅娘請於夫人，願以身代。夫人潛攜女遁之博陵。珙既不第，回普救寺訪崔。抵西廂，門庭寂然。法本、法聰俱他出，小沙彌不知委曲，但云崔已適鄭氏而已。珙惘然自失，還宿草橋。思詣恒所與鶯鶯訣，未決也。先是孫飛虎爲杜確誅死，其妻哨聚如故，號『伏虎女將』，欲復夫仇，甘心於珙。至是聞珙歸，引卒圍普救寺。適珙已行，崔家亦無一人在，窮搜亡所得。僅畫扇一柄，乃鶯鶯所橅張生小影，伏虎見而悦之，欲劫去以爲夫。復赴草橋，圍店大索。珙恐，將自裁。琴童易珙衣冠出見，珙得遁去。而伏虎夜醉，不及細察，遂與狎。及明視之，不與畫中人類。詰得其實，大怒，欲飲以刃。既念夜來已定情矣，天也。竟委身事之，奉爲盜魁。珙既脱，則往訪恒，自稱與崔氏外兄弟也，恒館之，而自赴宴去。紅娘聞珙至，舊妝出，不言代嫁事。唯讓珙來遲，致渝前約。袖出『自從消瘦減容光』一首，言奉鶯鶯命與君者，且趣速去。翩然而入，不復再見。珙恚甚，辭恒入京，往投白居易，蓋素相知者，居易許爲之地。會德宗有意搜落卷，得珙詩，賞之。問居易頗識其人不，對以適主臣。召見，用前題命作古詩，稱旨，賜進士及第。因奏鄭恒强奪其妻，詔居易審鞫。恒殊茫然，以問紅娘，紅娘云：『無之，奈何聽妄人言。』恒恨珙甚，時吐蕃入寇，嗾張延賞以將才薦珙往討。珙文士，素不習軍旅事，爲吐蕃所困，幾不免。琴童聞之，與妻七絃帥師解其圍，大敗吐蕃軍。捷聞，居易甚喜，益欲詰崔鄭事。紅娘度不能隱，具以語恒。居易以聞，詔鶯鶯歸於珙。珙遣琴童如博陵迎崔母女，始復與鶯鶯相聚。恒亦攜紅娘來謁，老夫人認爲母女焉。按《會真記》，張文戰不利，遂止於京。歲餘，崔委身於人，張亦別有所娶。後因其夫言於崔，求以外兄見，崔不許，潛賦一詩云云授之。劇中紅娘代嫁，張生往訪，本此。元稹撰記，張君瑞固其自寓。白樂天元與微之交好，公魯因牽連及之，以供點染。張延賞之相，在德宗中葉。元、白登仕籍，亦已相及。其云『會作賦的楊巨源』者，記云：所善楊巨源，好屬詞，爲賦崔娘詩一絶云：『清潤潘郎玉不如，中庭蕙草雪消初。風流才子多春思，腸斷蕭娘一紙書。』皆非漫然引入者。特是崔張鴛鴦牒，究何預千百年後人事，乃强爲之作撮合山哉！文士好事，大可笑爾。（《閒居雜綴》）

不了緣第五

《西厢》各種，皆衍崔鶯鶯張君瑞完配，蓋據《會真記》前半，而翻易其後半也。有作《不了緣》傳奇者，則以鶯鶯歸鄭恒，而崔張爲不了之緣。《西厢》面目，始全改矣。觀『棄置』一詩，有『憐取眼前人』之句，則是元稹已娶韋氏之後。其詢雖怨，而相戀之意，殆猶未盡。《不了緣》之名，所謂招因帶果，又添一種公案也。（同上）

拜月亭第六

何元朗謂《拜月亭》勝《琵琶記》，而王弇州力争以爲不然，此王識見未到處。《琵琶記》無論襲舊太多，與《西厢》同病，且其曲無一句可入絃索者。《拜月》則字字穩貼，與彈搊膠黏，蓋南曲全本可上絃索者，唯此耳。至於《走雨》、《錯認》、《拜月》諸折，俱問答往來，不用賓白，固爲高手。即『旦兒髻雲堆』小曲，模擬閨秀嬌憨情態，活脱逼真。《琵琶》『咽糠』、『描真』雖佳，亦終不及也。向曾與王房仲談此曲，渠亦謂乃翁持論未確。且云不特别詞之佳，即如聶古、陀滿争遷都，俱是兩人胸臆見解，絶無奏疏套子，亦非今人所解。余深服其言。若《西厢》才華富贍，北詞大本，未有能繼之者。終是肉勝於骨，所以讓《拜月》一頭地。元人以鄭、馬、關、白爲四大家，而不及王實甫，有以也。《拜月》後小半，已爲俗工删改，非復舊本矣。今細閲《拜新月》以後，無一詞可入選者，便知此語非謬。（《顧曲雜言》）

往年癸巳，吴中諸公子習武，爲江南撫臣朱鑒塘所訐。謂諸公子且反，以其贈客詩云：『君實有心追季布，蓬門無計託朱家。』爲謀反確證。給事中趙完璧因據以上聞。時三相皆吴越人，恐上遂信爲真，汲疏請行撫按會勘虚實。會朱已去任，有代爲解者曰：『此《拜月亭》曲中陀滿興福投蔣世隆，蔣因有此句贈答，非創作者。』因取坊間刻本證之，果然。諸公子獄始漸解。王房仲，亦諸公子中一人也。今細閲新舊刻本，俱無此一聯。豈大獄興時，憎其連累，削去此二句耶？或云，《拜月》初無是詩，特解紛者，詭爲此説，以代聊城矢耳，豈其然乎？（同上）

漢宫秋第七

王嬙事之具正史者，《漢書·匈奴傳》：竟寧元年，呼韓邪單于復入朝，自言願婿漢氏以自親。元帝以後宫良家子王嬙字昭君賜單于，號『寧胡閼氏』。生一男伊屠智牙師，爲右日逐王。呼韓邪死，立雕陶莫皋爲復株絫若鞮單于，復妻王昭君。生二女，長女雲，爲須卜居次，小女爲當于居次。

新都侯王莽秉政，乃風單于，令遣王昭君女須卜居次雲入侍。顔師古曰：『雲者，其女名。』《後漢書·南匈奴傳》：昭君字嬙，南郡人也。初元帝時，以良家子選入掖庭。呼韓邪來朝，帝敕以宫女五人賜之。昭君入宫數歲，不得見御，積悲怨，乃請掖庭令求行。呼韓邪臨辭大會，帝召五女以示之。昭君豐容靚飾，光明漢宫，顧景徘徊，竦動左右。帝見大驚，意欲留之，而難於失信。遂與匈奴，生二子。及呼韓邪死，其前閼氏子代立，欲妻之。昭君上書求歸，成帝敕令從胡俗，遂復爲後單于閼氏。前後《漢書》所言止此。至《西京雜記》，乃有誅畫工之説。所誅畫工，毛延壽、陳敞、劉白、龔寬、陽望、樊育，不止一毛延壽也。至馬上琵琶，實非昭君事。《文選》有石季倫《王明君詞》一首，其叙曰：『昔公主嫁烏孫，令琵琶馬上作樂，以慰其道路之思。其送明君，亦必爾也。』然則琵琶作樂，乃因烏孫公主而推之昭君，想當然耳。而至今流布丹青，傳之樂府，杜少陵亦有『千載琵琶』之句矣。《琴操》曰：『王昭君者，齊國王襄女。年十七，獻元帝。』此可補《漢書》所未及。《琴操》又云：『昭君吞藥而死。』此殆如《長笛賦》所云『屈平適樂國，介推還受禄』，非事實也。元人馬致遠《漢宫秋》曲云：『明妃和親，行至黑龍江，投江而死。』良由惜其淪落，故創此説爲美人一灑之。事雖失真，不必辨也。

（《小浮梅閒話》）

燕子樓第八

《白樂天集》有《賀燕子樓詩》，其序云：徐州張尚書，有愛妓盼盼，善歌舞，雅多風態。予爲校書郎時，游淮、泗間。張尚書宴予，酒酣，出盼盼佐歡。予因贈詩，落句云：『醉嬌勝不得，風裊牡丹花。』一歡而去，爾後絶不復知，兹一紀矣。昨日司勛員外郎張仲素繪之訪予，因吟詩有《燕子樓詩》三首，詞甚婉麗。詰其由，乃盼盼所作也。繪之從事武寧累年，頗知盼盼始末。云張尚書既没，彭城有張氏書第，中有小樓，名燕子。盼盼念舊愛而不嫁，居是樓十餘年，於今尚在。盼詩有云：『樓上殘燈伴曉霜，夜眠人起合歡床。相思一夜知多少，地角天涯不是長。』又：『北邙松柏鎖愁煙，燕子樓中思悄然。自埋劍履歌塵散，紅褪香消二十年。』又：『適看鴻雁岳陽回，又覩玄禽逼社來。瑶瑟玉簫無意緒，任從蛛網任從灰。』余愛而和之云：『滿窗明月滿簾霜，被冷燈殘拂卧床。燕子樓中寒月夜，秋來衹爲一人長。』又：『鈿帶羅衫色似煙，幾回欲起即潸然。自從不舞《霓裳曲》，疊在空箱二十年。』又：『今春有客淮陽回，曾到尚書墓上來。見説白楊堪作柱，争教紅粉不成灰。』又贈詩云：『黄金不惜買蛾眉，揀得如花四五枝。歌舞教成心力盡，一朝身去不相隨。』後仲素以余詩示盼盼，乃反復讀之。泣曰：『自公薨後，妾非不能死；恐百載之後，人以我公重色，有從死之妾，是玷我公清範也，所以偷生爾。』和白公詩曰：『自守空樓斂恨眉，形同春後牡丹枝。舍人不會人深意，訝道泉臺不相隨。』盼盼得詩後，悁悁旬日，不食而卒。但吟詩云：『兒童不識翀天物，漫把青泥污雪毫。』元王仲謀惲《秋澗集》，有《燕子樓傳》，序次詳贍，侯正卿《燕子樓傳奇》之所本也。正卿，真定人，自號艮齋先生。（《見山樓叢録》）

杏花莊第九

《杏花莊傳奇》，一名《李逵負荆》，元康進之撰，衍酒家王林者，有女曰『滿堂嬌』，住杏花莊，地鄰梁山泊。宋江部下，多至其家沽飲。有宋剛、魯智恩者，冒宋江、魯智深名以往。林與二人故不相識，敬禮之，出女勸酒。剛解紅錦襖與女，旋掠之去。會清明，江令諸首領回里掃墓。李逵過林，見其狀悲苦，詰之，具以告。逵怒甚，許爲索還。持斧入寨，欲殺江、智深。江不知所以，令吴用詰問，始得其故。江曰：『無之。』逵不信，以錦襖爲徵。江令立軍狀，與智深同詣林居，真則死，不亦去逵頭。及問林，林曰：『非也。』逵慚，負荆請罪。江謂擒得假宋、魯，即不問。王林既知劫滿堂嬌者非江，又恐逵見誅，適剛又至，乃潛通知寨中。逵至，擒剛及智恩歸，手刃之，獲滿堂嬌還諸林。事本《水滸傳》，姓名、關目微有不同。兩書皆憑空結撰，不必辨也。進之，元詞家，《群英樂府》評爲『花裏啼鶯』。（同上）

崔護渴漿第十

元人《崔護渴漿雜劇》有二本：其一白樸撰，樸，真定人，文舉之子，字仁父，號蘭谷先生；其一尚仲賢撰，與樸同時，亦真定人。所記皆即孟棨《本事詩》中事，標出『酒渴求漿』以爲名也。後人因而緣飾之，或作《題門記》，或作《桃花莊》，或作《人面桃花》。《本事詩》不言崔護爲何時人，故或以爲

與王維友，或以爲與裴航友。女子姓名，亦隨意撰出，不可爲典要也。（同上）

城南柳第十一

元人雜劇，有《吕洞賓度城南柳》事。據宋鄭景望《蒙齋筆談》云：余記童子時，見大父魏公，自湖北罷官還，道岳州，客有言洞賓事者，云前歲嘗過城南一古寺，題二詩壁間而去。其一云：『獨自行時獨自坐，無限時人不識我。唯有城南老樹精，分明知道神仙過。』説者云，寺有大古松，吕始至時，無能知者。有老人自松顛徐下致恭，故詩云然。然則老樹乃松也，非柳也。傳寫者誤老樹精爲柳樹精爾。洪邁《夷堅志》云：『岳州城南有吕仙翁詩，所謂「惟有城南老樹精，分明知道神仙過」也。至建炎中，松猶存。紹興二十三年，大風拔樹無數，此松遂枯。有道人適至，折巳仆一枝插於旁，咒曰：「彼處難安身，移來這裏活。」自是日以暢茂，即今稚松也。道人蓋翁云。』然則此松當日，固在人耳目前，豈得改爲柳也？（《小浮梅閒話》）

琵琶記第十二

元末，永嘉高明，字則誠，登至正四年進士，歷任慶元路推官，文行之名重一時。見方國珍來據慶元，避世於鄞社，以詞曲自娱。因劉後村有『死後是非誰管得，滿村聽唱蔡中郎』之句，因編《琵琶記》，用雪伯喈之耻。其曲調拔萃前人。入國朝，遣使徵辟，辭以心恙不就。使復命，上曰：『朕聞其名欲用之，原來福薄。』既卒，有以其《記》進者，上覽畢曰：『《五經》、《四書》如五穀，家家不可缺。高明此《記》，如珍羞百味，富貴家其可缺耶？』其見推許如此。今流傳華夷，不負所學云。（《閒中今古記》）

葉子奇《草木子》云：『戲文始於王魁，永嘉人作之。』《莊嶽委談》云：『今王魁本又不傳，而傳《琵琶記》，《琵琶記》亦永嘉人作。』《留青日札》云：『時有王四者，能詞曲，高則誠與之友善，勸之仕。登第後，即棄其妻而贅於太師不花家。則誠悔之，因借此記以諷。名琵琶者，取其四王字爲王四。元人呼牛爲不花，故謂之牛太師。而伯喈曾附董卓，乃以之託名也。太祖微時，嘗賞此《記》。及登極，乃捕王四置之極刑。』又《説郛》載唐人小説云：『牛相國僧孺之子繁，與蔡生文字交。尋同舉進士，才蔡生，欲以女弟適之，蔡已有妻趙矣，力辭不得。後牛氏與趙處，能卑順自將，蔡官至節度副使。』其姓氏相同，一至於此，則誠何不直舉其人，而顧誣蔑賢者耶？按《太平廣記》引《玉泉子》云：『鄧敞初以孤寒不第，牛僧孺子蔚謂曰：「吾有女弟，子能婚，當相爲展力，寧一第耶？」時敞已婿李氏，顧私利其言，許之。既登第，就牛氏親。不日挈牛氏歸，李撫膺大哭。牛知其賣己也，請見曰：「吾父爲宰相，豈無一嫁處耶？其不幸豈唯夫人，今願一與共之。」李感其言，卒同處終身。』乃知則誠所本者，《太平廣記》也。今考蔡邕父名棱，字伯直，見《後漢書注》。其母袁氏，曜卿姑也，見《博物志》。《琵琶記》作蔡從簡、秦氏，其亦故爲悠謬，與《荆釵記》同一狡獪與。（《浪迹續談》）

元高則誠《琵琶記》，本爲王四而作，記以琵琶名，以其中有四王字也。託名蔡邕者，以王四少賤，嘗爲人種菜也。按唐李肇《國史補》載，江西有驛官，以幹事自任。白刺史，驛已理，請一視之。初一室爲酒庫，其外畫神曰杜康。又一室曰茶庫，復有神曰陸羽。又一室曰菹庫，復有神曰蔡伯喈。則『蔡』、『菜』同音，沿訛已久。元曲以菜傭曰蔡邕，非無自矣。唯《後漢書》本傳云：『父棱，亦有清白行，謚曰貞定公。』注又引祖攜碑云：『攜字叔業，順帝時，以司空高第，遷新蔡長，年七十九卒。長子棱，字伯直，處俗孤黨，不洽於時。衆翼華髮，人爵不升，年五十三卒。』則中郎家世，犁然可考，不似俗所傳也。陸放翁詩云：『身後是非誰管得，滿村聽唱蔡中郎。』然則中郎之事，流傳失真，不始於元曲矣。長洲褚人穫《堅瓠集》引唐人小説云：『唐有蔡節度者，微時與牛相國僧孺之子繁同學，邂逅文字交。尋同舉進士，才蔡生，欲以女弟妻蔡，蔡已有妻趙矣，力辭不得。既而牛能將順於趙，趙亦無妨於牛，東嘉感其事而作此書。』果有此事，則與《琵琶記》適合。惟唐人小説，不知何書。考《玉泉子》所載，於牛丞相女頗符，而蔡、趙皆不合。未知《堅瓠集》所引，即此事否？恐亦不足據也。（《小浮梅閒話》）

蔡中郎入贅牛府一事，人知賢者受誣。但其被誣之故，始終未明。或以爲牛思黯之女，或以爲鄧生事附會。如王弇州、胡元瑞輩，皆有説甚辨，而實未必然。又傳聞元人實有此事，蓋不花丞相逼狀元入贅，故作此以譏之。因元人語，以牛馬爲不花也。此説似近理。但余觀陸務觀詩：『斜陽古道柳家莊，負鼓盲翁正作場。死後是非誰管得，滿村聽説蔡中郎。』則伯喈受誣，在宋時已不能雪，不始於高則誠造口業也。弇州諸公辨證，徒詞費耳。陸詩有云劉後村作者，誤。（《顧曲雜言》）

高則誠《琵琶記》，相傳以爲刺王四而作。駕部許周生先生宗彦，嘗語余云：『此殆指蔡卞事也。卞棄妻而娶荆公之女，故人作此以譏之。其曰「牛相」者，言介父之性如牛也。』余曰：『若然，則元人紀宋時事，斥言之可耳，何必影借中郎耶？』先生曰：『放翁詩「斜陽古道」云云，則斯劇本起於宋時，或東嘉潤色之耳。然則宋之《琵琶記》，爲刺蔡卞；元之《琵琶記》，爲刺王四；兩説并存可也。』（《兩般秋雨庵隨筆》）

高明撰《琵琶記》，填至《吃糠》一折，有『糠和米一處飛』之句。案上兩燭光，合而爲一，交輝久之乃解。好事者以爲文字之祥，爲作瑞光樓以旌之。（《藝苑卮言》）

南戲始於宋光宗時，永嘉人作《貞女》、《王魁》二傳。或曰濫觴於宣和。然自南渡始盛行，號曰『永嘉雜劇』。又曰『鶻伶聲』，其始皆用宋詞，而益以里巷歌謡，不盡叶宫調，士大夫少留意者。元初北曲流行，風靡南土，宋詞遂絶，而南戲亦衰。順帝時，稍稍復興，曲流行，風靡南土，宋詞遂絶，而南戲亦衰。順帝時，稍稍復興，終不逮北曲。及永嘉高則誠造《琵琶記》，新詞妙律，冠絶當代，卓然與北曲并峙矣。（《曲苑叢談》）

臧晋叔云：『自高則誠作《琵琶記》，首爲「不尋宫數調」之説，以掩其短。世遂謂曲嚴於北，而疏於南。而徐文長則謂此正則誠高處。則誠避亂四明櫟社，撰《琵琶記》，坐卧一小樓，三年而後成。其桌按拍處，板皆爲穿，亦非不知律者。』（同上）

朱竹垞《静志居詩話》：『高明，字則誠。顧仲瑛輯元耆舊詩，爲《玉山雅集》、《中謡》高則誠作。

稱其長才碩學，爲時名流，可知則誠不專以詞曲擅美也。』蔣仲舒《堯山堂外紀》謂撰《琵琶記》者乃高拭，其字則成，别是一人。涵虚子《曲譜》，有高拭而無高明，蔣氏或有所據。按《琵琶記》爲高則誠撰，舉世皆知。今觀此則又有異説矣。（《茶香室三鈔》）

《静志居詩話》又曰：楊廉夫有《送沙可學序》，其略曰：『某官來總行省事，求從事掾之賢能者。首得一人焉，曰「沙可學氏」。又得一人焉，曰「高則誠氏」。又得一人焉，曰「葛元哲氏」。三人者用，而浙稱治。』然則高明兼以政事稱矣。（同上）

王晫《今世説》，載嘉興王翃，字介人。少失學，《論》、《孟》不卒讀，識字而已。弱冠偶覽《琵琶記》，忻然會意曰：『此無難，吾亦能之。』即據案咿唔學填詞，竟合律。自後學不稍懈，工詞曲，遂能詩。所著《二槐草存》，有『前路夕陽外，行人春草中』句，爲陳子龍所賞，此豈《琵琶記》所有耶？滄浪論詩，謂詩有别才，洵已。然此不過天機偶爾凑泊，得魚得兔，筌蹄久棄。若必從此中求文章，則是金聖歎一流見識矣。（《九九消夏録》）

三國志演義第十三

明人作《琵琶記》傳奇，而陸放翁已有『滿村聽唱蔡中郎』之句。今世所傳《三國演義》，亦明人作。然《東坡集・記王彭論曹劉之澤》云：『塗巷小兒薄劣，爲其家所厭苦。輒與數錢，令聚坐聽説古話。至説三國事，聞玄德敗，則嚬蹙有出涕者；聞曹操敗，則喜躍暢快。以是知君子小人之澤，百世不斷。』云云。是北宋時已有衍說三國野史者矣。又李義山《驕兒詩》:『或謔張飛胡,或笑鄧艾吃。』似當日俳優,已有以益德爲戲弄者。(《交翠軒筆記》)

《關西故事》載『關公本不姓關,少時力最猛,不可檢束,父母怒而閉之後園空室。一夕,啓窗越出,聞墻東有女子啼哭甚悲,有老人相向而哭,怪而排墻詢之。老者訴云:「我女已受聘,而本縣舅爺聞女有色,欲娶爲妾。我訴之尹,反受叱罵,以此相泣。」公聞大怒,仗劍徑往縣署,殺尹并其舅而逃。至潼關,聞關門圖形捕之甚亟。伏於水旁,掬水洗面,自照其形,顔色變蒼赤,不復認識。挺身至關,關主詰問,隨口指「關」爲姓,後不復易。東行至涿州,張益德在州賣肉,其賣止於午。午後即將所存肉下懸井中,舉五百斤大石掩其上曰:「能舉此石者與之肉。」公適至,舉石輕如彈丸,攜肉而行。張追及,與之角,力相敵,莫能解。而劉玄德賣草履亦至,從而禦止。三人共譚,意氣相投,遂結桃園之盟』云。語多荒誕不經,殆《演義》所由出與?(《歸田瑣記》)

《三國志演義》言王允獻貂蟬於董卓,作連環計。正史中實無貂蟬之名,唯《董卓傳》云『卓嘗使布守中閤,布與卓侍婢私通』云云。李長吉作《呂將軍歌》云:『榼榼銀龜摇白馬,傅粉女郎大旗下。』蓋即指貂蟬事,而小說從而演之也。黄右原告余曰:《開元占經》卷三十三:『熒惑犯須女』占。注云:『《漢書通志》:曹操未得志,先誘董卓,進刁蟬以惑其君。』此事異同不可考,而刁蟬之即貂蟬,則確有其人矣。《漢書通志》今亦不傳,無以斷之。(《浪跡續談》)

《三國志演義》言關公有裨將周倉甚勇,而正史中實無其人。惟《魯肅傳》云:『肅邀與關相見,各駐兵馬百步上，但諸將軍單刀俱會，肅因責數關云云，語未究竟，坐有一人曰：「夫土地者，惟德所在耳，何常之有？」肅厲聲呵之，詞色甚切。關操刀起謂曰：「此自國家事，是人何知？」目之使去。』疑此人即周倉。明人小説似即因此而演。『單刀』二字，亦從此傳中出也。然元人魯貞作《漢壽亭侯碑》，已有『乘赤兔兮從周倉』語，則明以前已有其説矣。今《山西通志》云：『周將軍倉，平陸人；初爲張寶將，後遇關公於卧牛山，遂相從；於樊城之役生擒龐德，後守麥城，死之。』亦見《順德府志》，謂與參軍王甫同死。則里居事跡，卓然可紀，未可以正史偶遺其名而疑之。又王緘《秋燈叢話》：『周將軍倉殉節麥城，而墓無可考，稽其遺跡，即長坂坡曹、劉交兵處焉。因訪麥城故址，在邑東南四十里。久被沮水衝坍成河，僅存堤塍，名曰「麥城堤」。有任生者，夢將軍示以葬所，遂告知縣陳公，掘其地，深丈許，露石墳一座，頗堅古，乃掩之而封樹其上，植碑以表焉。或有疑任生之作僞者，夫去地丈餘，烏知有墓？且一經掘視，昭然不爽。英靈所格，豈子虛哉？』（同上）

玉泉山在當陽西三十里，形如覆舟，叠嶂回環，飛泉迤邐，爲四大名山之一。山麓有寺，創自隋開皇間。有禪師智顗者，來自天臺，愛此山佳勝，欲建寺，而沮洳旋繞，無基可卜。乃入定喬木之下，見金甲神謂曰：『余漢壽亭侯也，願捨此地爲挂錫處。請安禪七日，以觀其效。』至期之夕，萬壑震動，風號雷厲，化湫潭爲基址，而寺果成。事上，隋主賜額『玉泉』。其説載《山志》及邑乘中。前明孫松山作《關廟記》，謂浮屠立不經説，以侯願護法玉泉，誣侯實甚。余宰當陽，詢諸父老，皆稱其異。且云：『掘地尺餘即水。』試之，良然，又理之不可解也。寺東爲顯烈廟，有華表勒『漢壽亭侯顯烈

處』，蓋因帝顯聖建寺以答神功者。《三國演義》謂帝殉節後，顯聖於普淨禪師。考之志乘，并無其事，未知何據。（《秋燈叢話》）

王允與呂布謀誅董卓，初無婦人預其事。惟《後漢書·呂布傳》曰：『卓以布爲騎都尉，誓爲父子，甚愛信之。嘗小失意，卓拔手戟擲之，布拳捷得免，由是陰怨於卓。卓又使布守中閤，而私與傅婢情通，益不自安。』然則鳳儀擲戟，俗傳固出有因。而所謂貂蟬者，殆即因婢事而附會成之也。《後漢書·董卓傳》：『卓朝服升車，既而馬驚墮泥，還入更衣，其少妻止之，卓不從。』此少妻當別一人，非即呂布所通之傅婢也。至呂布妻，不詳何人。《三國志·呂布傳》注引《英雄記》曰：『布見備，甚敬之，請備於帳中，坐婦床上，令婦向拜，酌酒飲食。』又云：『建安元年六月夜半時，布將河內郝萌反，將兵入布所治下邳府，詣廳事閤外，同聲大呼。布不知反者爲誰，直牽婦，科頭袒衣，相將從溷上排壁出，詣都督高順營。』又曰：『布欲令陳宮、高順守城，自將騎斷太祖糧道。布妻謂曰：「宮、順素不和，將軍一出，宮、順必不肯同心共守城也。如有蹉跌，將軍當於何自立乎？妾昔在長安，已爲將軍所棄，賴得龐舒私藏妾身耳，今不須顧妾也。」布得妻言，愁悶不能自決。』是布固唯婦言是用，然不知妻爲誰氏也。又《關雲長傳》注引《蜀記》曰：『曹公與劉備圍呂布於下邳。雲長啓公，布使秦宜祿行求救，乞娶其妻，公許之。臨破，又屢啓於公。公疑其有異色，先遣迎看，因自留之，雲長心不自安。』據此則呂布妻必美，且又牽涉關公。雜劇有『關公月下斬貂蟬』事，亦因此附會也。（《小浮梅閒話》）

魏叔子《日録》云：『料事者，先料人。能料愚者，不能料知；能料知者，并不能料愚。余嘗覽《三國演義》，孔明於空城中焚香掃地，司馬懿遇之而退；若遇今日山賊，直入城門，捉將孔明去矣。』叔子之言良是，然孔明空城一事自出郭冲所紀《諸葛隱謀》五事，非盡《演義》之説。冲之所記不確，裴松之《蜀志》已駁之。惟《通鑒》蕭承之事，乃絶相類。元嘉中，魏攻洮南，太守蕭承之率數百人禦之。魏衆大集，承之使偃兵開門。衆曰：『賊衆我寡，奈何輕之？』承之曰：『今懸守窮城，事已危急；若復示弱，必爲所屠，唯當見强以待之耳。』魏人疑有伏兵，遂引去。此殆聞冲之説而用之者！（《松煙小録》）

俗傳關公善用刀，至今有『關刀』之名。考之正史，張益德之用矛，則洵有之。《本傳》云：『先主奔江南，曹公追之，一日一夜，及於當陽之長坂。飛據水斷橋，瞋目横矛曰：「身是張益德也，可來共決死！」』此張益德用矛之證也。關公《本傳》，無一『刀』字。傳云：『紹遣大將軍顔良攻東郡太守劉延於白馬，曹公使張遼及羽爲先鋒擊之。羽望見良麾蓋，策馬刺良於萬衆之中。』按：《周禮·考工記》：『刺兵欲無蜎。』鄭注云：『刺兵，矛屬。』古人用字精審，《關公傳》既用『刺』字，則其殺顔良，疑亦用矛；若用刀，必不云刺也。《吴志·魯肅傳》：『肅住益陽，與羽相距。肅邀羽相見，各駐兵馬百步上，但諸將軍單刀俱會。』此却有一『刀』字，然恐是佩刀爾。明章潢《圖書編》軍器類中，列鞭、鐗二圖，稱鞭爲尉遲敬德所用，鐗爲秦叔寶所用，識者譏之。世稱關刀，殆亦秦鐗、尉遲鞭之類也。（按陶弘景《刀劍録》云：關雲長爲先主所重，不惜身命，自採都山鐵爲二刀，銘曰『萬人』。及雲長敗，解刀投之水中。關公有刀，此其一證。然似是佩刀。又其刀凡二，與《演義》所謂青龍偃月者不合。惟明包汝楫《南中記聞》載荆門州南十五里，地名掇刀石，有關帝廟，神坐右偏，帝所用大刀插石竅上，摇之則動，提之不能起，廟僧云重一百八十斤，刀杆圍可七八寸，刀脊甚厚，長一丈四五尺許，色澤蒼紺，體式精致雄壯。又似關公實有大刀矣。未知足據否。）又考殺顔良事，見《本傳》。至文丑則非關公所殺。《魏志·武帝紀》云：『紹騎將文丑，與劉備將五六千騎前後至。縱兵擊，大破之，斬丑。』世以顔良、文丑并關公所殺，非事實矣。（案：洪邁《容齋二筆》有云：關公手斬袁紹二將顔良、文丑於萬衆之中，知宋時俗傳已如此，《演義》非無所本者。然以景盧之博洽而猶有此失，何也？）又殺良、丑，在建安五年。之六年，紹使劉備略汝南，汝南賊共都等應之。遣蔡揚擊都不利，爲都所破。是蔡揚事與顔良、文丑事，不在一年。世并以蔡揚爲關公所殺，更失之矣。諸葛武侯六出祁山，亦增飾之談。考《蜀志·諸葛亮傳》：建興五年，帥諸軍北駐漢中。六年，身帥諸軍攻祁山，馬謖爲張郃所破，亮拔西縣千餘家，還於漢中。此一出也。是年冬，亮復出散關，圍陳倉，曹真拒之，亮糧盡而還。此再出也。七年，亮遣陳式攻武都、陰平，魏雍州刺史郭淮帥衆欲攻式，亮自出至建威，淮退還，遂平二郡。此三出也。九年，亮復出祁山，糧盡退軍。此四出也。十二年春，亮帥大衆由斜谷出，據武功五丈原。其年八月亮疾病，卒於軍。此五出也。然則亮自出伐魏，止有五次；且惟第一次、第四次至祁山。則六出祁山，非事實矣。《後主傳》：建興五年春，書『丞相亮出屯漢中』。六年春，又書『亮出攻祁山』。以亮本傳考之，此實一役。蓋以五年出，六年還也。俗傳六出，或即因《後主傳》分書兩年

而致誤耳。（《小浮梅閒話》）

宋范公偁《過庭録》曰：『忠宣守信陽時，漢上有巨賊曰羅塹，擁衆直壓郡界。忠宣集郡僚謀守禦，皆懦怯無敢當者。有酒吏秦生請行，獨以數十騎直對敵壘。賊副小關索者，領十餘騎，飲馬河側。秦射中賊關索心而死，賊衆竄走。』世俗以關索爲漢前將軍之子，實無其人。乃宋時盗賊中即有小關索之名，則其流傳亦遠矣。（《茶香室叢鈔》）

雲南孟密安撫司，即漢孟獲之地，朝廷每歲取辦寶石於此。其地夷俗鬼術甚駭。有名『地羊鬼』者，擅能以土木易人肢臟。當其易時，中術者不知也。憑其術數，幾時而發，發則腹中痛矣，痛至死而五臟盡爲土木。或惡人不深，但易其一手一足，其人遂爲殘疾。又有名『撲死鬼』者，唯欲食人屍骸。人死，親朋金鼓防之。少或不嚴，則鬼變爲禽獸飛蟲，突入而食之矣。皆不可以理喻者。嘗讀《演義》、《三國志》，諸葛亮七擒孟獲，蠻夷多有怪術，於今驗之果然，今孟獲子孫尚繁。（《七修類稿》）

《三國演義》記于吉事，甚怪異。按：北齊顔黄門之推《還冤記》云：『漢孫策既定會稽，引兵迎漢帝。時道人于吉在策軍中。遇天大旱，船路艱澀，策嘗自出督責軍中人，每見將士多在吉所，因憤怒曰：「吾不如吉？」遂收吉，縛置日中，令其降雨；如不能者，便當受誅。俄頃之間，雲雨滂沛。未及移時，川澗涌溢。將士頻來賀，求免吉死。策轉忿恚，竟殺之。因是策頗異常，每彷佛見吉。后射獵爲刺客所傷，治療將瘥，引鏡自窺。鏡中見吉，顧則無之，如是再三。遂撲鏡大叫，瘡皆崩裂，須臾

而死。』羅氏政自有本，稍點綴耳。（《花朝生筆記》）

《三國演義》固爲小説，事實不免附會，然其取材則頗博贍。如武侯班師瀘水，以麵爲人首，裹牛羊肉，以祭厲鬼。正史所無，往往出於稗記，不可盡以小説無稽斥之。其最不可訓者，桃園結義，甚至忘其君臣而直稱兄弟。且其書似出《水滸傳》後，叙昭烈、關、張、諸葛，俱以《水滸傳》中萑苻嘯聚行徑擬之。諸葛丞相生平以謹慎自命，却因有祭風及製造木牛流馬等事，遂撰出無數神奇詭怪。而於昭烈未即位前君臣僚寀之間，直似《水滸傳》中吴用軍師，何其陋耶！張桓侯，史稱其愛君子，是非不知禮者；《演義》直以擬《水滸》之李逵，則侮慢極矣。關公顯聖，亦情理所不近。蓋編《演義》者本無知識，不脱傳奇習氣，固亦無足深責。却爲其意欲尊正統，故於昭烈、忠武，頗極推崇，而無如其識之陋耳。凡演義之書，如《列國志》、《東西漢》、《説唐》及《南北宋》，多紀實事。《西遊記》、《金瓶梅》之類，全憑虚構，皆無傷也。唯《三國演義》，則七分實事，三分虚構，以致觀者往往爲所惑亂。如桃園等事，士大夫有作故事用者矣。故演義之屬，雖無當於著述之倫，然流俗耳目漸染，實有益於勸懲。但須實則概從其實，虚則明著寓言，不可錯雜如《三國》之淆人耳。（《丙辰札記》）

羅貫中《三國演義》，多取材於陳壽、習鑿齒之書，不盡子虚烏有也。太宗崇德四年，命大學士達海譯《孟子》、《六韜》，兼及是書，未竣。順治七年，《演義》告竣，大學士范文肅公文程等，蒙賞鞍馬銀幣有差。國初滿洲武將不識漢文者，類多得力於此。嘉慶間，額勒登保，初以侍衛從海超勇公帳下，每戰輒陷陣。超勇曰：『爾將才可造，須略識古兵法。』因以翻清《三國演義》授之，卒爲經略。

每説《三國演義》，爲説《三國演義》，每斥可望爲董卓、曹操，而許定國以諸葛。定國大感曰：『孔明不敢望，關、張、伯約，不敢不勉。』自是遂與可望左。及受桂王封爵，自誓努力報國，洗去賊名。百折不回，殉身緬海，爲有明三百年忠臣之殿，則亦傳習郢書之效矣。（《郎潛記聞》）

《三國演義》不知作於何人。東坡嘗謂兒童喜看《三國志》影戲，則其書已久。嘗聞有談《三國志》典故者，其事皆出於《演義》，不覺失笑，乃竟有引其事入奏者。雍正間，札少宗伯因保舉人才，引孔明不識馬謖事。憲宗怒其不當以小説入奏，責四十，仍枷示焉。乾隆初，某侍衛擢荆州將軍，人賀之，輒痛哭。怪問其故，將軍曰：『此地以關瑪法尚守不住，今遣老夫，是欲殺老夫也。』聞者掩口。此又熟讀演義而更加憒憒者矣。『瑪法』，國語呼『祖』之稱。（《竹葉亭雜記》）

崔念陵進士，詩才極佳。惜有五古一篇，責關公華容道上放曹操一事。此小説演義語也，何可入詩？何屺瞻作札，有生瑜生亮之語，被毛西河誚其無稽，終身慚悔。某孝廉作關廟對聯，竟有用秉燭達旦者。俚俗乃爾，人可不解學耶？（《隨園詩話》）

《三國演義》，不盡子虛。唯詩人不加鑒別，概以入詩，致騰笑藝林者，亦復不鮮。今河南有恨這關，相傳因關公過五關時，有『立馬回頭恨這關』之句得名。明盧忠肅督師至此，賦詩云：『千古英雄恨這關，疆分楚、豫幾重山？龍泉羽士嫌岑寂，烏道征人嘆往還。劍削夫容身欲奮，幽棲岩壑意仍閒。遐思壯繆當年事，歷盡江山識歲寒。』五關六將，語屬不經，吴拜經謂忠肅此詩，特有爲而發，要

未免失於檢點。（《蒓盧雜綴》）

《柳南隨筆》：『《三國志·龐統傳》云：「先主進圍雒縣，統帥衆攻城，爲流矢所中，卒。」按：統致命處在鹿頭山下，今其墓尚存。「落鳳坡」之稱，蓋小説家妝點之詞；而王新城弔龐士元之作，竟以「落鳳坡」三字著之於題。然則《演義》可據爲典要乎？《牡丹亭》詞曲「雨絲風片」之語，漁洋《秦淮雜詩》中用之，亦是一敗闕。』按：惠氏注引曹學佺《蜀中名勝記》：『鹿頭山上平坦，有小徑，僅容車馬，三國時營壘也。其下名「落鳳坡」，鳳雛先生龐士元侍昭烈帝至此，卒於流矢下。冢在鹿頭關桃花溪東岸。』觀此，則坡名未爲無據，第不審石倉所本爾。至『雨絲風片』，則引梁元帝《金樓子》曰：『雨之細者，如織懸絲。』元微之《景中秋詩》曰：『雨柳枝枝弱，風光片片斜。』亦非竟用曲語也。顧後學好異立新，漫無持擇者，故當以東漵語規之也。（《闕名筆記》）

水滸第十四

史稱宋江三十六人横行齊、魏，官軍莫抗；而侯蒙舉討方臘，周公謹密載其名贊於《癸辛雜志》；羅貫中演爲小説，有『替天行道』之言。今揚子、濟寧之地，皆爲立廟。據是逆料當日非禮之禮，非義之義，江必有之，自亦異於他賊也。但貫中欲成其書，以三十六人爲天罡，添地煞七十二人之名；又易尺八腿爲赤髮鬼，一直撞爲雙槍將，以致淫詞詭行，飾詐眩巧，聳動人之耳目。是雖足以溺人，而傳久失其實也多矣。今特書其當時之名三十六於左：

宋　江　晁　蓋　吴　用　盧俊義　關　勝　史　進　柴　進
阮小二　阮小五　阮小七　劉　唐　張　青　燕　青　孫　立
張　順　張　横　呼延綽　李　俊　花　榮　秦　明　李　逵
雷　横　戴　宗　索　超　楊　志　楊　雄　董　平　解　珍
解　寶　朱　仝　穆　横　石　秀　徐　寧　李　英　花和尚
武　松（《七修類稿》）

瑞藻按：《水滸傳》相傳元東都施耐庵撰，貫華堂本有耐庵自序一首，足徵此説之不謬。郎氏謂出羅貫中手，不知何據。豈以羅曾衍《三國志》，因誤爲《水滸》歟？然《類稿》卷二十三復有一則云：《三國》、《宋江》二書，乃杭人羅貫中所編。予意舊必有本，故曰『編』。《宋江》又曰『泉唐施耐庵的本』。昨於舊書肆中，得鈔本《録鬼薄》，乃元大梁鍾繼先作。載宋、元傳記之名，而於二書之事尤多。據此，知原亦有跡，因而增益編成之耳。庸并録之，以資參證。

宋江事見《張叔夜傳》：『叔夜再知海州，宋江起河朔，轉略十郡，官兵莫敢攖其鋒。聲言將至，叔夜使間者覘所向，賊徑趨海濱，劫鉅舟十餘，載虜獲。於是募死士得千人，設伏近城，而出輕兵距海誘之戰。先匿壯卒海旁，伺兵合，舉火焚其舟；賊聞之，皆無鬥志。伏兵乘之，擒其副賊，江乃降。』宋江降後，無使討方臘事。方臘事見《童貫傳》云：『方臘者，睦州青溪人也。世居天子基、萬年樓，臘益得憑藉以自信。初，唐永徽中，睦州女子陳碩真反，自稱「文佳皇帝」。故其地相傳有天子基、萬年樓，臘益得憑藉以自信。時吴中困於朱勔花石之擾，比屋致怨，臘因民不忍，宣和二年十月，起爲亂，自號「聖公」，建元永樂。蘭溪、靈山賊朱言、吴邦，剡縣仇道人，仙居吕師囊，方巖山陳十四，蘇州石生，歸安陸行兒，皆合黨應之。徽宗始大驚，遣童貫、譚稹爲宣撫制置使，帥禁旅以東。三年四月，生擒臘及妻邵氏，子亳二太子，僞相方肥等五十二人。』又《韓世忠傳》：『方臘反，世忠以偏將從王淵討之。時有詔，能得臘首者，授兩鎮節鉞。世忠窮追，至睦州青溪峒，問野婦得徑，即挺身仗戈直前。度險數里，擣其穴，格殺數十人，擒臘以出。辛興宗領兵截峒口，掠其俘爲己功。』是擒方臘者，韓世忠也。乃生前既爲辛興宗冒功，而數百年後，稗官演説又歸之於武松，抑何蘄王之不幸也！唯《侯蒙傳》：『宋江寇京東，蒙上書言：「宋江以三十六人横行齊、魏，官軍數萬無敢抗者，其才必過人。今青溪盜起，不若赦江，使討方臘以自贖。」帝曰：「蒙居外不忘君，忠臣也。」命知東平府，未至而卒。』是赦宋江以討方臘，侯蒙有此議，而實未之行，小説家即本此附會爾。（《小浮梅閒話》）

《癸辛雜識》載龔聖與作宋江等三十六人贊，每人各四句，今不録。惟其名號與世所傳小有異同。三十六人中，晁蓋又不與也。故備録於此：呼保義宋江、智多星吴學究、玉麒麟盧俊義、大刀關勝、活閻羅阮小七、尺八腿劉唐、没羽箭張清、浪子燕青、病尉遲孫立、浪裏白跳張順、船火兒張横、短命二郎阮小二、花和尚魯智深、行者武松、鐵鞭呼延灼、混江龍李俊、九文龍史進、小李廣花榮、辟歷火秦明、黑旋風李逵、小旋風柴進、插翅虎雷横、神行太保戴宗、先鋒索超、立地太歲阮小五、青面獸楊志、賽關索楊雄、一直撞董平、兩頭蛇解珍、美髯公朱仝、没遮攔穆横、拚命三郎石秀、雙尾蝎解寶、鐵天王晁蓋、金槍將徐寧、撲天鵰李英。李英，今訛作李應；鐵天王，今作托塔天王。然其贊有『頑鐵鑄汝』之句，則當時固已作鐵。大刀關勝贊曰：『大刀關勝，豈雲長孫？雲長義勇，汝其後昆。』俗傳關勝爲關公之裔，亦非無因。今所傳有一丈青扈三娘，此則無之。然浪子燕青贊云：『平康巷陌，豈知汝名？大行春色，有一丈青。』未知何指。（《茶香室叢鈔》）

《甕天脞語》載宋江潛至李師師家，題《念奴嬌》一闋云：『天南地北，問乾坤何處可容狂客？借得山東煙水寨，來買鳳城春色。翠袖圍香，鮫綃籠玉，一笑千金值。神仙體態，薄幸如何銷得？回想蘆葉灘頭，蓼花汀畔，皓月空凝碧。六六雁行連八九，只待金鷄消息。義膽包天，忠肝蓋地，四海無人識。閒愁萬種，醉鄉一夜頭白。』、『六六八九』，謂即指『百有八人』也。或云，此蓋明人附託，説極有理。吾頗怪師師、宋江，時代正相值。山左、雒陽，相距亦未遥。施耐庵搦管作《水滸演義》，事實皆出虚構，何不如此詞所云，爲此兒一寫照，使全書生色乎？季弟瑞法則云道君皇帝時過其家，欲宋公明爲周美成之爲，下筆極難，斡旋亦不易，故寧割愛焉，未可知也。誠然，然《水滸》串插之妙，時出意表。耐庵腕下，何所不有？入一李師師，吾輩視之固難，以施氏之筆行之，或不至大費氣力耶。巨盜傳中，無此妓點綴其間，吾意終甚惜之。（《花朝生筆記》）

宋王明清《揮麈後録》云：『高俅者，本東坡先生小僮，筆札頗工。東坡自翰苑出帥中山，留以予曾文肅，文肅以使令已多辭之，東坡以屬王晉卿。元符末，祐陵爲端王，在潛邸日，與晉卿善。在殿廬邂逅，王云：「今日偶忘記帶篦刀子，欲假以掠鬢。」晉卿從腰間取之。王云：「此樣甚新可愛。」晉卿云：「近創造二副，一猶未用，少刻當以馳内。」至晚，遣俅賫往，值王在園中蹴鞠，俅睥睨不已。王呼來前，曰：「女亦解此技耶？」曰：「能之。」漫令對蹴，遂愜王意。因大呼隸輩云：「可傳語都尉，既謝篦刀之貺，并所送人皆輒留矣。」由是日見親信。踰月，王登寶位，不次遷拜，循至使相。遍歷三衙者二十年，領殿前司職事。然不忘蘇氏，每其子弟入都，給養問恤甚勤。靖康初，祐陵南下，俅從駕至臨淮，以疾辭歸京師。當時如童貫、梁師成皆坐誅，而俅獨死牖下。』今小説衍説高俅事，與此正合。（《茶香室三鈔》）

徐神翁謂蔡京曰：『天上方遣許多魔君下生，作壞人間。』京笑曰：『安得識其人？』徐曰：『太師亦是。』按：《水滸傳奇》首述誤走妖魔，意亦本此。然不識蔡京爲是天罡，爲是地煞耳。神翁語，見《錢氏私志》。（《香祖筆記》）

武林有三塔：寶俶塔實其中而不能登；雷峰塔虚其中而亦不能登；可登者，惟六和塔。塔在進瀧浦上。壓波凌江，巍然作鎮。舊傳塔燈夜燦，海舶望此而歸，此似在錢塘未築前語。今則長堤綿亘，去海甚遥，賈舶亦亡到此者。塔下舊有魯智深像，今毁矣。當日聽潮圓寂，應在此處。進瀧浦下有鐵嶺關，説是宋江藏兵處。有石門，進此者每爲伏弩所射。又國初江滸人掘地得石碣，題曰『武松之墓』。當日進征青溪，用兵於此。稗乘所傳，殆不盡誣也。（《湖壖雜記》）

蓮社《高賢佛馱耶舍傳》云：『羅什在姑臧，遣信要之。師恐國人止其行，取清水，以藥投之，咒數十言；與弟子洗足，即夜便發。比旦，行數百里，問弟子：「何所覺耶？」答曰：「惟聞疾風流響，兩目有淚。」師又咒水洗足，乃止。』案：小説書有『神行之術』，本此。（《茶香室叢鈔》）

施可齋《閩雜記》云：『《宋史·陳文龍傳》：「先是，興化有石手軍，能投石中人。議者以爲不足用，罷之，遂叛，文龍討平之。」今興化各鄉人，多善投石，志眉中眉，志目中目。聞其人多於正月至三月，先聚空曠處，畫地爲圈，大徑三四尺，去十步内，以石投之，屢中屢遠，圈亦浸小。至遠及百步，圈小如錢而止，故其伎獨精。《宋史》所言當即此。』按《水滸傳》中有善投石者，蓋亦有所本也。（《茶香室續鈔》）

宋洪邁《夷堅乙志》云：『宣和七年，户部侍郎蔡居厚罷，知青州，以病不赴。歸金陵，疽發於背卒。未幾，所親王生暴亡，三日復蘇，云：如夢中有人相追，逮至公庭。俄西邊小門開，獄卒護一囚，枷械聯貫，立庭下；别有二人舁桶血，自頭澆之，因大叫，痛苦如不堪忍者。細視之，乃侍郎也。復押入小門，回望某云：「汝今歸，便與吾妻説，速營功果救我，今祇是理會鄆州事。」夫人慟哭曰：「侍郎去年帥鄆時，有梁山濼賊五百人受降，既而悉誅之，吾屢諫，不聽也。」乃作黄籙醮，爲謝罪乞命。』按：此梁山濼賊，即宋江等歟？宋江事見《宋史·張叔夜傳》，但云『擒其副賊，江乃降』。至降後爲蔡居厚所殺，而蔡居厚又以殺降獲冥譴，則人所未知也。（同上）

宋孫升《孫公談圃》云：『蒲恭敏宗孟知鄆州日，有盗黄麻胡者，劫良民，使自掘地倒埋之，觀其足動以爲戲。恭敏獲其黨，先刖去足筋，然後置於法。先是寇依梁山濼，恭敏下令，禁毋得乘小舟出入濼中。賊既絶食，遂散去。』按梁山泊巨盗宋江等三十六人，人所知也。乃當時更有黄麻胡，則知者鮮矣。又謝肇淛《文海披沙》：『宋徽宗時，山東賊宋江等三十六人，聚衆横行。元順帝時，花山賊畢四等亦三十六人，聚集茆山，出没無忌。宋江中有一丈青、花和尚，而畢四中亦有一婦、一僧最勇健，豈皆天罡之數歟？』（《茶香室叢鈔》）

包倦翁《閘河日記》云：『阿井周圍百步，屬東阿，故東阿有貢膠役。士人頌之曰：「山東有二寶：東阿驢膠，陽谷虎皮。」虎皮今藏陽谷庫，相傳爲武松打死於景陽岡者，景陽岡在阿城東南二十五里。士人又言：「明初有陽谷知縣武姓者，甚貪虐。有二妻，一潘一金，俱助夫婪索。西門有慶大户，尤被其毒。人民切齒，呼之爲武皮匠，言其剥削也。又呼爲賣餅大郎，言其於小民口邊求利也。」據此，則作者不爲無本。』按：施耐庵爲元人，此云明初，時代不合，待考。（《傭餘漫墨》）

張獻忠之狡也，日使人説《水滸》、《三國》諸書，凡埋伏攻襲皆效之。其老本營管隊楊興吾語孔尚大如此。（《五石瓠》）

《居易録》載宋張忠文公叔夜《招安梁山泊榜文》，有拿獲宋江者，賞錢萬萬貫。拿獲盧俊義者，賞錢百萬貫。拿獲關勝，呼延灼、柴進、武松、張清者，賞錢十萬貫。拿獲董平、李進者，賞五萬貫有差。今葉子戲有萬萬貫、千萬貫、百萬貫遞降，皆用張叔夜榜文也。（《簷曝雜記》）

周亮工《書影》云：故老傳聞《水滸傳》一百回，各以妖異語引其首。嘉靖時，郭武定重刻其書，

削其叙語，獨存本傳。金壇王氏小品中，亦云此書每回前各有楔子，今俱不傳。（《茶香室續鈔》）

《書影》：『《水滸傳》相傳爲洪武初越人羅貫中作，又傳爲元人施耐庵作。田叔禾《西湖游覽志》又云此書出宋人筆。近日金聖歎自七十回之後，斷爲羅所續，極口詆羅；復僞爲施《序》於前，此書遂爲施有矣。』《書影》又云：『葉文通名晝，無錫人，多讀書，有才情，故爲詭異之行。或自稱「錦翁」，或稱「葉五葉」，或稱「葉不夜」，最後名「梁無知」，謂「梁溪無人知之」也。當温陵《焚》、《藏書》盛行時，坊問種種借温陵之名以行者，如《四書》第一評、第二評，《水滸傳》、《琵琶》、《拜月》諸評，皆本文通手。』按：今人止知有金聖歎《水滸》評本，前乎此，有葉文通，則無聞矣。（同上）

俗人傳訛襲謬，有可笑者。兖州陽谷縣西北有冢，俗呼西門冢，有大族潘、吴二氏，自言是西門嫡室吴氏、妾潘氏之族。一日，社會登臺演劇，吴之族使演《水滸記》，潘族謂辱其姑，聚族大鬧。互控於縣，縣令大笑，各撲一二人，荷枷通衢。硃批曰：『無耻犯人某某示衆。』然二氏終不悟也。從侄鵷過陽谷，親見之。（《香祖筆記》）

小説中事實，皆係悠謬無稽之言，不能據爲典要。而王漁洋《香祖筆記》謂陽谷縣有潘、吴二姓，自言是西門嫡室吴氏、妾潘氏之族，且因演《水滸記》戲劇，致成訟事。是耐庵之書，固非盡出於讕言也。至翠屏山楊雄妻潘巧雲爲石秀所殺，《水滸》雖詳記其事，然知其必出於杜撰，斷不能求其人其地以實之。乃近讀冒氏《小三吾亭詩》，有《翠屏山》五古一首，并有自注云：『舞鶴樓在薊州城内大街，相傳即潘氏妝樓。』據此，則潘巧雲竟有其人，翠屏山竟有其地矣。落鳳坡弔龐士元，昔賢曾見之題詠。然則郢書燕説，何嘗不足爲作詩之好資料耶！兹録其詩云：『日落翠屏山，驅車過其右。人言潘家女，昔作楊家婦。府吏府中趨，空房愁獨守。情天有壞空，佛法無淨垢。阿難戒體毁，觀音鎖骨朽。至今梳妝樓，隱約蔽垂柳。一客聽未終，整襟屢摇首。虞初説九百，君子不上口。悠悠滕、薛争，誰能置可否？呼童且晚炊，爲我煮斗酒。宣和世已遥，兹事莫須有。』夫漢代叢書，唐人小説，當時亦不過爲文人一時之遊戲，流傳既久，詞章家遂爲故實。安知數百年後，不即引此詩以爲徵耶？是在好事者之廣爲傳播耳。（《娱萲室隨筆》）

後水滸第十五

沈登瀛《南潯備志》云：陳雁宕忱，前明遺老，生平著述并佚，惟《後水滸》一書，乃遊戲之作，託『宋遺民』刊行。按：此書余曾見之，不知爲雁宕作也。（《茶香室續鈔》）

卷　二

漁家樂第十六

俗傳馬融附梁冀，及清河王即位，冀爲人所殺，融賴其女以免，妄也。《後漢書·馬融傳》曰：

『桓帝時，爲南郡太守。先是融有事忤大將軍梁冀旨，冀諷有司奏融在郡貪濁。免官，髡徙朔方，自刺不死，得赦還。復拜議郎，重在東觀著述，以病去官。』又曰：『初融懲於鄧氏，不敢復違迕勢家，遂爲梁冀草奏李固，又作《大將軍西第頌》，以此頗爲正直所羞。是融生平以此二事見罪名教，至今蒙垢。士君子立身，不可不慎也。』考《梁冀傳》，順帝時，已拜大將軍。帝崩，冲帝始在襁褓，太后臨朝。詔冀與太傅趙峻、太尉李固，參録尚書事。冲帝又崩，冀立質帝。帝少而聰慧，嘗朝群臣，目冀曰：『此跋扈將軍也。』冀遂令左右進鴆加煮餅，帝即日崩。復立桓帝，至延熹二年，帝使光禄勛袁盱，持節收冀大將軍印綬，徙封比景鄉侯，冀及妻屬，即日皆自殺。是時桓帝立十三年矣。清河王蒜者，乃清河恭王延平之子。據本傳，冲帝崩，徵蒜詣京師，將議爲嗣。會大將軍梁冀與梁太后立質帝，罷歸國。蒜爲人嚴重，動止有度，朝臣太尉李固等，莫不歸心焉。初，中常侍曹騰謁蒜，蒜不爲禮。及帝崩，公卿皆正議立蒜。而曹騰説梁冀不聽，遂立桓帝，蒜由此得罪。建和元年，甘陵人劉文與南郡妖賊劉鮪交通，訛言清河王當統天下，欲共立蒜。事發覺，文等遂劫清河相謝暠，將至王宫司馬門，曰：『當立王爲天子，暠爲公。』暠不聽，罵之。文因刺殺暠，於時捕文、鮪誅之。有司因劾奏蒜，坐貶爵爲尉氏侯。徙桂陽，自殺。是清河王蒜在當日，實有賢名，冲、質二帝之崩，皆議立之，乃一時人望所歸；爲冀所阻，不得嗣統，并不得善終。而至今流傳，猶有清河王爲天子之説。直道在人，千載不泯，固如是夫！冀憚清河賢明，立質帝而質帝有跋扈之疑，立桓帝，卒爲所誅。小人誤國，而仍無益於身家，何益哉！至馬融有女，則見《後漢書·列女傳》曰：汝南袁隗妻者，扶風馬融之女也。字倫，少有才辨。融家世豐豪，裝遣甚盛。及初成禮，隗問之曰：『婦奉箕帚而已，何乃過珍麗乎？』對曰：『慈親垂愛，不敢逆命。君若欲慕鮑宣、梁鴻之高者，妾亦請從少君孟光之事矣。』云云。與傳奇事實，全無一合。又云：『倫妹芝，亦有才義。少喪親，長而追感，乃作《申情賦》云。』是融不止一女也。（《小浮梅閒話》）

西遊記第十七

宋周密《齊東野語》云：『有某郡倅，江行遇盜，殺之。其妻有色，盜脅之曰：「能從我乎？」妻曰：「吾事夫十年，僅有一兒，纔數月，吾欲浮之江中，庶有遺種，然後吾從汝。」盜許之，乃以黑漆圓盒盛此兒，藉以文褓，且置銀二片其旁，使隨流去。如是十餘年。盜至鄂䑽舟，挾其妻入某寺設供；至一僧房，黑盒在焉。妻乘間問僧：「何從得此？」僧言：「某年月日得於水濱，有嬰兒、白金在焉，吾收育之，今在此年長矣。」呼視之，酷肖其父。乃爲僧言始末，僧爲報尉獲之，遂取其子以歸。』按演義述玄奘事，似本此也。（《茶香室叢鈔》）

取經之事，自古有之。《隋書・經籍志》云：『張騫使西域，蓋聞有浮屠之教。哀帝時，博士弟子秦景使伊存口授《浮屠經》，中土聞之，未之信也。後漢明帝，夜夢金人飛行殿廷，以問於朝，而傅毅以佛對。帝遣郎中蔡愔及秦景使天竺求之，得佛經四十二章及釋迦立像。并與沙門攝摩騰、竺法蘭東還。』此中國遣使求經之始。又云：『甘露中，有朱仕行者，往西域，至于闐國，得經九十章。元康中，至鄴譯之，題曰《放光般若經》。晉元熙中，新豐沙門智猛，策杖西行，到華氏城，得《泥洹經》及《僧祇律》。義熙中，沙門支法領從于闐國得《華嚴經》三萬六千偈，至金陵宣譯。又有沙門法顯，自長安遊天竺，經三十餘國，隨有經律之處，學其書語，譯而寫之。還至金陵，與天竺禪師跋羅，參共辨定。後魏熙平中，遣沙門慧生使西域，採諸經律，得一百七十部。』此皆中國至西域求經故事。而法顯之役，至今尚有《佛國記》一卷，備載顛末。始於後秦姚興弘始二年，與慧景、道整、慧應、慧嵬等，同發長安，度隴，至乾歸國、槈檀國；度養樓山，至張掖鎮，又遇智嚴、慧簡、僧紹、寶雲、僧景等。諸人或分或合，或先還。慧景度小雪山道斃，道整留中天竺不還。獨法顯順恒水東下，乘商人大舶，泛海至青州長廣郡界。計自發長安，六年到中國（即中天竺）。停六年，還三年，往返凡十五年。從陸路往，從海道返。其中事跡，頗亦詭異，使敷衍成書，亦一《西遊記》也。乃玄奘事至今婦豎皆知，而此等事湮没不著。事之顯晦，固亦有數耶？（《小浮梅閒話》）

《舊唐書·方伎傳》：『僧玄奘，姓陳氏，洛州偃師人。大業末出家，博涉經論。嘗謂翻譯者多有訛謬，故就西域廣求異本以參驗之。貞觀初，隨商人往遊西域。玄奘既辨博出群，所在必爲講釋論難，蕃人遠近咸尊伏之。在西域十七年，經百餘國，悉解其國之語。仍採其山川謡俗土地所有，撰《西域記》十二卷。貞觀十九年，歸至京師，太宗見之大悦，與之談論，於是詔將梵本六百五十七部於弘福寺翻譯。』是玄奘此行，并非奉敕而往；惟其還也，詔爲翻譯爾。所著《西域記》，惜不得見。太宗《三藏聖教序》云：『翹心淨土，往游西域。乘危遠邁，杖策孤征。積雪晨飛，塗間失地；驚砂夕起，空外眯天。萬里山川，撥煙霞而進影；百重寒暑，躡霜雨而前蹤。誠重勞輕，求深願達。』此數語，亦足見其梗概矣。又《太平御覽》引《獨異志》及《唐新語》云：『沙門玄奘，唐武德初，往西域取經；行至罽賓國，道險，多虎豹，不可過。奘不知爲計，乃鎖房門而坐。至夕開門，見一老僧，頭面瘡痍，身體膿血，床上獨坐，莫知來由。奘乃禮拜勤求。僧口授《多心經》一卷，令奘誦之，遂得山川平易，道路開闢，虎豹藏形，魔鬼潛跡。遂至佛國，取經六百餘部而歸。』此即小說家之濫觴。《歐陽文忠集·于役志》云：『壽寧寺，本徐知誥故第，甚弘壯，畫壁尤妙。周世宗入揚州時，以爲行宮，盡圬墁之，唯經藏院畫玄奘取經一壁獨在。』然則玄奘取經事，在五代時已流布丹青矣。（同上）

唐太宗命三藏法師取經，至西域，有老僧年已七百，謂之曰：『此間經籍甚多，人壽短促，能讀幾何？須服我延年藥，庶可讀少分。』藏師以帝命有定期而辭之。（《渌水亭雜識》）

黎州安撫司内小廳東，有藜一枝，高九丈，圍九尺，相傳唐僧玄奘西遊，投藜杖所化。（《攤飯續譚》）

宋錢易《南部新書》云：『奘三藏至西域，入維摩詰方丈；及還，將紀年月於壁，染翰欲書，約行數千百步，終不及墻。』又云：『奘法師至中印度那爛陁寺，館於幼日那院覺賢房第四重閣，日供步羅果一百二十枚，大人米等。』按此皆三藏取經佚事，世罕知者。（《茶香室三鈔》）

唐李德裕《次柳氏舊聞》云：『東都聖善寺有天竺僧無畏，號三藏，善召龍致雨之術。後吏部員外郎李華撰《無畏碑》云：「奉詔致雨，滅火進風，昭昭然偏於耳目。」』按此三藏在玄宗時。然則玄奘

之後，又有此三藏也。《開元傳信記》亦載無畏三藏事，云崇聖寺佛乃那吒太子獻與三藏者。（《茶香室叢鈔》）

世俗所傳那吒太子事，余考之不得其説，頗以爲憾。一日讀《太平廣記》九十二卷《異僧類》云：『宣律嘗夜後行道，臨階墜墮，忽覺有人捧承其足，宣顧視之，乃一少年也。宣遽問弟子何人。少年曰：「某非常人，乃毗沙門天王子那吒太子也。以護法之故，擁護和尚，時已久矣。」』始知那吒太子真有其人，非小説家妄説。記趙雲崧《甌北集》用那吒卸肉事，必本於釋典，惜未得其詳也。（《壺東漫録》）

段松岑《益都金石記》、唐東嶽廟《尊勝經幢》載諸神名，有南門捲簾將軍。然則《西遊》衍義有捲簾大將之名，亦非無本也。又所載神名，如天翁、地母、龍翁、龍母、龍女、三姑、外門將軍、裏門將軍、四門將軍之類，率多詭異。（《茶香室三鈔》）

《後漢·西域傳》論有曰：『梯山棧谷，繩行沙度之道；身熱頭痛，風災鬼難之域。』注引《前書》杜欽曰：『罽賓悔過來順，使者送至縣度，歷大頭痛、小頭痛之山，赤土、身熱之坂，臨峥嶸不測之淵，行者騎步相持，索繩相引。』又引釋法顯《遊天竺記》云：『西度流沙，屢有熱風惡鬼，遇之必死。』云云。然則火焰之山、流沙之河，乃真有之。又《述異記》云：『大食國在西海中，有一方石，石上多樹，幹赤葉青。枝上總生小兒，長六七寸，見人皆笑，動其手、足，頭著樹枝，使摘一枝，小兒便死。』亦見《舊唐書·西戎傳》。是所謂人參果者，亦竟有也。（《小浮梅閒話》）

小説家所言，亦皆有本。如《西遊》之雷音寺、火焰山，皆在吐魯番道中。余遣戍伊犁日，曾過之。《裴岑紀功碑》在巴里坤南山頂關帝廟中，余本擬歸日拓數十本以貽好古者。及歸，乃取道於小南路，不經此，遂無由拓取，訖今以爲歉。至舍間金石藏有此碑，尚係客西安時所購得。（《北江詩話》）

《衛藏通志》云：『德慶其地多候館，往來者恒棲止之。路旁有塘鋪，繞道而下四十里，至蔡里，一作米里，俗傳即《西遊真詮》所記之高老莊。』按：《西遊記》載猪八戒在高老莊娶親事，方謂小説荒唐之言，不意竟有其地。恐亦俗語不實，流爲丹青耳。（《荷香館瑣言》）

唐人詩云：『山中方七日，世上已千年。』神仙家言，多記爛柯一局，人世千年；劉、阮歸來，子孫易世等事，大抵多出小説。《西遊演義》遂有『天上一日，人間一年』之説。世人多以神仙恍惚，小説寓言，置之不足深究。夫頃刻千年，乃閲世久者由後溯前，雖千萬年理當無異於頃刻耳。爛柯一局，劉、阮歸來之事，皆當因頃刻千年之語而附會出之，非事實也。如果有其事，則仙家長生之説，不足貴矣。彼縱長生得數千年，亦只如人世生數十年無異，何足取乎？唯《西遊演義》所云『天上一日，人間一年』之説，雖屬寓言，却有至理，非頃刻千年，及爛柯，劉、阮諸説所等例也。蓋天上無世界可以爲人所駐耳。假令天上果有帝庭仙界，則天上一日，必是人間一年，無錯差也。蓋天體轉運於上，列宿依之，一歲一周。而日月右旋，附天左退，一日纔過一度。人世所謂一年，但見日周三百六十五度而復其原次也。若由天上觀之，則天日俱運，而一日十二時間，日僅行天一度，則必周三百六十五

日而始復其原次。豈非『天上一日，人世之一年』乎？不得因小説寓言而置不論也。（《丙辰札記》）

世傳《西遊記》是丘真人作，借以演金丹之旨，妄也。錢大昕《補元史藝文志地理類》，有《長春真人西遊記》二卷，注云『李志常述丘處機事』，此别是一書。按：《元史・丘處機傳》：『太祖自奈曼命近臣持詔求之，乃發撫州，經數十國，爲地萬有餘里。蓋喋血戰場，避寇叛域，絶糧沙漠，自昆侖歷四載而始達雪山。常馬行深雪中，馬上舉策試之，未及積雪之半。』此丘真人《西遊》故事。記中所載，多及西域地理，故入地理類。俗人不知，乃以玄奘事屬之，大非其實矣。（《小浮梅閒話》）

丘長春《西遊記》，人多知之。《千頃堂書目》有僧宗泐《西遊集》一卷，此書無傳本，世罕知者。宗泐字季潭，臨安人。洪武初，舉高行沙門，命往西域求遺經，還授左善世。《西遊集》蓋其奉使求經，道路往還時所作，見聞既異，記載亦必可觀。今俗有《西遊記演義》，託之丘長春，不如託之宗泐，尚是釋家本色。雖金公木母，意近丹經，然意馬心猿，未始不可傳會梵典也。（《九九消夏録》）

《西遊記》推衍五行之旨，視他演義書爲勝。相傳出元丘真人處機之手。山陽丁儉卿舍人晏，據淮安府康熙初舊志藝文書目，謂是其鄉嘉靖中歲貢生官長興縣丞吴承恩所作。且謂記中所述大學士、翰林院、中書科、錦衣衛、兵馬司、司禮監，皆明代官制，又多淮郡方言，此足以正俗傳之訛。（《冷廬雜識》）

西遊補第十八

鈕琇玉樵《觚賸續》云：『吴興董説字若雨，華閥懿孫，才情恬適。淑配稱閨閣之賢，佳兒獲芝蘭之秀。中年以後，一旦捐棄，獨皈淨域，自號月涵。所至之地，緇素宗仰，於是海内無不推月涵爲禪門尊宿矣。月涵於傳鉢開堂、飛錫住山之輩，視若蔑如，而身心融悟，得之典籍。每一出遊，則有書五十擔隨之，雖僻谷之深，洪濤之險，不暫離也。余幼時曾見其《西遊補》一書，俱言孫悟空夢遊事，鑿天驅山，出入老莊，而未來世界歷日，先晦後朔一段，尤奇。』據此，知《西遊補》乃董若雨所作。按若雨《豐草庵雜著》凡十種，曰：《昭陽夢史》、《非煙香法》、《柳谷編》、《河圖卦板》、《文字障》、《分野發》、《詩律表》、《漢鐃歌發》、《樂緯》、《掃葉詩》。其見於《四庫全書總目》者，有《七國考》十四卷；見於存目者，有《易發》八卷、《運氣定論》一卷、《天官翼》無卷數及《漢鐃歌發》一卷而已。朱竹垞《明詩綜》云：『董説字若雨，烏程人。晚爲僧，名南潛，字寶雲，有《豐草庵》等十八集。』《易發》提要云：『董説，黄道周之弟子也。其論《易》專主數學，兼取焦京陳邵之法，參互爲一，而推闡以己意。其根柢則黄氏《三易洞璣》也。』所著諸書，今惟《七國考》，刊入《守山閣叢書》爲最著，其餘漸就湮没。《西遊補》一種，宜亟刊以傳世也。嘗見第四回中，言堯舜到孔子，是純天運。董君之學，出於黄石齋。石齋《易像》正以周桓王元年當蒙卦，則非其師説。宋牛無耶傳邵子之學，以堯之世當賁卦，則亦非邵學。其所著《易發·飛龍訓》篇，謂堯舜周孔皆以飛龍治萬世。又其《天官翼》，以章蔀紀元元會運世立論，謂歷數出於卦爻。所列《恒星過宫》、《年干入卦》二表，以星次遞相排比，至帝堯甲子，適值張心靈昂，居四仲之中，與《堯典》中星合，遂據以爲上溯下推之徵。則其用卦爻起曆，蓋以堯時爲本，正與《西遊補》中語相應。軌革之術，隨人推衍，本無一定也。玉史仙人，似影指宣聖而言。八卦爐中，殆其自謂。（《闕名筆記》）

瑞藻按：董先生著述甚富，鈕琇《觚賸》嘗列其目，然流傳極少。今唯説部《西遊補》一種，坊間有印賣本而已。俞蔭父筆記，言曾從沈穀臣庶常所，見其《揀花磯隨筆》鈔本。蓋玉樵亦未及知，今不知尚存否？試爲刊行，誠佳事也。先生名字最多，初名説，字若雨，號西庵，又號鷓鴣生，又稱斯張子。聞谷大師錫名智齡。明亡，改姓林，名蹇，字遠游，號南村，亦稱林胡子，又稱槁木林。靈岩大師名之曰元潛，字俟庵。爲僧後，更名南潛，字月涵，一作月函，號補樵，一號楓庵，又名本以，亦號高暉生云。

近時刊行之《新西遊記》，即董説之《西遊補》也。説爲吴興南潯人，字若雨，明之遺民也。中年而後，獨皈淨域，有《豐草庵雜著》十種。先生當鼎革後，目擊世變，腥膻遍地，書中所云青青世界，及殺青大將軍等，頗寓微意。其尤顯者，鯖魚指平西而言。蘇、湖方音，『吴』、『魚』二字，并讀若『痕』。又倒挂天山、鑿開天口等詞，亦影射『吴』字。且逆數歷日，孤臣心事，於無可奈何之日，猶冀天地之旋轉。全書以牡丹始，以桃花終，花王世界，不宜異種羼入。輕薄之桃花，雖能乘時獻媚，亦終於逐逝水之流耳。此作者立言之本旨也。（《闕名筆記》）

春桃記第十九

女學士，孔貴嬪也；女校書，唐薛濤也；女進士，宋女郎林妙玉也；女狀元，蜀黄崇嘏也。崇嘏，臨邛人，作詩上蜀相周庠，庠首薦之。屢攝府縣，吏事精敏，胥徒畏服。庠欲妻以女，嘏作詩辭之曰：『一從拾翠碧江湄，貧守蓬茆但賦詩。自服藍衫居郡掾，永抛鸞鏡畫蛾眉。』、『立身卓爾青松操，挺志堅然白璧姿。幕府若容爲坦腹，願天速變作男兒。』庠大驚，具跡本末，乃嫁之。傳奇《春桃記》，蓋黄事也。（《楊升庵外集》）

江天雪第二十

明人傳奇《江天雪》，衍越諸生郭廷玉者。少失怙恃，妹月娘，適同里崔君瑞。君瑞得第，選金華令，中途遇盜，盡喪其資斧，不復能之任，因寓王嫗家，留月娘寓所。自出告貸於户部尚書蘇琇，琇，吴人，方致仕家居，父執也。無子，一女甚愛之，欲以妻崔。崔利其資，紿以妻亡，願爲婿。琇僕王卞諫曰：『崔狀頗不專，性必狡，恐其中有詐。』不聽，崔聞其議已，心銜之。適琇起官採訪使入京，崔覓釁撲責卞，卞不能堪，走至姑家。其姑即王嫗，月娘居停也。先是月娘望夫久不回，嘗問卜，卜者云：『明月明月，雲遮霧滅。若要相逢，江天暮雪。』不解所謂。及卞至，告嫗云：『主贅崔君瑞時，曾加勸阻，今崔痛責我。』月娘竊聞之，始知夫已婚它氏，浼卞挈往，不可。强而後許，以乳媪從。崔方觀梅鄧尉，卞引月娘見蘇氏，蘇性賢淑，甚敬禮之。洎崔回，則云：『此黠婢盗金出亡者，非其妻也。』大詬，批其頰。即令卞押歸越，三步與一棍，示必殺之。嚴冬大雪，月娘體弱不勝楚，卞憫其冤，曲加保護。至平望江天驛，暮不能行，與乳媪相對飲泣。初，君瑞赴任時，廷玉亦計偕入都，至是已擢第尚主，給假南下省親。適駐是驛，見婦人痛哭，諦視之，妹也。駭問何至此，月娘具述始末。大怒，行文吴門撫按，命速送崔君瑞來，步與一棍，視所施於月娘者加甚焉。崔至驛，蒲伏請罪。廷玉責其薄倖，拔劍欲斫，月娘亟出爲緩頰，乃止。以蘇氏初無惡意，呼之爲妹，與崔偕老云。樂府《江天暮雪》之曲，流傳已久，傳奇蓋本元人雜劇改作者。又元楊顯之有《臨江驛瀟湘秋夜雨》，其略云：張天覺商英，攜女翠鸞渡淮，風作舟覆，父女散失。江瀕有崔文遠者，拯得女，以與其侄通。通後顯貴，重婚趙氏，不認翠鸞，押鸞遠徙。值秋雨淋灕，鸞不任行，宿臨江驛外。適天覺亦以避雨至，見而悉之，拘通責其罪。通亦自責，與鸞復偕伉儷。事極相似。（《閒居雜綴》）

英烈傳第二十一

明沈德符《野獲編》云：『武定侯郭勛，在世宗朝，號好文，多藝能計數。今新安所刻《水滸傳》善本，即其家所傳。前有汪大函序，託名天都外臣者。勛以議大禮得上寵，謀進爵上公，乃自撰開國通俗紀傳名《英烈傳》者。内稱其始祖郭英戰功，幾埒開平、中山。而鄱陽之戰，友諒中流矢死，當時本不知何人，乃云郭英所射。令内官之職平話者，日唱衍於上前。』按：《英烈傳》今尚有之，不知爲郭勛作也。（《茶香室續鈔》）

《七修類稿》云：『鄱陽之戰，郭英、子興兄弟侍上側。友諒啓窗視師，英望見異常，開弓射之，箭貫其顱及眼而死。至今人知友諒死於流矢，不知郭所發也。太祖聞友諒死，喜甚。曰：「郭四兄弟一箭，勝十萬師。」蓋子興乃英之兄，行二；而英行四。太祖每稱「郭四」者，英也。英不居功，故人不知，獨《英烈傳》中明載。』按此，則郎氏以此箭真屬郭英。（同上）

金鏡記第二十二

《太平廣記》，陳太子舍人徐德言之妻，後主叔寶之妹，封樂昌公主，才色冠絶。德言爲太子舍人，方屬時亂，恐不相保。謂其妻曰：『以君之才容，國亡，必入權豪之家，斯永絶矣。倘情緣未斷，猶冀相見，宜有以信之。』乃破一鏡，各執其半，約曰：『它日必以正月望，賣於都市。我當在，即以時日訪之。』及陳亡，其妻果入越公楊素之家，寵嬖殊厚。德言流離辛苦，僅能至京，遂以正月望訪於市。適有蒼頭賣半鏡者，大高其價，人皆笑之。德言直引至其居，予食，具言其故，出半鏡以合之。乃題詩曰：『鏡與人俱去，鏡歸人不歸。無復嫦娥影，空留明月輝。』陳氏得詩，涕泣不食。素知之，愴然改容。即召德言還其妻，仍厚貽之，聞者無不感嘆。楊與德言陳氏偕飲，令陳賦詩，曰：『今日何遷次，新官對舊官。笑啼俱不敢，方驗作人難。』遂與德言歸江南，竟以終老。明初傳奇《金鏡記》，全本此事而作。後張幼于爲《紅拂記》，馮夢龍爲《女丈夫記》，皆以《紅拂》爲主，兼及樂昌。此則前後關目，皆以一鏡，純乎爲樂昌、德言事也。（《見山樓叢録》）

平妖傳第二十三

永年王大參謙，號撝齋。由丁未進士，任城步令。城步故連粤西，峒苗楊應龍，嘯聚千餘人，誓以七月七日侵城步。先是王陰募鄉勇數百人，秘授計，届期帥精鋭出城，乘賊暮氣，直搗巢穴。有左道衍符咒，皆不驗，悉手戮之，餘黨奔潰。不二里，伏兵四起，生擒數百人。訊賊曷不奔竄，僉云：『空中有赤面長鬚大將，乘白馬，指揮神兵，八面旋繞不得脱。』旋問我軍，所見無異。公大驚悚，振旅歸，亟謁關帝祠。仰見帝面汗浹如雨，若甫釋甲狀。邑人作《平妖傳》及詩歌紀其事，苗患自此遂息。（《曠園雜志》）

元至正間，有范益者，京師名醫也。一日，有嫗攜二女求診，曰：『此非人脈，必異類也。當實告我。』嫗泣拜曰：『我西山老狐也。』與之藥而去。今小説《平妖傳》，實借用其事，而所謂嚴三點，則南昌神醫也。予已記於《居易録》。又傳中杜七聖與蜒子和尚鬥法斬葫蘆事，出《五雜組》。乃明嘉隆間事，非杜譔也。《蜒子和尚三盜猿公法》，亦有所本。廣州有大溪山，有一洞，每歲五月始見。土人預備墨瀋、紙刷入其中，以手捫石壁，上有若鐫刻者，急拓出，洞亦隨閉。持印紙視之，或咒語，或藥

方，無不神驗。見焦尊生《説楛》。（《古夫于亭雜録》）

五倫全備第二十四

邱文莊瓊臺（濬）之淹博，本朝鮮儷。而行文拖沓，不爲後學所式，至填詞尤非當行。今《五倫全備》，是其手筆，亦俚淺甚矣。初與王端毅三原（恕）同朝，王謂理學大儒，不宜留心詞曲，邱大恨之。因南太宰王與爲端毅作《王大司馬生傳》，稱許太過。遂云，有豪傑駁之，禍且不測。又端毅所刻疏稿，凡成化間留中之疏，俱書不報。邱又謂王故彰先帝拒諫之失。御醫劉文泰得邱語，因挾仇特疏，而王遂去位，所以報《五倫》之怨也。《五倫記》至今行人間，真所謂不幸而傳矣。又聞邱少年作《鍾情麗集》，以寄身之桑濮奇遇，爲時所薄。故又作《五倫》以掩之，未知果否。但《麗集》亦學究腐談，無一俊語，即不掩亦可。（《顧曲雜言》）

中山狼第二十五

《静志居詩話》云：林俊，字待用，謚貞肅，有《見素西征集》。《中山狼》小説，乃東田馬中錫所作，今載其集中。世傳以訾獻吉者，數其負德涵也。考之康、李，未嘗隙末。黄才伯有《讀見素救空同奏疏詩》云：『憐才不是云莊老，愁煞山中獵後狼。』然則當日所訾，乃負見素爾。按對山以救空同故，淪棄終身，空同不一援手，故世以爲負友。若貞肅則官至尚書，加太子太保，空同即有所負，亦薄乎云爾。黄才伯一詩，恐未足據也。黄文暘《曲海》載明人雜劇，有《中山狼》一種，注云：康海作。此恐假託，今亦未見有此雜劇也。（《茶香室三鈔》）

《中山狼傳》，見馬中錫《東田集》。東田，河間故城人，正德間右都御史。康德涵、李獻吉，皆其門生也。按《對山集》有《讀中山狼傳詩》曰：『平生愛物未籌量，那記當年救此狼。』則此傳爲馬刺空同作無疑。（《池北偶談》）

《中山狼傳》，爲宋謝良所著。雖游戲之筆，當時必有所指，而不欲明言，託此記以抒憤耳。《玉劍尊聞》曰：『李獻吉下獄時，劉瑾欲殺之。急，乃書片紙出，謂「對山救我」。家人往告康，康即上馬馳至瑾門白之，明日即赦出。其後獻吉反嫉害對山，馬中錫撰《中山狼傳》以刺之。』夫對山之救獻吉，原非望報於獻吉也。獻吉即有忮忌，何至若《中山狼》之甚乎？況其文體豐茂，非宋人不辦。馬東田或有憾於獻吉，書此相誚，遂以爲撰自東田。明《文苑英華》仍之，蓋亦未深考矣。（《觚賸》）

離魂記第二十六

唐陳元祐《離魂記》：清河張鎰，因宦家於衡州，性簡静，寡知交。無子，有二女。其長早亡，幼女倩娘，端妍絶倫。鎰外甥太原王宙，幼聰悟，美容範，鎰常器重。每曰：『他時當以倩娘妻之。』後各長成，宙與倩娘常私感想於寤寐，家人莫知其狀。後有賓僚之選者求之，鎰許焉。女聞而鬱抑，宙亦深恚恨，託以當調請赴京，止之不可，遂厚貽之。宙陰恨悲慟，訣别上船。日暮，至出郭數里。夜方半，宙不寐。忽聞岸上有一人行聲甚速，須臾至船。問之，乃倩娘徒行跣足而至。宙驚喜發狂，執手問其從來。泣曰：『君厚意如此，寢食相感。今將奪我此志，又知君深情不易，思將殺身奉報，是以亡命來奔。』宙非意所望，欣躍特甚，遂匿倩娘於船。連夜遁去，倍道兼行，數月至蜀。凡五年，生二子，與鎰絶信。其妻常思父母，涕泣言曰：『吾曩日不能相負，棄大義而來奔君，向今五年，覆載之下，胡顔獨存也。』宙哀之，曰：『將歸無苦。』遂俱歸衡州。既至，宙獨身先至鎰家，首謝其事。鎰曰：『倩娘病在閨中，何詭説也？』宙曰：『見在舟中。』鎰大驚，促使人驗之，果見倩娘在船中，顔色怡暢。訊使者曰：『大人安否？』家人異之，疾走報鎰。室中女聞，喜而起，飾妝更衣，笑而不語，出與相迎，翕然而合爲一體，其衣裳皆重。後四十年間，夫妻皆喪。二男并孝廉擢第，至丞尉。明代傳奇有演此事者，即名《離魂記》。（**《花朝生筆記》**）

鴛鴦燈第二十七

《蕙畝拾英集》：近世有《鴛鴦燈傳》，其大概云：天聖二年元夕，有貴家出遊，停車慈孝寺側。有一美婦人，降車登殿，抽懷間紅綃帕，裹一香囊，持於香上嘿祝久之。出門登車，擲之於地。有張生者，美丈夫，貴公子也，因遊偶得之。持歸，見紅帕上有細字書詩三章，章後細書云：『有情者得此物，如不相忘，願與妾面，請來年上元夜，於相籃後相待，車前有鴛鴦燈者是也。』生詠嘆久之。翌歲元宵如所約，果得之，因獲遇乾明寺。婦人乃貴人李公偏室，故皆不詳載其名也。（**《歲時廣記》**）

香囊怨第二十八

《香囊怨》傳奇，明周憲王編。王名有燉，定王長子，太祖孫也。勤學好古，留心翰墨，集古名跡十卷，手自臨橅勒石，名《東書堂集古法帖》。譜曲尤工，製《誠齋樂府》三十餘種。雖警拔稍遜古人，而調入絃索，穩叶流麗，猶有金元風範。當時中原絃索，往往藉以爲師。李景文夢陽詩云：『中山孺子倚新妝，趙女燕姬總擅場。齊唱憲王新樂府，金梁橋外月如霜。』牛左史恒詩云：『唱徹憲王新樂府，不知明月下樊樓。』可想見一時歌舞之盛已。此劇大旨言汴梁妓劉盼春，與伶人周恭字子敬者相厚。鹽商陸源，願以重貲結歡，盼春力拒不肯與接。而恭爲父所禁制，不得復往。乃作書歷叙始末，并附《長相思詞》，伺其出外彈唱，投之車中。盼春得之，緘封香囊佩諸身。鴇母以盼春不肯接客，門前冷落，車馬日稀，而源更益資求好也，强以留源。不可，加以箠辱，盼春遂自經死。恭聞之大慟，趨往視屍。焚化時，一香囊獨不壞，發視，乃前所寄書及詞也。恭益哀感，拾餘骨以葬，終身不娶云。梅禹金《青泥蓮花》所載，與此正同。蓋當時實事，非虚構也。（《花朝生筆記》）

杜少陵遊春第二十九

王敬夫渼陂與劉瑾同鄉，瑾專政時，出諸翰林補部屬，敬夫得吏部郎，長文選。會瑾敗，謫同知壽州。王元美謂敬夫有儁才，而傲睨多疏脱。或短之於李文正西涯，謂敬夫嘗譏其詩。御史因追論敬夫，褫其官。敬夫乃編《杜少陵遊春》傳奇劇罵之，由是遂不復用。敬夫與康德涵，俱以詞曲名一時，秀麗雄爽，康不如也。每敬夫曲成，德涵奏之，即老樂師無不擊節嘆賞。評者以敬夫不在關漢卿、馬東籬下，其見推重如此。所爲《折桂令》云：『望東華，人亂擁，紫羅襴，克盡英雄。』元美嘆爲名語。又有句云：『暗想東華，五夜清霜寒駐馬，尋思別駕，一天風雪曉排衙。』語特軒爽，四押亦佳，而『暗想』、『尋思』字，頗不稱，乃知完璧之難也。又作南詞云：『且盡杯中物，不顧青山暮。』以物韻暮，則以北音入南調，爲犯律。蓋南曲必用南音，北曲必用北音，二者不容相混，作曲者不可不辨也。

（《曲苑叢談》）

金瓶梅第三十

世傳《金瓶梅》一書，爲王弇州先生手筆，用以譏嚴世蕃者。書中西門慶，即世蕃之化身。世蕃小名慶，西門亦名慶。世蕃號東樓，此書即以西門對之。或又謂此書爲一孝子所作，用以復其父仇者。蓋孝子所識一巨公，實殺孝子父，圖報累累皆不濟。後忽偵知巨公觀書時，必以指染沫翻其書葉。孝子乃以三年之力，經營此書。書成，黏毒藥於紙角。覘巨公出時，使人持書叫賣於市曰：『天下第一奇書。』巨公於車中聞之，即索觀。車行及其第，書已觀訖，嘖嘖嘆賞。呼賣者問其值，賣者竟不見。巨公頓悟爲人所算，急自營救，已不及，毒發遂死。今按：二説皆是。孝子即鳳洲也，巨公爲唐荊川。鳳洲之父忬，死於嚴氏，實荊川譖之也。姚平仲《綱鑒挈要》，載殺巡撫王忬事，注謂：『忬有古畫，嚴嵩索之，忤不與，易以摹本。有識畫者，爲辨其贋。嵩怒，誣以失誤軍機，殺之。』但未記識畫人姓名。有知其事者，謂識畫人即荆川。古畫者，《清明上河圖》也。鳳洲既抱終天之恨，誓有以報荆川。數遣人往刺之，荆川防護甚備。一夜，讀書静室，有客自後握其髮，將加刃。荆川曰：『余不逃死，然須留遺書囑家人。』其人立以竢。荆川書數行，筆頭脱落，以管就燭，佯爲治筆。管即毒弩，火熱機發，鏃貫刺客喉而斃。鳳洲大失望。後遇於朝房，荆川曰：『不見鳳洲久，必有所著。』答以《金瓶梅》。其實鳳洲無所撰，姑以誑語應爾。荆川索之切。鳳洲歸，廣召梓工，旋撰旋刊，以毒水濡墨刷印，奉之荆川。荆川閲書甚急，墨濃紙黏，卒不可揭，乃屢以指潤口津揭書，書盡，毒發而死。或傳此書爲毒死東樓者，不知東樓自正法，毒死者，實荆川也。彼謂『以三年之力成書』及『巨公索觀於車中』云云，又傳聞異詞者爾。不解荆川以一代巨儒，何渠甘爲嚴氏助虐？而卒至身食其報也。

（《寒花庵隨筆》）

《金瓶梅》爲舊説部中四大奇書之一。相傳出王世貞手，爲報復嚴氏之《督亢圖》。或謂係唐荆川事。荆川任江右巡撫時，有所周納，獄成，罹大辟以死。其子百計求報，而不得間。會荆川解職歸，遍閲奇書，漸嘆觀止，乃急草此書，漬砒於紙以進。蓋審知荆川讀書，必逐葉用紙黏舌，以次披覽也。荆川得書後，覽一夜而畢，驀覺舌本强澀，鏡之黑矣，心知被毒，呼其子曰：『人將謀我，我死，非至親不得入吾室。』逾時，遂卒。旋有白衣冠者，呼天搶地而至，匍伏於其子之前，謂曾受大恩於荆川，願及未蓋棺前，一親顔色。鑒其誠，許之入。伏屍而哭甚哀。哭已，再拜而出。及殮，則一臂不知所往。始悟來者即著書之人，因其父受繯首之辱，進鴆不足，更殘支體以爲報也。一説未知孰是。然實觀袁中郎《錦帆集》，有『伏枕讀《金瓶梅》，雲霧滿紙，勝於枚生《七發》』等語，則是書名重已久。然實蕪穢不足觀，不祇卷末《建醮託生》一回荒誕不經也。（《闕名筆記》）

唐順之條上海防善後九事，嘉靖三十九年春，汛期至，力疾泛海，度焦山，至通州卒，年五十四。赴聞，予祭葬。順之，武進人，吾鄉先達也。相傳順之有一仇家，以重金購得《金瓶梅》原本，而以砒霜浸製其卷葉。順之閲書最速，以手指蘸口津，隨看隨蘸。及卷竟而唇麻木，遂中毒死。以正史校之，則故里傳言之爲訛可知也。正史又云：『順之於學，無所不觀，自天文、樂律、地理、兵法、弧矢、勾股、壬奇、禽乙，莫不究極原委。』此言亦有據。鄉人相傳，順之寓居青果巷盤谷樓，其樓梯曲折而盤屈，登者不易。順之筆硯几席之間，常有伏弩，以防人行刺云云。今盤谷樓歸劉氏，余每過之，輒低回不忍去。（《秋水軒筆記》）

袁中郎《觴政》以《金瓶梅》配《水滸傳》爲外典，余恨未得見。丙午，遇中郎京邸，問：『曾有全帙否？』曰：『第睹數卷，甚奇怪。今惟麻城劉延白承禧家有全本，蓋從其妻家徐文貞録得者。』又三年，小修上公車，已攜有其書，因與借鈔挈歸。吴友馮猶龍見之驚喜，慫恿書坊以重價購刻；馬仲良時榷吴關，亦勸余應梓人之求，可以療飢。余曰：『此等書必遂有人版行，但一刻則家到户傳，壞人心術。它日閻羅究詰始禍，何詞以對？吾豈以刀錐博泥犁哉！』仲良大以爲然，遂固篋之。未幾時，而吴中懸之國門矣。然原本實少五十三回至五十七回，遍覓不得，有陋儒補以入刻，無論膚淺鄙俚，時作吴語，即前後血脈，亦絶不貫串，一見知其贋作矣。聞此爲嘉靖間大名士手筆，指斥時事，如蔡京父子，則指分宜，林靈素則指陶仲文，朱勔則指陸炳，其它各有所屬云。中郎又云：『尚有名《玉嬌李》者，亦出此名士筆，與前書各設報應因果。武大後世化爲淫夫，上烝下報。潘金蓮亦作河間婦，終以極刑；西門慶則一騃憨男子，坐視妻妾外遇，以見輪回不爽。』中郎亦耳剽，未之見也。去年抵輦下，從邱工部六區（志充），得寓目焉，僅首卷耳。而穢黷百端，背倫滅理，幾不忍讀。其帝則稱完顔大定，而貴溪、分宜相搆亦暗寓焉。然筆鋒恣横酣暢，似尤勝《金瓶梅》。邱旋出守去，此書不知落何所。（《顧曲雜言》）

明沈德符《顧曲雜言》，袁中郎《觴政》云云，今《金瓶梅》尚有流傳本，而《玉嬌李》則不聞有此書矣。余從前在書肆中，見有名《隔簾花影》者，云是《金瓶梅》後本，余未披覽，不知是否此書也。（《茶香室叢鈔》）

瑞藻按：《金瓶梅》之出王弇州手，不疑也。景倩距弇州時代不遠，當知其詳。乃以名士二字了之，豈以其誨淫故，爲賢者諱與？實則《金瓶梅》乃懲淫之書，淫者見之謂之淫耳。金沙灘上馬郎婦，豈見金夫不有躬者哉？

又案：《玉嬌李》書，僕外舅何乃普先生家有之。曲園謂世不復有，殊非。然僕亦嘗披覽一過，用意用筆，都不甚佳。事實亦與沈氏所紀不類，豈好事者僞撰，襲其名以行耶？

曇花記第三十一

甲申歲，刑部主事俞識軒顯卿，論刻禮部主事屠長卿隆。得旨，兩人俱革職爲民。俞，松江之上海人，爲孝廉時，適屠令青浦，以事干謁之，屠不聽，且加侮慢。俞心恨甚，至是具疏指屠淫縱，且云與西寧侯宋世恩夫人有私，并及屠帷薄。至云『日中爲市，交易而退』，又有『翠館侯門，青樓郎署』諸媟語。上覽之大怒，遂并斥之。屠自邑令内召甫年餘，俞第後授官止數月耳。睚眦之忿，兩人俱敗，終身不復振。人亦有惜屠之才，然終不以登啓事也。西寧夫人有才色，工音律。屠亦能新聲，頗以自炫。每劇場，輒闌入群優中作技，夫人從簾箔見之，或勞以香茗，因以外傳。至於通家往還亦有之，何至如俞疏云云也。近年屠作《曇花記》，忽以木清泰爲主，嘗怪其無謂。一日，遇屠於武林，命其家僮衍此曲，指揮四顧，如辛幼安之歌『千古江山』，自鳴得意。余於席間私問馮開之祭酒云：『屠此記出何典故？』馮笑曰：『子不知耶？屠晚年自恨往時孟浪，至累宋夫人被醜聲。侯方嚮用，亦因以坐廢。此懺悔文也。』時虞德園吏部在坐，亦聞之，笑曰：『故不如予作《曇花序》云，此乃大雅《目蓮傳》，勉涉閨閣葛藤語，差爲得之。』余應曰：『此乃著色《西遊記》，何必詰其真僞。』（《顧曲雜言》）

修文記第三十二

李義山《李賀小傳》：長吉姊嫁王氏者，語長吉之事甚備。長吉細瘦，通眉，長指爪。能苦吟疾書，最先爲昌黎韓愈所知。未嘗得題，然後爲詩，如它人思量牽合以及程限爲意。每從小奚奴，騎驅驢，背一古破錦囊，遇有所得，即書投囊中。及暮歸，太夫人使婢受囊出之，見其所書多，輒曰：『時兒要當嘔出心肝乃已耳。』上燈與食，長吉從婢取書，研墨疊紙足成之，投他囊中。非大醉及弔喪日，率如此。將死時，忽晝見一緋衣人，駕赤虬，持一版書，若太古篆或辟歷石文者，云當召長吉。長吉了不能讀，欻下榻叩頭，言阿㜷老且病，賀不願去。緋衣人笑曰：『帝成白玉樓，立召君爲記。天上差樂，不苦也。』長吉獨泣，邊人皆見之。少之，長吉氣絶。嘗所居窗中，勃勃有煙氣，聞行車嘒管之聲。太夫人亟止人哭，待之如炊五斗粟許時，長吉竟死。王氏姊非能造作謂長吉者，實所見如此。《宣室志》亦云：賀卒後，太夫人哀不自解。一夕，夢賀來如平生時，白夫人曰：『某雖死，非死也，乃上帝命。』夫人訊其事，曰：『帝近遷都月圃，構新宫，名白瑶。以某雄於詞，命某與文士數輩，共爲新宫記。帝又作凝虚殿，使某輩纂樂章。今爲神仙中人，甚樂，願夫人無以爲念。』既而告去，夫人寤，甚異其夢，自是哀少解。《唐書》本傳，以説近怪誕不載，然學者率能道之，明屠隆長卿《修文記》，亦演此事。族人某，蓄有舊鈔本，庚戌冬，余曾借觀。某旋亡，無子，遺書盡佚。此記亦無從覓矣，惜哉。（《花朝生筆記》）

如意君傳第三十三

歙潭黄訓，字傳古。明嘉靖己丑進士，歷官湖廣按察司副使。著《讀書一得》八卷，其從孫研旅宗夏重刊之。凡九經、二十一史、諸子文集、雜家傳志一百餘種。自古迄今，隨事立論，皆弘博正大。談名理，證治道，是非法戒了如也。吾族之善讀書者，唯讀《如意君傳》，此何書也，而讀之哉？中引朱子詩，以昏風歸咎太宗，論甚正，易其題可也。（《黄盾堂集》）

繡襦記第三十四

朱彝尊《静志居詩話》云：鄭若庸，字中伯，妙擅樂府，嘗著《玉玦詞》以訕妓院，一時白門楊柳，無繫馬者。群妓患之，乃醵金數百行薛生近兖，作《繡襦記》以雪之。秦淮花月，頓復舊觀。按黄文旸《曲海》，則以《玉玦》、《繡襦》，皆爲鄭若庸作。（《茶香室三鈔》）

《拜月亭》之外，余最愛《繡襦記》。中《鵝毛雪》一折，皆乞兒家常口頭話，鎔鑄渾成，不見斧鑿痕跡，可與古詩《孔雀東南飛》、『唧唧復唧唧』并驅。余謂此必元人筆，非化、治間人所能辦也。後問沈寧庵吏部，云果曾於元雜劇中見之。恨其時不曾問得出自何詞，余所見鄭元龢雜劇凡三本，俱無此曲。（《顧曲雜言》）

寶劍記第三十五

沈德符云：元人俱嫻北曲，而不及南音，今南曲如《四時歡》、《窺青眼》、《人别後》諸套最古。或以爲元人筆，亦未必然。沈青門、陳大聲輩，南詞宗匠，皆成、弘間人。同時如康對山、王渼陂，則俱以北調擅長。渼陂初學填詞，募國工杜門學按琵琶三絃，習諸曲三年，盡其伎而後出，其專精如此。李中麓亦以填詞名，與康、王友善，而不嫻度曲。所作《寶劍記》，生硬不諧。不知南曲之有入聲，而以中原音均叶之，吴人傳爲笑柄。同時唯明煦馮海槎，差爲當行，亦不作南曲也。南詞自陳、沈諸公後，有唐子畏、祝枝山、梁伯龍、張伯起，雖俱有才情，視成、弘諸賢遠矣。（《曲苑叢談》）

紅梅記第三十六

傳奇《紅梅記》，明隆、萬間無名氏撰，衍裴禹、盧昭容事也，袁弘道删潤之。其第一齣白云：『讀書則師前漢、後漢，吟詩獨師初唐、盛唐。』殆指二李（夢陽、攀龍）流派而言。中間李慧娘等數齣，蓋借用元人《緑衣人傳》。傳略云：『天水趙源，延祐間，遊學杭州，居於西湖之葛嶺，其側賈秋壑之舊宅也。嘗薄暮徙倚門外，見一女郎東來，緑衣雙鬟。源試挑之，女亦不怒。問姓氏，曰：「呼我緑衣人可矣。與君故相識，豈遂忘却？」源驚問之，曰：「兒故賈平章秋壑侍女也。君爲其蒼頭，少年美姿容，兒見而慕焉。爲同輩所覺，讒於秋壑，賜死斷橋下。宿緣未盡，故復相見。」源曰：「審如此，吾與君再世姻緣也。」遂相燕好，每説宋佚事，云秋壑嘗倚樓閒眺，諸姬皆侍，望見二書生素服烏巾，乘輕舠由湖登岸，一姬曰：「都哉少年。」秋壑曰：「願事之耶？」姬笑不語。移時使人奉一合，呼諸姬至前曰：「適爲某姬納聘，可啓視之。」赫然某姬首也，諸姬戰栗而退。』餘事尚多，今并略之。（《見山樓叢録》）

四聲猿第三十七

《跳鮑老》，兒童戲也。徐天池有《玉通禪》劇，此亦戲爾，而孤山下有玉通墓在焉，神道路側有月明庵在焉，郡城中有柳翠井，遺跡昭然，非徒戲言無據也。考紹興間，有清了、玉通者，皆高僧也。太守柳宣教履任，玉通不赴庭參，柳惡之，使紅蓮計破其戒。玉通羞見清了，即留偈四首，託生於柳，誓必敗其門風。宣教没，翠流落爲妓。二十餘年，與清了遇於大佛寺内。清了又號月明，爲之戴面具，爲宰官身，爲比丘身，爲婦人身，現身説法，示彼前因。翠即時大悟，所謂『月明和尚度柳翠』也。今俗傳月明和尚馱柳翠，燈月之夜，跳舞宣淫，大爲不雅。然此俗難革，爲父老者，盍教兒童改作度柳翠之故事，劇場關目，一如《四聲猿》戲中所衍，庶幾足以垂戒而儆俗乎！（《湖壖雜記》）

俗傳黄崇嘏爲女狀元。按《十國春秋》，崇嘏好男裝，以失火繫獄。邛州刺史周庠，愛其豐采，欲妻以女，乃獻詩云：『幕府若容爲坦腹，願天速變作男兒。』庠驚召問，乃黄使君女也。幼失父母，與老嫗同居。命攝司户參軍，已而乞罷歸，不知所終。今世俗訛稱女狀元者，以其獻詩時，自稱鄉貢進士故也。嚴冬友曰：『徐文長《四聲猿》劇，末一折爲《女狀元》，即崇嘏事。』（《隨園詩話》）

明徐文長渭撰《四聲猿》院本四折，其第三折替父從軍，衍木蘭事。據曲中關目，木蘭立功寧家，與王司訓之子（但稱王郎，無名）成婚。王中賢良、文學兩科，官校書郎云云。按：嘉興沈向齋（可培）《濼源問答》云：問《木蘭詞》，説者謂唐初人記六朝事，别有事蹟可徵不？答曰：少聞之吾鄉前輩諸草廬先生云：木蘭，隋煬帝時人，姓魏。本處子，亳之譙人也。時方征遼募兵，（按院本云：姓花，世住河北魏郡。父名弧，字桑之，曾爲千夫長。因黑山賊首造反，大魏拓跋可汗下郡征兵，與草廬之説不同。）木蘭痛父耄，弟妹皆稚騃，慨然代行。服甲胄，操戈躍馬而往。歷十二年，閲十有八戰，人莫之識。後凱旋，天子嘉其功，除尚書郎，不受，奏懇省視。及還，釋戎服，衣女衣，同行者駭然。事聞，召赴闕，煬帝欲納之。對曰：『臣無媲君之禮。』拒迫不已，遂自盡。帝驚憫，贈孝烈將軍。土人立廟，以四月八日致祭，蓋其生辰也。據此，則院本云云，唐突已甚矣。惜沈氏所引草廬之説，未詳何本。（《眉廬叢話》）

歌臺嘯第三十八

徐文長居胡宗憲幕，以《白鹿表》得名。時茅鹿門謁胡，胡示以此表，且云：『君謂此文誰作者？』茅素服唐荆川，率而言曰：『此非荆川不能。』胡大笑曰：『君亦盲者也。』遂具以告。茅反復細讀曰：『後半略率，所不如荆川者，此耳。』胡亦不與辨也。文長著述，《青藤書屋集》外，以《四聲猿》最著。近見友人家，藏有《歌臺嘯》劇本，亦出天池生之手，斯真可寶矣。（《蠡言》）

嗚鳳記第三十九

吴薗次以順治九年拔貢生，授中書舍人。夙負才望，尤以詞曲名，奉詔譜楊繼盛傳奇。譜成稱旨，即以楊繼盛之官官之，時以爲奇榮雅遇。薗次有《入署拜椒山楊先生祠時奉命譜椒山傳奇》詩。或曰：今昆曲有《鳴鳳記》院本，衍椒山劾嚴嵩事，殆即薗次所撰，進御後遂傳遍教坊也。第考梨洲先生太夫人，嘗有壽日見演《鳴鳳記》，因之慟哭一事，見梨洲子百家《跋子劉子所作壽序後》。是《鳴鳳記》明末已行，薗次所撰當別一本。試諗之知曲者。（《郎潛紀聞》）

瑞藻按：嘗見明人雜著，有記金鳳事者。略謂金鳳海鹽優童，少以色幸於分宜嚴東樓。東樓晝非金不食，夜非金不寢。金既色衰，食貧里居。比東樓敗，王鳳洲《鳴鳳記》行，而金復塗粉墨，身扮東樓。以其孰習，舉動酷肖，復名噪一時。向日恩情，置勿問也云云。南雷家所演者，必爲此本。薗次所譜，爲別一本，決然無疑。陳氏不知鳳洲曾作是劇，故云爾。張詩舲《關隴輿中偶憶編》云：『文章論學力，詞曲論天分。即如弇州《鳴鳳記》，大都率筆，迥不類其詩文。』張氏蓋曾見之，知鳳洲書近世尚流傳不絶；《紀聞》所言，蓋即此本。薗次書既進御，或未播諸人間，未可知也。還以諗之知曲者。

沈悳符《野獲編》云：『夏桂溪言，以一品六年考滿，奏乞封其繼妻蘇氏。蓋故事繼妻惟一人得封，而夏所繼張，已得封，旋没矣。蘇本妾，以才色稱，爲夏所嬖畏，至是稱再娶蘇氏，乞破例賜封，上特允之。』案今《鳴鳳記》所衍，尚有蘇夫人，而莫知其出身微賤也。（《茶香室續鈔》）

雪裏梅第四十

《情史》：瑞州舉人劉文光、廖暹，嘉靖乙丑，同會試京師。廖從老嫗買妾，僞指劉曰：『娶女，劉君也。』女即拜劉，劉遜避。明日，老嫗詣劉講婚期，劉曰：『廖君耳，非我也。』嫗歸語女，女誓曰：『吾已拜劉，業已許之，豈肯易志？不然，有死而已。』劉不得已，曰：『後三年，方得來娶。』女矢無他適，劉遂納聘。辭赴南雍，酌酒爲別。贈詩云：『玉手纖纖捧玉杯，仙郎南去幾時回？天涯到處生芳草，須記凌寒雪裏梅。』明人有《雪裏梅》傳奇，演此事。（《閒居雜綴》）

卷　三

浣紗記第四十一

梁辰魚，字伯龍，昆山人，雅善詞曲。所撰《江東白苧》，妙絶時人。時邑人魏良輔，能喉囀音聲，始變弋陽、海鹽、胡調爲昆腔，伯龍填《浣紗記》付之。王元美詩所云『吴閶白面冶游兒，争唱梁郎雪艷詞』是已。同時又有陸九疇、鄭思笠、包郎郎、戴梅川輩，更唱迭和，清詞艷曲，流播人間，今已百年。傳奇家曲别本，弋陽子弟，可以改調歌之，唯《浣紗》不能。固是詞家老手，詩律猶未細，粗能駢

贍而已。（《静志居詩話》）

《漁磯漫鈔》曰：崑山有魏良輔者，始造新律爲崑腔，梁伯龍獨得其傳。著《浣紗記》傳奇，盛行於時。潘景升有《聽曲詩》云：『《白苧》尚能調魏曲，紅牙原是按梁詞。』又《白下逢梁伯龍感舊》云：『一别長干已十年，填詞贏得萬人傳。歌梁舊燕雙棲處，不是烏衣亦可憐。』（《曲苑叢談》）

崑山梁伯龍辰魚，亦稱詞家，有盛名。所作《浣紗記》，至傳海外，然止此不復續筆。其大套小令，則有《江東白苧》之刻，尚有傳之者。《浣紗》初出時，梁游青浦。屠緯正爲令，以上客禮之。即命優人衍其新劇爲壽，每遇佳句，輒浮大白酬之，梁亦豪飲自快。演至出獵，有所謂『擺開擺開』者，屠厲聲曰：『此惡語，當受罰。』蓋已預儲洿水，以酒海灌三大盂，梁氣索强盡之，大吐委頓。次日不别竟去。屠每言及，必大笑，以爲得意事。（《顧曲雜言》）

紅綃記第四十二

《紅綃記》，明梁伯龍編。其事蓋本於唐段成式之《劍俠傳》，間亦稍涉點竄，則小説家之體例然也。今節録《崑崙奴》篇，用資印證。唐大歷中，有崔生者，其父爲顯僚，與蓋天之勛臣一品者熟，其父使往省一品疾。生少年，容貌如玉，舉止安詳，發言清雅。入室，拜傳父命，一品忻然愛慕，命坐與語。時三妓人，艷皆絶代，居前，以金甌貯緋桃而擘之，沃以甘酪而進。一品命衣紅綃者，擎一甌與生食。生少年赧妓輩，終不食。妓哂之，遂告辭而去，一品命紅綃妓送出院。時生回顧，妓立三指，又反掌者三，指胸前小鏡子，云『記取』，餘更無言。生歸，神迷意奪，日不暇食。但吟詩曰：『誤到蓬山頂上游，明璫玉女動星眸。朱扉半掩深宫月，應照瓊芝雪艷愁。』左右莫能究其意。時家中有崑崙奴磨勒，謂曰：『郎君心中何事，何不報老奴？』生曰：『汝輩何知？而問我襟懷間事。』磨勒曰：『但言，必能成之。』生駭其言異，具以告。磨勒曰：『此小事耳，何不早言，而自苦耶？』生又白其隱語，曰：『有何難會？立三指者，一品宅中有十院歌姬，此乃第三院耳。反掌三者，數十五指，以應十五日之數。胸前小鏡子，十五夜月圓如鏡，令郎君來耳。』後夜乃十五夜，請染青絹二疋，爲郎君製束身之衣。一品宅有猛犬，守歌妓院門外，常人不得輒入，入必噬殺之。世間非老奴不能斃此犬，今夕當撾殺之。』至三更，攜鏈錐而往，食頃而回，曰：『犬已斃訖。』越日三更，與生衣青衣，負而逾十重垣，乃入歌姬院内。至第三院，繡户不扃，金釭微明，聞妓嘆曰：『深谷鶯啼恨阮郎，偷來花下解珠璫。碧雲飄斷音書絶，空倚玉簫愁鳳凰。』侍衛皆寢，鄰近闃然，生遂掀簾而入，姬嘿然良久，躍下榻執生手曰：『知郎君穎悟，必能嘿識，所以手語耳，不知郎君何神術至此？』生具告磨勒之謀。姬曰：『磨勒何在？』曰：『簾外。』召入，以金甌酌酒而飲之。姬白生曰：『某本居朔方，主人擁旄，逼爲姬僕。偷生不死，如在桎梏。賢爪牙既有神術，何如爲脱狴牢？所辱既信，雖死不悔。』生愀然不語。磨勒曰：『娘子堅確如是，此亦小事爾。』姬甚喜，磨勒請先爲姬負其囊橐妝奩，如此者三。遂負生與姬飛出，一品家之守禦無有警者。及旦，一品家方覺，又見犬已斃，大駭曰：『我家門垣，從來邃密，扃鐍甚嚴。勢似飛蹻，寂無形跡，此必是一大俠矣。無更聲聞，徒爲患禍。』姬隱崔生家二歲，因花時駕小車游曲江，爲一品家人潛認，遂白一品。一品異之，召崔生詰其事，懼不敢隱，細言端由。一品曰：『是姬大罪過，但郎君驅使逾年，即不能問是非。某須爲天下人除害。』命甲士五十人，嚴持兵仗，圍崔生院，使擒磨勒。磨勒持匕首，飛出高垣，瞥若翅翎，疾同鷹隼，攢矢如雨，莫能中之。頃刻之間，不知所向。後十餘年，崔家有人見磨勒賣藥洛陽市，容髮如舊耳。（《花朝生筆記》）

紅綫記第四十三

《紅綫記》，亦梁伯龍編。其本事爲《紅綫傳》，唐楊巨源撰，行文濃麗，爲唐人小説之最。辰魚此曲，極稱諧穩，然明人沈德符已云被俗優合《紅綃》爲一齣，名曰『雙紅』，遂成惡趣。近世傳本亦極少矣，可惜也。楊傳人人知之，兹撮其略。潞州節度使薛嵩家，有青衣紅綫者，善彈阮咸，又通經史，嵩俾掌牒表，號曰『内記室』。時兩河未寧，以淦陽爲鎮，命嵩固守，控壓山東。命嵩遣女嫁魏博節度使田承嗣男，又遣嵩男娶滑臺節度使令狐章女，三鎮締交爲姻婭。而承嗣常患肺氣，遇熱增劇，每曰：『我若移鎮山東，納其涼冷，可以延數年之命。』乃募軍中武勇十倍者，得三千人，號『外宅男』，而厚其廩給。常令三百人夜值州宅，卜選良日，將併潞州。嵩聞之，日夜憂悶，計無所出。紅綫曰：『主一月不遑寢食，非爲鄰境乎？某誠賤，亦能解主憂者。』嵩以其語異，具告其事。紅綫曰：『此易與耳。暫放某一到魏城，觀其形勢。今一更首途，五更可以復命。』乃入房，梳烏蠻髻，黄金雀釵，衣紫繡短袍，繫青絲絇履，胸前佩龍文匕首，再拜而行，倏忽不見。嵩乃閉户危坐，忽聞曉角吟風，一葉墜落，即紅綫回矣。嵩問：『事諧否？』曰：『不敢辱命。』、『無殺傷否？』曰：『不至是。某夜前三刻，即達魏城。凡歷數門，即達寢所。外宅兒止於房廊，睡聲雷動。田親翁帳内趺眠，枕前露七星劍，劍前仰開一金合，内書生身甲子，與北斗神名，遂持金合以歸。出魏城西門，將行二百里，見銅臺高揭，漳水東流，晨鷄動野，斜月在林，往返七百里，經過五六城。冀減主憂，敢言其苦？』嵩乃發使入魏，遺田承嗣書曰：『昨夜有客從魏州來，云自元帥床頭，獲一金合，不敢留駐，謹却封納。』專使星馳，夜半方到，見搜捕金合，一軍憂疑。使者以馬箠撾門，非時請見。承嗣遽出，使者乃以金合授之。奉承之時，驚怛絶倒。明日，專使賫帛三萬匹，名馬二百匹，雜珍異等，以獻於嵩曰：『某之首領，繫在恩私，便宜知過自新，不復更貽伊戚。所置紀綱外宅兒者，本防他盜，亦非異圖，今并脱其甲裳，放歸田里矣。』由是河北、河南，信使交至。忽一日，紅綫辭去，曰：『某前本男子，遊學江湖間，讀神農藥書，救世人灾患。時里有孕婦，忽患蠱症，某以芫花酒下之，婦人與腹中二子俱斃。陰力見誅，陷爲女子。幸生公家，十九年矣，寵待有加，榮亦甚矣。昨至魏邦，以是報恩。今兩地保其城池，萬人全其性命。某一婦人，功亦不小，固可贖其前辜，遂其本形。便當遁跡塵中，棲心物外，澄清一氣，生死長存。』嵩知不可留，乃廣爲餞别，悉集賓僚，夜宴中堂。紅綫拜且泣，僞醉離席，遂亡所在。（《花朝生筆記》）

紅拂記第四十四

張伯起《紅拂記》，本於唐人小説，然不足據。虬髯本傳，稱貞觀中，靖位至僕射。東南蠻奏曰：

『有海賊以千艘，積甲十萬人，入扶餘國，殺其主自立，國内已定。』考新、舊《唐書》，并無扶餘國，惟高麗、百濟，并云扶餘之别種也。高麗國中有扶餘城。武德七年，高麗王建武，懼伐其國，乃築長城，東北自扶餘城，西南至海，千有餘里。是高麗方據扶餘城以自固，豈他人得襲而有之也？又考《薛仁貴傳》云：『乾封初，高麗大將泉男生内附，遣將軍龐同善高等迎接之。男生弟男建，帥國人逆擊。仁貴領驍勇赴救，乘勝進攻扶餘城，遂拔扶餘城。扶餘川四十餘城，乘風震懾，一時送款。』使誠有虬髯事，亦不久殘破矣。（《小浮梅閒話》）

宋范公偁《過庭録》云：舊家多藏異書，兵火之後，無復片紙。尚記有一《黄鬚傳》云：李靖微時甚窮，寓於北郡一富家。一日靖竊其家女而遁，行至暮，投一旅舍。飯罷，濯足於門，見一黄鬚老翁坐於側，且熟視，神色非常。靖恐富家捕己者，欲辟之。頃於皮篋中取一人頭切食，甚閒暇。靖異之，乃就問焉。翁曰：『今天下大亂，汝當平天下。然有一人在汝上，若其人亡，則汝當爲王。汝可從我求之。』靖隨翁數程，至汴州，見一大第中數人弈。翁同佇立云：『不見其人矣。』頃見一人披衣從中出，視弈者，蓋太宗也。翁驚曰：『即此人當之，汝善佐其事。』遂别語靖曰：『此去四十五年，東夷中有一黄鬚翁，殺其君而自立者，即我也。』靖既佐唐平亂，貞觀中，東夷果奏一黄鬚翁殺其君而自立，此即唐人所傳虬髯公事，而情節小異。今世人皆知有虬髯公，莫知有黄鬚翁矣。（《茶香室叢鈔》）

陽春六集第四十五

張伯起少年作《紅拂記》，演習之者遍國中。後以丙戌上太夫人壽，作《祝髮記》，則母已八旬，而身亦耳順矣。其繼之者，則有《竊符》、《灌園》、《扊扅》、《虎符》，共刻函爲《陽春六集》，盛傳於世，可以止矣。暮年值播事奏功，大將楚人李應祥者，求作傳奇，以侈其勛。潤筆稍溢，不免於張大。似多此一段蛇足，其曲今亦不行。同時沈寧庵璟吏部，自號詞隱生，亦酷愛填詞，至作三十餘種，其盛行者，惟《義俠》、《桃符》、《紅蕖》之屬。沈工韻譜，每製曲，必遵《中原音韻》、《太和正音》諸書，欲與金元名家争長。張則以意用韻，便俗唱而已。（《顧曲雜言》）

四異記第四十六

嘉靖間，昆山民爲男聘婦，而男得痼疾。民信俗有衝喜之説，欲亟迎女。女家度婿且死，不從。强之，乃飾其少子爲女，歸焉，將以爲旬日計。既草率成禮，男父母謂病人不當近色，命其幼女伴嫂寢，而二人竟私爲夫婦矣。逾月，男病漸瘳。女家恐事敗，紿以他故，邀女去，事寂無知者。因女有娠，父母窮問得之，訟之官，獄連年不解。有葉御史者，判牒云：『嫁女得媳，娶婦得婿；顛之倒之，左右一義。』遂聽爲夫妻焉。吴江沈寧庵吏部璟，爲作《四異記》傳奇。（《笑史》）

新機錦第四十七

徐文長謂明代北曲推周憲王、谷子敬、劉東生；近推王敬夫、康德涵。他如史癡翁、陳大聲輩，皆可觀。惟南曲極少名家，祝枝山頗留意於此。其《新機錦》，亦冠絕一時，流麗不減則誠，而嚴整過之，殆勁敵也。作曲最喜用事，當家最忌用事、重沓及不著題。枝山《燕曲》云：『蘇小道，伊不管流年，把春色銜將去了，却飛入昭陽姓趙。』兩事相聯，使人不覺。此豈庸手所能？押『趙』字尤佳。非靈蛇在握，未易語此。（《曲苑叢談》）

白練裙第四十八

頃歲丁酉，馮開之年伯爲南祭酒，東南名士，雲集金陵。時屠長卿年伯久廢，新奉恩詔復冠帶，亦寓此。公慕狹邪寇四兒名文華者，先以纏頭往。至日，具袍服，頭踏呵殿而至。踞聽事南面，呼嫗出拜。令寇姬旁侍行酒，更作才語相向。次日，六院喧傳，以爲談柄。有江右孝廉鄭豹先名之文者，素以才自命，遂作一傳奇，名曰《白練裙》，摹寫屠憨狀曲盡。時吳下王伯穀亦在留都，其少時曾睠名妓馬湘蘭名守真者。馬年已將耳順，王則望七矣。兩人尚講衿裯之好，鄭亦串入其中，備列醜態，一時爲之紙貴。次年，李九我署南禮部，追書肆刻本，毁其版，然已傳播遠近無算矣。予後於都下遇鄭君，譽其填詞之妙，鄭面發赤，屬予勿再告人。（《顧曲雜言》）

《白練裙》雜劇，休寧吴非熊、新城鄭應尼合譔，以嘲馬湘蘭者。吴名兆騫，喜爲傳奇詞曲，一時遊冶少年，推爲渠帥。此劇既出，青樓人皆指目，有樊川薄倖之名。《板橋雜記》言鄭應尼公車下第，遊金陵，時南曲中馬湘蘭負盛名，與王伯穀爲文字飲，遇應尼不以禮。應尼作《白練裙》雜劇，極其諧謔，召湘蘭觀之，微笑而已。應尼輕薄兒，思欲染指禁臠，宜不直湘蘭一哂。王漁洋《秦淮雜詩》『新月高高夜漏分，棗花簾子水沉薰。石橋巷口諸年少，解唱當年《白練裙》』，即紀此事。此劇傳本甚少，繆藝風先生云：『錢唐羅矩字千秋者，曾在江西睹此曲本，後未得再見。應尼江西人，不審彼中藏書家尚有此書不？』（應尼江西南城人，與錢牧齋爲庚戌同年。）（《拭甌》）

祈禹傳第四十九

歸安茅鏖，鹿門先生第三子也，字右鸞，佚才曠世。偶同諸友諧謔，枚舉平生可以志奇遇者。鏖啞然笑曰：『頃復所聞，遇則遇矣，未足云奇也。世有一人而百遇，盡屬妙麗，斯爲奇耳。』諸友曰：『昔人陳跡，弟輩無所不窺，洵若子言，願一披讀。』鏖曰：『此種異書，欲窺殊未易也，兄當以春缸沃我爾。』衆曰：『唯唯，不可食言。』然鏖實無此書，暮歸，即鳩工匠及内外誊寫者百餘人。廣厦列炬如晝，鏖危坐其中。或以口語，或以手授，隨筆隨刊，蘇學士手腕欲脱，亦不顧也。天將曙，而百回已竣，序目評閲俱備。因戒閽人曰：『昨諸人來，第言宿酲未解，俟裝訂既就，乃報我。』遂入内濃睡，閽人如鏖指，而諸友悉肩書閣，午後始悟。鏖投以書五帙，題曰『祈禹傳』，結構精妙，不可名狀，而千載韻事，一人徧焉。諸友曰：『才人妙手，如萬斛明珠，從空散落，可謂風流之董狐矣。』鏕曰：『篋中尚留幾帙，明日當奉諸公。』衆方欲觴鏕，固辭乃止。後聞鏕一夕草就，莫不驚嘆。而鏕屢躓棘闈，曾不能博一第，或以爲口過所致云。（《簪雲樓雜説》）

分鞋記第五十

陶南村《輟耕録》，載程鵬舉宋季被虜於興元板橋張萬户家爲奴。張以虜到宦家女某氏妻之。既婚之三日，即竊謂其夫曰：『觀君之才貌，非久在人後者，何不爲去計，而甘心於此乎？』夫疑其試己也，訴於張，張命捶之。越三日復告曰：『君若去，必可成大器，不則終爲人奴耳。』夫愈疑之，又訴於張。張命出之，遂鬻於市人家。妻臨行，以所穿繡鞋一，易程一履，泣而曰：『期執此相見矣。』程感悟，奔歸宋。時年十七八，以蔭補入官。迨國朝統一海寓，程爲陝西行省參知政事。自與妻别，已三十餘年，義其爲人，未嘗再娶。至是遣人攜向之鞋履，往興元訪求之。市家云：『此婦到吾家，執作甚勤。遇夜，未嘗解衣以寢，每紡織達旦，毅然莫可犯。吾妻異之，視如己女。將半載，以所成布匹，償原鬻鏹物，乞身爲尼。吾妻施資以成其志，見居城東某庵中。』所遣人即往尋見，以暴衣爲由，故遺鞋履在地。尼見之，詢其所從來，曰：『吾主翁程參政，使尋其偶耳。』尼出鞋履示之合，亟拜曰：『主母也。』尼曰：『鞋履復全，吾之願畢矣。歸見程相公與夫人，爲道致意。』竟不再出。告以參政未嘗娶，終不出。旋報程，移文本省，遣使檄興元路，路官爲具禮，委幕屬李克復，防護其車輿至陝

西，重爲夫婦焉。明長洲陸采衍其事爲傳奇，所謂《分鞋記》也。（《花朝生筆記》）

易鞋記第五十一

明嘉靖中，長洲陸采採《輟耕録》程鵬舉事，作《分鞋記》傳奇。復有作《易鞋記》者，衍鵬舉與妻白玉娘易鞋相别，始離終合。大致與陸《記》不殊，而關目頗多增飾，名字亦不盡同。鵬舉被掠於張萬户家，配以玉娘。鵬舉逸去，張鬻之市人家。執作償值，皈心空門。程貴，遣人持鞋物色，復爲夫婦，其所同也。《輟耕録》不載鵬舉父名，《宋稗》云：『尚書文業子。』此云：『參政公輔子。』合《宋稗》、《輟耕録》觀之，程名萬里，字鵬舉。一著其字，一著其名。此以鵬舉爲名，字曰公達。作者殆未見《宋稗》，以意爲之也。玉娘，統制白忠女，此作刺史白如珪。程之奔宋，玉娘實縱臾之。此則以爲婢輩竊聽，訴之主人。玉娘臨行，與鵬舉分鞋，此則以爲夫婦互易。玉娘之入市家，萬户鬻之。今則謂玉娘自投明珠橋，周媪拯之，以還萬户，萬户不肯受，媪撫爲己女。玉娘償鏹爲尼，今謂被惡少迫婚，因出家明淨庵。至程、白父母，二書皆不言及，或已去世，亦未可知。今則謂二家父母咸在，程母趙氏，白母韓氏，韓弟某，官吏部侍郎，與鵬舉父同年進士。鵬舉返國謁韓，韓保薦得官，至陝西參政。如珪時官陝西副使，鵬舉奉父母至署，復覓得玉娘，而又適與婦翁同官，并得快聚，凡此皆緣飾成編者也。（《見山樓叢録》）

灞亭秋第五十二

吴江沈氏最多才，自詞隱生璟訂正《九宫譜》，爲審音者所宗。而君庸亦善填詞，所撰《灞亭秋》、《鞭歌妓》諸雜劇，慨當以慷。世有續《録鬼簿》者，當目之爲一流。詩稍嫌其平衍，《和施愚山學博送别》云：『苜蓿闌干春漸肥，榆關滇海雁書稀。管城亦有封侯骨，磨盾看君試短衣。』君庸名自徵，副使琉子，避賢良方正不就。（《静志居詩話》）

藍橋記第五十三

《太平廣記》：唐長慶中，有裴航秀才，因下第，游於鄂渚。謁故友崔相國，崔贈泉二十萬，因傭舟入京。同舟有樊夫人，國色也。帷帳比鄰，無計覿面。因賂侍婢裊煙達詩一章，曰：『向爲胡越猶懷想，况遇天仙隔錦屏。倘若玉京朝會去，願隨鸞鶴入青冥。』復求名醖珍果獻之，夫人召航相見。及褰帷，玉瑩光寒，花明麗景，煙霞外人也。夫人曰：『妾夫官漢南，將欲棄官，幽棲巖谷，召某一訣爾。豈更有情，留盼他人？但喜與郎官同舟，無以諧謔爲意。』航不敢語而退。夫人復詩曰：『一飲瓊漿百感生，元霜搗盡見雲英。藍橋便是神仙窟，何必崎嶇上玉京？』航得詩，不能達旨趣。後更不復見，抵襄漢，不告而去。航遍訪求，竟乏蹤兆，遂飾裝歸輦下。徑藍橋驛側，渴甚，下道求漿而飲。見茆屋三數間，低而復隘，有老嫗績麻，航揖求漿。嫗呼曰：『雲英擎一杯漿來。』航憶樊夫人詩，深若有會。俄葦箔下出雙玉手，捧磁甌。接飲之，覺異香絪縕透户外，真玉液也。揭箔，睹一女子，露挹瓊英，春融雪彩，雖紅蘭之隱幽谷，不足比其芳麗。航驚怛不能去，良久，白嫗曰：『小娘子艷麗絶代，姿容曜世，願内厚禮娶之，可乎？』嫗曰：『渠已許嫁一人，但時未就。今我老病，神仙與一刀圭藥，得玉杵臼搗之，百日可吞。爾欲此女，得玉杵臼，吾當與之。』航拜謝，以百日爲期。至京，高聲訪求，曾無影響。月餘，遇一老翁曰：『近得卞老書，云有玉杵臼貨之，郎君懇求如此，當爲道達。』航愧荷珍重，果獲杵臼，云非二百緡不可。航乃傾囊貨馬及其值，獨挈而抵藍橋。嫗大笑曰：『有如是信士乎！吾豈愛惜女子而不酬其勞哉？吾當告姻戚，爲裴郎具幃帳。』遂挈女入山，謂航曰：『但少留此。』逡巡，車馬僕隸，迎航而往。見大第連雲，頗如貴家。就禮訖，航拜嫗感荷，嫗曰：『裴郎自是清冷真人子孫，業當出世，不足深謝也。』後有仙女，鬟髻霓衣，云是妻之姊，曰：『裴郎不相識耶？』航曰：『昔非姻好，不省拜侍。』曰：『不憶鄂渚同舟抵襄漢乎？』航驚怛陳謝，後問左右，曰：『是名雲翹夫人，劉綱仙之妻，而玉皇之女吏也。』嫗將航妻俱入玉峰洞，超爲上仙。明萬曆中，龍米陵本此衍《藍橋記》傳奇。（《閒居雜綴》）

玉杵記第五十四

唐孟棨《本事詩》：博陵崔護，資質甚美，而孤契寡合。舉進士下第，清明日，獨遊都市南，得居人莊，一畝之宫，而花木叢萃，寂若無人。敲門久之，有女子自門竊窺問曰：『誰耶？』以姓氏對，曰：『尋春獨行，酒渴求飲。』女以杯水至，開門設床命坐。獨倚小桃柯佇立，而意屬殊厚，妖姿媚態，綽有餘妍。崔以言挑之，不對，目注者久之。崔辭去，送之門，如不勝情而入。崔亦睠盼而歸。來歲清明，復往尋之。門墻如故，而已鎖扃，因題詩於左扉曰：『去年今日此門中，人面桃花相映紅。人面不知何處去，桃花依舊笑春風。』後數日，偶至都城南，復至其地。聞中有哭聲，問之，有老父出曰：『君非崔護耶？』曰：『然。』哭曰：『君殺吾女。』崔驚起莫知所答。老父曰：『吾女笄年知書，尚未適人。自去年來，常恍惚若有所失。比日與之出，及歸，見左扉有字，讀之。入門而病，絶食數日而死。吾老矣，此女所以不嫁者，將求君子，以託吾身。今若此，得非君殺之耶？』又特大哭。崔感慟，請入哭之。尚儼然在床，崔舉其首，枕其股，哭而祝曰：『某在斯，某在斯！』須臾，女開目，半日復活矣。父大喜，遂以女歸之。明季餘姚楊之炯，取此事與裴航事，合而爲一，撰《玉杵記》傳奇。航遇老嫗女，護遇老父女，映射有致。航事出裴鉶《傳奇》，遇樊夫人於鄂渚，遇雲英於藍橋；裊煙之詩箋，卞老之書問，玉兔之搗藥，仙洞之會姻，事跡甚多，故用爲正面。護遇女祇兩度清明，且即護與父女三人，事簡而節短，故用爲側面。其關鍵相似者，茆屋畝宫之下，求漿求飲，擎甌奉杯，揭箔微窺；足縮不去之態，言挑不對之情，雖仙凡異路，如出一轍。又皆有七言絶句，以供點染，自是天成文章。雲英有姓氏，《人面桃花》之女本無可考，《登樓記》作莊慕瓊，《人面桃花》雜劇作葉蓁兒，《題門記》作謝嬌英，皆出杜撰。此作莊慕瓊，仍《登樓》之舊也。航，長慶間人。孟棨不著護時代，《題門記》謂王右丞友，想當然耳。此記與航合傳，云是憲、穆時人，皆不可爲典要。航有謁故舊崔相國事，因謂護

爲相國家子弟，與航交契，其取巧善生法處，令人解頤。（《閒居雜綴》）

玉合記第五十五

梅鼎祚，字禹金，宣城人，國子監生。周見洽聞，著書最富，《詩乘》、《文紀》之外，旁及書記小說。兼精傳奇，所填《韓君平玉合記》，爲詞家所賞。有云：『風中絮，陌上塵，嘆韶光何曾戀人。』亡友王介人極稱之。（《静志居詩話》）

東郭記第五十六

清宣統間，余從友人所，得《東郭記》傳奇一種，舊刻本也。都上下兩卷，四十四齣。刺取《孟子》七篇中人爲角色，更撮截《孟子》語爲每齣名目。描寫世態，窮極形相，不翅温犀然海，千奇百怪無遁形也。其曰《東郭記》者，則以《孟子》云齊人有一妻一妾，乞餘東郭墦間。傳奇以齊人爲姓名，齊王賜號東郭君故。書無撰人姓名，遍詢無知者。余以其少傳本，且足風世焉，郵寄孫君臞蝯，屬付麻沙。甲寅仲冬，始逐日排印《神州報》中，君作序冠其端。據貴築姚芒父《菉猗室曲話》，考定爲明萬曆間孫仁孺撰。謂姚君臧有明白雪樓原本，題『峨嵋子評點』字樣，其卷首引子署款曰：『峨嵋子書於白雪樓。』末有小印二：一曰『孫氏仁孺』，一曰『白雪樓』。卷中又題爲白雪樓主人編本，引子中亦有『予傳之』云云，知評者、撰者確爲一人。峨嵋子與白雪樓主人皆爲孫仁孺之別號，其出於仁孺手筆，當無可疑。惟其爵里未詳，仁孺當是其字，名亦無考。玩『峨嵋』二字之意，疑其隸籍於蜀，然亦未敢定也云云。余嘗見《汲古閣校刻書目》、《六十種曲》，著有此記，知必出元明人手。然終不知其姓氏。讀孫君序，喜可知也。所不能無疑者，去臘游虎林，得明無名氏雜記鈔本一册，中一條適論《東郭記》，則云汪道昆撰。（案道昆字伯玉，歙縣人，嘉靖後五子之一。）道昆，嘉靖中與王世貞同年進士，擅古文名。張居正父七十，道昆爲文祝壽，居正極口贊揚。由是朝士翕然推重，道昆亦以宗匠自居。世貞以居正故，曲意媚之。《卮言》云：『文繁而法且有委，吾得其人曰汪伯玉。』《四部稿》贈汪序有云：『上本羲姒，下則姬孔，俯踞二京，跨千載而上，皎然若日中天。』贈詩云：『天下文章兩司馬。』其一史遷，其一則道昆，爲兵部侍郎也。然竄竊秦漢字句，實無真得。《太函》一集，詆者甚衆。此劇純是諧謔，割截句語，簸弄唇舌。科白中淳于髡語齊人云：『鄒國老孟著《孟子》七篇，也記汝功。』説齊人伐燕取之，且許求孟子爲之作傳，此更狎侮大賢，得罪名教。同時臧晋叔懋循，喜其滑稽，遂列之六十種，二説互異。《曲話》余未得見，就孫序所引者觀之，曰：『白雪樓主人編。』曰：『峨嵋子評點。』曰：『予傳之。』自撰書而自評點，古有其例。曰『予傳之』，則非自撰明矣。伯玉，嘉靖進士，仁孺則萬曆間人。以時代言，汪先於孫。恐道昆撰此記，仁孺實校刻以傳。姚君白雪樓本，或係當時原本。書末二小印，殆收藏圖記云爾。《雜記》之説殊詳盡，必有依據，無可疑者。伯玉雖以詩文自負，詞曲亦稱作家。沈景倩《顧曲雜言》，載其傳奇有《高唐夢》等四種，晋叔評之，微病其靡。至孫仁孺，里居既無可考，名字亦不見於他書，無論著述。《曲話》云云，不知果何所本也。（李于鱗有白雪樓後五子中蒲圻魏裳詩云：『郢調凄凉思轉幽，卜居還倚鮑山丘。初疑海氣能成市，不道仙人獨有樓。乘興好看明月上，登高長嘯白雲秋。琴心自在誰堪識，且聽巴人下里謳。』余意伯玉譜《東郭記》成，或曾就正於于鱗，故云『白雪樓主人編』，又云『予傳之』，亦未可知，事無佐證，不敢自信，然白雪樓不特孫氏有之，愈可徵此記之非孫撰矣。）惜此劇名不甚著，鮮見於諸家記載，而又不得臧晋叔本一勘之。管蠡之見，未知果有當不，書之以質姚、孫二君并海内鴻達教焉。（《花朝生筆記》）

鬱輪袍第五十七

明王緱山衡，有《鬱輪袍》雜劇，後有署西湖居士者，擴爲全本，錯舉王維事實，而仍以『鬱輪袍』爲名，頗多綴飾。略云：『維寓居河東，十九擢省元，卜築輞川，與友裴迪同居。維弟綠，性險詐。先中進士，意甚輕維。維偕迪同赴會試，綠亦以候選至京。故尚書蘇頲妻韋氏者，爲女蕙芳相攸，令文士投詩，維不可。樂師段媪，嘗於韋處彈維所製《鬱輪袍》曲，蕙芳慕之，贈以金箋及羅沙檀琵琶，求其他稿。維答以近作，及自畫《輞川圖》，達求婚之意也。岐王亦愛維才，欲飾爲樂工，謁長公主，以《鬱輪袍》進，求奪狀頭。綠偵知之，使豪家子王推，冒維名以往。公主乃屬考官温履真，置諸第一。主司張九齡黜之，擢維爲狀元。值安禄山叛，欲署維僞職，維服瘖藥以拒，被執。蕙芳亦爲亂軍所掠，李光弼破禄山時得之，知爲頲女，留養署中。亂定，李林甫指維降賊，岐王辨奏，授維太子中允。

光弼以蕙芳爲己女，迎韋至家，段媪亦至京師。光弼知維未娶，欲以女妻之。維云：已聘蘇氏。適段媪詣女，與光弼言其始末，因以蕙芳歸焉。』按王推僞作王維，公主通關節於温履真，此本王衡《鬱輪袍》目，而張九齡秉公黜推，則與衡異。維居輞川，與裴迪唱和，自是實事，王劇亦有之。自畫《輞川圖》送蘇，則又王劇所無也。維弟縉，兄弟極友愛。維被污於禄山，縉請解官以贖其罪，而劇云王禄種種罪惡，不亦大誣賢者耶？詐瘖被囚，及《凝碧池詩》，皆實，特爾時林甫久死，安得陷之？右丞妻不可考，却無蘇氏之説。《奪解記》又以爲林甫女，愈荒唐可笑矣。（《見山樓叢録》）

張爾岐《蒿庵閒話》云：『王摩詰與魏居士書云：近有陶潛，不肯把版屈腰見督郵，棄官去。後貧，乞食詩云「敲門拙言詞」，是屢乞而多慚也。嘗見一督郵，安食公田數頃，一慚之不忍，而終身慚乎。此亦人我攻中，忘大守小，不鞭其後之累也。摩詰見解乃爾。』據此而推，《鬱輪袍》非誣也。

（《茶香室續鈔》）

擲杯記第五十八

吾鄉昔年詞林朱文石（名大韶，字象玄，嘉靖丁未進士，官冢宰），古玩充牣，獨苦無子，有弟大英子爲嗣。其夫人平湖陸氏，莊簡公（名光祖，字與繩，號五臺，嘉靖丁未進士，官居冢宰）之族女也。文石没後，陸氏子姓群來唁，謂夫人曰：『吾輩外姓，不敢冀田園，唯聞有玉杯一隻，願以爲贈。』夫人艴然不與，恨恨而去。後假逋欠册糧爲詞，訟嗣子於官，囑邏卒伺於中塗搶去。曰：『玉杯朝至，夕則釋矣。』不得已以杯獻，而訟事究居負局。後子詠白（名本洽，字叔熙，官至山東副使），中萬曆癸丑進士，此時陸氏亦漸衰。詠白乃具疏鳴父冤，而事已久遠，惟以空文了之。開釋原擬之罪，而後焚黄，人咸悲其志焉。壬戌歲，郡侯張石林莅松，有權略。有妖人馬道、戚泰水謀不軌，事發被獲，而陸之子鍾奇與也，并禁囹圄。後馬、戚二孽，駢斬南演武場，鍾奇免脱。出獄時，朱僕即捧之去，必欲得杯，一如前陸之所以挾朱者。不三日而杯至，詠白乃挂其父遺像，設奠，以杯三酬，隨於階前擲碎之。此杯名曰『教子升天』，母龍一，子龍九，製作精巧。客有拾一片示余者，熟玩之，堅結而古色淋漓。時有諸生許令則（名經，眉公門人），作《擲杯記》。（《説夢》）

午日吟第五十九

《午日吟》，明萬曆間湖南許潮撰。言嚴武爲劍南節度使，故人杜甫，避亂相依，卜築萬里橋西江上。值重五，武具酒肴聲伎，約僚友詣子美草堂，吟賞竟日，故名。少陵集中與武往還詩甚多，獨未嘗有午日之吟。四時節序之什亦富，而午日最少。僅《端午日賜衣》及《送向進奉端午御衣》二篇而已。潮蓋着意渲染，以成韻事也。中間詞曲，多用老杜詩句，以見才情。賓白詩篇，亦多出《杜集》：『元戎小隊出郊坰，問柳尋花到野亭』、『川合東西瞻使節，地分南北任流萍』、『扁舟不獨如張翰，皂帽還應似管寧』、『寂寞江天雲霧裏，何人道有少微星』，老杜因嚴中丞枉駕見過作也。劇改作嚴杜聯句，殊妙。餘如『日出籬東水，雲生舍北泥。竹高鳴翡翠，沙暖舞鵾鷄』、『清江一曲抱村流，長夏江村事事幽』、『自去自來梁上燕，相親相近水中鷗』、『翠篠娟娟静，紅蕖冉冉香』、『故人書斷絶，稚子色凄涼』、『幽棲地僻經過少，老病人扶再拜難』、『豈有文章驚海内，漫勞車馬駐江干』、『青娥皓齒擁樓船，横笛短簫悲遠天。春風自信牙檣動，遲日徐看錦纜牽』、『乘興杳然迷出處，對君疑是泛虛舟』諸聯，皆出杜集，唯《蓮舟》、《鬥艇》二篇，非子美作耳。（《閒居雜綴》）

同甲會第六十

宋文忠烈公彦博，兩登相位，退休居洛。與致仕中散大夫程珦、朝議大夫司馬旦、司封郎中席汝言，皆七十八歲。爲同甲會，伏臘宴笑，以樂天年。潞公詩云：『四人三百一十歲，况是同生甲午年。占得梁園爲賦客，合成商嶺採芝仙。清談娓娓風生席，素髮蕭蕭雪滿肩。此會從來誠未有，雒中應作畫圖傳。』千古以爲佳話。許潮取其事譜《同甲會》傳奇，生情設法，幻出席間衍戲。以松竹梅乃歲寒三友，此劇作小春時宴會，用以點綴景色。松竹梅字，暗藏不露。松爲喬氏十八公，梅爲臘氏十八母，生二子女：女曰『嶰谷小青娥』，男曰『淇園斐然子』。其劈頭歌行云：『徂徠喬氏十八公，庾嶺臘氏十八母。一老風月相絪緼，生下兩個兒和女：女曰「嶰谷小青娥」，男曰「淇園斐然子」。吟風弄月趣無邊，那看雨雪并風煙。一家占盡歲寒景，醖釀春光媚壽筵。』後作標目四句云：『徂徠公嘲風弄月，庾嶺母竊玉偷香。嶰谷娥棲鸞舞鳳，淇園子傲雪欺霜。』曲白詼諧，皆取本色，頗得風人之趣云。

（《閒居雜綴》）

卷　四

牡丹亭第六十一

宋郭彖《睽車志》云：有士人寓三衢佛寺，忽有女子，夜入其室，士人惑之。自此比夜而至，月餘乃曰：『我實非人，乃數政前郡倅馬公之第幾女，小字絢娘，死於公廨，叢葬於此，即君所居鄰空室是也。然將還生，得接燕寢之夕，體已甦矣。君可具斤鍤，夜密發棺，我自於中相助。然棺既開，則不能復施力矣。當懵然如孰寐，君但逼我，連呼我小字及行第。當微開目，即擁致卧榻，飲之醇酒，放令安寢。既寤，即復生矣。』士人如其言，果再生。脱金把臂，俾士人辦裝，與俱遁去。轉徙湖、湘間，生二子。其後馬倅來遷葬此女，棺空無物，盡逮寺僧鞫之。一僧念數歲前，士人不告去，物色得之，問得妻之由，女曰：『可并以我書寄父，業已委身從人，惟父母勿念。』父得書，真其亡女手札，不復終詰，亦忌見其女，第遣人問勞而已。按此事乃湯臨川《牡丹亭》傳奇藍本，絢娘即麗娘，但姓不同耳。（《茶香室叢鈔》）

瑞藻按：《堅瓠集》載明時有一木姓秀才，年少學博，倜儻好義。與其父執杜姓之女，有白頭約。女父微有所聞，頗重茂才爲人。然以其屢試不售，思擇配豪門以絶木。女偵知之，遂仰藥死。父檢其囊篋，得美人圖一帙，則女自描之小像也。題詩有『不在梅邊在柳邊』語，蓋隱示『木』字之意。杜恐醜事宣播，遂草草殮之，而厝於後園之牡丹亭側。數年後，杜就撫軍之職。忽一日，茂才來謁，席間出舊畫一軸求售，展視之，則女之殉葬物也。疑茂才爲竊冢者，撻之不認，遂囚之，并欲送刑部而嚴懲焉。會有送登科録至者，啓視之，第一名乃茂才名，籍貫年歲，皆無少異，不得已而釋之。越月，茂才帥其妻來見杜，以其輕薄也，愈不欲見。事爲杜夫人所聞，私遣婢女窺之，則確爲己女。乃言於杜，翁婿始歸於和好。始知前者女死，皆詐術也。湯玉茗譜《牡丹亭》，未必真有所本。果其有之，情節最與此事吻合，亦當在此不在彼。曲園引《睽車志》證之，未必然也。

湯顯祖，字義仍，江西臨川人。萬曆十一年癸未進士，官禮部主事，上疏劾首輔申時行，謫徐州典史，稍遷遂昌知縣。二十七年大計奪官，頗多牢騷不平之氣。所作傳奇，往往託時事以刺貴要。《牡丹亭》曲，相傳憑空結撰，羌無故實者。予考之，亦未必然。隆慶時，總督王崇古招俺答來降，封爲順義王，其妻三娘子，封忠順夫人，由是邊督之缺，爲時所慕。自方逢時、吴兑而後，其權愈重，稱曰『經略』，俗所謂『七省經略』者也。侍郎鄭洛，字範溪，保定安肅人，心欲之。文選郎中廣西蔣遵箴者，聞鄭女甚美，使人謂曰：『與我女，經略可得也。』鄭以女嫁之，果得經略，而其女遠别，洛妻痛哭詬洛，洛亦流涕。女不久卒，張江陵聞之，笑曰：『範溪涕出而女於吴。』杜安撫者，蓋指洛爲經略也。洛家近畿，而杜陵最近長安，曰『去天尺五』，故以爲比。嶺南柳夢梅者：遵箴廣西人，故云『柳』，又曰『嶺南』也。夢梅譏杜寶云：『你衹哄得楊媽媽退兵者。』洛等前後爲經略，皆結納三娘子，以鉗制俺答，又能約束蒙古，故以平得李牛譏之。陳最良語李全妻云：『欲討金子，皆來宋朝取用。』蓋歷任經略，無一不以金帛結三娘子歡。吴兑常貽以百裙鳳等衣飾甚衆，故云然。柳夢梅姓名中，『木』字凡兩。蓋丁丑狀元沈懋學、庚辰狀元張懋修、癸未榜眼李廷機，皆有二『木』字。丁丑、庚辰，顯祖下第，癸未又不得翰林，懷才不遇，不能無芥蒂於胸中。柳夢梅之命名，豈無意乎？苗舜賓爲識寶使臣者：黄洪憲爲戊子北闈主試官，取中七人被劾。内鄭材爲鄭洛子，蘇人李鴻，又申時行婿，屠大壯則有富名，巢士弘則有美名，時謂『巢嬌』，物論沸騰。雖歷榜者爲王衡、董其昌，而不能杜多口。洪憲由是回籍，不復補官。『黄』字去數筆爲『苗』。唇紅齒白，明指巢嬌。李鴻宰相婿，又以夢梅影射也。苗舜賓問戰、守、和三策，柳夢梅答能戰而後能守，能守而後能和。此固宋人舊語，然其影藉者，萬曆間，日本平秀吉攻陷高麗，神宗命劉綎、李如松等援之。沈惟敬往來日本，爲秀吉請封，令其入貢。兵部侍郎李順上疏，進戰、守、封三策，言能戰而後能守，能守而後能封也。《索元》一折，借用彭時事：正統十三年戊辰，狀元彭時，傳臚不到，有旨命錦衣衛拿。尚書胡濙奏改爲尋，正與此合。記中李全及妻楊氏，實有其人。楊善梨花槍，全敗死。楊謂鄭衍德曰：『二十年梨花槍，天下無敵手。今時勢已去，我欲歸漣水，女等請降可乎？』翊日，楊氏絶淮而去，全所據州縣悉平，詳見《宋史》，但

楊氏實未降耳。（《見山樓叢録》）

義仍填詞，妙絶一時，語雖嶄新，源實出於關、馬、鄭、白。其《牡丹亭》曲本，尤極情摯。人或勸之講學，笑答曰：『諸公所講者性，僕所言者情也。』世或相傳云刺曇陽子而作。（案：《遜志堂雜鈔》云，弇州《四部稿》有《曇陽子傳》，即其本事。）然太倉相君，實先令家樂演之，且云：『吾老年人，近頗爲此曲惆悵。』假令人言可信，相國雖盛德有容，必不反演之於家也。當日婁江女子俞二娘，酷嗜其詞，斷腸而死，故義仍作詩哀之云：『畫燭摇金閣，真珠泣繡窗。如何傷此曲，偏衹在婁江？』又七夕答友詩云：『玉茗堂開春翠屏，新詞傳唱《牡丹亭》。傷心拍遍無人會，自掐檀痕教小伶。』其後又續成《紫簫》殘本，身後爲仲子開遠焚棄。（《静志居詩話》）

湯玉茗《牡丹亭》曲，所謂杜麗娘者，聞其墳現在南安郡署之後。方静園先生嘗至其墓，有詩弔云：『從來兒女慣多情，夢本無憑恨竟生。不是春容和淚寫，更誰紙上唤卿卿？』、『湖山石畔牡丹亭，芳址煙籠草自青。地下傷春頭白不？於今梅柳總凋零。』按麗娘本無其人，觀臨川自序可見。即以曲中本事而論，亦不當有墳在南安。後人好事，遂多附會耳，然自是好題目也。（《桐蔭清話》）

《牡丹亭》自序有云：傳杜太守事者，仿佛晉武都守李仲文，廣州守馮孝將兒女事，予稍爲更而衍之。杜守收拷柳生，亦如漢睢陽王收拷談生也，人或未詳其説。按《法苑珠林》：晉時武都太守李仲文，在郡喪女，年十八，權假葬郡城北。有張世之代爲郡，世之男字子長，年二十，侍從在廨中。夢一女顔色不常，自言前府君女，不幸早亡，今當更生。心相愛樂，故來相就。如此五六夕，忽然晝見，衣服薰香殊絶。遂爲夫婦，衣皆有污如處女焉。後仲文遣婢視女墓，因過世之，見此女一隻履在子長床下，持歸以示仲文。仲文驚愕，遣問世之：『君兒何由得亡女履耶？』世之呼問，具陳本末。李、張并謂可怪，發棺視之，女體已生肉，顔姿如故，惟左足有履爾。子長夢女曰：『我比得生，今爲所發，自爾之後，肉爛遂死矣，萬恨之心，當復何言。』泣涕而别。又載東晋馮孝將，廣州太守，兒名馬子。年二十餘，獨卧厩中。夜夢見女子，年十八九，言：『我是太守北海徐元方女，不幸爲鬼所殺。按生録，當年八十餘，聽我更生。義應爲君妻，要當有依憑，乃得活，能從所委見救不？』馬子曰：『可。』與馬克期當出，并教以出之、養之之法。至期，馬子屏左右，以丹雄鷄一頭，飯一盂，酒一升，陳之去厩十餘步所。祭訖，掘棺出。開視，女身體完好如故。抱置帳中，惟心下微暖，口鼻微有息而已。常以青羊乳汁瀝其目，始開口，能咽粥，漸亦能語。二百日，持杖起行。既一期，肌膚氣力悉如常。乃遣報徐氏，上下盡集，選吉日下禮，聘爲夫婦，生二男一女焉。談生事出《列異傳》：談生四十無婦，夜半讀書，有女子，年可十五六，姿顔服飾，天下無雙，來就生寢。謂：『我不與人同，勿以火照我，必三歲方可。』生一兒，二歲。夜伺其寢，燭之，腰上生肉，腰下但有白骨。女覺曰：『君負我，何不能忍一歲也？大義永離，暫隨我去。』生隨入華堂，以一珠袍與之，裂生衣裙留之而别。後生持袍詣市，睢陽王家買之，得錢千萬。王曰：『是我女袍，此必發墓。』乃收拷之，生具以實對。王視女冢究如故，發視之，得衣裙。呼其兒，正類王女。乃召談生以爲婿，表其兒爲侍中云。（《花朝生筆記》）

坊刻《牡丹亭還魂記》，多標玉茗堂原本。然皆有訛字及曲白互異之處，評語又多俚陋可笑。惟山陰王氏本，有序頗雋永，而無評語。又吕、藏、沈、馮改本四册，則臨川所譏『割蕉加梅，冬則冬矣，非王摩詰冬景也』。後從趙家得一本，無評點，而字句增損，與俗刻殊，斯殆玉茗定本矣。（《三婦評》）

《還魂記》賓白，間有集唐詩，其落場詩，則無不集唐者。原本不注詩人姓氏，至詩句中，多有更易字者，如『莫遣兒童觸瓊粉』，作『觸紅粉』；『武陵何處訪仙鄉』，作『訪仙郎』。（同上）

嘗見坊刻《牡丹亭》本，《婚走》一折，舟子有《秋菊春花》一歌；《淮警》、《御淮》二折，有《箭坊》、《鎖城》二渾；在今本則無之。舟子歌乃用唐李昌符婢僕詩，其一章云：『春娘愛上酒家樓，不怕歸遲總不憂。推道郫家娘子卧，且教留住要梳頭。』言外有春日載花停船相待之意。二章云：『不論秋菊與春花，個個能噇空腹茶。無事莫教頻入庫，一名閒物要些些。』細案之，與舟子全無關合，當是臨川初稿用之，後於定本删去。至以『賤坊』爲『箭坊』，及『外面鎖住李全，裏面鎖住下官』諸語，皆了無意致，宜用概從删例也。（同上）

記中雜用哎喲、哎也、哎呀、咳呀、咳也、咳咽諸字，字雖異而義略同。然呼之有疾徐輕重之殊，則義亦稍異。凡重呼之，爲厭辭，爲惡辭，爲不然之辭。輕呼之，爲幸辭，爲嬌羞之辭，爲籌畫之辭。疾呼之，爲惜辭，爲驚訝辭。徐呼之，爲怯辭，爲不能自支之辭。以此類推，神理畢見矣。（同上）

康熙間，武林吴山有三婦合評《牡丹亭》一書，按：吴山名人，字舒鳧，吴山其號也。工詩文詞曲，與同里洪稗畦昇，并馳名江浙間。吴山始聘於陳，未婚而夭。取談，踰年亡。繼取爲錢，與吴偕老。三婦皆具妙才，詩筆清麗，其《牡丹亭》一曲，則陳、談評其前半，而錢續之。評語咸列於上方，吴山復引《詩經》語作旁批，梓行於世，人皆艷稱之。予獨以爲吴山所聘所娶，咸能讀書識字，事或有之。若云所評係三婦相繼而成，則其中當有分别之處，兹何以心思筆氣，若出一人？鄙見論之，大約爲吴山所自評，而遂其名於乃婦，與臨川之曲，同一海市蜃樓，憑空架造者也。（《聽雨軒贅記》）

湯臨川《牡丹亭記》，膾炙人口。相傳揚州有女史金鳳鈿（梅仙云：蘇州人，宋姓；毓仙云：浙江人，不知其姓），父母皆故，弟年尚幼，家素業鹺，遺貲甚厚。鳳鈿幼慧，喜翰墨，尤愛詞曲。時《牡丹亭》書方出，因讀而成癖，至於日夕把卷，吟玩不輟。時女未字人，乃謂知心婢曰：『湯若士多情如許，必是天下奇才，惜不知里居年貌，爾爲我物色之，我將留此身以待也。』婢果託人探得耗，知若士年未壯，已有室。時正待試京師，名藉藉傳人口。即以復鳳鈿，鳳鈿嘿然久之，作書寄燕都達意，有『願爲才子婦』之句。年餘亡覆書，蓋已付洪喬公矣。復修函寄之，轉展浮沉，半年始達。時若士已捷南宫，感女意，星夜來廣陵，則鳳鈿死已一月矣。臨死，遺命於婢曰：『湯相公非長貧賤者，今科貴後，倘見我書，必來相訪。惟我命薄，不得一見才人，雖死目難瞑。我死，須以《牡丹亭》曲殉，無違我志也。』言畢遂逝。若士感其知己，出己資力任葬事，廬墓月餘始返。因理金氏產并其弟悉載以去，後弟亦成名。楊雲生爲余述。（《三借廬筆談》）

畫裏真真故事，往往見諸詞章，而或不知其所本。按《范石湖詩注》，（案：出唐人小說。）進士趙顔，得一軟障，圖一婦人甚麗，工曰：『余神畫也，此名真真，呼其名百日即應。』顔如其言，遂下步，飲食言語如常，生一兒。友人曰：『此妖也。』真真乃泣曰：『妾南嶽地仙，今疑妾，不可住矣。』攜其子却上軟障，障上畫圖中，即添一孩子。説太離奇，本不足爲典實。然詞家既習用其事，不妨姑妄聽之。或謂湯玉茗《牡丹亭》傳奇，乃暗從此事脱胎者。（《慵儵羼抹》）

『裊晴絲，吹來閒庭院』，湯玉茗《牡丹亭》曲語也。前人詠遊絲有句云：『誰家柳絮閒庭院，風軟吹來寸寸愁。』或譏其用《牡丹亭》曲中字，余謂遊絲詩用《牡丹亭》亦不妨，因詩與題相稱也。漁洋『十日雨絲風片裏，濃春煙景似殘秋』，又何嘗不用《牡丹亭》耶？（《桐蔭清話》）

南柯夢第六十二

唐李公佐《南柯記》：東平淳于棼，吳楚游俠之士，嗜酒使氣，不守細行。曾以武藝補淮南裨將，忤帥，斥逐落魄。家居廣陵郡東十里，所居宅南，有大古槐一株，枝幹修永，清蔭數畝，淳于生日與群豪大飲其下。貞元七年九月，因沉醉致疾，二友人扶生歸家，卧於堂東廡之下，謂生曰：『子其寢矣，余將秣馬濯足，俟子小愈而去。』生解巾就枕，仿佛見二紫衣使者跪拜曰：『槐安國王遣小臣致命奉邀。』生不覺下榻整衣，隨二使至門。見青油小車，駕以白牡，左右從者七人，扶生上車。出大户，指古槐穴而去。使者即驅入穴中，生意甚異之，不敢致問。豁見山川風候草木道路，與人世不殊。行數十里，入大城，朱門重樓，金書題曰『大槐安國』。旋有一騎傳呼曰：『王以駙馬遠降，令且息東華館。』因前道而去，俄見一門洞開，生降車入。彩檻雕楹，花木珍果，列植於庭下。几案茵褥，簾幃肴膳，陳設於庭上，生心甚悦。復有呼曰：『右相至。』生降階祗奉，有一人紫衣象簡前趨。賓主之儀敬盡，右相曰：『寡君不以僻遠，奉迎君子，託以姻親。』因請生同詣王所，入朱門，矛戟斧鉞，布列左右，軍吏數百，辟易道左。生有酒徒周弁者，亦趨其中。右相引生升廣殿，御衛嚴肅。一人長大端嚴，衣素練服，簪朱華冠，居正位，生拜。王曰：『君子不棄小國，令次女瑶芳奉事，且就賓宇，續造儀式。』生心甚迷惑，不知其由。是夕，羔鴈、幣帛、妓樂、絲竹、車騎、禮物之用，無不咸備。有三人冠帶甚偉，前拜曰：『奉命爲駙馬相。』中一人與生且故，生指曰：『子非馮翊田子華乎？』曰：『然。』執手叙舊久之。執燭引道者亦數十，金翠步障，不斷數里。至一門，號『修儀宫』。生降車，拜揖讓升，一如人間。徹障去扇，見一女子，云號『金枝公主』，年可十四五，儼若神仙。生自爾情義日洽，榮曜日盛。王命生與群僚備武衛，大獵於國西靈龜山。山阜峻秀，林樹豐茂，飛禽走獸，無不蓄之，師徒大獲而還。他日，妻謂生曰：『子豈不思爲官乎？』曰：『我放蕩者，不習政事。』妻曰：『且爲之。』遂白於王。王謂生曰：『吾南柯無事不理，欲藉卿才，可曲屈之，便與小女同行。』生敬受命。上表曰：『臣將門餘子，素無藝術，欲廣求賢哲，以贊不逮。司隸周弁，處士田子華，與臣有舊，可託政事，周請署南柯司憲，田請署司農。』王并報可。達郡，見雉堞臺觀，佳氣葱鬱，城門亦有大榜，金書曰『南柯郡城』。生詢風俗，療病苦，守郡廿載，郡中大理。王甚重之，賜食邑，錫封爵，位居臺輔。生二男二女，男以門蔭授官，女亦聘於王族，榮耀顯赫，代莫之比。强敵南檀蘿國來伐是郡，王命生征之，乃使周弁將兵三萬，拒敵於瑶臺。弁剛勇輕敵，師徒敗績，單騎潛遁，賊亦收輜重鎧甲而還。生囚弁請罪，王并捨之。是月，弁疽發背卒。生妻遘疾，旬日又薨。生因請罷郡，護喪赴國，以司農田子華行太守事。生哀慟發引，威儀在涂，既達於國，備羽葆鼓吹，葬於國東十里盤龍岡。生自罷郡，出入無恒，威福益盛。王意疑忌之，奪生侍衛，禁生遊從，處之私第。謂之曰：『姻親二十餘年，不幸小女夭折，不得與君子偕老，良用痛傷。卿離家多時，可暫歸本里，一見親族。諸甥留此，無以爲念。』生曹然久之，方悟前事，流涕請還。王顧左右送生，前二紫衣使者從焉。所乘車甚劣，親使御僕無一人，心甚嘆異。行數里，出大城，宛是昔年東來之徑。山川原野，依然如舊。所送二使者，甚無威勢，生愈怏怏，問廣陵何時可到。二使謳歌自若，强之，乃答曰：『少頃即至。』俄出一穴，見本里閭巷，不改往日。二使者引生下車，入其門，升其階，己身卧於堂東廡之下，驚畏不敢前。二使因大呼生之姓名數聲，遂發悟如初。見僮僕擁篲於庭，二客濯足於榻，斜日未隱於西垣，餘尊尚陳於東牖，夢中倏忽，若度一世矣。生感念嘆息，遂呼二客而語之。因共出尋槐下穴，生指曰：『此即夢中所經入處。』命僕夫荷斤斧，斷擁腫，折查枿，尋穴究原。旁可袤丈，有大穴，洞然明朗，可容一榻。根上有積土，爲城郭臺殿之狀。螘數斛，隱聚其中。中有小臺，其色若丹，二大蟻處之，素翼朱首，長可三寸，是其王矣。即槐安國都也。又窮一穴，直上南枝，可四丈。宛轉方平，亦有土城，群螘處其中。即生所領南柯郡也。又一穴，西去二丈，磅礴空虛，中一腐龜版，大如斗，積雨浸潤，小草叢生。即生所獵靈龜山也。又窮一穴，東去丈餘，古根盤屈，若龍虺狀，有小土壤，高尺餘。即生所葬妻盤龍岡之墓也。追念前事，感嘆於懷，不欲壞之，令掩塞如舊。復念檀蘿征伐之事，又請二客訪跡於外，宅東一里，有古涸澗側大檀一株，藤蘿擁織，上不見日，旁有小穴，亦有群蟻隱聚其間。檀蘿之國，豈非此邪？時生酒徒周弁、田子華，并居六合縣，不與生過從旬日矣。生遽遣家僮疾往候之，周暴疾已逝，田亦寢疾於床。生感南柯之浮虚，悟人世之倏忽，遂契心道門，絶棄酒色。後三年，終於家。湯臨川《南柯夢》傳奇本此。（《花朝生筆記》）

紫釵記第六十三

唐蔣防《霍小玉傳》：大曆中，隴西李生，名益，年二十，以進士擢第。其明年拔萃，俟試於天官。六月，至長安，舍於新昌里。生門族清華，少有才思，麗詞佳句，時謂無雙。每自矜風調，思得佳耦，博求名妓，久而未諧。長安有媒鮑十一娘者，故薛駙馬家青衣也。性便僻，巧言語，豪家戚里，無不經過。常受生誠託厚賂，意頗德之。居數月，生忽聞叩門甚急，云是鮑十一娘至，迎問曰：『鮑卿今日何故忽然而來？』鮑具説曰：『故霍王小女字小玉，母曰淨持，王寵婢也。王初薨，諸弟兄以其出自賤庶，因分與資財，遣居於外，易姓爲鄭。姿質穠麗，事事過人。昨遣某求一好兒郎，格調相稱者，某具説十郎。他亦知有李十郎名字，非常歡愜。住在勝業坊，已約明日午時，但至坊覓桂子即得矣。』鮑既去，生便備行計，浣衣沐浴，修飾容儀。喜躍交并，通夕不寐。遲明巾幘，引鏡自炤，惟恐不諧也。亭午，命駕疾驅，直抵勝業。至約之所，果見青衣立候，迎問曰：『莫是李十郎否？』即下馬，令牽入屋底，急鎖門。見鮑從内出，笑曰：『何等兒郎，造次入此。』調笑未畢，引入中門。淨持下階相迎，延入對坐，謂生曰：『素聞十郎才調風流，今又見儀容雅秀，名下固無虚士哉。某有一女子，雖拙教訓，顔色不至醜陋。頻見鮑十一娘説意旨，便令永奉箕帚。』生謝曰：『鄙拙庸愚，不意顧盼，倘蒙採録，生死爲榮。』遂命酒饌，即令小玉自堂東閣子中出來，生即拜迎。母謂曰：『女嘗愛念「開簾風動竹，疑是故人來」，即此十郎詩也，終日吟想，何如一見？』女微笑。及暝，鮑引生就西院憩息，閒庭邃宇，簾幕甚華。須臾玉至，言叙温和，顔色宛媚。解衣之頃，態有餘妍。低幃昵枕，極甚歡愛，生自以爲巫山、洛浦不過也。如此二歲，日夜相從。其後年春，生以書判拔萃登科，授鄭縣主簿。四月將之官，便拜慶於東洛。玉謂生曰：『以君才地名聲，人多景慕，願結昏媾，固亦衆矣。況堂有嚴親，室無冢婦，君之此去，必就佳姻。然妾年始十八，君纔二十有二，逮君壯室之秋，猶有八歲，一生歡愛，願畢此期。然後妙選高門，以求秦晉。妾便捨棄人事，翦髮披緇，夙昔之願，於此足矣。』生且感且愧，不覺流涕曰：『皎日之誓，死生以之，豈敢復有二三！固請不疑，但端居相待。至八月，必當奉迎。』更數日，生東去。到任旬日，求假往東都覲親。至家，太夫人與生表妹盧氏，言約已定。太夫人素嚴毅，生逡巡不敢辭讓。盧亦甲族，嫁女它門，聘財必百萬。生家素貧，事須求貸。便託假遠投親知，涉歷江淮，自秋及夏。自以大愆回期，欲斷玉望，遥託親故，不遺漏言。玉自生逾期，數訪音信，虚詞詭説，日日不同。懷憂抱恨，周歲有餘，尋求既切，資用屢空。曾令侍婢浣紗，將紫玉釵一隻貨之。路逢内作老玉工，見浣紗所執，前來認之曰：『此釵吾所作也。昔歲霍王小女，將欲上鬟，令我作此。酬我萬錢，我嘗不忘。女是何人？從何而得？』浣紗曰：『我小娘子即霍王女也。家事破散，失身於人。夫壻昨向東都，更無消息。悒怏成疾，今欲二年。令我賣此，賂貽於人，使求音信。』玉工凄然曰：『貴人男女，失機落節，一至於此。我殘年向盡，見此盛衰，不勝傷感。』遂引至延先公主宅，具言前事。公主亦悲嘆，給錢十二萬焉。時生所定盧氏女在長安，生既畢聘財，歸鄭縣。其年臘月，又請假入城就親，潛卜静居，不令人通，然長安中自是稍有知者。明春三月，人多春遊，生與同輩五六人，詣崇敬寺玩牡丹花，步於西廊，遞吟詩句。忽有一豪士，衣輕黄紵衫，挾朱彈，風神俊美，前揖生曰：『公非李十郎乎？某雖乏文藻，心嘗樂賢，仰公聲華，常思覯止，敝居去此不遠，但願一過。』生儕輩共相嘆美，因與豪士策馬同行，疾轉數坊，遂至勝業，生以近鄭所，託故欲回。豪士曰：『敝居咫尺，忍相棄乎？』乃挽挾其馬而行，遷延之間，已及鄭室。豪士遽令僕奴數人，抱持而進，報云：『李十郎至也。』玉沉綿日久，轉側須人，忽聞生來，欻然自起，含怒凝視，不復有言。頃之，酒肴自外而來，一坐驚問故，悉是豪士之所致也。因遂陳設，相就而坐，玉乃側身轉面，斜視李生。良久，舉杯酒酹地曰：『我爲女子，薄命如斯；君是丈夫，負心若此。慈母在堂，不能供養；綺羅絃管，從此永休；徵痛黄泉，皆君所致。我死之後，必爲厲鬼；使君妻妾，終日不安。』乃引左手握生臂，號哭數聲而絶。生爲之縞素，旦夕哭泣甚哀。明日，葬於長安御宿原。生至墓所，盡哀而返。月餘，就禮於盧氏，傷情感物，鬱鬱不樂。五月，與盧氏偕歸鄭縣。至縣旬日，方與盧寢，忽聞帳外咄咄之聲，生驚視之，則見一男子，年可二十餘，姿狀温美，藏身映幔，連招盧氏。生皇遽走起，繞幔數匝，倏然不見。自此心懷疑惡，猜忌萬端，往往暴加捶楚，備諸毒虐，竟訟於公庭而遣之。盧氏既出，生或侍婢媵妾之屬，暫同枕席，便加妬忌，或有因而殺之者。大凡生所見婦人，輒加猜疑，至於三娶，皆如初也。湯臨川《紫釵記》傳奇衍此。（《花朝生筆記》）

邯鄲夢第六十四

唐李泌《枕中記》：開元間，道者呂翁，經邯鄲道上邸舍中，設榻施席，擔囊而坐。俄有邑中少年盧生，衣短裘，乘青駒，將適於田，亦止邸中，與翁接席，言笑殊暢。久之嘆曰：『大丈夫生世不諧，而困如是乎？』翁曰：『觀子體胖無恙，談諧方適，而嘆其困者，何也？』曰：『吾此苟生耳，何適之有？』翁曰：『此而不適，於何爲適？』曰：『當建功樹名，出將入相，列鼎而食，選聲而聽，使族益茂而家用肥，然後可以言適。吾志於學而游於藝，自惟朱紫可拾，今已過壯室，猶勤田作，非困而何？』言訖，目昏思寐，是時主人蒸黃粱爲饌，翁乃探囊中枕授之曰：『枕此當榮適如志。』其枕瓷而竅其兩端，生俛首就之。寐中見竅大而明，若可處。舉身而入，遂至其家。娶清河崔氏女，容甚麗而產甚殷，由是衣裘服御，日以華侈。明年，舉進士甲科，授校書郎。應制舉，授渭南縣尉。遷監察御史，起居舍人，爲制誥。三年，出典同州，轉陝州。生好土功，自陝西開河八十里，以濟不通，邦人賴之，立碑頌德。入京，爲京兆尹。是時，神武皇帝方事夷狄，吐蕃叛，陷瓜沙，節度使王君㚟敗死，河湟震恐。帝使將帥之任，遂除生御史中丞，隴右節度使。又破虜七千級，開地九百里，築三大城以防要害，北邊賴之，以石紀功焉。歸朝策勛，恩禮極崇，轉御史大夫，吏部侍郎。物望清重，群情翕然。大爲宰相所忌，以飛語中之，貶端州刺史，三年徵還，除户部尚書。未幾，拜中書侍郎，同中書門下平章事，獻替啓沃，號爲賢相。同列害之，誣與邊將交結，所圖不軌，下獄。府吏引從至其門，追之甚急。生皇駭不測，泣謂妻子曰：『吾家本山東，良田數頃，足以禦寒餒，何苦求禄，而今若此。思復衣短褐，乘青駒，行邯鄲道中，不可得也。』引刀欲自裁，其妻救之，得免。共罪者皆死，生有中人保護，得減死斥出。數歲，帝知其冤，復起爲中書令，封趙國公，恩旨殊渥。五子皆大官，姻媾皆天下望族，有孫十餘人。凡兩竄嶺表，再登臺鉉，出入中外，回翔臺閣，三十餘年間，崇盛赫奕，一時無比。末節頗奢蕩，好佚樂，後庭聲色皆第一。前後賜良田甲第、佳人名馬，不可勝數。後年漸老，屢乞骸骨，不許。及病，中人候望，接踵於路，名醫上藥畢至焉。其夕卒。盧生欠伸而悟，見方偃卧邸中，吕翁在旁，主人蒸黄粱尚未熟。觸類如故，蹶然而興曰：『豈其夢寐耶？』翁笑謂曰：『人世之事，亦猶是矣。』生然之，良久，謝曰：『夫寵辱之數，得喪之理，生死之情，盡知之矣，此先生所以窒吾欲也，敢不受教！』再拜而去。湯臨川譜《邯鄲夢》傳奇本此。按《太平御覽》巫部引《幽明録》云：宋世焦湖廟有一柏枕，或云玉枕，枕有小坼，時單父縣人楊林爲賈客，至廟祈求，廟巫謂曰：『君欲好昏不？』林曰：『幸甚。』巫即遣林近枕邊，因入坼中，遂見朱樓瓊室，有趙太尉在其中，即嫁女與林，生六子，皆爲秘書郎。歷數十年，忽如夢覺，猶在枕旁，林愴然久之。長源盧生事，恐又本此敷衍。然今人鮮有知楊林者矣。（《花朝生筆記》）

宋荔裳觀察罷官遊西湖，與林鐵厓、曹顧庵、王西樵宴集，演《邯鄲夢》傳奇。觀察曰：『殆爲余輩寫照也。』即席賦《滿江紅》云：『古陌邯鄲，輪蹄路，紅塵飛漲。恰半晌，盧生醒矣，龜兹無恙。三島神仙游戲外，百年卿相蘧廬上。嘆人間難熟是黄粱，誰能餉？　滄海曲，桃花漾。茆店内，黄鷄唱。閱今來古往，一杯新釀。蒲類海邊征伐碣，雲陽市上修羅杖。笑吾儕，半本未收場，如斯狀。』詞成，坐客傳觀屬和，爲之欷歔罷酒。（《漁磯漫鈔》）

西洋記第六十五

《明史·宦官傳》：鄭和，雲南人，世所謂三保太監者也。永樂三年，命和及其儕王景宏等，通使西洋。將士卒二萬七千八百餘人，多賫金帛。造大舶，修四十四丈，廣十八丈者六十二。自蘇州劉家河泛海至福建，復自福建五虎門揚帆，首達占城，以次徧歷諸番國。宣天子詔，因給賜其君長，不服則以武懾之。先後七奉使，所歷凡三十餘國，所取無名寶物，不可勝計，而中國耗費亦不貲。自和後，凡將命海表者，莫不盛稱和，以誇外蕃，故俗傳三保太監下西洋，爲明初盛事云。是鄭和之事，在明代固赫然在人耳目間。光緒辛巳歲，老友吴平齋，假余《西洋記》一書，即敷衍此事。作者爲羅懋登，乃萬曆間人，其書視太公封神，玄奘取經，尤爲荒誕，而筆意恣肆，則似過之。乃彼皆盛行，而此顧不甚著，何也？　文章之傳不傳，若有數存，雖平話亦然與。平齋曰：『此必明季人所爲，以媚權奄者。』余謂不然，讀其叙云：『今者東事倥偬，何如西戎即叙，當事者尚興撫髀之思乎！』然則此書之作，蓋以嘉靖以後，倭患方殷，故作此書，寓思古傷今之意，紓憂時感事之忱，三復其文，可爲長太息矣。書中却有一二異聞，如術家有金木水火土五行遁法，見於諸書者，字皆作『遁』，此獨作『囤』，未詳其義。又如世俗所傳八仙，此書則無張果、何仙姑，而别有風僧壽、元壺子，不知何許人。豈明代有此異説與？《圖畫見聞録》，孟蜀張素卿畫八仙真形，有曰『長壽仙』者，或即此風僧壽乎？書雖淺陋，而歷年數百，便有可備考證者，未可草草讀過也。（《春在堂隨筆》）

世間有《牙牌數》一書，言近而指遠，占之亦時有巧合者。余聞許子社言，杭人有爲之箋注者，惟其中有『五鬼鬧判』一語，不知所出，以問余，亦無以應也。今乃知出於《西洋記》第九十回，云靈曜府五鬼鬧判，即其事也。開卷有益，信夫。（同上）

雙真記第六十六

朱雲萊（名國勝，字敬韜，萬曆庚戌進士），天啓時爲漕儲道。魏閹（名忠賢）薰灼，雲萊藉其援引，捷升北太常。後閹敗，值錢機翁當國，得免大禍，然從此亦不振矣。家居唯以聲妓自娱，而郡中後輩，好譏論之。有張次璧者（名積潤），乃七澤公（名所望，字叔翹，萬曆辛丑進士，山東布政）之子。七澤最善音律，次璧亦以家學自負，乃作一傳奇，名《雙真記》。其生名京兆，字敞卿，蓋以自寓也。其旦名惠玄霜，其淨名佟遺萬。佟者，以朱爲鄉人也，遺萬，謂其遺臭萬年也，詆斥無所不至。雲萊大恨，訟次璧於官，而七澤公不勝舐犢之愛，力辯其非。陳眉公先生起而解紛，致一書札於當事，請追此版，當堂銷毁，置此事於不問，而持議者，并謗及眉公矣。雲萊没，其子欲躋乃父於鄉賢，時論嘩然，傳檄旁午，爲鳴鼓之攻，事遂中寢。夫雲萊託足權門，誠不自愛。但其挽漕時，大有造於維桑。每歲白糧北上，嚴禁漕艘凌壓。而京衛梟旗趙思塘，夙爲松患，雲萊縛而斃之杖下。此等事儘有力量，何可盡埋没之？（《説夢》）

張次璧衍《雙真記》成，朱敬韜謂其譏己也，心甚銜之。會直指路公按郡，跪門訟之，直指不之問。諸紳右朱毁其版，然其書已駸駸傳於外矣。（《景船齋雜記》）

黑白傳第六十七

董文敏公，文章書畫，冠絶一時，海内望之如景星慶雲。有三子：孟履（名祖和）、仲權（名祖常）、季苑（名祖口），素不加檢束，而仲尤甚。有幹僕陳明父子，更倚勢扇虐，鄉里側目久矣。適華亭令鄭著存（名元昭，江西臨川人，萬曆庚戌進士），爲文敏公門生，借以漁獵，衆怒愈積。郡中有諸生陸紹芳，字聲遠，長軀偉幹，面黑，人呼爲陸黑，口微吃而好議論，頗負氣。其僕有一女，小字緑英，年未笄，有殊色，公聞而慕之。仲乃承翁旨，一夕劫去。陸生遍告通國，欲與公爲難，賴何繩武（名三畏，字士抑，萬曆壬午舉人，紹興司李）、吴玄水兩紳，出而勸解之，陸亦勉從矣。不意好事者，以此事衍作小説，名曰《黑白傳》。其第一回標題云『白公子夜打陸家莊，黑秀才大鬧龍門里』（公居在龍門寺，姑云）。詼諧點綴，頗堪捧腹，一時哄傳。公聞而怒甚，必欲求其人以治之。奈無可指名，心疑一范生，生之父（名廷言，字君直，號訥庵，萬曆己卯舉人），爲萬州刺史，物故已久，惟夫人尚在。當《黑白傳》事起，文敏公日督過范生，生無可如何，詣城隍廟矢神前以自白。不數日，而生以暴疾亡。范母謂董實逼之死，率女奴登門詬罵。仲權出而閉門，擒諸婦，褫其裏衣，備極楚毒（後有『剥褌搗陰』四字，入於爰書）。由是人心大不平。范生有子，名啓宋，廣召同類，訴之公庭，而峽水（名伯紳，即都開之尊公）昌言尤力，後竟以此賈禍云。時郡縣俱缺正官，即明知范氏受枉，又壓於文敏，唯依違觀望。連日擾擾，大衆聚而不散，遂相率焚公之宅。白龍潭東北隅建一閣，名曰『護珠』，時挾侍姬而登焉，至此亦付一炬矣。凡衙宇寺院所題扁額，毁擊殆盡。於是董氏聞之上官，而學使者（姓王，名以寧，浙江人）謂諸生實發難，殊震怒，檄司理吴公（名之甲，字元秉，號兹勉，萬曆庚戌進士，江西臨川人）嚴鞫。吴公守正不撓，惟以峽水爲首倡落籍，餘則無所問。其讞詞層層脱卸，可泣鬼神。惜余失其稿，猶記其内四句云：『縱惡而長奸，司地方者固不敢出；殺人以媚人，有人心者又何肯爲。』此其大旨也。吴公自念此大失上臺意，遂以病請。郡庠掌教胡公（名公胄，湖州人，萬曆癸丑進士），即思泉先生之孫也。屢奉憲檄，欲其蔓引諸生，亦執不奉行，挂冠而去，郡中諸先達，亦多不直董，故張侗初先生（名鼐，字世調，萬曆甲辰進士，官少宰）帥諸老致公函於學院，内直云『不宜甘心士類，爲一家全勝之局』，自此王公之氣稍沮，不久而王亦以公論難容，卒挂吏議。王去而駱公沆瀣來，萬曆己未春，歲試按松。余入院候發落，但見唱名至董祖常，大加訶責，云即『剥褌搗陰』四字，死有餘辜。姑以此案已結不深究，與之大板二十，人頗稱快焉。因念此事釁起於床第，禍延於學宫，劇於焚劫，致殞多命，豈文敏德不勝妖乎？最可惜者，司理、掌教二公，俱少年兩榜，甫入宦途，竟以保全士子，敝

屣一官。求之今人，可得乎哉？（《説夢》）

董思白在鄉時，鄉人皆惡之，今所傳《黑白傳》傳奇可證也。姜雲龍爲諸生時，思白曾因事下石。故神超有所著，每痛詆思白云。神超，雲龍字。（《景船齋雜記》）

占花魁第六十八

明張岱《夢憶》云：福王南渡，魯王播遷之越，以先父相魯先王，幸舊臣第。是日演《賣油郎》傳奇，内有泥馬渡康王故事，與時事巧合，睿顔大喜。按此則知今所行《占花魁》傳奇，亦明人舊本也。（《茶香室三鈔》）

清風閘第六十九

李斗《揚州畫舫録》云：浦琳，字天玉，右手短而捩，稱『㧐子』。少孤，乞食城中。鄰婦爲之媒妁，偕至一處，香奩甚盛，納㧐子而强爲婚焉。逾年，大東門外釣橋南一茶爐老婦，授㧐子以呼盧術，百無一失，由是積金滿屋。鄰婦有侄，以平話爲生，㧐子耳濡已久，以平話不難學，而各説部，則皆人所熟聞。乃以己所歷之境，假名皮五，撰爲《清風閘》故事，養氣定辭，審音辨物，聞者歡怡嗢噱，進而毛髮盡悚，遂成絶技。按此書余曾見之，亦無甚佳處，不謂當日傾動一時也。殆由口吻之妙，有不在筆墨間耶？（《茶香室叢鈔》）

南花小史第七十

倪氏，本上海新場人。自蛟樓（名甫英，字華月，隆慶丁卯舉人）舉於鄉，遷居郡城。厥後蛟樓之子若姝，亦有登賢書者，如倪元錫（名家胤，萬曆甲午舉人）、倪暒嵐（名家泰，字開美，萬曆己酉舉人，刑部主事）是也。其富甲一郡，故凡其子侄，無不挾厚資。蛟樓之諸孫，有字慧珠者，頗豪放，以資郎爲武英中書。有二子：長者缺唇，最忠厚；次者輕薄，作一書，羅列郡中美少，次其等第，每人以一花配之，各有論贊，名曰《南花小史》，一時傳播。中有世家子弟首列者，乃唐尹季（名允諧，天啓甲子舉人，文恪公幼子）之子。諸縉紳大疾之，聞於方公祖，以事關風化，逮之甚急。此子遂逃於杭之西溪，雖破家，畏罪不歸，未幾，一夕腹脹而死。（《說夢》）

卷　五

釵釧記第七十一

《東都事略》云：錢若水，字澹成。幼聰悟，十歲能屬文。雍熙中，舉進士。釋褐，爲同州觀察推官。有富民失女奴，其父母訟於州。獄吏嘗以事銜富民，乃羅織之，謂實殺女投水中，罪坐死。若水使人訪女奴，得之，以示奴之父母，遂赦富民出獄。太守以其能斷獄也，欲薦之。若水辭曰：『朝廷以此爲若水功，當置獄吏於何地？』太守嘆服。後人點綴其事，爲《釵釧記》傳奇，錢若水改作李若水。按宋時自有一李若水，傳奇故易澹成之姓以牽合之，殊覺無謂，豈傳刻之訛與？（《花朝生筆記》）

義乳記第七十二

《後漢書·獨行傳》：李善，字次孫，南陽淯陽人，本同縣李元蒼頭也。建武中疫疾，元家相繼死没，唯孤兒續始生數旬。而資財千萬，諸婢私共計議，欲謀殺續，分其財産。善深傷李氏，而力不能制，乃潛負續逃去，隱山陽瑕丘界中。親自哺養，乳爲生湩。推燥居濕，備嘗艱勤。續雖在孩抱，奉之不異長君。有事輒長跪請白，然後行之。閭里感其行，相率修義。續年十歲，善與歸本縣，修理舊業，告奴婢於長吏，悉收殺之。時鍾離意爲瑕丘令，上書薦善行狀，光武詔拜善及續，并爲太子舍人。善顯宗時，辟公府，以能理劇，再遷日南太守。從京師至官，道經淯陽，過李元冢，未至一里，乃脱朝服，持鉏去草。及拜墓，哭泣甚哀，身自炊爨，執鼎俎以修祭祀。垂泣曰：『君夫人，善在此。』盡哀數日乃去。到官，以愛惠爲政，懷來異俗。遷九江太守，未至，道病卒。續至河間相。明顧大典本此撰《義乳記》傳奇，信有裨於世道。大典，吴江人，有《清音閣四種》，此其一也。（《花朝生筆記》）

尋親記第七十三

龔煒《巢林筆談》云：傳奇《尋親記》所指張員外，非真面目。張係昆山人，本舉人，饒於資。比鄰周宦者，怙勢侵之。一巡按與周隙，行縣招告，張首其禁書，斃周於獄，記乃周氏所作也。按乾隆間，奉旨於揚州設局，修改劇曲，總校黄文暘，著《曲海》二十卷，載明人傳奇有《尋親》，本朝傳奇有《續尋親》。作者姓名均無考。（《茶香室三鈔》）

嬌紅記第七十四

《嬌紅記》，明盧伯生撰，或曰沈壽卿，莫能詳也。與孟稱舜《鴛鴦冢》并據《嬌紅傳》而作。事跡無甚異，而關目曲白絶不同。嬌娘、飛紅，本二人，申純所眷唯嬌，紅作王通判妾。作者第仍本傳之名，非謂嬌、紅皆屬於純也。王實父傳奇，亦有此種，久佚不傳。（《見山樓叢録》）

瑶臺夢第七十五

清止趙公，諱進美，字嶷叔，一字韞退，益都人。少具夙慧，帖括之暇，輒私作爲詩歌古文，人稱聖童。十四，補博士弟子。十七，中崇禎丙子鄉試第一。又四年庚辰，成進士，授行人。早通二氏之説，髮未燥，作《瑶臺夢立地成佛》諸傳奇，論者謂不減張小山、貫酸齋云。詩亦清真絶俗，得王、孟之趣。使江西時，尤刻意二謝。其《放吟》一卷，皆樂府詩。丁明末造，多悲天憫人之思。顧盼跌宕，不主故常，有邯鄲生天人之嘆。後官京師，與錢牧齋尚書、曹秋岳侍郎諸公倡和，一變而爲高華，尚聲調。然《梨花》、《楓葉》諸篇，風致不減青丘、海叟，《使楚》一集，尤爲藝林貴重。（《池北偶談》）

挑燈劇第七十六

《小青傳》中有《讀牡丹亭詩》云：『冷雨幽窗不可聽，挑燈閒看《牡丹亭》。人間更有癡於我，不獨傷心是小青。』明末蕭山來集之倘湖，有《挑燈劇》之作。蓋借美人之幽怨，比名士之不遇，哀感頑艷，不愧才人之筆。按：『人間更有癡於我』句，本有着落。萬曆間，湯玉茗《還魂記》初出，吴江俞二娘，驚才絶艷，取此記日夕展玩。未幾，得病而没。玉茗集親紀其事。小青挑燈之作，指此，後人閲《小青傳》者，不知有二娘事，視爲寓言十九，反覺無謂矣。（《閒居雜綴》）

碧紗籠第七十七

唐王定保《摭言》：王播少孤貧，嘗客揚州木蘭院，隨僧齋食。僧厭之，乃齋罷而後擊鐘，播至已飯矣。後二紀，來鎮是邦，因訪舊遊，向題字已碧紗幕其上，播繼以二絶句曰：『二十年前此院遊，木蘭花發院新修。而今再到經行處，樹老無花僧白頭。』、『上堂已了各西東，慚愧闍黎飯後鐘。二十年來塵撲面，而今始得碧紗籠。』來集之衍爲傳奇，即名《碧紗籠》，第一折《木蘭花發院新修》，言播在揚州惠照寺木蘭院中，以酒奠木蘭花，作文侑觴，正見木石各工修院也。第二折《慚愧闍黎飯後鐘》，言寺中上座，設計於飯後鳴鐘，播方折花供佛，聞聲赴齋，則僧衆四散，乃題詩二句於壁，飄然竟去也。第三折《樹老無花僧白頭》，言播去後二十年，木蘭花神與松、菊、桃花之神，共談因果，立地焦枯。昔年上座，已老病龍鍾，聞花神語，猛然自省。又知播大貴，懼其報怨，乃取播平日所題詩句，盡以碧紗籠護也。第四折《而今始得碧紗籠》，則言播爲宰相，奉旨節制江淮，特至院訪從前故跡。寺僧恐懼惶悚，曲盡諂笑脅肩之態。播見舊題二句，亦已紗籠，乃續題二詩於後。語意詼諧，不修舊怨云。讀之足爲貧士吐氣。（《閒居雜綴》）

秋風三疊第七十八

《秋風三疊》，亦來集之撰。一曰《冷眼》：衍陳陶，南唐時人，築室西山，和光混俗，不揚姓氏，自稱藍采和。日在長安市上，拍板踏歌。因看鄉人牽傀儡，或演『羊質虎皮，見草而悦，見狼而戰』，或衍『東郭生救中山狼，恩將仇報』，或衍『昏夜乞哀，白晝驕人』，或演『雪中送炭，錦上添花』，或演『富翁守錢』，或演『欺善怕惡』，或演『宋人揠苗』者，『趙禮讓肥』者，『羊裘釣澤，足加帝腹』者，『夫妻饁餉如賓』者，采和以冷眼覷破，冷言説破，使熱鬧場中人，猛省回頭，旋化金光而去。考《續仙傳》，藍采和，不知何許人。常衣破藍衫，腰黑帶，闊三寸餘，一脚着靴，一脚跣行。夏則衫内加絮，冬則卧於雪中，氣出如蒸。持大拍板，長三尺許，常醉蹋歌，老少皆隨看之。歌云：『踏歌踏歌藍采和，世界能幾何？紅顏一寸樹，流年一擲梭。古人混混去不返，今人紛紛來更多。朝騎鸞鳳到碧落，暮見桑田生白波。長景明暉在空際，金銀宮闕高嵯峨。』（劇中亦載此詞。）歌詞甚多，率皆仙意。陸游《南唐書》亦載藍采和事，云或以爲即陶也。傳奇本此。二曰《英雄淚》：衍阮籍爲步兵校尉，嘗於酒肆見少婦甚美，醉卧其側。晚醒，隱約見日色閃灼射目，乃此婦紅裙所映焉。奚童因言近鄰兵家之女，遠勝此婦。籍欲往見，曰：『昨日死矣。』籍即趨至其家，撫棺大慟。女父母諗知其狂，不敢措一詞。哭竟，語童曰：『我因一酒字，罰作步兵校尉；彼因一色字，罰作兵家女。同工異曲，當同病相憐也。』長嘯而出。步兵醉卧酒家事，出《世説》；哭兵家女，見《唐類函》。三曰《俠女新聲》：衍明鐵、鼎石二女花院全貞事。按革除諸書，載鉉既被殺，成祖發其二女於教坊。逼勒萬端，終不受辱。禮部官詧驗，得二女所作詩，覽之惻然。以聞於帝，奉旨予落籍。長女詩云：『教坊脂粉洗鉛華，一片閒心對落花。舊曲聽來獨有恨，故園歸去已無家。雲鬟不整臨妝鏡，雨淚無聲濕絳紗。今日相逢白司馬，尊前誰與訴琵琶。』次女詩云：『骨肉傷殘舊業荒，此身何忍去歸娼。涕垂玉筯辭官舍，步蹴金蓮入教坊。攬鏡自憐傾國貌，向人羞學倚門妝。春來雨露寬如海，嫁得劉郎勝阮郎。』《秋風三疊》中，蓋無一字無來歷也。（《閒居雜綴》）

女紅紗第七十九

來倘湖少年負重名，而艱於一第。崇禎庚辰，始成進士，頗多牢騷不平之氣。其作《女紅紗》傳奇，殆借以抒憤也。才思横溢，動人心目。大旨以場屋之中，主考不乏糊塗者，故詭其號曰『胡涂』。又設爲三種舉子：一名『文運』，字『中盛』，一字『中衰』，謂孤寒持文章進身，得志則文運中盛，不則中衰也；一名『臭銅』，一名『白丁』，蓋指富豪及宦家子言。科場中故有『朱衣點頭』、『紅紗罩眼』之説，故取紅紗作關目。言有二仙女，奉上帝命，使入闈中，以紅紗罩試官目，復察其公私明暗。轉天宫時，即以紅紗寫本奏聞，嘿行賞罰。考官胡涂者，入暮夜之金，循要津之請，竟收臭銅、白丁，而黜文運。仙女以聞，并請設鑽刺之獄，罪不肯讀書專務奔競之人。其有文章奇拔，不比尋常者，皆破格收録。明季關節之盛，誠如集之言，而嬉笑怒駡，未免過當。中間仙女説白云：『看這一班納卷秀才，渾如蒲團出定之僧，面同紙薄；又如錦帳孤眠之女，骨勝柴枯。比那吃橄欖的，求一個苦盡甘來；比那扒高山的，求一個一勞永逸。』説者謂描寫曲盡云。（《閒居雜綴》）

木椎記第八十

南門外某姓一妬婦，知婢懷娠，日夜痛毆。既娩身，逼令棄兒於水。婢不得已，將兒繫之木版，以釵一股，置兒衣間，冀得收養。適一婦持椎浣衣溪上，見而收之。方用手援兒，椎忽墮水，流至妬婦門，爲其婢所得，懸之壁間。不兩月，盗入其家，即持木椎椎殺妬婦，其夫方知兒之溺死焉。後六年，拾兒之婦偶至婢所，見木椎，認爲己物。婢問失椎之由，云爲撈兒滚入波心。復問兒衣間有何物，曰：『有釵，今尚在。』婢即日索釵視之，果前物也。重酬其乳食之費，攜其子歸。張友蓮作《木椎

記》。（《雲間雜志》）

廣陵仙第八十一

《太平廣記》：杜子春者，蓋周、隋間人。少落魄，不事家産，縱酒閒遊，資産蕩盡，投於親故，皆以不事事見棄。方冬，衣破腹空，徒行長安中，仰天而嘆。有一老人杖策而前，問曰：『君子何嘆？』子春言其心，且憤親戚之疏薄也。老人曰：『幾緡則豐用？』曰：『三五萬則可以活矣。』老人曰：『未也。』更言之：『十萬。』曰：『未也。』乃言百萬，亦曰：『未也。』三百萬，曰：『可矣。』於是袖出一緡曰：『給子今夕。明日午時，候子於西市波斯邸，慎無後期。』及時，子春往，老人果予錢三百萬，不告姓名而去。子春既富，蕩心復熾，乘肥衣輕，會酒徒，徵絲管，不復以治生爲意。一二年間，稍稍而盡，倏忽如初。自嘆於市門，發聲而老人到，握其手曰：『君復如此，奇哉！吾將復濟子，幾緡方可？』子春慚不應。老人曰：『明午可來前期處，則得一千萬。』未受之初，發憤，以爲從此謀身治生。錢既入手，心復翻然。數年，貧過舊日。復遇老人於塗，愧而走。老人牽裾止之，曰：『嗟乎，拙謀也！』因與三千萬，曰：『此而不痊，則子貧在膏肓矣。』子春自念：『吾落魄狎游，親族不相顧，獨此叟三給我，何以當之？』因曰：『吾得此，人間之事可以立，名譽復圓矣。感叟深惠，立事之後，唯叟所使。』老人曰：『吾心也。來歲中元，見我老君廟雙檜下。』子春遂轉資揚州，盡了恩仇，治事畢，如期而往。老人者，方嘯於檜陰，遂與登華山雲臺峯。入四十餘里，見一處，屋宇嚴潔，非常人居，彩雲遥覆，鸞鶴飛翔。正堂中有藥爐，高八九尺餘，紫焰光發，炤灼窗户。玉女九人，環爐而立。青龍白虎，分據前後。其時日將暮，老人不復俗衣，黄冠縫帔，持白石三丸，酒一巵，遺子春，令速食之。訖，取一虎皮，鋪於西壁，東向而坐。戒曰：『慎勿語，雖尊神、惡鬼、夜叉、猛獸、地獄及君之親屬，爲所困苦，皆非真實。但當不動不語，安心勿懼。』言訖而去。子春視庭，惟一巨瓮，中滿貯水而已。道士去，旌旗戈甲，千乘萬騎遍崖谷，呵叱之聲震天地。有一人稱大將軍，身長丈餘，人馬皆著金甲，光芒射人。親衛數百人，服劍張鷩，直入叱曰：『汝何人，敢不避大將軍？』問何姓名，作何事，皆不對，將軍怒而去。俄而猛虎、毒蛇、狻猊、蝮蝎萬計，哮吼而前，或欲搏噬，或跳突其上，子春不爲動，有頃而散。既而大雨滂沱，雷電晦明，庭際水深丈餘，瞬息之間，波及坐下，端坐不顧。旋將軍復來，引牛頭獄卒，將大鑊湯置子春前，長槍短叉，四面周匝，令曰：『速言姓名，不則投鑊中。』不應，因執其妻於階下，鞭捶斫燒，苦不可忍，其妻號曰：『執巾櫛十餘年，君乃惜一言邪？』子春終無語。將軍曰：『此賊術已成，不可久留。』敕左右斬之。斬訖，魂魄被領，見閻羅王，刀山劍樹，諸苦備嘗。然心念道士言，終不呻吟。獄卒告受罪畢，王曰：『此人陰賊，宜令作女，投生單父縣丞王勸家。』生而多病，針灸醫藥無停日，亦嘗墜火、墜床，終不呼叫。及長大，容色絶代，而口無聲，其家目爲啞女。進士盧珪者，慕之，娶爲妻。數年，恩情甚篤，生一男，僅二歲，聰慧絶倫。盧抱兒與之言，不應。多方引之，終無詞。盧大怒，持兒兩足，以頭撲於地，應手而碎，血濺數步。子春愛生於心，不覺失聲曰『噫』。噫聲未絶，身坐故處，道士者亦在其前。初五更矣，見紫焰穿屋上，火起，屋舍盡焚。道士提其髮，投大瓮中，未幾火滅。嘆曰：『子之心，喜怒哀懼惡欲，盡忘之矣，所未臻者，愛耳。向使子無噫，吾藥成，子亦上仙矣。嗟乎，仙才之難也！吾藥可重煉，而子之身，猶爲世界所容，勉之哉！』遥指路使歸，子春至家，愧其意，誓復自效以謝。重至雲臺峰，絶無人跡，嘆息而回。大興胡介祉，衍其事爲《廣陵仙》傳奇。介祉，尚書紹龍子，仕至河南按察使。傳奇關目，與《廣記》小有異同。其云子春父官太宰，婦翁韋平章，亦《廣記》所無，恐即藉以自寓。中間説白，極悔少年蕩費家産，而以成仙結之，似非無因而發也。（《見山樓叢録》）

緑牡丹第八十二

覺阿開士有《書壯誨堂集後》四絶句曰：『少日閒情悔最難，傾城名士兩相歡。傳奇最愛《桃花扇》，誰唱温家《緑牡丹》。』隸事頗新僻。或詢《緑牡丹》出處，余按婁東陸桴亭《復社紀略》曰：『當天如之裒集國表也，湖州孫孟樸淳，實司郵置，扁舟千里，往來傳送，寒暑無間。凡天如、介生遊跡所及，淳每爲前導，一時有孫鋪司之目。兩越貴遊弟子與素封家兒，因淳拜居張、周門下者無數。諸人執贄，亦名流自負，趾高氣揚，目無前達。烏程温育仁，首輔體仁介弟也，心醜之，著《緑牡丹》傳奇誚之。杭俗好異，一時争相搬演。諸門生病之，飛書二張先生，求爲洗刷。西張親莅浙，言之學臣黎元寬，元寬南張同籍，因禁書肆、毁版本，桁楊書賈。求作傳主名，執育仁家人下之獄。而婁江烏程顯開大隙矣。』又張秋水《冬青館集·書〈緑牡丹傳奇〉後》云：『此吾鄉温氏啓釁於復社之原。書中以管色爲烏有、亡是之詞。』其實柳五、柳車、尚公、范思軻，據《復社紀略》，各有指斥。其於越人，疑亦王元趾、陳章侯一流。而吴興沈重者，以在朝則影黎愧庵、倪三蘭；在野則影張天如、楊子常、周介生輩。大致如《十錯認》、《燕子箋》，亦明季文字風氣所趨，而語語譏切社長，極嬉笑怒駡之致。宜愧庵當日厲禁之，要其詞藻，有不能没者。（《闕名筆記》）

瑞藻按：李漁笠翁《閒情偶寄》，謂《緑牡丹》傳奇乃吴石渠所作（石渠名炳，常州人，後殉桂王之難，乾隆中賜謚忠節），與《復社紀略》、《冬青館集》異，未審孰是。今其書傳本絶少，恐已淹没。坊間所刊《緑牡丹》，乃章回小説，文又俚俗，蓋襲其名而行者耳。

遼東傳第八十三

明宦官劉若愚《酌中志》云：馮詮害經略熊廷弼，因書坊賣《遼東傳》，其四十八回内，有馮布政父子奔逃一節，極耻而恨之。按《遼東傳》一書，今無傳本，實紀當時之事，并姓氏官位，亦大書之，明人之無忌憚如此。（《茶香室叢鈔》）

瑞藻按：李遜之《三朝野記》云：遼難之發，涿州父方任遼東布政，鼠竄南下。書肆有刻

《遼東傳》小説者，内列《馮布政奔逃》一回，涿州耻之。先令卓邁上《廷弼宜急斬疏》，遂於講筵袖出此傳，奏請正法，擬諭以進。王體乾曰：『此明係小馮欲殺老熊，何預皇家事？請御筆增入「卿等面奏，出諸袖中」。』云云。熊遂受極刑，傳首九邊。經略之死，此傳蓋與有力，信矣。嗟乎，紀并世事而絶無忌諱，不可謂非古之遺直。天理人心，固有不容泯者。俞氏詆之，無乃太甚！特非此書之刻，則熊公之死，不如是速耳。

人天樂第八十四

明黄九煙周星先生，作詩最工妙。余筆記中，曾綴録數章，縱横排奡，光氣逼人。詩餘一種，獨不多見，然嘗有句云『三仄應次入上去，兩平還要辨陰陽』，可知其造詣之深矣。先生曾著一傳奇，名《人天樂》，離奇詭怪，不可致詰，而筆鋒之恣横酣暢，與之相稱。先君容甫府君，蓄有鈔本，棄養已來，已不知遺失何所。每一念及，殊耿耿也。（《花朝生筆記》）

龍舟會第八十五

明季王夫之先生，學貫天人，論史尤具特識，然極不滿意於蘇東坡，排斥譏評，不稍假借。如曰：『酒肉佚遊，情奪其性；寵禄禍福，利勝其命。志役於雕蟲之伎，以聳天下而矜其慧；學不出於揣摩之術，以熒天下而售其能。』余謂坡公平生，萬無可議。果如船山言，直小人之尤耳，不知船山果何所憾於公而云然也？近林琴南氏評選《讀通鑒論》，嘗按據事實，反復駁難，最爲精確。船山有知，亦當俯首。林氏又謂船山經學高於東坡，而文章不及東坡遠甚。《遺書》有《龍舟會》傳奇一卷，亦雕蟲之一斑，何得輕率以詆東坡？千古文人，每好相輕，實則皆客氣也。持論亦平。（《花朝生筆記》）

綰春園第八十六

沈嵊，字孚中，居武林北墅，不修小節，越禮驚衆。作填詞，奪元人席。好縱酒，日走馬蘇、白兩堤。髯如戟，衿未青，不屑意也。崇禎某年，重九日，持螯獨上巾子峰頭，高吟浮白。有僧濡筆竊記其一聯云：『有情花笑無情客，得意山看失意人。』爲之叫絶。拉歸精舍，痛飲達旦。家人覓至曰：『今邑試，郎君何不介意邪？』嵊方醉睞未開，履無詳步，扶入試院，則已几席從衡，置足無地。嵊乃積墨廣硯，立身高級，大書《登高詞》於粉壁之上。其首闋曰：『萬峰頂上，險韻獨拈糕。撑傲骨，與秋鏖，天涯誰是酒同僚？面皮雖老，儘生平，受不起青山笑。難道他辟英雄一紙賢書，到做了禁登高三寸封條！』題畢而下。有拍其肩狂叫者，曰：『我得一賢契矣。』嵊視之，則令也，潛視其後良久矣。令宋姓，兆和名，字禧公，雲間名士，不屑爲俗吏態者。把嵊臂曰：『昔賀監遇李白，解金龜當酒。我雖遠遜知章，君才何異太白！此日之事，今古攸同。盍拈是題，與君共填散曲，志奇遇乎？』

嵊曰：『善。』令未成而嵊脱稿，更復擊節，擢之冠軍。薦之學使者，補弟子員，聲譽大起。嗣是非令醉嵊，即嵊醉令，交誼既狎，略師生而爾汝。更易冠服，戲樂不羈。嵊弟有訟，對簿於令，令佯爲研鞫，嵊躍出廳事大呼曰：『錯矣錯矣。』令拂袖起。事聞，直指以白簡斥令，令恬然勿怨也。明鼎既移，閣部馬士英，卷其殘旅，遁跡西陵。嵊往談兵，士英爲作壯語云：『當背城決勝。』嵊馳歸，語里人曰：『此地頃爲戰場矣。』里人群嘩曰：『丞相宵奔，將軍夜遁，誰能任職，欲殃吾民。』争擊斃嵊，燒其所著書，存者獨《息宰河》、《綰春園》傳奇二種，《綰春園》尤爲詞場艷稱云。（《陸次雲集》）

無雙譜第八十七

世俗相傳有《無雙譜》，吴下陶明經然，知名士也，曾爲作詩。余問以譜始何人，而不能對。後讀山陰宋長白《柳亭詩話》曰：『《無雙譜》，吾友金墨禪所作，始於張子房博浪之椎，迄於文信國柴市之歌，凡若幹人。及門盧使君、屠大尹雕板行世，而余與諸君序之。墨禪名古良，有《歷朝詩選》。』然後知作是譜者之姓名。宋長白乃康熙間人，則金墨禪，疑是勝國遺民。觀其始張子房，終文文山，或亦有微意也。（《茶香室叢鈔》）

燕子箋第八十八

阮光禄大鋮所著《燕子箋》、《春燈謎》雜劇，梨園子弟，争演唱之。嘗作《減字木蘭花》云：『春光漸老，流鶯不管人煩惱。細雨窗紗，深巷清晨賣杏花。　眉峰雙蹙，畫中有個人如玉。小立簾前，待燕歸來始下簾。』其温麗不減和凝。徐虹亭至皖江，作雜感一絶句云：『亂落楊花攪白綿，皖江江水緑如煙。南朝狎客無人見，腸斷聲聲《燕子箋》。』（《漁磯漫鈔》）

春燈謎第八十九

《春燈謎》，阮大鋮樂府之一也，音律諧美不下《燕子箋》，而情事之離奇過之。孔雀雖有毒，不能廢文章，傳誦到今，夫豈偶然？略言宇文學博之子義、彦，皆能文，義留家讀書，彦隨母之父任，抵黄河驛，泊舟岸側。時值元宵，彦挈老僕陳英，上岸觀燈。而韋節度之舟，亦泊於此，相去甚近，長女隨侍。聞燈甚盛，竊父衣巾作男裝，婢春英亦改裝爲僮，潛行登陸。抵一道觀，見有題詩謎於燈者，宇文生猜得孟光，韋女猜得司馬相如，衆鼓掌稱善。廟祝因留二人飲，女恐爲人所覺，自云姓尹。席間，宇文生强女唱和，女勉應之，各寫於箋，互執而去。會船因風起，各移泊他所。二家僕婢之名，音適相似，又當午夜，韋女誤入宇文舟，宇文亦誤入女舟，旋各揚帆行。天明，韋女見宇文生母，不敢明言，仍稱尹氏，母遂撫爲己女，别遣人物色生。生自入韋舟，見奩具滿目，旁皇不知所措。乃傅粉墨於面，突出艙中，韋氏奴執之，搜得一詩箋。節度見是女詩，大怒。婢知事敗，距躍入水死。節度則褫彦衣，書其背曰『獺皮賊』，亦投之江。撈得婢屍，慮人多口，乃衣以彦衣，寄其棺於廟，云是一書生。廟祝私念殆宇文生也，識其名柩上。當是時，獺賊之黨横行，巡緝者得生水次，以爲真賊，録送獄中。問其姓名，恐爲父母羞，詭詞以對，問官莫能察也。生母所遺偵生者，蹤跡至廟，見有宇文彦柩，即以已死報。父母聞之，太息而已。翌年，彦兄義，大魁天下。鴻臚官老耄，唱名時，誤呼李文義。朝廷以一正其誤，大典不光，竟更其姓爲李，授巡方御史，并學博亦從其姓也。彦在獄，有盧孔目者，甚憐其冤，道以自訟於御史，然名已非真，御史不知即其弟，而察其罪可矜，釋之。彦遂用孔目姓，易名更生，入京應試。韋節度先已内召，以次女字宇文義矣，會受命總裁，擢更生上第，知學博一女，尚未字人，遂爲更生執柯，俾婿李氏。更生不知即父家也，交拜時相認，始知種種錯誤云。此劇一名《十錯認》：男女易舟，一也；兄娶次女，弟娶長女，二也；以媳爲女，三也；以父爲舅，四也；以韋女爲尹生，五也；以春英爲宇文生，六也；義改李文義，七也；彦改盧更生，八也；兄出弟之罪，而視同路人，九也；師以仇爲門生，而爲己女相攸，十也。（《閒居雜綴》）

白門柳第九十

顧媚，字眉生，又名眉，莊妍靚雅，風度超群。鬢髮如雲，桃花滿面。弓彎纖小，腰支輕亞。通文史，善畫蘭，追步馬守真，而姿容勝之。時人推爲南曲第一。家有眉樓，綺窗繡簾。牙籤玉軸，堆列几案。瑶琴錦瑟，陳設左右。香煙繚繞，檐馬丁當。余常戲之曰：『此非眉樓，乃迷樓也。』人遂以『迷樓』稱之。當是時，江南侈靡，文酒之宴，紅妝與烏巾紫裘相間，坐無眉娘不樂，而尤艷顧家厨食品，差擬郇公、李太尉，以故設筵眉樓者無虚日。未幾，歸合肥龔尚書芝麓。尚書雄豪蓋代，視金玉如泥沙糞土；得眉娘佐之，益輕財。好憐才下士，名譽盛於往時。客有求尚書詩文及乞畫蘭者，縑箋動盈匧笥，畫款所書『横波夫人』者也。歲丁酉，尚書挈夫人重游金陵，寓市隱園中林堂。值夫人生辰，張燈開宴。請召賓客數十百輩，命老梨園郭長春等演劇。酒客丁繼之、張燕築及二王郎（中翰王式之，水部王恒之）串《王母瑶池宴》。夫人垂珠簾，召舊日同居南曲呼姊妹行者與宴，李六娘、十娘、王節娘皆在焉。時尚書門人楚嚴某，赴浙鹽司任，逗留居樽下，褰簾長跪，捧巵稱『賤子上壽』，坐者皆離席伏。夫人欣然爲罄三爵，尚書意甚得也。余與吴園次、鄧孝威，作長歌記其事。嗣後還京師，以病死，斂時現老僧相，弔者車數百乘，備極哀榮。改姓徐氏，世又稱徐夫人，尚書有《白門柳》傳奇行於世。（《板橋雜記》）

秣陵春第九十一

夏存古完淳先生《大哀賦》，庾信《哀江南》之亞也。其叙南都之亡云：『嗟乎，揚州歌舞之場，雷塘羅綺之地。一旦煙空，千秋景異。馬嘶隋堤之風，蜃吐海門之氣。潮上廣陵而寂寞，枝發瓊花而憔悴。鉅鹿沙崩，長平瓦碎，豺虎相臨，蛇兕俱退。鬼有曹社之謀，天同鶉首之醉。欃槍空鐵瓮之城，弧矢落金山之壘。天子蒙塵，將軍仗義。軹道降王，長安舊帝。朱組輿櫬之羞，青衣行酒之事。白日蒼茫，黄雲迢遞。楚姬之錦瑟新購，代馬之丹髮乍繫。玄武池邊，景陽宫裏，莫愁之歌舞如何？長樂之鐘聲已矣。斜陽歸而燕子秋飛，蔓草平而後湖月起。秦淮則一點青煙，桃葉則三聲漁市。蘼蕪遍於故宫，莓苔碧於舊址。平康之絶巷鷄鳴，鍾嶺之空山鶴唳。風塵蕭索兮十二樓，煙雨凄迷兮四百寺。烏啼上苑之花，鵲噪孝園之樹，故老吞聲，行人隕涕。殷王子《麥秀》之歌，周大夫《黍離》之淚。天地何心，河山無罪。』此段尤慘絶千古，吴梅村見之，大哭三日，《秣陵春》傳奇之所由作也。

（《花朝生筆記》）

桃花扇第九十二

傳奇體雖晚出，然其流出於欒。欒之爲斆也，廣博易良。廣博則取類也遠，易良則起興也切。故傳奇之至者，必深有得於古文隱顯、回互、激射之法，以屬思鑄局。若徒於聲容求工，離合見巧，則俳優之技而已。近世傳奇，以《桃花扇》爲最。淺者謂爲佳人才子之章句，而賞其文辭清麗，結構奇蹤；深者則爲其旨在明季興亡，侯、李乃是點染，顛倒主賓，以眩耳目。用力如一髮引千鈞，累九丸而不墜者，近之矣。然其意旨存於隱顯，義例見於回互，斷製寓於激射，實非苟然而作，或未之深知也。道鄰身任督師，令不行於四鎮，故於虎山自刭時，著『三百年天下亡於我手』之語，以明責其罪。虎山罪明，則道鄰可見。不責高、劉者，以其不足責也。然福王之立也，道鄰中夜結士英以定議（事見朝宗《四憶堂詩》，梅村《九江哀》亦云，大學士史可法、馬士英定策，奉福藩世子）。福王立，則與昆山齟齬，無以得上游屏翰之力。而爲之曲諱者，蓋不欲嫥府獄道鄰，使馬、阮反得從從罪也。既書道鄰之死不明，而又書祭者，責其并不能求死於戰也。龍友死戰而不書者，以黨惡咎重，不許其以死自贖也。昆山之死也，特書『後世將以我爲亂臣』之語者，明其心之非叛，而罪則當死。蓋昆山不稱兵離楚，則馬、阮不奪虎山，許定國雖渡河，尚可截淮爲守也。至北都自死諸臣，上不能致身以恤國難，下不能引退而遠利禄，是直計無復之，欲買價泉裏耳。故借書賈射利之語，以深致其誚。其士人負重名、持清議者，無如三公子五秀才，而迂腐蒙昧，乃與屍居者不殊。然而世固非無才也，敬亭、昆生、香君，皆抱忠義知勇，辱在塗泥。故備書香君之不肯徒死，而必達其誠，所以愧自經溝瀆之流。書敬亭、昆生艱難委曲，以必濟所事，而庸懦誤國者，無地可立於人世矣。賢人在野，而立廟廊、主封域者，非奸則庸。欲求國步之不日蹙，其可得乎？然而爲師爲長，端本爲上，士人倚持門第，自詡虚車，務聲華，援黨與，以犄摭長短。其禍之發也，常至結連家國而不可救。此作者所爲洞微瞀遠，而不得不藉朝宗以三致其意者也。（《**藝舟雙楫**》）

《桃花扇》筆意疏爽，寫南朝人物，字字繪色繪聲。至文詞之妙，其艷處似臨風桃蕊，其哀處似著雨梨花，固是一時傑構。然亦有未愜人意者，福王三大罪、五不可之議，倡自周鑣、雷演祚，今《阻奸》折竟出自史閣部，則與《設朝》折大相徑庭，使觀者直疑閣部之首鼠兩端矣。（《**藤花亭曲話**》）

吴梅村《懷古弔侯朝宗》一首云：『河雒風塵萬里昏，百年心事向夷門。氣傾市俠收奇用，策動宫娥報舊恩。多見攝衣稱上客，幾人刎頸送王孫。死生終負侯嬴諾，欲滴椒漿淚滿襟。』自注：『朝宗遺書約終隱不出，余爲世所逼，有負夙諾，故及之。』駿公自責甚是，而朝宗不足以當之。駿公之出山，初非本心，實係被逼而然。絶筆《金縷曲》詞所謂『恨當年沉吟不斷，草間偷活。艾灸眉頭血噴鼻，脱屣妻孥非易事，竟一錢不值何消説』者，讀之淒然。朝宗固未仕清，然貽書約終隱於先，又何以應鄉舉於後？朝宗亦幸而早世耳，而不然者，其收局蓋可知矣。張船山詩有云（《題桃花扇》絶句）：『兩朝應舉侯公子，忍對桃花説李香。』洵是定論。孔雲亭《桃花扇》傳奇，叙事最稱翔實，顧於朝宗之本末獨否，豈以香君故曲爲諱飾歟？何朝宗之幸也。（《毗梨耶室隨筆》）

《桃花扇》傳奇，有《捉拿遺逸》一齣，雲亭殆有激而云然。畸人佚士，當國變之後，不勝《麥秀》之思，或亦獨有抱負。雲亭云云，毋乃泰甚。前清博學鴻詞之考，軒車之聘，搜求倍切。傅青主以衰疴，襆被登程，僵卧入國門，旋即被放，其殆《桃花扇》所不及料矣。（《京塵雜綴》）

孔東塘學博尚任，號雲亭山人。用侯方域、李香君事作《桃花扇》傳奇，其間朝政得失，文人聚散，皆確考時地，全無假借，與《長生殿》盛行於時。德州田山蘁司農雯題詞云：『一例降旗出石頭，烏啼楓落秣陵秋。南朝剩有傷心淚，更向胭脂井畔流。』鐵嶺陳於玉云：『玉樹歌殘跡已陳，南朝宫殿柳條新。福王少小風流慣，不愛江山愛美人。』宋牧仲中丞犖云：『血作桃花寄孤怨，天涯把扇幾長籲。不知壯悔高堂下，入骨相思悔得無。』、『陳（定生）、吴（次尾）名士鎮周旋，狎客追歡向酒邊。（柳敬亭、蘇昆生）何意塵揚東海日，江南留得李龜年。』（《蓮坡詩話》）

南桃花扇第九十三

曲阜孔尚任作《桃花扇》傳奇，無錫顧彩又作《南桃花扇》，所衍亦侯朝宗事。尚任以張薇出家白雲庵，爲侯、李説法，二人醒悟修行，分住南北二山結局。此改朝宗挈姬北歸，白頭偕老。按朝宗於順治癸卯尚應秋試，顧氏改之，不爲無見。劇中諸人姓名履歷，亦真實不虚。惟關目頗多增飾，事跡嘗加扭合，蓋才力不逮雲亭遠矣。（《見山樓叢録》）

桃花源第九十四

尤西堂工詞曲，嘗以『臨去秋波那一轉』公案，戲爲八比文，世祖見而喜之。所撰樂府，流傳禁中，上屢稱爲才子。爲永平推官，以細故罷去。歸吳中，時時以樂府寓其感慨，《桃花源》、《黑白衛》二種，尤膾炙人口。王漁洋贈詩云：『南苑西風御水流，殿前無復按《梁州》。凄涼法曲人間遍，誰付當年菊部頭？』、『猿臂當年出塞行，灞陵醉尉莫相輕。旗亭被酒何人識？射虎將軍右北平。』尤讀之，爲泣下也。《桃花源》蓋衍陶元亮事，以《歸去來兮辭》概括爲第一齣；以白衣送酒，王弘令龐通之招潛共飲山下爲第二齣；以入廬山謁遠公，遠公送過三笑爲第三齣；以潛造生壙自祭，及周續之輩來弔爲第四齣，而以入桃源洞成仙結之。事皆真實，唯入桃花源一節，則以陶有《桃花源記》，因撰出入洞成仙事。然《後列仙傳》本載靖節之名，其撰《搜神後記》，亦多神仙家言，似非無因而發也。漁洋題詞云：『今朝識得廬山面，蓮社桃源一徑通。』其得西堂之意乎？（《見山樓叢録》）

天池生《木蘭從軍》劇結尾云：『我做女兒則十七載，做男兒到十二年。經過萬千瞧，總没個解雌雄辨。方信道辨雌雄的原不在眼。』可云罵極。鹿樵生《臨春閣》劇結尾云：『俺二十年嶺外都知統，依舊把兒子征袍手自縫。畢竟是婦人家難決雌雄，則願決雌雄的放出個男兒勇。』可云憤極。《通天臺》結尾云：『則見那：山繞故宫寒，潮向空城打，杜鵑血揀南枝直下。偏是俺立盡西風搔白髮，只落得哭向天涯。傷心地付與啼鴉，誰向江頭問荻花？淚呵，灑不到脩陵松檟！眼呵，盼不到石頭車駕！長則是年年秋月聽悲笳。』讀之增《黍離》、《麥秀》之感，又不僅擊碎唾壺矣。《玉禪師》劇《收江南》一曲，通首用短柱句法，二字一韻，長至七百餘字，實是驚才絕艷。尤悔庵《桃花源》劇，絕力學之，終非敵手，乃知古人力量之厚。（《蠡言》）

黑白衛第九十五

《劍俠傳》：聶隱娘者，唐貞元中魏博大將聶鋒之女也。年十歲，有尼乞食於鋒舍，見隱娘而悦之。乃云：『問押衙乞取此女。』鋒怒叱尼，尼曰：『任押衙鐵櫃中盛，亦須竊取矣。』及夜，果失所在。後五年，尼送隱娘歸，告鋒曰：『教已成矣，可自領去。』尼欻亦不見。一家悲喜，問其所習，曰：『讀經念咒而已，無他也。』鋒不信。曰：『真説又恐不信，如何？』鋒曰：『但真説之。』乃曰：『初被尼攝去，不知行幾里。及明，止大石穴中。已有二女，亦各十歲，皆聰明宛麗，能於峭壁上飛走。尼與我藥一粒，寶劍一口，長二尺許，鋒利吹毛可斷。令二女教之攀援，漸覺身輕如風。一年，刺猿猱無一失，刺虎豹皆決其首。三年後，刺鷹隼無不中，劍之刃漸減五寸。至四年，挈我至都市，不知何處也。指某人一一數其過，曰：「爲我取其首來。」授一羊角匕首，廣三寸，遂白日刺其人於都市中，人莫能見。囊首返命，則以藥化之爲水。五年，又夜刺某大僚於室，度其門隙，無有障礙。尼乃爲女開腦，後藏匕首，而無所傷，用即抽之。曰：「女術已成，可歸家。」遂送還。云二十年後，方可一見也。』鋒聞語甚懼。後遇夜即失蹤，及明而返，鋒不敢詰。忽一磨鏡少年至門，女曰：『此人可爲我夫。』父不敢不從，遂嫁之。其人無它能，知淬鏡而已。數年，父卒。魏帥知其異，召爲左右史。故與陳許節度使劉昌裔不協，使隱娘賊其首。劉能神算，已知其來，召牙將令曰：『早至城北，候一丈夫、一女子。各跨黑白衛。遇鵲噪，丈夫以弓彈之，不中，女奪其彈，一丸而斃鵲者。揖之，云：「我欲相見，故遠相祇迎也。」』牙將往，果遇之。隱娘夫妻曰：『劉僕射真神人也。』乃見劉謝過，劉曰：『各親其主，人之常也。魏與許何異，請留此勿疑。』隱娘許諾，問所須，曰：『日二百文足矣。』忽不見二衛所在，劉使人尋之，不知所向。後潛於其囊中見二紙衛，一黑一白云。月餘，白劉曰：『彼未知信，今宵請翦髮，繫以紅綃，送魏帥枕前，以表不回。』劉聽之，至四更却返。曰：『送其信矣。明夜，必使精精兒來殺某及公，乞不憂耳。』劉亦無畏色。夜半，果有二幡子，一紅一白，飄飄然如相擊於牀四隅。良久，見一人自空而踣，身首異處，乃拽出，以藥化爲水，毛髮不存。隱娘曰：『後夜當使妙手空空兒繼至。空空兒之術，神莫能窺其用，鬼莫得躡其蹤，善無形而滅景。隱娘之藝，故不能造其境，但以于闐玉周頸擁衾。隱娘當化蠛蠓入僕射腸中聽伺，餘無逃避處。』三更，果聞項上鏗然聲甚厲。隱娘自劉口中躍出曰：『無患矣。此人如俊鶻，一搏不中，即翩然遠逝。纔未逾一更，已千里矣。』視其玉，果有匕首畫處，痕逾數分，自此劉轉厚禮之。元和八年，劉入覲，隱娘不願從。云自此尋山水，訪至人，但

請給其夫。劉如約，漸不知所至。尤同人《黑白衛》傳奇，衍此事。（《花朝生筆記》）

弔琵琶第九十六

《西堂樂府》六種：《桃花源》、《黑白衛》、《弔琵琶》、《讀離騷》、《清平調》，皆北曲；《鈞天樂》一種，用南曲。《弔琵琶》蓋本於元人之《漢宮秋》，前三折與《漢宮秋》關目略同，但元曲全用駕唱，此用明妃自抒悲怨，爲小異。第四折入蔡琰陷入胡中，自傷與明妃同恨，酹酒青冢。并以《胡笳十八拍》，寫入琴中鼓之，以申其哀思，故名。（《見山樓叢録》）

讀離騷第九十七

《讀離騷》，衍屈原事，其命名蓋取中山王熙語。熙謂盧元明曰：盧郎有如此風神，惟須讀《離騷》，飲美酒，自爲佳器。全劇大略以《楚詞·天問》、《卜居》二篇爲第一折。以《雲中君》、《湘君》、《湘夫人》、《大司命》、《少司命》諸篇爲第二折。第三折謂洞庭君憐屈原之志，使白龍化漁父，勸勿自沉。不從，因迎入水府爲水仙，則借用《漁父》篇，加以點染。第四折接入宋玉作賦，感巫山神女入夢，卧三日，醒而告王云：其師屈平，見爲洞庭水仙，五月五日，乃其忌辰，欲招魂歸葬，乞王遣巫陽奠祭，并令土人駕舟江中，競渡援救。此藉宋玉有《招魂》之詞，《神女》、《高唐》之賦，幻出空中樓閣，以爲結束也。其自序云：『予所作《讀離騷》，順治間，曾經御覽，令教坊内人裝演供奉，此自先帝表忠至意，非玉笛洞簫之比。』丁藥園澎題云：『《離騷》者，《三百篇》之變也。左徒既放江潭，行吟澤畔，故發爲詞章，以抒其憤懣。要不失風人忠厚之旨，由有《三百篇》之意也。後之擬者，蘭臺而下，唯《長沙》一賦，足稱千古知己，然未聞填詞及之也。填詞之作，始於隋，至宋而盛。迨關、王輩出，則又變爲雜劇。自風變爲雅，雅變爲頌，頌變爲賦，爲詩，爲填詞，爲雜劇，而要其所歸，莫不以《楚詞》爲宗。尤子一旦譜爲新聲，以補詩歌所未備，其猶有溯源復古之思乎？』（《見山樓叢録》）

清平調第九十八

《清平調》，一名《李白登科記》。尤侗拔貢出身，才名籍甚，而未登甲科，不勝健羨。此記之作，或者其自喻也。昔人謂李杜何嘗中過狀元，尤翻其案，謂太白大魁天下，杜子美、孟浩然，皆同年登第。明皇以三子詩卷，送貴妃鑒定，貴妃取太白《清平調》壓卷。賜宴曲江，楊國忠陪席，李龜年、賀懷智、永新、念奴等奏樂，高力士傳旨，特賜荔枝解醒。奇榮雅遇，一時無兩，殆所謂『出門西向笑長安』者邪？（《見山樓叢録》）

一捧雪第九十九

《一捧雪》傳奇，蓋即蘇州事，故蘇人無不能言其本末。所謂『莫懷古』，乃隱名，若謂莫好古玩，好古玩如以手捧雪，不可久也。沈德符《野獲編》云：『嚴分宜勢熾時，以諸珍寶盈溢，遂及書畫骨董。時鄢懋卿以總鹺使江淮，胡宗憲、趙文華以督兵使吴越，各奉承意旨，搜取古玩，不遺餘力。傳聞有《清明上河圖》手卷，宋張擇端畫，在故相王文恪家，難以阿堵動，乃託蘇州湯臣者往圖之。湯以善裝潢知名，客嚴門下，亦與婁江王思質中丞往還（思質名忬，弇州山人世貞之父）。王時鎮薊門，即命湯以善價購之。既不可得，遂屬蘇人黄彪摹一本應命，黄亦畫家高手也。嚴氏既得此卷，珍爲異寶，用以爲諸畫壓卷，置酒會諸貴人賞之。有妬中丞者，直發其爲贋本。世蕃大慚怒，頓恨中丞，謂有意紿之，禍本自此成。或云，即湯姓者怨弇州伯仲，自露始末，不知然不。』王襄《廣彙》云：『嚴世蕃嘗索古畫於王忬，云值千金。忬有臨幅絶類真者，以獻。乃有精於辨畫者，往來忬家，有所求，世貞斥之。其人知忬所獻畫非真跡也，密以語世蕃。會大同有虜警，巡按方恪劾忬失機，世蕃遂告嵩，票本論死。』《廣彙》所載稍略，而情節相同。又孫之騄《二申野録注》：『後世蕃受刑，弇州兄弟贖得其一體，熟而薦之父靈。大慟，兩人對食，畢而後已。詩畫貽禍，一至於此。又有小人交構其間，釀成尤烈也。』按所云詩者，謂楊椒山死，弇州以詩弔之，刑部員外况叔祺，録以示嵩。所云畫，即《清明上河卷》也。（《浪跡續譚》）

辛亥閒，觀《一捧雪》傳奇，因憶昔曾閲遼陽劉廷璣《在園雜志》載其事，略具於此。明太倉王思質忬家藏右丞所寫《輞川》真跡，嚴世蕃聞而索之。思質愛惜世寶，予以模本。世蕃之裱工湯姓者，向在思質門下，曾識此圖。因於世蕃前陳其真贋，世蕃銜之而未發也。會思質總督薊遼軍務，武進唐應德順之以兵部郎官奉命巡邊，嚴嵩觴之内閣，微有不滿思質之言，應德頷之。至思質軍，欲行軍中馳道，思質以己兼兵部堂銜難之。應德怫然，遂參思質軍政廢弛，虛靡國帑，累累數千言。先以稿呈世蕃，世蕃從中主持之，逮思質至京棄市。後世蕃伏誅，恩質之子鳳洲世貞、麐洲世懋，豫賄行刑者，斷其一股，持歸熟之，以祭思質。兄弟對坐啖之盡。傳奇所云『莫懷古』，蓋寓勸戒於姓名。（瑞藻按，莫懷古之爲寓名，望文而可知其義者也。然《蒼園談屑》一則云，松江故有提標前營游擊而無牙署，游府辦公所曰『莫府』，相傳爲莫懷古故宅，宅内有藤一本，盤繞古槐樹上，粗如臂，禁不可伐，伐則液流如血注，士人謂是莫公手澤。堂以上設几案，恒見有偉大人峨冠坐，如排衙狀。姻丈鳳君山恒嘗署斯缺，歷歷言之，據此則莫懷古實有其人，而小説家言未必盡無稽也。鄙意論之，殆亦俗語不實，流爲丹青耳，附録於此，以資譚噱。）又云，以一杯之微，至於殺身，則作者自言其意。情節雖略爲變更，而事實猶依稀可溯也。至玉杯名『一捧雪』者，係當時封疆大吏，作苞苴以饋世蕃，籍没之後，溜轉於權貴家。廷璣曾一見之，玉色純白無疵，就日眂之，則其中霏霏若飄雪然，洵是尤物。傳奇蓋合二事而敷衍者也。予謂此劇起釁雖由於玉杯，而樞紐則在《遠遁》一齣，然紕漏甚矣。夫懷古身爲職官，妻孥皆在原籍，普天莫非王土，挈妾逃欲何之？且方結怨於嚴，一逃則奇禍立至，此不待智者而後知，懷古何以昏瞀至此！至懷古方以懷寶取禍，以杯臧之戚南塘處，而南塘不鑒前車，復以此觴巡按。巡按又因玉杯私怨，擅用尚方劍殺重臣，何其昧也！皆情理必無之事也。安得才藻如孔東塘、洪稗畦者，爲之增補其罅隙哉？（《聽雨軒筆記》）

平山冷燕第一百

張博山先生，嘉興人，與查聲山宮詹僚婿也。幼聰敏，十四五時，私譔小説未畢，父師見之，加以夏楚。其父執某爲之解紛曰：『此子有異才，但書未完，其心不死，我爲足成之。』即所謂《平山冷燕》也。（《柚堂續筆談》）

卷　六

奈何天第一百一

湖上笠翁李漁，以詞曲負盛名，著傳奇十餘種，紙貴一時，錢虞山、吴梅村諸公，翕然推之。漁嘗有句云：『可惜元人個個都亡了，若至今時還壽考，遇余定不題凡鳥。』自負可知。然其爲人，實猥薄無耻，又工揣摩，時以術籠取人資。其譜《奈何天》也，先出上半本，所云『闕里侯』者，蓋指衍聖公而言，扮衍醜惡，備極不堪。衍聖公患之，賂以重金。復出下半本，則所謂『闕里侯』者，已獲神佑，完好如常人矣。即此一事，笠翁之爲人已可概見。余嘗讀《一家言》，中有《曲部誓詞》云：『竊聞諸子皆屬寓言，稗官好爲曲喻。《齊諧》志怪，有其事豈必盡有其人；博望鑿空，詭其名焉得不詭其實。矧不肖硯田糊口，原非發憤而著書；筆蕊生心，匪託微言以諷世。不過借三寸枯管，爲聖天子粉飾太平；揭一片婆心，效老道人木鐸里巷。既有悲歡離合，難辭謔浪詼諧。加生旦以美名，既非市恩於有託；抹淨丑以花面，亦屬調笑於無心。凡以點綴劇場，使不岑寂而已。但慮七情以內，無境不生；六合之中，何所不有。幻設一事，即有一事之偶同；喬命一名，即有一名之巧合。焉知不以無基之樓閣，認爲有樣之葫蘆？是用瀝血鳴神，剖心告世；稍有一毫所指，甘作三世之瘖。即漏顯誅，難逋陰罰。作者自干於有赫，觀者幸諒其無他。』詞有序，謂：『余生平所作傳奇，皆屬寓言，其事絶無所指。恐觀者不諒，謬謂寓譏刺其中，故作此詞以自誓。』殆所謂欲蓋彌章者非邪？（《花朝生筆記》）

西樓記第一百二

吴江有沈同和者，以財雄於鄉。凡新到妓女，必先晋謁，名妓穆素徽，美而才，循例謁沈。時適有文會，袁籜庵以名下士居首坐，美人名士，一見傾心。席間私語移時，沈不懌，加誚讓焉。籜庵遂怏怏失志，如崔千年之於紅綃妓也。有門下客馮某者，喜任俠，有膽力，知籜庵意，則慷慨激昂，以古押衙自命。一日，沈挾穆遊虎丘，馮徑登沈舟，出不意奪穆而去。沈怒，訟之官。籜庵父大懼，送子繫獄以紓禍。籜庵於獄中抑鬱無聊，乃作《西樓記》以寄慨。（《書隱叢説》）

袁籜庵于令，居因果巷，以妓女穆素徽一事，褫革衣衿。順治乙酉，蘇郡紳士投誠者，浼袁作表賚呈，以京官議叙荆州太守，十年不調。監司謂之曰：『聞君署中有三聲：弈棋聲，唱曲聲，骰子聲。』袁答曰：『聞明公署中亦有三聲：天平聲，算盤聲，板子聲。』監司大怒，揭參落職。其著《西樓記》傳奇，譏吴江沈同和、趙鳳鳴也。因素徽從同和，鳳鳴爲撮合，故銜之。西樓在四通橋，穆妓舊居也。沈亦作《望湖亭》傳奇嘲袁麻子。今《金瑣記》、《長生樂》、《玉麟符》、《瑞玉》等傳奇，皆袁所作。（《顧丹五筆記》）

袁子才《詩話》云：『龔端毅公《定山堂集》，有《觀袁鳧公水部演西樓傳奇》一首，蓋康熙初年事也。所云虞叔夜，即鳧公之託名。王子堅先生，曾親見鳧公，短身赤鼻，長於詞曲。穆素徽亦中人之姿，面微麻，貌不美，而性耽筆墨，故兩人交好。爲趙某所忌，故假趙伯將以刺之。』又紀文達《如是我聞》云：『《西樓記》稱穆素徽艷若神仙。吴林塘言其祖幼時及見之，短小而豐肌，一尋常女子耳。』以袁、紀二公所言徵之，則穆素徽固實有其人也。（《小浮梅閒話》）

袁韞玉《西樓記》初成，往就正於馮猶龍。馮覽畢，置案頭，不置可不。袁惘然不測所以而别。馮方絶糧，室人以告，馮曰：無憂，袁大今夕饋我百金矣。』乃戒閽人：『弗閉門，袁相公饋銀來，必在更餘，可徑引至書室也。』家人皆以爲誕。袁歸，躊躇至夜，忽呼燈持百金就馮。及至，見門尚洞開，問其故，曰：『主方秉燭在書室相待也。』驚趨而入，馮曰：『吾固料子必至也，詞曲俱佳，尚少一齣，今已爲增入矣，乃《错夢》也。』袁不勝折服。是記大行，《错夢》尤膾炙人口。（《漁磯漫抄》）

袁籜庵以《西樓記》得名，一日出飲歸，月下肩輿過一大姓家，其家方宴客，演《霸王夜宴》。輿夫曰：『如此良宵風月，何不唱「繡户傳嬌語」，乃演《千金記》邪？』于令狂喜欲絶，幾墮輿。真賣菜傭奴，俱有六朝煙水氣也。（《兩般秋雨庵隨筆》）

餘姚譚公子宗，落拓不羈，善音律，嘗於維揚酒樓，唱《西樓·錯夢》，備極婉轉。俄有人起自鄰坐，摘其中某字猶未穩。初負氣不相下，繼詢其人，即譜曲之于叔夜也。遂相與登西樓，訪穆素徽，時素徽已髮白矣。詩載倪繼宗《續姚江逸詩》，如《采石磯夜泊》起數語云：『得名縱有數，發生自奇特。下臨水蕭蕭，上顧翠滴滴。縱不遇謫仙，亦必傳此石。』翻案有致。（《國朝詩話》）

瑞玉記第一百三

袁籜庵作《瑞玉》傳奇，描寫逆璫魏忠賢律私人巡撫毛一鷺，及織局太監李寔，構陷周忠介公事甚悉。詞曲工妙，甫脱稿，即授優伶，郡紳約期邀袁集公所觀唱演。是日，諸公畢集，而袁尚未至，優人請曰：『劇中李寔登場，尚少一引子，乞足之。』於是諸公各擬一調。俄而袁至，告以優人所請。袁笑曰：『幾忘之。』即索筆書《卜算子》云：『局勢趨東廠，人面翻新樣。織造平添一段忙，待織就迷天網。』語不多而句句雙關巧妙，諸公嘆服，遂各毀其所作。一鷺聞之，持厚幣倩人求袁改易，於是易一鷺曰『春鋤』。（《漁磯漫鈔》）

長生殿第一百四

洪昉思昇《長生殿》傳奇，乃本白居易之《長恨歌》，故讀《長生殿》者，必讀《長恨歌》。《長恨歌》有陳鴻所作《長恨歌傳》，讀《長恨歌》者，亦須讀《長恨歌傳》也。一歌一傳，《長生殿》卷首皆載之。然《長恨歌傳》寥寥千字，於太真事，不若唐樂史《太真外傳》言之詳。《外傳》凡兩卷，太真之事，巨細畢載。昨閲錢振芝《哀恨集》，内載明皇佚事兩則，《長恨歌傳》、《太真外傳》皆不及言，爲録於此，以餉讀《長生殿》者。

明皇在南内，夢見妃子於蓬山太真院，覺來悲感不置，因作詩貽之，使高力士焚於馬嵬山下。詩云：『風急雲驚雨不成，覺來仙夢甚分明。當時苦恨銀屏影，遮隔仙姬衹聽聲。』又作《羅襪銘》曰：『羅襪羅襪，香塵生不絶。細細圓圓，地下得瓊鈎。窄窄彎彎，手中弄新月。又如脱履露纖圓，恰似同衾見時節。方知清夢事非虚，暗引相思幾時歇。』又云：明皇幸蜀，貴妃藁葬馬嵬山下，命力士潛易其葬地，至則肌膚已消釋矣。唯胸前綉香囊在，力士取歸以獻。明皇大慟，自此時時悲悼，每當風晨月夕，四顧凄愴，擁鼻吟云：『刻木牽絲作老翁，鷄皮鶴髮與真同。須臾舞罷無些事，還似人生一世中。』（《海漚閒話》）

《長生殿》戲，最爲雅奏，諳昆曲者無不喜之，而余頗不以爲然。即如《絮閣》、《搜鞋》等齣，陳陳相因，未免如聽古樂而思卧。《醉酒》一齣，尤近惡道，不能人云亦云也。惟此戲之起，傳聞各殊，虞山王東溆《柳南隨筆》云：『康熙丁卯、戊辰間，京師梨園子弟，以内聚班爲第一。時錢唐洪太學昉思昇，著《長生殿》傳奇初成，授内聚班演之。大内覽之稱善，賞諸優人白金二十兩，且向諸親藩稱之。於是諸王府及各部大臣，凡有宴集，必演此劇，而纏頭之賞，其數悉如内賜，先後所獲殆不貲。内聚班優人因語洪曰：「賴君新製，吾獲賞賜多矣，請張宴爲君壽，而即演是劇以侑觴。凡君所交游，當邀之俱來。」乃擇日治具大會於生公園，凡名流之在都下者，悉爲羅致，而獨不及吾邑趙星瞻徵介。時趙適館給諫王某所，乃言於王，促之入奏，謂是日係國忌，設宴張樂，爲大不敬，請按律治罪。奏入，得旨下刑部獄。凡士大夫及諸生除名者，幾五十人，益都趙秋谷贊善執信，海昌查夏重太學嗣璉，其最著者也。後查以改名登第，而趙竟廢置終身矣。』近日錢唐梁應來《兩般秋雨庵隨筆》云：『黄六鴻者，康熙中，由知縣行取給事中入京，以土物及詩稿，遍送諸名士，至趙秋谷贊善，趙答以柬云：「土物拜登，大集璧謝。」黄遂銜之刻骨，乃未幾而有國喪演劇之事，黄遂據實彈劾。朝廷取《長生殿》院本閲之，以爲有心諷刺，大怒，遂罷趙職，而洪昇編管山西。京師有詩詠其事，今人但傳「可憐一曲《長生殿》，斷送功名到白頭」兩句，不知此詩元有三首也。其一云：「國服雖除未滿喪，如何便入戲文場？自家原有些兒錯，莫把彈章怨老黄。」其二云：「秋谷才華迥絶儔，少年科第儘風流。可憐一曲《長生殿》，斷送功名到白頭。」其三云：「周王廟祝本輕浮，也向長生殿裏游。抖擻香金求脱網，聚和班裏製行頭。」周王廟祝者，徐勝力編修嘉炎，是日亦在坐。對簿時，賂聚和班伶人，詭稱未與，得免。徐豐頤修髯，有周道士之稱也。是獄成，而《長生殿》之曲流傳禁中，布滿天下。故朱竹垞檢討贈洪稗畦詩，有「海内詩篇洪玉父，禁中樂府柳屯田。《梧桐夜雨》聲凄絶，薏苡明珠謗偶然」之句（《梧桐夜雨》，元人雜劇，亦衍明皇幸蜀事）。樊榭老人嘆爲字字典雅者也。』兩書所紀，各有不同。百餘年中事，焉得一博雅君子一質之。（《浪跡續談》）

《文獻徵存録》録洪昉思昇引趙秋谷執信之言曰：『昉思爲《長生殿》傳奇，非時演於查樓，觀者如雲，而言者獨劾予。予至考功，一身任之，褫還田里，坐客皆得免。昉思亦被逐歸。』按《長生殿》被劾事，見於記載數矣。惟秋谷獨任其咎，俾免它客云云，爲它書所未載，是不可弗傳也。（《眉盧叢話》）

洪昉思以詩名長安，交游宴集，每白眼踞坐，指古摘今，無不心折。作《長生殿》傳奇，盡删太真穢事，深得風人之旨。一時朱門綺席，酒社歌樓，非此曲不奏，纏頭爲之增價。乃好事者，藉事生風，旁加指斥，以致秋谷、初白諸君子，皆挂吏議，此康熙己巳秋事也。秋谷贈初白詩，有『與君南北馬牛風，一笑同逃世網中』之句，初白答以『欲逃世網無多語，莫遣詩名萬口傳』。又云：『竿木逢場一笑成，酒徒作計太憨生。荆高市上重相見，摇手休呼舊姓名。』後庚寅九日，郭于宫於花密居招同人社集，演《長生殿》傳奇。初白老人不及赴，以二絶句答之云：『曾從崔九堂前見，法曲依稀焰段傳。不獨聽歌人散盡，教坊可有李龜年？』、『上客紅筵興自酣，風光重説後三三。老夫别有燒香曲，憑向聲聞斷處參。』感慨繫之矣。（《蓮坡詩話》）

王友亮《雙佩齋集》，記季、亢二家事云：『國初巨富，有南季北亢之稱。泰興季家市，居人三百餘家，半爲季氏。相傳市乃其先一家所居，環居爲複道。每夕行掫六十人，蓄伶甚衆。又有女樂二部，服飾皆直巨萬。亢氏先世得李闖所遺輜重起家。康熙中，《長生殿》傳奇初出，命家伶演之。一切器用，費鏹四十餘萬兩，他舉稱是。歷鶚《樊榭山房集·書項生事》云：『項生故吴産，曾隸江淮大吏某家樂部，令習《長生殿》新聲，爲楊玉環，凡飾歌舞具，金繪錦翠，珠璫犀珀，刻意精麗。至玉環縊後，明皇泣玉環像，則令好手雕沉水香，肖項生像，傅以脂粉，飾之如生。後大吏竟以賄敗，項生流落，鬻歌以食。』按此知當時《長生殿》盛行海内，不獨亢氏一家之窮極奢侈也。（《茶香室續鈔》）

乾隆季年，山東巡撫國泰（滿洲人），年甫逾冠，玉貌錦衣。在東日，酷嗜演劇，適藩司于某，亦雅善登場。嘗同演《長生殿》院本，國爲玉環，于爲三郎，演至《定情》、《窺浴》等齣，于自念堂屬也，過媟褻或非宜，弄月嘲花，略存形式而已。詎舞餘歌闋，國莊容責于曰：『曩謂君達士，今而知迂儒也。在官言官，在戲言戲，一闋目，一科諢，戲之精神寓焉。苟非應有盡有，則戲之精神不出，即扮演者之職務未盡。君非頭腦冬烘者，若爲有餘不敢盡何也？』于唯唯承指，繼此再演，則形容盡致，唐突西施矣。國意殊愜，謂循規赴節，當如是也。其後國爲御史錢南園所劾，旋解任去。而鵲華、明湖間，猶有流風餘韻，令人低徊不置云。（《眉盧叢話》）

四嬋娟第一百五

洪稗畦著傳奇數種：《長生殿》、《四嬋娟》、《回文錦》、《鬧高唐》、《回龍記》。而《長生殿》之名獨著，幾於家有其書，此外則有知有不知矣。同時一人之筆，而顯晦懸殊，乃如此邪？《四嬋娟》蓋仿元人雜劇之體而作，一《詠雪》，二《簪花》，三《鬥茗》，四《畫竹》。《咏雪》衍謝道韞事，略云：『謝安官太傅，輔政十餘年，退隱上虞之東山，陶情山水，寄興絲竹間，與兒女談藝爲樂。兄子瑚兒，兄女道韞，皆失怙恃，安撫育之。稍長，皆工詩賦，而道韞才尤高，字王右軍次子凝之。頗聞凝之人物非烏衣選，然亦不怨也。天大雪，安置酒内集，效柏梁體賦詩咏之，安起句云：「白雪紛紛何所似？」瑚兒云：「撒鹽空中差可擬。」道韞則云：「未若柳絮因風起。」安大嘆賞，以爲能盡體物之妙。後適凝之，克盡婦道，人目爲巾幗丈夫。』謝女咏雪，千古佳話，人盡知之矣。安以平苻堅功晋太傅，在出山之後，與史不符。又道韞初適凝之，不樂而還。父奕謂曰：『凝之，逸少子，不惡，女何恨也？』曰：『一門叔父，則有阿大中郎；群從兄弟，則有封胡羯末。不意天壤之間，乃有王郎。』是道韞歸王時，父固健在，劇中所稱非實。其不樂凝之，實係真事。劇云無稍怨色，蓋爲美人諱也。

《簪花》衍衛夫人事，云：『右軍少工書，鐘鼎篆籀八分章草，無所不能。渡江北游名山，見李斯、曹喜書，又在許下、洛陽，見鍾繇、梁鵠等書，遍窺古人用筆微妙。然自謂入神之處，尚隔半塵。表姊衛夫人，書法擅絶古今，嘗作《筆陣圖》，秘不示人。右軍欲得其傳，願入門墻。遣人達意，夫人許之。出《筆陣圖》盡心指授，書法遂臻神妙。《蘭亭》一序，爲世所寶。』按《筆陣圖》云：『三端之妙，莫先乎用筆，六藝之奥，莫匠乎銀鈎。自非通靈感物，不可與談斯道。今删李斯筆妙，更加潤色，總七條，并作其形容，列事如左。貽諸子孫，以爲模範。將來君子，時復覽焉。』似夫人此圖，未嘗秘而不宣。右軍《書後》云：『羲之少學衛夫人書，將謂大能。及渡江，北游名山，見李斯、曹喜等書。又至許下，見鍾繇、梁鵠書。又之洛下，見蔡邕《石經三體書》。又於從兄洽處，見張昶《華嶽碑》。知學夫人書，徒費年月耳。遂改本師，時於衆碑學習焉。遂成書，時年五十有三。』是右軍學衛夫人書，乃少年事，劇謂在渡江之許、之洛之後，故顛倒之以尊夫人耳。

《鬥茗》則掇易安居士李清照《金石録後序》中烹茶檢書一段，幻出一時情話，謂明誠、清照爲千古第一等美滿夫妻，不及改嫁一字，卓識不可及也。

《畫竹》一齣，言趙子昂致仕歸，寄情翰墨，放浪湖山。夫人管仲姬，性澹素，嫻詞賦，尤工畫竹。時值重九，子昂在白蘋洲别業，泛舟載夫人同作清游，盟鷗狎鷺，容與中流。仰見餘不溪上，修竹萬個，娟秀可愛，子昂屬夫人畫之。畫竟，張舟中對玩，琅玕滿目，風雨欲來。夫人作《漁歌子》詞寄意云：『人生貴極是王侯，浮利浮名不自由。争得似，一扁舟，弄月吟風歸去休。』子昂以松雪琴倚聲歌之，呼漁童擫笛相和。又依韻成一闋云：『渺渺煙波一葉舟，西風木落五湖秋。盟鷗鷺，傲王侯，管甚鱸魚不上鈎。』歌罷，天淡波沉，潛虬欲起，以爲煙水之樂，前少伯，後志和，不是過也。自是夫婦常往來霅溪，人目爲『水仙』云。事與史合，《漁歌子》詞，亦見本集。又一首云：『遥想山堂數樹梅，凌寒玉蕊發南枝。山月照，晚風吹，祇爲清香苦欲歸。』佳甚，牽連記之。（《見山樓叢録》）

回文錦第一百六

元人雜劇有《織錦回文》，今不得見。洪昉思傳奇，亦有《回文錦》一種，事本唐武皇后《織錦回文記》，牽綴點染，殊有意致。記略云：前秦秦州刺史扶風竇滔妻蘇氏，名蕙，字若蘭，知識精明，儀容秀麗，滔甚敬之。然性近於急，頗傷嫉妬。滔字連波，風神秀偉，允文允武，苻堅委以心膂之任。備列顯職，皆有政聞，以忤旨謫戍燉煌。會堅寇晋，襄陽慮有危逼，藉滔才略鎮之。初，滔有寵妾趙陽臺，歌舞之妙，無出其右。滔置之别所，蘇氏求而獲焉，苦加捶辱，滔深以爲恨，蘇氏時年二十一。及滔將鎮襄陽，邀其同往，蘇氏忿之，不與偕行，滔遂攜陽臺之任，斷其音問。蘇氏悔恨自傷，因織錦回文，五采相亘，瑩心耀目。其錦從衡八寸，題詩二百餘首，計八百餘言。縱横反覆，皆成章句。才情之妙，超今邁古。名曰《璇璣圖》，讀者不能盡通。蘇氏笑曰：『徘徊宛轉，自成文章。非我佳人，莫之能解。』遂發蒼頭賫致襄陽焉。滔省覽錦字，感其妙絶，因送陽臺之關中，而具車徒迎蘇氏歸於漢南，恩好逾重。傳奇則云：滔有婢隴禽，嘗獻媚於滔，滔拒之，隴禽憾焉。朝命擢滔長兵部，促即之任，遂赴京。時蜀王苻洛與長史尹萬謀逆，設宴邸第，大會朝士，以覘向背。酒酣，出宮嬪、媚姝侑觴。滔踞坐凝睇，觸洛怒，貶燉煌監軍。内監魯尚義所撫甥女趙陽臺者，有文武才。嘗繡鴛鴦一隻，尚義欲爲擇配，令人射所繡鴛鴦，以卜所從。高僧鳩摩羅什能前知，尚義以陽臺婚事問，曰：『當爲人側室，射繡鴛一發中左目者是。』滔至，中鴛左目，陽臺遂嫁滔爲妾。後尚義内召，苻洛將舉事，尚義發其奸，伏誅。尹萬脱去，入蜀。滔亦擢用，懼蘇妬，置陽臺外宅，陽臺自寫其容於扇以贈。蘇見滔神色可疑，陰令隴禽察之，旋竊扇告蘇。蘇大怒，偵知陽臺所在，帥群婢劫歸，幽諸别室，數加不堪。滔適奉命守襄陽，竟攜陽臺赴任。蘇獨居哀怨，織回文錦寄之。滔見而感動，令陽臺從羅什剃度，而遣人迎蘇。時尹萬在蜀作亂，秦主命滔往討。滔既西，賊潛引兵東下，圍襄陽甚急，蕙在圍城中，遣兵拒之，屢爲所敗。陽臺既見羅什，謂其塵緣未斷，趣使還，復助以佛力，得入城見蕙，釋怨相愛如姊妹。羅什又使陽臺上城樓歌舞，以亂賊心。尹萬惑焉，乘城上，縛而誅之。圍解，賊平，滔亦提兵自蜀還，見妻妾相好異常，乃歸咎於隴禽，痛懲之。事聞，滔進爵列侯，蘇氏、趙氏，并封夫人。皇后召見若蘭，索觀織錦，深加嗟賞。陽臺之被遣，洪氏蓋深惜之，故幻出後段情節。『射鴛』一段，似影借唐祖射雀屏事，杜詩所謂『屏開金孔雀』也。（《見山樓叢録》）

鬧高唐第一百七

《鬧高唐》之本事，蓋出於《水滸傳》。《自序》云：『觀柴進，則當思所以擇交；觀李逵，則當思所以懲忿；觀藺仁，則當思所以報恩；觀宋江等，則當思所以反邪歸正；觀殷天錫，而知勢力之不足倚；觀高廉，而知妖術之不可恃；觀高俅，而知權奸之誤人家國；觀羅真人、公孫勝，而知紛争擾攘之中，未嘗無遺世獨立之人也。』又謂：『文官如柴進，則不愛錢；武官如李逵，則不惜死。故獨爲二人寫照。』其寫皇城夫人之烈，柴大娘子之貞，公孫勝母之節，則以巾幗愧鬚眉，有《水滸》所未及者。

關目亦不盡與《水滸》合，特借以抒寫懷抱而已。（《見山樓叢録》）

回龍記第一百八

《回龍記》憑空結撰無所本，兹述其略。山陽韓原睿，家貧能文。父至善，母易氏，妻李氏，子敬敷。嘗重九家宴，表叔柳權至。飲次，至善正色數權坐享膏腴，置母不顧之罪。權怒，他日約胡群、苟鄮二人，至韓宅毆至善而去。原睿時應試赴京，寓聖慈寺，爲僧丰偈書方丈『悟石軒』三字。適張丕文以節度出鎮八閩，平章宋皇鞏所薦也，置酒聖慈餞行。見扁額書法清勁，延之叙談，皇鞏大愛賞之，命館於家。隨薦爲建寧別駕，便道省親，攜妻之任。是時閩中都督虞自雄，倚恃兵權，殘害善良，丕文入境之始，見其參軍賈多智，横行不法，痛懲之。自雄怙惡不悛，反生忌疾，搜兵聚糧，漸有逆意。原睿謁丕文，丕文告以欲裁減兵餉，草奏命賫入京。旨下，如丕文議。自雄遂反，殺丕文一家，使馮彪守仙霞嶺，張席防守温臺一帶。李氏聞之，大驚，寄書其夫，不可自投虎口，而多智已率兵圍其署矣。原睿行至回龍村，接李氏書，奮身投水，吏役持之，得免。潛出浦城，至仙霞關，馮彪縱之去，己亦變姓名而逸。敬敷是時省試已中式，聞變，入閩偵父耗。父已北上謁平章，請速出師討賊，朝命以郁通爲帥，原睿副之，帥師南下。敬敷至閩，爲巡兵所獲，見虞自雄，詭説姓名曰『韋文方』，自雄欲釋之。柳權在軍中識之，曰：『此原睿子敬敷也。』自雄怒，命殺之。多智曰：『不如令見其母，勸作書降其父。』敬敷見母，哭訴始末，乘夜舉足潛走。原睿兵至，大敗賊軍，擒賈多智及柳權，自雄出降。事平，授紹興太守。到任三日，詣卧龍岡行香。李氏同子敬敷，亦以許願至。夫婦父子相見，悲喜交集。後韓父子官皆顯達云。胡群，狐群也；苟鄺，狗黨也。虞自雄謂愚自用，賈多智謂假多智，洪氏或别有所指耳。（《見山樓叢録》）

三春夢第一百九

清初，蒙陽高君守信州。吴、耿爲逆，信州密邇閩郊，信之婦女，多爲閩寇所掠。閩民之避亂山中者，其妻女亦多爲信營所獲。平閩之後，兩地居民覓妻尋母者，日以千百計。時軍中例不許贖，高君令各具供狀，開列姓名籍貫，并其妻、母形貌，何地被虜，現在某旗，不數日而滿三大櫃。持赴軍門，謂將軍曰：『此號泣而來者，皆不從賊之良民也。今其妻女咸在軍中，色且少者，堅不許贖；老而陋者，又故勒高價。當死亡之餘，家業凌替，僅存一身耳，顧安所得金錢邪？今數千百失業之民，日夜環城而泣，勢必至相聚爲盜。將軍不速爲之計，吾地方官也，法不敢隱，即據此報簡藩矣。』將軍揮手曰：『止止，吾即從汝。』趣下令，軍中有留婦女一人者，立斬。一時歡聲震地，獲團聚者數千家。復移文閩鎮，喻以國法，而信民之婦女，亦得發回千餘人。時閩中好事有爲傳奇名《三春夢》者，備載其事。將軍名額楚，良將也，高君逸其名。（《冰礎雜録》）

瓊花夢第一百十

五月中，與同人諸及門，爲消夏文字之會，一賦得『五月江深草閣寒』，一『鏡湖五月涼』，一『五月賣松風，人間本無價』。龐工部雪厓嵦五首之一云：『閒旁蒼松置短牀，南風瀟灑透衣裳。人間第一清涼散，休把千金比禁方。』龍刑部石樓燮三首之二云：『岸幘披襟意爽然，憑誰索價且高懸？東坡只欲時人買，剛道清風直萬錢。』、『滿袖攜歸且嘯歌，紛紛觸熱客何多。涼風争似涼州好？此價惟須問孟佗。』二君皆以翰林出爲郎署，有詩名。龐，任丘人，通禪理。龍，望江人，工詞曲，有《瓊花夢》、《芙蓉城》諸傳奇。（《居易録》）

想當然第一百十一

元人作劇，專尚規格。長短既有定數，牌名亦有次第。今人任意增加，前後互换，多則連篇，少惟數闋，古法蕩然矣。惟予門人邗江王漢恭名光魯所作《想當然》，猶有元人體裁。其曲分視之則小令，合視之則大套；插入賓白則成劇，離賓白亦成正曲，不似今人全賴賓白爲敷衍也。又嘗見檇李李君寔所爲《禮白嶽記》，分視之各爲一則，合視之共爲一記；而詩即連綴於中，分視之則詩，合視之詩亦記也。詩文照映，使山水神情，無所避遁其間，真是合作。今人爲游記者，意在謀篇，終難逐境，章法固自貫串，境地終未分明。且記自記，詩自詩，使讀者因記以憶詩，持詩以尋記；筆墨間隔，神情不屬，不數行，欠伸欲卧矣。故予以爲王生之劇，李公之記，皆可爲今人法也。《想當然》託盧次楩之名以行，實出漢恭手。（《因樹屋書影》）

万金記第一百十二

清初，金陵書肆，有刻傳奇名《万金記》者，不知何人所作。大意以『方』字去『點』爲『万』，『錢』字去『戔』爲『金』，蓋隱指是年二主考姓，備極行賄通賄狀。一時流布禁中，遂興大獄。主考方猷、錢開宗，房考李上林、商顯仁、葉楚槐、錢文燦、周霖、張晋、朱葤、朱祥光、田俊民、李大升、龔勳、郝維訓、朱建寅、王國楨、盧鑄鼎、雷震生等凡十八人，俱駢戮於市。其餘舉子如吴漢槎輩，悉發邊瘴充軍，終其身不得返，皆此記一言之害也。先是場前嚴霜積三寸，鎖闈後，鬼嘯不止。識者咸謂非吉兆，已而果然。（《闕名筆記》）

頭領書第一百十三

明瞿佑宗吉《翦燈新話》云：『翠翠劉氏，淮安民家女也。生而穎悟，能通詩書，父母令入學。同學有金氏子，名定，與同歲，亦聰明俊雅。諸生戲之曰：「同歲者當爲夫婦。」二人亦私自許。金贈翠詩曰：「十二闌干七寶臺，春風隨處艷陽開。東園桃樹西園柳，何不移教一處栽？」翠和之曰：「平生每恨祝英臺，懷抱何爲不早開？我願東君勤用意，早移花樹向陽栽。」已而父母爲其議親，輒悲泣不食。以情問之，初不肯言，久乃曰：「西家金定，女已許之；若不相從，有死而已。」父母不得已而聽焉。成婚後，相得之樂，雖鴛鴦翡翠，未足比喻。未及一載，張士誠兄弟起兵高郵，盡陷淮東諸郡，翠爲其部下李將軍者所掠。至正末，士誠納款奉元正朔，道途始通。生於是辭別内外父母，願求其妻。星霜屢移，囊橐又竭，而此心終不稍阻。草行露宿，僅而得達湖州，則李將軍者，方貴重用事，威焰赫然。生佇立門墻，躊躇窺伺，門者怪而問焉。生曰：「身姓劉，名金定，淮安人。有妹名翠翠，識字能文，遭亂失去。聞在貴府，今不遠千里至此，欲求一見，非有他也。」門者入告，令生進見。將軍坐堂皇，生再拜具述其由，將軍武人，信而不疑。命内監告翠翠，翠翠承命出，以兄妹之禮見，不能措一詞，悲哽而已。將軍爲設帷帳於門西小館，令生處焉。知其業儒，委以記室，待之甚厚。然生之來，本爲求妻，一見之後，不可再得。欲達一意，無間可乘，時及授衣，乃作一詩曰：「好花移入玉闌干，春色無緣得再看。樂處豈知愁處苦？別時雖易見時難。何年塞上重歸馬，此夜庭中獨舞鸞。霧閣雲窗深幾許？可憐孤負月團圓。」詩成，題於片紙，拆衣領縫之。以百錢納於小豎，囑其持付翠縫紉。翠解其意，拆衣而詩見，吞聲涕泣。爲一詩，亦縫領内還生。詩曰：「一自鄉關動戰鋒，舊愁新恨幾重重？腸雖已斷情難斷，生不相從死亦從。長使德言藏破鏡，終教子建賦游龍。綠珠碧玉心中事，今日誰知也到儂。」生得詩，愈加抑鬱，遂感沉疾。翠聞之，請於將軍，始得一至牀前。而生病已亟矣，翠以臂扶生起，生引首側視，長呼一聲，奄然死於其手。將軍葬之道場山麓，翠送殯歸，得疾，不復飲藥，一日告將軍曰：「妾流離外部，舉目無親，止有一兄。今又死矣，病必不起。乞埋骨兄側，庶黄泉之下，有所依託。」言盡而卒。將軍如其志，附葬於生墳左。後翠家舊僕，以商販過道場山，遇翠夫婦，寄書於父母。父買舟來訪，徒見二墳，夜復夢翠詳告以始終』云。清初濟南袁聲，本此作《頭領書》傳奇，自叙有云：『親至道場山，土人猶能指金、翠葬處。反過淮陰，父老傳聞，其說校詳，知元末真有此事。』傳奇後半，添出《回生》、《應試》、《歸里》、《榮封》諸齣，殊無意味。明清之交，小說家思想，大抵類是。今人執筆作小說，才力雖遠遜古人，然必不肯作此等腐語。風氣囿人，甚於中酒，非識解超絶者，鮮克自拔也。（《花朝生筆記》）

籌邊樓第一百十四

唐牛李之黨，贊皇君子，功業爛然，與裴晋公相頡頏。武宗之治，幾復開元、元和之盛，其黨又皆君子也。僧孺小人，功業無聞。但悉謀維州一事，怨恫神人。其黨李宗閔、楊虞卿之流，又皆小人也。二人之賢不肖，如薰蕕然，不難辨也。自蘇潁濱二人皆偉人之說出，謂僧孺以德量高，德裕以才氣勝，而賢不肖始混淆矣。初，僧孺尉嵩縣，而水中灘有鸂鶒一雙飛下，僧孺果入西臺。陳仲醇云：『奇章入臺，當以鴟梟應之。』此雖戲論，實公言耳。吾宗鶴尹兄忭，工於詞曲，晚作《籌邊樓》傳奇，一褒一貶，字挾風霜。至於維州一案，描模情狀，可泣鬼神。嘗屬余序之，而未果也。今鶴尹歿數年矣，憶前事，爲之憮然。聊復論之如此，將以代序，且以見傳奇小技，足以正史家論斷之謬誣也。鶴尹大父緱山先生，作《鬱輪袍》及《裴湛和合》二曲，詞曲家稱爲本色當行。（《香祖筆記》）

婁江十子，虹友王攄才尤高，予嘗叙其《金陵集》。鶴尹詩才不及，而獨工金元詞曲。所爲《籌邊樓》、《浩氣吟》等傳奇，不但引商刻羽，雜以流徵，殆可謂詞曲之董狐。（《分甘餘話》）

一文錢第一百十五

虞山縣東五十里有徐市，爲前明徐大司空栻聚族處，族大衆多，并擅厚資。相傳其族中一名欽寰者，性最豪奢。嘗於春日市飛金數斛，登塔頂散之，隨風颺去，滿城皆作金色。好事者有『春城無處不飛金』之咏。又嘗從洞庭山買楊梅數百筐，於雨後置桃源澗，遣人踐踏之，澗水下瀉，其色殷紅如血，游人争掬而飲之。一名啓新者，性最鼿嗇。其書室與竈，僅隔一垣。嘗以繙繫脂，懸於當竈；而繙之操縱，懸於書室中。每菽乳下釜，則執爨者呼曰：『腐下釜矣。』乃以繙放下。纔著釜，聞油爆聲，則又收繙起；恐其過用也。所蓄雨具，有革履三隻：一留城，一留鄉，一隨身帶之；恐爲人借用也。又嘗以試事至白門，居逆旅月餘，所記日用簿，每日止腐一文，菜一文。同學魏叔子冲見之，爲諧語曰：『君不特費紙，并費筆墨矣。何不總記云，自某日之某日，每日買腐、菜各一文乎？』啓新方以爲然，初不知其謔己也。其可笑多類此。王東溆《柳南隨筆》，謂坊間所刊之《一文錢》傳奇，即其族人所作，以誚啓新者。啓新與欽寰，於族誼爲昆季行，乃不爲塤篪之應，而爲參商之乖，其事甚奇，不特足資談助已也。（《棲霞閣野乘》）

瑞藻按：《一文錢》亦名『兩生天』，徐復祚撰。復祚，字陽初，蓋栻之孫也。借盧至、龐蘊事，影射啓新、欽寰，謂至、蘊二人，前世皆阿羅漢，以凡心未淨，託生爲人。至、蘊家皆大富，至極貪慳，蘊則清修好施。如來謂貪慳固當墮落，施捨亦非第一義。因命帝釋化身，指引二人入道。至忘身貨殖，常以不滿千萬爲恨，妻子常凍餒，夷然不顧也。元旦出游，拾得一文錢，狂喜不知所措。遇賣芝麻者，念欲療飢，又可多得，慨然以錢易得一撮。見犬，恐其奪食；聞烏，又慮爲所攫；乃入深山茂樹之下，恣意啖之。帝釋化僧至，以語開道，不悟；乃飲以酒，使醉卧。復化爲至，至其家，謂遇神人點化，大悔前非，開庫藏悉散貧乏者，歡聲載道，其家人不能辨也。十日，至醒而歸，帝釋指爲妖，命逐之。至憤，欲訟之官。帝釋以神通力攝至佛坐，佛命弟子教道之，始大徹悟，佛爲摩頂歸本。蘊全家好善，常取所藏債券悉焚之，有求必應，周給無券。一日，有僧來見，一無所請，但云『勿輕施與』。蘊不説，僧謂『子不信吾言，頃必有聞見也』。夜聞櫪中馬牛之屬，皆作人語。各訴生前負蘊錢不償，今至變畜生以報。蘊始悔好施之造孽也。沉財於海，與妻子入山修道，復證阿羅漢果云。盧至、龐蘊，内典并有其人，但鈍根宿德，截然不同，相去又千有餘年，陽初故合之耳。

臨川夢第一百十六

蔣心餘作《臨川夢》傳奇，極詬陳眉公之爲人，且於湯、陳交惡之由，言之頗詳。然《晚香堂集》中《題牡丹亭》一跋，有『楊用修長於論詞，而不嫻於造曲；徐天池《四聲猿》，能排突元人，長於北而又不長於南；獨臨川以《花間》、《蘭畹》之遺，兼擅其長』云云，其推崇臨川至矣。至『化夢還覺』、『化情歸性』等語，亦能道出《牡丹亭》之本意。觀此，則眉公當日，固尚與臨川相厚。空梁泥落，漸積怨嫌，名士忌才，正復何所不至。（《花簾塵影》）

陳眉公在王荆石家遇一宦，問曰：『此位何人？』曰：『山人。』宦曰：『既是山人，何不到山裏去？』蓋譏其在貴人門下也。俄就席，宦出令曰：『首要鳥名，中要《四書》一句，末要曲一句合意。』宦首唱云：『十姊妹，嫁了八哥兒。八口之家，可以無飢矣。祇是二女將誰靠？』眉公云：『畫眉兒，嫁了白頭翁。吾老矣，不能用也。辜負青春年少。』合坐稱賞，宦遂訂交焉。鉛山蔣苕生太史《臨川夢》院本内，有《隱奸》一齣，刻意詆毁眉公，出場詩云：『妝點山林大架子，附庸風雅小名家。終南捷徑無心走，處士虚聲盡力誇。獺祭詩書充著作，蠅營鐘鼎潤煙霞。翩然一隻雲間鶴，飛來飛去宰相衙。』亦謔而虐矣。（《兩般秋雨庵隨筆》）

蔣苕生《臨川夢》院本内《隱奸》一折，刻意詆毁陳眉公。出場詩云云，番禺葉蘭臺太史衍蘭，謂此詩非詆眉公，實譏袁子才也，所説未足爲據，然詩中神氣頗相肖。（《桐蔭清話》）

雪中人第一百十七

《觚賸》：海寧查孝廉，字伊璜，才華豐艷，而風情瀟灑，常謂滿眼悠悠，不堪酬對。海内奇傑，非從塵埃中物色，未可得也。家居歲暮，命酒獨酌。頃之，愁雲四合，雪大如掌。因援步至門，冀有乘興佳客，相與賞玩。見一丐者辟雪廡下，强直而立。孝廉熟視良久，心竊異之，因呼之入。坐而問曰：『我聞街市間，有手不曳杖，口若銜枚，敝衣枵腹，而無飢寒之色，人皆稱爲「鐵丐」者，是汝邪？』曰：『是也。』問：『能飲乎？』曰：『能。』因令侍童以壺中餘酒，傾甌與飲，丐者舉甌立盡。孝廉大喜，復熾炭發醅，與之約曰：『汝以甌飲，我以卮酬，竭此醅乃止。』丐盡三十餘甌，無醉容，而孝廉頹卧胡牀矣，侍童扶掖入内。丐逡巡出，仍宿廡下。達旦，雪霽。孝廉酒醒，謂其家人曰：『我昨與鐵丐對飲甚歡，觀其衣極藍縷，何以禦此嚴寒？亟以我絮袍與之。』丐被袍而去，亦不求見致謝。明年，孝廉寄寓杭之長明寺，暮春之初，偕侣攜觴，薄游湖上。忽遇前丐於放鶴亭側，露肘跣足，昂首獨行。復挈之歸寺，詢以舊袍何在，曰：『時當春杪，安用此爲？已質錢付酒家矣。』孝廉奇其言，因問曾讀書識字不，丐曰：『不讀書識字，不至爲丐也。』孝廉悚然心動，薰沐而衣履之，徐詰其姓氏里居。丐曰：『僕係出延陵，心儀曲蘖，家居粤海，名曰「六奇」。祇以早失父兄，性好博弈。遂致落拓江湖，流轉至此。因念叩門乞食，昔賢不免，僕何人斯，敢以爲污。不謂獲遘明公，賞於風塵之外，加以推解之恩。僕雖非淮陰少年，然一飯之恩，其敢忘乎？』孝廉亟起而捉其臂曰：『吴生固海内奇傑也，我以酒友目吴生，失吴生矣。』乃命寺僧沽梨花春一石，相與日夕痛飲，盤桓累月，贈以衣履之資，遣歸粤東。六奇世居潮州，爲吴觀察道夫之後。略涉詩書，耽游盧雉。失業蕩産，寄身郵卒。故於關河孔道，險阻形勝，無不諳熟。維時天下初定，清師由浙入廣，舳艫相接，旌旗鉦鼓，喧耀數百里不絶。凡所過都邑，人民辟匿村谷間，路無行者。六奇獨貿貿然來，邏兵執送戲下，因請見主帥，備陳『粤中形勢，傳檄可定。奇有義結兄弟三十人，素號雄武，祇以四海無主，擁衆據土，弄兵潢池。今大兵南下，正蒸庶徯蘇之會，豪傑效用之秋。苟假奇以游札三十道，先往馳諭，散給群豪，近者迎降，遠者響應，不逾月而破竹之形成矣』。如其言行之，粤地悉平。由是六奇運籌之謀，所投必合；扛鼎之勇，無堅不破；征閩討蜀，屢立奇功。數年之間，位至通省水陸提督。當六奇流落不偶時，自分以污賤終，一遇查孝廉，解袍衡門，贈金蕭寺，且有海内奇傑之譽，遂心喜自負。獲以奮跡行伍，進秩元戎。嘗言天下有一人知己，無若查孝廉者。康熙初，開府循州，即遣牙將持三千金存其家。另奉書幣，邀致孝廉來粤，供帳舟輿，俱極腆備。將度梅嶺，吴公子已迎候道左，執禮甚恭。樓船簫鼓，由胥江順流而南，凡轄下文武僚屬，無不願見查先生，争先饋贈，匧綺囊珠，不可勝紀。去州城二十里，吴躬身出迎，八騶前馳，千兵後擁，道從儀衛，上擬侯王。既迎孝廉至府，則匍伏泥首，自稱：『昔年賤丐，非遇先生，何有今日！幸先生辱臨，糜丐之身，未足報德。』居一載，軍事旁午，凡得查先生一言，無不立應，義取之貲，幾至鉅萬。其歸也，復以三千金贈行。曰：『非敢云報，聊以志淮陰少年之感耳。』先是苕中有富人莊廷鉞者，購得朱相國《史概》，博求三吴名士，增益修飾，刊行於世。前列參閲姓氏十餘人，以孝廉夙負重名，亦藉列焉。未幾，私史禍發，凡有事於是書者，論置極典，吴力爲孝廉奏辯得免。孝廉嗣後益放情詩酒，盡出其橐中裝，買美婢十二，教之歌舞。每於良宵開宴，垂簾張燈，珠聲花貌，艷徹簾外，觀者醉心。孝廉夫人，亦妙解音律，親爲家伎拍板，正其曲誤。以此查氏女樂，遂爲浙中名部。昔孝廉之在幕府也，園林極勝，中有英石峰一坐，高可二丈許，嵌空玲瓏，若出鬼製，孝廉極所心賞，題曰『縐雲』。閱旬往視，忽失此石，則已命載巨艦送至孝廉家矣。涉江逾嶺，費亦千緡。今孝廉既没，青娥老去，林荒池涸，而英石峰巋然尚存。按孝廉峰名繼佐，吾宗心餘太史《雪中人》傳奇衍其事。（《花朝生筆記》）

查東山先生繼佐，以名孝廉負盛譽於時。性耽音律，聲伎登場，旦色皆以些爲名。有柔些者，尤妙絶。汪蛟門楫製《春風裊娜》以贈云：『看先生老矣，兀自風流。圍翠袖，昵紅樓。羡香山攜得小蠻、樊素，玉簫金管，到處敖游。舞愛《前溪》，歌憐《子夜》，記曲娘還數阿柔。戲罷更教彈絶調，氍毹端坐撥箜篌。　新製南唐院本，衣冠巾幗，抵多少、優孟春秋。拖六幅，掩雙鈎，英雄意態，兒女嬌羞。燈下紅兒，真堪銷恨，花前碧玉，耐可忘憂。是鄉足老，任悠悠世事，爛羊作尉，屠狗封侯。』下半指先生新製《鳴鴻度》等樂府也。先生遇吴順恪事，觀其自著《敬修堂同學出處偶記》，似有出於傳聞之過者。然當時已有『不羡林宗知孟敏，還同李白識汾陽』之語，傳聞亦非盡無因也。蔣心餘士銓《雪中人》傳奇，叙事頗核，唯誤其名作『培繼』。培繼，字王望，先生族弟也。縐雲石，今歸吾鄉扶風氏。（《蓮子居詞話》）

王士禛《國朝謚法考》云：廣東饒平總兵官左都督贈少師兼太子太師吴六奇順恪，康熙四年十一月二十九日謚。按吴六奇以查伊璜事，人人知之，然其謚則知者亦罕。蔣心餘撰《雪中人》傳奇，述六奇祈夢，有二獅壓身之兆，此必有所本。其身後贈少師兼太子太師，或足應二獅之夢與。按公字鑒伯，別字葛如，粤之海陽縣豐政都人。乾隆三年設豐順縣，故今爲豐順人。父廷符，母胡氏，兄弟二人，公爲長，弟標。子十三，啓晋，順治丁酉舉人。啓豐，嗣職調貴州安籠鎮總兵。啓鎮，以蔭官至黄岡副總兵。啓爵，年十八，入爲頭等侍衛，歷任太原、瓊州、天津總兵。啓相，官虎門副總兵。公卒於康熙乙巳五月三日，壽五十九。則當生於明萬曆三十四年，入本朝三十九歲矣。公之裔孫昌坤，以家傳見示，故知其詳。家傳爲長樂温訓所撰。温君自言與公六世孫世驥同年，以公《忠孝堂文集》及墓志見示，故擇其大者著於傳。然則公尚有文集，非絳灌無文者可比，洵奇人也。（《茶香室三鈔》）

明孝廉海寧查伊璜（繼佐），甲申後家居，放情詩酒，識吴六奇於窮塗風雪中，解衣贈金，以國士相蘄許。迨後伊璜以史案罹禍，六奇感恩圖報，既蜚章爲之昭雪，復持贈至於『縐雲』。豪情高誼，垂三百年播爲美談。獨惜六奇以萬夫之雄，列貳臣之傳，蒙順恪之謚。六奇誠能報伊璜，其所自處，固有重如泰山者，而唯伊璜之死生禍福是計，乃至於起居玩好，尤末之末矣。雖然，不能得之大雅宏達之君子，而顧以繩蹶張佽飛之勇夫，不已苛乎！據《貳臣傳》，吴六奇，廣東豐順人。明亡，附桂王爲總兵，以舟師踞南澳。順治七年，平南王尚可喜等，自南雄下韶州，六奇與碣石總兵蘇利迎降。當是得伊璜佽助後，先投效桂藩，後歸命清室。蔣心餘作《雪中人》傳奇及《鐵丐傳》，第云梅關塗次，投見帥幕，而不及其仕明一節，蓋爲六奇諱，且諒之深矣。（《眉盧叢話》）

查、吴雪邁，人艷稱之。然據伊璜所作《敬修堂同學出處偶記》，似乎并無是説，豈當日以其既貴，而故爲之諱邪？記云：己亥，余客長樂，潮鎮吴葛如，以厚幣邀余至其軍，爲語南鄙夙昔艱難諸狀。方在席無所指顧，而竟内不軌，猝縛至階下。告余曰：『吾征發而彼遁矣，吾密行内間，不失一矢。』未幾，而不軌之所持豪，爲戢它不靖幾圍，奉飛符報命。葛如曰：『是又内間之轉行也，吾左右尚不知之。』葛如能詩，自比武侯，故以『六奇』爲名。大率用兵以計勝，顧名知之矣。時令其長君啓晋，晋弟啓豐，偕侍余座。晋字長源，啓豐字文源。長源已登丁酉賢書，生而韶秀玉立，工詩。所之輒流連，興懷古昔，疾行五指，篇什繁富，不勝舉也。余嘗叙其爲文，有關戢安之大者。嗣余《詩可》之選，凡仕宦游歷所賦，無不及之。嫥帙東粤，遂入葛如《滇鄂峡》一詩。别久之，投余遠問，則葛如病而長君晋已修文去矣。葛如隨物故，世相傳余初有一飯之德，葛如方布衣野走，懷之而思厚報，其實無是事也（查記止此）。順恪字葛如，爲它書所未見。按某説部（清初人撰）云：吴興莊某作《明史》，以查伊璜列入校閲姓氏。伊璜知即檢舉，學道發查存案。次年七月，歸安知縣吴某，持書出首，累及伊璜。伊璜辨曰：『查繼佐係杭州舉人，不幸薄有微名，莊某將繼佐列入校閲。繼佐一聞，即出檢舉，事在庚子十月。吴令爲莊某本縣父母，其出首在辛丑七月。若以出首早爲功，則繼佐前而吴某後，繼佐之功，當在吴某上。若以檢舉遲爲罪，則繼佐早而吴某遲，吴某之罪，不應在繼佐下。今吴某以罪受賞，而繼佐以功受僇，則是非顛倒極矣。』諸法臺幸爲參詳，各牙門俱以查言爲是，到部對理，竟得昭雪，遂與吴某同列賞格，分莊氏籍産之半。據此，則伊璜連繫，緣庭辨得脱，洵無順恪爲力之説矣。竊意當時文網嚴密，奉行者尤操切，苟非强有力者爲之斡旋，雖欲置辯，詎可得乎？矧英石峰巋然尚存，是其一證矣。（同上）

海棠緣第一百十八

孫倓，字商聲，張西廬先生高弟也，詩、古文簡潔有法度。性孤冷，不喜諧俗。自康熙癸卯西廬遭變後，常謂斯文既喪，世無可語者。乃與此齷齪輩同其食息，不如無生。故有『一生不得文章力，百里曾無臭味人』之句。每就硯席，輒怒其館主，不合而去。所著《海棠緣》傳奇，痛詆傖父，蓋以此也。蘇州承天寺僧，慕商聲名，厚聘學詩。初至，見其曲房密室，酒氣薰蒸，心已憒憒。閲三月，有貴人攜妓而來，設宴招提，見僧隅坐酣飲，商聲窺伺大怒，亟欲辭去，又不能即出。適見書齋前池水甚清，奮投而死。是年元旦，商聲家祭，懸其故婦之像於堂，童孫侍立其側，指謂商聲曰：『祖母泣而來下矣。』未及半載，果獲此禍。（《觚賸》）

大禹治水第一百十九

沈滕友先生，名嘉然，山陰人，以能書名。後入江南大憲幕中，嘗病《封神傳》小説俚陋，因别創一編，以大禹治水爲主。按《禹貢》所歷，而用《山海經》傳衍之，以《真仙》、《通鑒》、《古嶽瀆經》叙禹疏鑿遍九州，至一處則有一處之山妖水怪爲梗。上帝命雲華夫人授禹金書玉簡，號召百神平治之。如庚辰、童律、巨靈、狂章、虞余、黄麾、太翳，皆神將而爲所使者也。至急難不可解之處，則夫人親降，或别求法力最鉅者救護之。邪物誅夷鎮壓，不可勝數，如刑天、帝江、無支祈之類是也。功成之後，其佐理及歸命者，皆封爲某山某水之神。卷分六十，目則一百二十回。曹公楝亭寅，欲爲梓行，滕友以事涉神怪力辭焉。後自揚返越，覆舟於吴江，此書竟沉於水，滕友亦感寒疾，歸而卒。書無副本，惜哉。（《燕居續語》）

十五貫第一百二十

南宋臨安有劉貴者，字君薦，妻王氏，妾陳氏。一日，攜其妻往祝妻父壽。妻父王翁，以其貧也，予錢十五貫，使營什一。留女而遣婿先歸，塗遇其友，同飲而醉。及歸，妾見所負錢，問其故，貴醉後戲之曰：『吾因家不能共活，已賃女於人矣，此賃錢也，明日當送女去。』言已就枕，即入睡鄉。妾思告知其父母，乃之鄰人朱三老家，告以故，且寄宿焉。黎明即行，而劉貴固熟睡未醒。有賊入其家，竊其錢，劉驚覺，起而追之。適地下有斧，賊即取斧斫劉殺之，盡負錢去。次日，鄰人見其門久而不啓，入視得狀，朱三老乃言夜間其妾借宿事，因共追尋。妾行路未半，力疲少憩。有崔寧者，自城中賣絲，亦得錢十五貫，與之同憩。追者至，并要之歸。聞於官，謂妾與崔有奸，殺其夫竊資偕亡也，竟同棄市。後貴妻以夫死家貧，其父王翁，使人迎之歸。塗遇大雨，避入林中，爲盜所得，據爲妻。偶言及數年前，曾爲賊入人家，殺其主人，得錢十五貫。妻乃知殺其夫者，即此盜也。乘間出告於臨安府，事乃白。殺盜，没其家貲，以半給其妻，妻遂入尼庵以終。此事不知出何書，余於國初人説部見之，與今梨園所演《十五貫》事絶異，且事在南宋，非明時也。疑自宋相傳有《十五貫》冤獄，後人改易其本末，附會作况太守事爾。《十五貫》傳奇，乃國朝吴縣朱素臣作，去况遠矣。（《春在堂隨筆》）

卷　七

紅樓夢第一百二十一

姜西溟太史宸英，與其同年李修撰蟠，同典康熙己卯順天鄉試。時士論有『老姜全無辣氣，小李大有甜頭』之謡，風聞於上，以致被逮。姜竟卒於請室，前輩多紀述此事，而不能定其關節之有無。昔讀《鮚埼亭集》先生墓表，稱『滿朝臣僚，皆知先生之無罪』。而王新城亦有『我爲刑官，令西溟以非罪死，何以謝天下』之語，知同時公論，早以西溟之連染爲冤。嗣聞先師徐柳泉先生云：小説《紅樓夢》一書，即記故相明珠家事，金釵十二，皆納蘭侍御所奉爲上客者也。寶釵影高澹人，妙玉即影西溟先生。『妙』爲少女，『姜』亦婦人之美稱，如玉如英，義可通假。妙玉以看經入園，猶先生以藉觀藏書，就館相府。以妙玉之孤潔，而横罹盜窟，并被以喪身失節之名。以先生之貞廉，而瘐死圜扉，并加以嗜利受賕之謗，作者蓋深痛之也。（《郎潛紀聞》）

《紅樓夢》一書，説者極多，要無能窺其私旨者。吾疑此書所隱，必係清代第一大事，而非徒紀載私家故實。謂必明珠家事者，此一孔之見耳。觀賈政之父名代善，而代善實禮烈親王名，可以知其確非明珠矣。今略舉所臆見諸條於後，以諗事之善讀此書者。林、薛二人之争寶玉，當是康熙末允禩諸人奪嫡事。寶玉非人，寓言『玉璽』耳。作者固明言爲一塊頑石矣。黛玉之名，取『黛』字下半之『黑』字，與『玉』字相合，而去其四點，明明『代理』二字。代理者，代理親王之名詞也（廢太子，後封理親王）。理親王本皇次子，故以雙木之『林』字影之。猶慮觀者不解，故又於迎春，名之曰『二木頭』，迎春亦行二也。寶釵之影子爲襲人，寫寶釵不能極情盡致者，則寫一襲人以足之。而『襲人』二字，析之固儼然『龍衣人』三字，此爲書中第一大事。海外女子，明指延平王鄭成功之據臺灣，焦大蓋指洪承疇。承疇晚年，罷柄閒居，極侘傺無聊。曩曾於一説部中，得其遺事數則，今忘之矣。大醉後自表戰功，極與洪承疇事符合。妙玉必係吴梅村。走魔遇劫，即紀其家居被迫，不得已而出仕之事。梅村吴人，妙玉亦吴人，居大觀園中，而自稱『檻外』，明寓不臣之意。參觀《桃花扇·餘韻》一齣，當日官府，方點派差役，持牌票訪求前代遺民。可知梅村之出，必備受逼迫也。王熙鳳即當指宛平相國王文靖熙。康熙一朝，漢大臣之有權者，以文靖爲第一。書中固明言王熙鳳爲一男子也。（《醒吾

叢談》）

《紅樓夢》一書，揣測者不知凡幾。嘗見《賃廡賸筆》一則，記《紅樓》，亦謂叙納蘭故事，皆實録也。其所引證，則與他人之指爲叙納蘭事者不相同，因節録其大略於下：納蘭眷一女，絶色也，有婚姻之約。旋此女入宫，頓成陌路。容若愁思鬱結，誓必一見，了此宿因。會遭國喪，喇嘛每日應入宫唪經。容若賄通喇嘛，披袈裟，居然入宫，果得一見彼姝。而宫禁森嚴，竟如漢武帝重見李夫人故事，始終無由通一詞，悵然而出。故書中林黛玉之稱瀟湘妃子，乃係事實。不則黛玉未嫁，而詩社遽以妃子題名，以作者才思之周密，不應疏忽乃爾。第一百十六回寶玉出家做和尚，即指披袈裟冒充喇嘛事也。又云：『雪芹初無著作，無從參考。嗣閲其父楝亭先生集，知與納蘭氏往還甚密，則容若平生艷史，雪芹以通家無勿知，宜也。』又云：『《側帽詞·減字木蘭花》六闋，與此一一吻合，其第三闋，即指入宫之事也。』云云。原詞六闋，均附於後。兹特録其第三闋云：『相逢不語，一朵芙蓉著秋雨。小暈紅潮，斜溜鬟心雙翠翹。　待將低唤，直爲凝情恐人見。欲訴幽懷，轉過回闌叩玉釵。』此説所引證妃子一節，尤爲有力。吾不敢謂必是，要之，大可供閲者之推求也。《賃廡賸筆》者，署一『虎』字，不知爲何許人。稱此説得之袁爽秋太常，太常則得之鍾子勤者也。（《海漚閒話》）

和珅秉政時，内寵甚多，自妻以下，内嬖如夫人者二十四人，即《紅樓夢》所指正副十二金釵是也。有龔姬者，齒最稚，顔色妖冶，性淫蕩，寵冠諸妾。顧奇妬，和愛而憚之，多方以媚其意。龔姬喜啖榛栗及熊白，和爲百計致之，宰夫牖之失飪，往往致死。龔夏日晚浴後，著蟬紗霧縠，肌體依約可見。和少子玉寶，別姬所出，最佻達。龔素愛之，遂私焉。每交接，不避婢媵，醜聲四溢，不知者惟和與其妻耳。幕下有羅生者，質樸而能事，和倚之如左右手。一日，侍和閒談，適玉寶趨過於前，衣服麗異，腰間雜佩纍纍。和顧而樂之，目逆而送，謂羅曰：『誠翩翩美少年也，使宰河陽，當爲萬花主人。此間風俗不良，當防閑其出，勿使近孌童。』羅曰：『服之不衷，身之灾也，子臧所以得罪於鄭。今公子衣服炫異，是謂不衷；修飾儀容，是謂階厲。臣恐穢德之彰，在蕭墻之内，不在寢門之外也。』和大怒，選事杖殺之。玉寶好爲冶遊，時有柳參將者，新任城門校，立法嚴肅，伐鼓檄柝，終宵戒嚴。適夜巡，玉寶微服過所歡，爲柳所執，問何事夜行，叱令通名，玉寶不以實告。柳怒，即街頭褫衣笞二十，血肉狼籍，卧月餘始痊，人無知者。有婢倩霞，容貌姣好，聰穎過人，喜學内家妝。手潔白，甲長二寸許。幼侍玉寶，玉寶嬖之。龔姬疾其寵，讒於和妻，出倩霞。玉寶私往瞰之，倩霞斷甲贈之，誓不更事他人，鬱鬱而死。玉寶哭之慟，隱恨龔姬。姬多方媚之，終不懌焉。和府故多梨園子弟，皆極一時之選。有貼旦名珍兒者，尤姣媚，妮妮依人，玉寶與結斷袖之契，輒夜宿其家。龔姬廉知其事，大恨曰：『傖薄子乃如此妄作邪？』亟帥侍婢十數人，聯燈列炬，潛出府後門，掩其不備。玉寶大驚，肘行以逆，叩頭求免。珍兒伏地戰栗，不敢仰視。龔姬叱令舉首，燭之美，徐慰之曰：『汝勿恐，吾非噬人者。』竟與偕歸，亦留與亂。是夜，龔姬以暴疾死，死後恒爲厲府中。和知之，以珍兒殉焉，乃止。

按：此見護梅氏《有清佚史》。龔姬蓋即襲人；倩霞即晴雯，字義均有關合。而玉寶之爲寶玉，尤爲明顯，不過顛倒其字耳。《紅樓夢》一書，考之清乾嘉時人記載，均言刺某相國家事。但所謂某相國

者，他書均指明珠；護梅氏獨以爲和珅。言之鑿鑿，似頗有佐徵者，録之亦足以廣異聞也。（《譚瀛室筆記》）

瑞藻按：《紅樓夢》最多異説，上述三則，蓋最有力者矣。而考證所得，又各不同，自愧謭陋，亦竟無以決之也。又予嘗見《隨園詩話》批本，中一則云：『乾隆五十五、六年間，見有抄本《紅樓夢》一書，或云指明珠家，或云指傅恒家，書中内有皇后，外有王妃，則指忠勇公家爲是。』此説鮮道及者，録之以備異聞。

《飲水詩詞集》，爲長白性德著，大學士明珠子。《曝書亭集》有挽納蘭侍衛詩。世所傳賈寶玉者，即其人也。詞以小令爲佳，得南唐李後主意。余嘗刻於粵西藩署，原本殘缺，其有不合律者，或傳抄之訛。余爲更易十數處，周稚圭中丞之琦，稱爲善本焉。（《關隴輿中偶憶編》）

張南山《詩人徵略》，謂《紅樓夢》之賈寶玉，係明珠子容若。近人筆記中，多著説以證之。讀容若所爲詩，風流旖旎，頗肖寶玉之爲人，其言當不誣也。集中擬古諸作，有一節云：『美人臨殘月，無言若有思。含顰但斜睇，吁嗟憐者誰？予本多情者，寸心聊自持。浩歌《幽蘭》曲，援琴終不怡。私恨託夢遠，初日照簾帷。』所謂『美人』者，即指『黛玉』而言者邪？按：容若詩名，頗爲詞所掩，《飲水集》中，佳構正多。余最愛誦其《四時無題詩》，謂每首中各有一黛玉在，録數首於下：『挑盡銀燈月滿階，立春先繡踏青鞋。夜深欲睡還無睡，要聽檀郎讀《紫釵》。』、『青杏園林試越羅，映妝殘月曉風和。春山自愛天然好，虛費隋宫十斛螺。』、『綠槐陰轉小闌干，八尺龍須玉簟寒。自把紅窗開一扇，放他明月枕邊看。』、『水榭同攜喚莫愁，一天涼雨晚來收。戲將蓮菂拋池裏，種出花枝是并頭。』、『小睡醒來近夕陽，鉛華洗盡淡梳妝。紗橱此日偏惆悵，翦去巫雲作晚涼。』、『追涼池上晚偏宜，菱角雞頭散綠漪。偏是玉人憐雪藕，爲他心裏一絲絲。』、『却對菱花淚暗流，誰將風月印綢繆。生來悔識相思字，判與齊紈共早秋。』、『璇璣好譜斷腸圖，却爲思君碧作朱。幾夜西風消瘦盡，問儂還似舊時無？』、『寒香細細撲重簾，日壓雕檐改未忺。端的爲花憔悴損，一枝還向膽瓶添。』、『是誰看月是誰愁？夜冷無端上小樓。已過日高還未起，任教鸚鵡喚梳頭。』（《花簾塵影》）

《紅樓夢》一書，膾炙人口，世傳爲明珠之子而作。明珠之子何人也？余曰：『明珠子名成德，字容若。《通志堂經解》，每一種有納蘭成德容若序，即其人也。乾隆五十一年二月二十九日上諭，成德於康熙十一年壬子科中式舉人，十二年癸丑科中式進士，年甫十六歲，則其中舉人，止十五歲，於書中所述頗合也。』此書末卷，自具作者姓名曰曹雪芹。袁子才詩話云：『曹楝亭，康熙中爲江寧織造，其子雪芹，撰《紅樓夢》一書，備極風月繁華之盛。』則曹雪芹固有可考矣。又《船山詩草》有《贈高蘭墅鶚同年》一首，云：『艷情人自説《紅樓》。』注云：『傳奇《紅樓夢》，八十回以後，俱蘭墅所補。』然則此書非出一手。按：鄉會試增『五言八韻詩』，始乾隆朝，而書中叙科場事，已有詩，則其爲高君所補可證矣。（納蘭容若《飲水詞集》有《滿江紅》詞，爲曹子清題其先人所構楝亭，即曹雪芹也。）

（《小浮梅閒話》）

禮親王昭槤《嘯亭雜録》云：『明太傅廣置田産，市買奴僕，厚加賞賚，使其充足，無事外求。立主家長，司理家務，奴隸有不法者，許主家立斃杖下。所逐出之奴，皆無容之者，曰：「伊於明府，尚不能存，何況它處也。」故其下愛戴，罔敢不法。其後田産豐盈，日進斗金，子孫歷世富豪。至成安時，以倨傲和相故，嬰法網，籍没其産，有天府所未有者。』世傳《紅樓夢》小説，爲衍説明珠家事。今觀此，則明珠之子納蘭成德至成安籍没時，幾及百年矣。於事固不合也。《雜録》又載癸酉之變，云：『有侍衛那倫者，納蘭太傅明珠後也。少時，家巨富，凡滌面銀器，日易其一，晚年貧窶，一冠數年，人多笑之。是日應值太和門，聞警趨入，遂被害。』此亦可見明珠家之久富矣。又云：『納蘭侍衛寧秀，爲明珠太傅曾孫，生時有髭數十莖，羅羅頤下。年弱冠，顔貌蒼老，宛如四五十人，未三十即下世，其家因之日替，亦一異也。』小説所稱『生有異徵』者，豈即斯人歟？（《茶香室三鈔》）

《紅樓夢》一書，始於乾隆年間，相傳出於漢軍曹雪芹之手。嘉慶年間，逆犯曹綸，即其孫也。滅族之禍，實基於此。曾聞一旗下友人云：『《紅樓夢》爲讖緯之書。』相傳有此説，言之鑿鑿，具有徵引。是耶，非耶？吾不得而知之矣。（《寄蝸殘贅》）

《紅樓夢》爲政治小説，全書所記，皆康、雍年間滿漢之結構，此意近人多能明。按之本書，寶玉所云『男人是土做的，女人是水做的』，便可見也。蓋『漢』字之偏旁爲『水』，故知書中之女人，皆指漢人。而明季及國初，人多稱滿人爲『達達』（即韃靼，明葉盛《水東日記》所云，達達試馬駒，生百日後，以騾馬置山巔，群駒見母，奔躍而上，一氣及巔者上也。達達即指滿人，其它載籍可證正尚多，今不備引），『達』之起筆爲『土』，故知書中男人，皆指滿人。由此分析，全書皆迎刃而解，如土委地矣。（《乘光舍筆記》）

《紅樓夢》，才子書也，或言是康熙間京師某府西賓常州某孝廉手筆。巨家間有之，然皆鈔録，無刊本。乾隆某年，蘇大司寇家因是書被鼠傷，付琉璃廠書坊裝訂，坊中人借以鈔出，刊板刷印漁利。其書百二十回，第原書僅止八十回，余所目擊。後四十回，不知何人所續也。（《樗散軒叢談》）

《紅樓夢》一書，膾炙人口，吾輩尤喜閱之。然自百回以後，脱枝失節，終非一人手筆。戴君誠夫，曾見一舊時真本，八十回之後，皆不與今同。榮、寧籍没後，皆極蕭條，寶釵亦早卒；寶玉無以作家，至淪於擊柝之流；史湘雲則爲乞丐，後乃與寶玉仍成夫婦。故書中回目有『因麒麟伏白首雙星』之言也。聞吴潤生中丞家，尚藏有其本，惜在京邸時未曾談及。俟再踏軟紅，定當假而閱之，以擴所未見也。（《續閲微草堂筆記》）

康熙間，曹楝亭爲江寧織造，每出，擁八騶，必攜書一本，觀玩不輟。人問：『公何好學？』曰：『非也。我非地方官，百姓見我必起立，我心不安，故藉此遮目耳。』素與江寧太守陳鵬年不相得，及陳獲罪，乃密疏薦陳，人以此重之。其子雪芹，撰《紅樓夢》一書，備記風月繁華之盛。明我齋讀而艷之。當時紅樓有女校書某尤艷。我齋贈詩云：『病容憔悴勝桃花，午汗潮回熱轉加。猶恐意中人看出，强言今日校差些。』、『威儀棣棣若山河，應把風流奪綺羅。不似小家拘束態，笑時偏少默時多。』

（《隨園詩話》）

自我朝考證之學盛行，而讀小説者，亦以考證之眼讀之。於是評《紅樓夢》者，紛然索此書之主人公之爲誰。綜觀其説，約有兩種：一謂述他人之事，一謂作者自寫其生平也。第一説中，大抵以賈寶玉爲即納蘭性德，其説要非無所本。按：性德《飲水詩集·别意六首》之三曰：『獨擁餘香冷不勝，殘更數盡思騰騰。今宵别有隨風夢，知在紅樓第幾層。』又《飲水詞》中《于中好》一闋云：『别緒如絲睡不成，那堪孤枕夢邊城。因聽紫塞三更雨，却憶紅樓半夜燈。』又《減字木蘭花》一闋，《咏新月》云：『莫教星替，守取團圓終必遂。此夜紅樓，天上人間一樣愁。』、『紅樓』之字凡三見，而云『夢紅樓』者一。又其亡婦忌日，作《金縷曲》一闋，其首三句云：『此恨何時已？滴空階，寒更雨歇，葬花天氣。』、『葬花』二字，始出於此。然則《飲水集》與《紅樓夢》之間，稍有文字之關係。世人以寶玉謂即納蘭侍衛者，殆由於此。然詩人與小説家之用語，其偶合者固不少，苟執此例以求《紅樓夢》之主人公，吾恐其可以附合者，斷不止容若一人而已。至謂《紅樓夢》一書，爲作者自道其生平者，其説本於此書第一回『竟不如我親見親聞的幾個女子』一語，信如此説，則唐旦之《天國喜劇》，可謂無獨有偶者矣。所謂『親見親聞』者，亦可自旁觀者之口言之，未必躬爲劇中之人物。如謂書中種種境界，種種人物，非局中人不能道。則是《水滸傳》之作者，必爲大盗，《三國志演義》之作者，必爲兵家，此又大不然之説也。（《王静庵文集》）

朱竹垞《静志居詩話》云：『趙彩姬，字今燕，名冠北里。時曲中有劉、董、羅、葛、段、趙、何、蔣、

王、楊、馬、褚，先後齊名，所稱「十二釵」也。』按此，則今小説中所稱『金陵十二釵』，亦非無本。（《茶香室三鈔》）

地安門外，鐘鼓樓西，有絶大之池沼，曰『什刹海』。横斷，分前海、後海，夏植蓮花遍滿；冬日結冰，游行其上，又别是一境。後海，清醇王府在焉；前海，垂楊夾道，錯落有致，或曰是《石頭記》之大觀園。然余常登陶然亭，亭東數武，又有黛玉花冢，其去什刹海，蓋十里而遥，中間隔皇城，二説不知孰是？（《燕市貞明録》）

《紅樓夢》小説，有詠林四娘事，此亦實有其人。王漁洋《池北偶談》云：『閩陳寶鑰，字緑崖，觀察青州。一日，燕坐齋中，忽有小鬟，年可十四五，姿首甚美，褰簾入曰：「林四娘見。」逡巡間，四娘已至前萬福。蠻髻朱衣，繡半臂，鳳觜鞾，腰佩雙劍，自言故衡王宫嬪也。生長金陵，衡王以千金聘妾入後宫，寵絶倫輩。不幸早死，殯於宫中。不數年國破，遂北去。妾魂魄猶戀故墟。今宫殿荒蕪，聊欲假君亭館延客，願無疑焉。自是日必一至。久之，設具宴陳，嘉肴旨酒，不異人世，亦不知從何至也。酒酣，叙述宫中舊事，悲不自勝；引節而歌，聲甚哀怨，舉坐沾衣罷酒。一日，告陳，言當往終南山，自後遂絶。有詩一卷，其一云：「静鎖深宫憶往年，樓臺簫鼓遍烽煙。紅顔力弱難爲厲，黑海心悲祇學禪。細讀蓮華千百偈，閒看貝葉兩三篇。梨園高唱興亡事，君試聽之亦惘然。」』是林四娘事甚奇，而云早死殯於宫中，則與小説家言不甚合，或傳聞異詞乎？考之《明史》，憲宗之子祐楎封衡王，就藩青州，其玄孫常㵸，萬曆二十四年襲封，不載所終。林四娘所云國破北去者，即斯人矣。

（《壺東漫録》）

周芸皐《内自訟齋文集》，載朝鮮安儀周事甚奇。儀周名岐，從貢使入都，偶於書肆見抄本書，不可句讀，以數十錢購歸。細玩之，乃前人窖金地下，録基數與藏處，皆隱語。遍視京都，惟明國公屋宇房舍似之，即世所稱『大觀園』也。乃求見明公曰：『公日用以千萬計，度支將不給，願假金十萬，不問所之，三年還報。』因指所坐室柱曰：『發此磚，可得金如數。』公笑命具畚鍤，獲如所言，遂付之去。至天津，業鹽爲商。三年還謁曰：『幸不辱命，息三倍。』公曰：『是亦不足供吾用，願再爲我謀。』曰：『無已，則假金百萬。』公笑曰：『安得發地再得之？』儀周起，請遍觀諸室，至寢門内，曰：『是可得。』發而予之，乃之揚州。三年報曰：『倍之，俟公取用。』公曰：『其再經營之。』又十餘年，儀周老，辭歸國，公留與飲。曰：『若異人，有異術。』曰：『非也。岐得異書，知藏金處，請爲公盡言之。』因一一指其處，公曰：『若不需邪？』曰：『此天以與公者，仗公福，已得贏餘足自給，拜公賜矣。』盡以所收書畫歸國，子孫留者爲安氏。案此事人鮮知者，且足資讀《紅樓夢》者之談吻，故節録之。（《花朝生筆記》）

淫書以《紅樓夢》爲最，蓋描寫癡男女性情，其字面絶不露一『淫』字，令人目想神游而意爲之移，所謂大盜不操戈矛也。豐潤丁雨生中丞，巡撫江蘇時，嚴行禁止，而卒不能絶，則以文人學士多好之之故。余弱冠時，讀書杭州，聞有某賈人女，明艷工詩，以酷嗜《紅樓夢》故，致成瘵疾。當綿惙時，父母以是書貽禍，取投諸火。女在床，乃大哭曰：『奈何燒殺我寶玉？』遂死。杭人傳以爲笑。（《庸閒

齋筆記》）

《石頭記》筆墨深微，初讀忽之，而多閱一回，便多一種情味。迨目想神游，遂覺甘爲情死矣。然此書之淫，妙在有意無意，非粗淺人所得而知。蘇州金姓，吾友紀友梅之戚也，喜讀此記，設林黛玉木主，日夕祭之。讀至《絶粒》、《焚稿》數回，則嗚咽失聲。中夜常爲隱泣，遂得癇疾。一日，炷香長跽，良久起拔壚中香出門，家人問：『何之？』曰：『往警幻天見瀟湘妃子耳。』家人雖禁之，而或迷或悟，哭笑無常，卒於夜深逸去，尋數月始獲云。（《三借廬筆談》）

瑞藻按：見仁見知，豈不洵哉？某賈人女，固太憨生。抑《紅樓夢》之爲書，固有蕩魄銷魂，易性移情者在。青年男女，非夙具慧根，能勘破一切者，未有不爲所溺者也。余少喪父，遺篋中有是書，母取以遺人。蓋余爾時已略識字，恐爲所得，或看壞心術也，用心亦良苦矣。然至十七歲時，終展轉假得閱之，一卷在手，寢饋都忘。百二十回之書，曾不二日而畢。自後稍得閒，輒背人讀是書。怡紅、瀟湘之言論，晴雯、襲人之舉止，乃至大觀園中之風景道路，亭臺樓館，無不歷歷心目間。更盡夢回，悠然神往。雖迷惑不至賈人女之甚，亦幾不克自持。繇今思之，良足失笑。當世不少明達，子女血氣未定時，幸勿以此等書授之。《金瓶梅》最以淫書聞，吾謂其流弊或較小，以其穢褻太甚，再讀即無餘味。不如《紅樓夢》之不厭百回，入人骨髓也。

蒲田吴氏，粤之鹾商也。富而好文，大開詩社。以《紅樓夢》分得四題，各以七律咏之。卷以萬計，延番禺洪日崖孝廉評定甲乙，取黄星洲等百餘人，各酬厚儀。先是，番禺張蘭士女史卷，已列第一。及開彌封，主人以女子壓卷，恐招物議，遂置第二，其實黄詩不及張也，亟爲録之。《黛玉葬花》云：『攜將雅嘴繫奚囊，無賴春心暗自傷。未必紅顔皆薄命，頓教黄土也生香。彩幡低護魂應妥，濁酒重澆怨恐長。底事誄花難握管，一般愁緒費商量。』《寶釵撲蝶》云：『沁芳橋畔好春光，鴛自和鳴草自芳。高下蝶隨飛絮舞，婷娉人愛繞花忙。苔痕狼籍弓鞋濕，扇影輕盈寶串香。細語喃喃留小步，樹陰濃翠欲沾裳。』《湘雲眠茵》云：『灑脱情懷綺麗年，要從香界小游仙。花前扶醉風無力，夢裏尋春蝶有緣。上額酒濃眉黛蹙，壓肩香重鬢雲偏。睡鄉料得甜何似，鸚鵡簾櫳莫浪傳。』《晴雯補裘》云：『翠雨含風缺一翰，累人癡病未曾安。情懷生小寒暄共，罅隙無多組織難。燈畔容顔愁慘淡，眼前刀翦淚辛酸。他年醉擁應須記，燭炧房櫳夜半殘。』女史名秀端，著有《碧梧詩鈔》。（《**桐蔭清話**》）

許伯謙茂才紹源，論《紅樓夢》，尊薛而抑林，謂黛玉尖酸，寶釵端重，直被作者瞞過。夫黛玉尖酸，固也，而天真爛漫，相見以天，寶玉豈有第二人知己哉？况黛玉以寶釵之奸，鬱未得志，口頭吐露，事或有之。蓋人當歷境未亨，往往形之歌咏，《詩》三百篇，大抵聖賢發憤之所爲作也。聖賢且如此，何有於兒女？寶釵以争一寶玉，致矯揉其性：林以剛，我以柔；林以顯，我以暗。所謂大奸不奸，大盗不盗也。書中譏寶釵處，如：丸曰『冷香』，言非熱心人也；水亭撲蝶，欲下之結怨於林也；藉衣金釧，欲上之疑忌於林也：此皆其大作用處。『楊國忠』三字，明明從自己口中説出，作者故弄狡獪，不可爲其所欺。况寶釵在人前，必故意裝喬，若幽寂無人。如觀金鎖一段，則真情畢露矣。己卯春，余與伯謙論此書，一言不合，遂相齟齬，幾揮老拳，而毓仙排解之，於是兩人誓不共談《紅樓》。秋試同舟，伯謙謂余曰：『君何爲泥而不化邪？』余曰：『子亦何爲窒而不通邪？』一笑而罷。（《三借廬筆談》）

嘗於珠江畫舫中，見一女郎，手持湘妃竹淡金面折疊扇一柄，蠅頭細書《紅樓夢》人名，下合《西廂記》曲一句，詞意酷肖，真雅製也。録之：警幻仙姑（人間天上）。史太君（積世老婆婆）。邢夫人（從來懦）。王夫人（女教爲師）。李紈（節操凛冰霜）。王熙鳳（酸醋當歸浸）。尤氏（這邊是河中開府相公家）。秦可卿（夢兒相逢）。元春（御筆親除）。迎春（體格是温柔性格是沉）。探春（我雖是女孩兒有志氣）。惜春（禮三寶）。巧姐（織女星）。寶珠（哭聲兒似鶯囀喬林）。林黛玉（情到海枯石爛時）。薛寶釵（舉止端詳）。寶琴（嬌滴滴越顯紅白）。史湘雲（夢不離柳影花陰）。邢岫煙（可憐我爲人在客）。李紋（撲刺刺把比目魚分破）。李綺（好着我難猜）。尤二姐（游絲牽惹桃花片）。尤三姐（斬釘截鐵常居一）。喜鸞（不識憂不識愁）。夏金桂（寒窗重守十年寡）。妙玉（真僞）。傅秋芳（只許心兒空想口邊閒題）。茗玉（撲騰騰點著祆廟火）。薛姨媽（幼女孤兒）。趙姨娘（便待剪草除根）。佩鳳（打扮著特來晃）。秋桐（如何妄脱空）。鴛鴦（鳳隻鸞孤）。瑞珠（在心爲志）。金釧（一納頭便去蕉萃死）。紫鵑（有情的都成了眷屬）。平兒（做夫人便做得過）。香菱（他若見甚詩，看甚詞，他敢顛倒費神思）。晴雯（性兒剛）。彩霞（多情早被無情惱）。玉釧（恁般惡搶白，并不曾記心懷）。彩明

（向東帖兒上計稟）。鶯兒（真不枉喚做鶯鶯）。彩雲（非奸做盜拿）。抱琴（宮樣眉兒新月偃）。襲人（伯勞東去燕西飛）。麝月（抓住荼蘼架）。碧痕（濕透了凌波襪）。柳五兒（遮遮掩掩穿芳徑）。小紅（要梅香來説勾當）。四兒（漏泄春光與乃堂）。司棋（人約黄昏後）。侍書（冷句兒將人厮浸）。翠縷（和小姐閒窮究）。入畫（誰許爾胡行亂走）。春燕（管什麽拘束親娘）。萬兒（好事兒收拾得早）。寶蟾（紙窗兒濕破，悄聲兒窺視）。雪雁（世間草木是無情）。傻大姐（小孩兒家口没遮攔）。王善保家（何須爾一一搜原由）。文官（啓朱唇語言的當）。齡官（盡在不言中）。芳官（翠袖殷勤捧玉鍾）。藕官（一樣是相思）。葵官（女孩兒家恁響喉嚨）。嬌杏（穩受了五花官誥）。金哥（白練套頭尋個自盡）。淨虚（對艷妝將言詞説上）。智能（常要擔擱人性命）。劉老老（信口開河）。青兒（猩猩惜猩猩）。馬道婆（速滅）。甄士隱（誰想這裏遇神仙）。賈敬（無意求官，有心聽講）。賈赦（情性㑳）。賈政（平生正直無偏向）。賈珍（將錦片前程已蹬脱）。賈璉（惹草拈花没掂三）。賈珠（先亡了有福之人）。寶玉（萬種情緣一樣愁）。賈環（一地胡拿）。賈蓉（做多少好人家風範）。賈蘭（後代兒孫）。賈代儒（向詩書經傳蠹魚似不出費鑽研）。賈瑞（硬撞了桃源路）。賈薔（不由人不口兒作念心兒印）。賈芹（將一坐梵王宮，化作武陵源）。賈芸（若是眉眼傳情未了時）。北静王（潘安般貌，子建般才）。王子騰（兼領得陝右河中路）。雲光久（拆鴛鴦坐兩下裏）。趙全（賊心賊腦天生劣）。戴權（難消遣）。馮子英（排酒果，列笙歌）。林如海（宦游在四方）。賈雨村（任憑人説短論長）。薛蟠（天生是憨）。薛蝌（愁他心動）。馮淵（驀然見五百年風流冤業）。甄寶玉（雨蕊風細夢回時，多少傷心事）。柳湘蓮（鐵石人）。秦鍾（未語人前先腼腆）。蔣琪官（解舞要支嬌又軟）。冷子興（這一人事精百事精）。孫紹祖（發村使狠，甚的是軟款温存）。焦大（惡語傷人六月寒）。包勇（有勇無慚）。茗煙（没顛没倒）。潘又安（死則同穴）。王仁（甚姻親）。張道士（諸檀越盡來到）。倪二（今宵酒醒何處也）。張華（展污了姻緣簿）。張友士（醫可病懨懨）。王作梅（一天星斗焕文章）。嵇好古（知音者）。曹雪芹（有千種相思對誰説）。雲兒（桃李春風墻外枝）。大觀園（有幾多六朝金粉、三楚精神）。省親别墅（碧琉璃翠煙籠罩）。嘉蔭堂（書堂簫鼓鳴春晝）。大觀樓（倚闌干，極目行雲）。綴綿閣（兩邊孔雀屏風軟玉屏）。怡紅院（脂粉叢裏包藏着錦繡）。瀟湘館（疏林蕭蕭曲檻中）。蘅蕪院（温潤有清香）。稻香村（禾黍秋風）。藕香榭（嫩緑池塘藏睡鴨）。紫菱洲（對菱花樓上晚妝罷）。秋爽齋（天際秋雲卷）。暖香塢（寶鼎香濃，繡簾風細，緑窗人静）。梨香院（門掩了梨花深院）。櫳翠庵（珠圍翠繞）。紅香圃（柳遮花映）。凸碧堂（月色横空，花陰滿庭）。凹晶堂（月明如水浸樓臺）。蓼風軒（點蒼苔，白露泠泠）。埋香冢（落花滿地胭脂冷）。蜂腰橋（躡着脚步兒行）。沁芳閘（花落水流紅）。雖屬游戲，頗見匠心。（《桐蔭清話》）

十四鹽第一百二十二

董恂《宫閨聯名譜》引《續幽異録》云：黄姸麗，河朔間女子也，與蕭玉涵以詩唱和，遂成妃偶。好事者爲撰《十四鹽》傳奇，以唱和詩皆用鹽韻也。（《茶香室叢鈔》）

紅蓮案第一百二十三

明季有撰《風流院》者，衍小青事，以湯玉茗爲風流院主，柳夢梅、杜麗娘，皆爲院仙。蓋小青有『挑燈閒看《牡丹亭》』之句，故用臨川入劇。徐文長《四聲猿·玉禪師翠鄉一夢》，用宋月明和尚度柳翠故事。臨川吴士科撰《紅蓮案》，則借文長殺紅蓮，以了前案。吴之意，殆以紅蓮無着落，玉通之恨，終未盡銷邪？玉通、文長，相隔數百年，而合爲一時，文人好奇，正復何所不至。然文長才高數奇，蹭蹬一世，藉此以舒鬱吐氣，亦快事也。述其厓略，且助談資。徐渭與玉通、月明二師，相好也。杭州太守柳宣教，用妓紅蓮計，致玉通化去，渭聞而惡之。渭嘗建書院於西湖，與越王孫等會文其中。其鄰即紅蓮所居，曰『紅蓮院』，渭誓不一往，諸生人甫寸者，小人也，爲紅蓮謀，欲占書院而有之，訟之泉唐令匡羅輪。宣教以紅蓮故，使人説匡，匡亦嘗狎紅蓮者，竟奪書院與之。渭適又以疑殺繼妻，令遂錮之獄中，將加刑焉。時胡宗憲總督閩浙，侍郎諸南明、太史張元忭，交薦渭於宗憲，聘入幕府，訪柳、匡劣跡，下獄抵罪。宣教女柳翠，至流落爲娼，賣身紅蓮院中。宗憲既討倭有功，軍中又屢致白鹿，皆屬渭作表，世宗嘉之，賜金帛無算。宗憲旋上疏乞休，薦渭才可大任，即以爲閩浙總督，乃擒紅蓮并人甫寸諸人，盡殺之。見柳翠，若舊相識者，因釋不問。翠見月明，頓悟宿因，遂從月明爲尼。渭訪玉通舊居於竹林寺，月明適翠亦至，暨開玉通之塔，翠忽化爲通，與月明相攜謝去云。

（《閒居雜鈔》）

聊齋志異第一百二十四

蒲留仙先生《聊齋志異》，用筆精簡，寓意處全無跡相，蓋脱胎於諸子，非僅抗手於左史龍門也。相傳先生居鄉里，落拓無偶，性尤怪僻。爲村中童子師，食貧自給，不求於人。作此書時，每臨晨，攜一大磁甖，中貯苦茗，具淡巴菰一包，置行人大道旁。下陳蘆襯，坐於上，煙茗置身畔。見行道者過，必强執與語，搜奇説異，隨人所知。渴則飲以茗，或奉以煙，必令暢談乃已。偶聞一事，歸而粉飾之。如是二十餘寒暑，此書方告蕆，故筆法超絶。王阮亭聞其名，特訪之，辟不見，三訪皆然。先生嘗曰：『此人雖風雅，終有貴家氣，田夫不慣作緣也。』其高致如此。既而漁洋欲以三千金售其稿，代刊之，執不可。又託人數請，先生鑒其誠，令急足持稿往。阮亭一夜讀竟，略加數評，使者仍持歸。時人服先生之高品，爲落落難合云。（《三借廬筆談》）

國朝小説家談狐説鬼之書，以淄川蒲留仙松齡《聊齋志異》爲第一。聞其書初成，就正於王漁洋。王欲以百千市其稿，蒲堅不與，因加評騭而還之，并書後一絶云：『姑妄言之妄聽之，豆棚瓜架雨如絲。料應厭作人間語，愛聽秋墳鬼唱詩。』余謂得狐爲妻，得鬼爲友，亦事之韻者。（《桐蔭清話》）

蒲留仙《聊齋志異》一書，膾炙人口矣。世所傳本，皆十六卷，但雲湖前輩評本亦然。乃今又見乾隆間余歷亭、王約軒摘鈔本，分十八卷，以類相從，首孝次弟，終仙鬼狐妖，凡分門類二十有六。字句微有異同，且有一二條爲今本所無者。卷首有乾隆丁亥横山王金範序，其略云：『柳泉蒲子，以玩世之意，作覺世之言，其書汗漫。亥豕既多，甲乙紊亂。又以未經付梓，抄寫傳訛，寖失其舊。己亥春，余給事歷亭，同姓約軒，假得曾氏家藏抄本，删繁就簡，分門别類，幾閲寒暑，始得成帙。然則其書亦舊本也，其異同處，多不如今本，不知誰是留仙真跡。至分門類，則無甚深意，殊覺無謂。又删「異史氏曰」四字，其評語亦不全，好事者宜録補之。』（《春在堂隨筆》）

紀文達公嘗言《聊齋志異》一書，才子之筆，非著書者之筆也。先君子亦云：『蒲留仙，才人也，其所藻繪，未脱唐宋小説窠臼。若紀文達《閲微草堂五種》，專爲勸懲起見，叙事簡，説理透，不屑於描頭畫角，非留仙所及。』然《聊齋》藻繢，不失爲古艷，後之繼《聊齋》而作者，則俗艷而已。甚或庸惡不堪入目，猶自詡爲步武《聊齋》，何留仙之不幸也。留仙有文集，世罕知之，朱蘭坡前輩《國朝古文彙鈔》，曾録其二篇，其用意，其造句，均以纖巧勝，猶之乎《志異》也。留仙之子名立德，字東石，亦有文集，筆意頗肖其父云。（同上）

《聊齋志異》一書，爲近代説部珍品，幾於家絃户誦，甚至用爲研文之助，其流傳之廣，蓋可知矣。然不爲《四庫》説部所收，當時此書，確曾流入宫禁，深荷嘉嘆。繼以《羅刹海市》一則，含有譏諷滿人，非刺時政之意。若云女子效男兒裝，乃言滿俗，與夫美不見容、醜乃愈貴諸事，遂遭擯斥。世言流傳之本，多所删削，元本尚多秘事。及得見所謂舊本（藻案，殆指上海有正書局本），亦不過每事之下，附有相類之數事，并無甚有異於刊本，意者别有秘本與。（《負暄絮語》）

蒲柳泉《逸老園紀》云：『東阿，余别業也。村雖故小，山繞之，河又繞之。暑可漁，寒可樵，四時皆可臨眺。田平不陂，頗宜稼。雖不阿，阿矣。面冲山而村，村去山，步武耳。山勝以石，石勝以夥，夥之勝，以位置，以參差。徑之半，尚以士柔。益進益上，則石氏族而居，分疆占據，少閒田。高狀矗矗，下狀兀兀，肥狀悶悶，瘦狀棱棱，虎若而伏，人若而立，羊若而群。其最高有阿石，尤奇。石凡三，兩渠夾間之。似混沌初曾爲一物者，後裂之，渠其裂紋也。壁良峭，猱行僅可上，其上則居，容數十人分曹飲。然無飲者，醒可上，醉難下也。顧兩渠，若躍可過，亦無敢躍。平乃壯，險則怖也。坐其上，望村一簇，望河一綫，望群山一抹，望田隴段復段如蔬畦。下石而東，可躍者一矢許。傾傾側側，石復枕石，堆疊糾岰間，泉㴋㴋出焉，亦阿名。水所徑成渠，渠超超至山根，石纍纍滿之。山水皆鴻濛時舊物，曾無人賞焉者。山讓牛眠，水讓牛飲。余童時過輒游釣，夢魂猶戀之。修數椽屋，卜菟裘焉。水宜沼而不沼，予沼之。沼之上，宜柳而不柳，予柳之。興會所至，可以汲，可以蔭，即謂予家園亭，不禁樵牧也可。』按此文用意造句，均以纖巧勝，洵與《志異》之書，同一筆墨。文尚不止此，余稍節之，然亦足見一斑矣。（《壺東漫録》）

周春《遼詩話》附載《染莊社記》，金至寧中，興平路猛安蒲察孟里撰，出《永平府志》，其事甚奇。云契丹時，遼興軍凬尧者，行貨（凬尧姓名甚奇，周云『凬』疑即『凨』，古『風』字，『尧』疑『尭』字之僞），路收一卵，歸置錦囊，繫臍下，月餘，出蛇如簪。飼之以肉，漸長盈丈，圍將尺許，乃縱之於野，嘗命以名曰『雅』。雅知人意，戀戀然，但不能言而去。數歲益大，始食野禽，繼而噬人。有司募能捕者，尧知其必雅，乃抵放處，呼其名而至，叙故舊而數其罪，蛇遂俯首伏誅。其血流及近村，土石悉染紅，而莊以名。莊老以尧能施恩除害而祀之，雅能知恩伏罪而配焉。《聊齋志異》所載大青、小青事，似即本此。又宋長白《柳亭詩話》，載西山潭柘寺，有巨蛇二，呼大青、小青，聞磬聲即出，是蛇名大青、小青，實有之也。（《茶香室叢鈔》）

《搜神記》載吴時有徐光者，嘗行術於市里，從人乞瓜，其主勿予。便從索瓣，杖地種之。俄而瓜生蔓延，生花成實，乃取食之，因賜觀者。鬻者反視所出賣，皆亡耗矣。按蒲留仙《聊齋志異》，有術人種梨事，即本此，乃知小説家多依仿古事而爲之也。（《春在堂隨筆》）

定遠方濬頤《夢園叢説》云：『叔平言吾邑（按：謂桐城）地當孔道，明季，張獻忠八次來犯，不能破，良由官民戮力，衆志成城故也。時邑侯爲直隸進士楊公爾銘，年甫弱冠，豐姿玉映，貌如處子。而折獄明決，善治軍事，賞罰無私，戰守有法，兵民皆嚴憚之。每出巡城，著小靴，長不及六寸，扶僕從肩，緩緩而行，人多疑爲女子，即《聊齋》所記易釵而弁之顔氏也。大約顔、楊音近而訛傳之耳。又得鳳陽巡撫史可法、廬州守將靖南伯黄得功爲外援，獻賊相戒不再犯桐城。邑侯楊公行取入都，代者爲張公，忘其名，辦善後亦極有法。今楊公、張公、史公、黄公各有專祠。』按《聊齋》所記顔氏事，初以爲小説家裝點語爾，今乃知其力守危城，身當大敵，至今猶廟食一方，洵奇女子哉！（同上）

龔煒《巢林筆談》云：『明季如皋令王岕，性好蝶，案下得笞罪者，許以輸蝶免。每飲客，輒縱之以爲樂。』按蒲留仙《聊齋志異》載此爲長山王進士岕生事。（《茶香室三鈔》）

上清宫之北，有洞曰『煙霞洞』，爲劉仙姑修真處。仙姑之史不可考，洞前一白牡丹，巨逾罔抱，數百年物也。相傳前明即墨藍侍郎者游其地，見花而悦之，擬移植園中，而未言也。是夜，道人夢一白衣女子來别曰：『余今當暫别此，至某年月日再來。』及明，藍宦遣人持束來取此花。道人異之，志夢中年月於壁。至期，道人又夢女子來曰：『余今歸矣。』曉起趨視，則舊植花處，果含苞怒發。亟奔告藍，趨園中視之，則所移植者，果槁死云。洞前花至今猶存。此則近於齊東野語矣，然《聊齋志異·香玉》一則，即本此而作也。（《勞山叢拾》）

王丹麓晫《今世説》，載周立五弱冠時，顴未高，兩頤逼而禿，面有槁色。鄉人竊笑者曰：『此黄冠相耳。』周聞之，若弗聞也。年三十二，猶困童子試，偕其父荆南，旅宿南城外倉橋側。夢中見一雉冠絳衣人，右手操刀，左手提一人頭，鬚髯如戟。至榻前易頭去，以手所提頭函其頸。周大驚，持父足疾呼。及舉手摩之，頭如故，凛凛者累日。未幾，顴漸高，兩頤骨漸豐，鬚鬑鬑然日益長。越年餘，又夢一白鬚老者，冠緇冠，執長尾麈，隨一金甲神，語曰：『吾來易爾腹。』語訖，金甲神抽所佩刀，啓周腹，出滌其臟府而復内之。既内，以方竹笠覆腹上，復取釘椎釘四角。周夢中聞響聲丁丁，而怪其無痛也。釘畢，白鬚老者揮麈而祝曰：『清虚似鏡，元本無塵。忽釘與笠，豁然有聲。』周寤。自是文學日進，歷試兩闈皆獲售，歷官侍講學士。此事果信，則《聊齋志異》中《陸判》一則，或非寓言也。周名啓雋，江南宜興人。（《花朝生筆記》）

《分甘餘話》：國初有一僧，金姓，自京師來青之諸城，自云是旗人金中丞之族，公然與冠蓋交往。諸城九仙山古刹，常住腴田數千畝，據而有之。益置膏腴，起甲第。徒衆數百人，或居寺中，或以自隨。居別墅，鮮衣怒馬，歌兒舞女，雖豪家仕族不及焉。有金舉人者，自吴中來，父事之，願爲之子。此僧以勢利横閭里者，幾三十年，乃死。中分其資産，半予僧徒，半予假子。有往弔者，舉人斬衰稽顙，如俗家禮。余爲祭酒日，舉人方肄業太學，亦能文之士，而甘爲妖髡假子，忘其本生，大可怪也。按此知《聊齋志異·金和尚》一則，絶非杜撰。余嘗與家兄傲公論《聊齋》記事，多有所本，不過藻飾之，點綴之，使人猝難辨識耳。夜雨聯床，曾歷舉之，然已多不記憶，著《陸判》、《金和尚》事以概其餘云。（《花朝生筆記》）

清世宗之崩也，實爲人所刺。蓋其嚴治吕留良、陸生枏、查嗣庭之獄，既已大干吾民族之義憤。於是甘鳳池之流，始相率而起，從事於暗殺。清廷雖竭力搜捕，而終不能去之。當時吕晚村孫女某，劍術之精，尤冠儕輩。相傳雍正即爲吕女所殺。《聊齋志異·俠女》一則，蓋影射此事也。考《鄂爾泰傳》，是日上尚視朝如恒，并無所苦。午後，忽急召鄂入宫，外間已喧傳暴崩之耗矣。鄂入朝，馬不及被鞍，亟跨驏馬行，髀骨被磨損，流血不止。既入宫，留宿三日夜始出，尚未及一餐也。當時天下承平，長君繼統，何所危疑，而倉皇至此？知被刺之説之不誣也。（《闕名筆記》）

閲微草堂五種第一百二十五

紀文達公《閲微草堂筆記》，雖一時游戲排遣之作，而議論透辟，文筆犀利，且於勸懲之旨，懇懇勤勤，非尋常稗乘所可比匹。近人採輯之爲《紀氏嘉言》，曾文正公作序，稱其警世之功，洵不誣也。所可議者，好虚構萬一或然之事，鬼魅無稽之言，執爲確據，以仇視習常守理之講學家；譏謗笑侮，不遺餘力，似失之偏矣。且間有錯誤，如屋山爲近屋脊之墻，昌黎寄盧仝詩已用之，乃不引韓詩，而引范石湖詩。『嗜好與俗殊酸鹹』，亦韓句也，乃以爲東坡詩。李賀《箜篌引》、杜氏《叩彈集》已選之，乃曰『從來選本未及』。夫公之博聞强識，曠代幾人，猶未免於偶誤，况其他乎？至書中引及名法諸條，尤欠精密。蓋公雖再掌烏臺，曾未躬親吏事，讀書萬卷不讀律，不足爲公病也。（《薑露庵雜記》）

儒林外史第一百二十六

坊間所刊《儒林外史》五十卷，全椒吴敬梓所著也。字敏軒，一字文木，乾隆間人。嘗以博學鴻詞薦，不赴。襲父祖業甚富，然素不治生，性復豪上，不數年而産盡。醉中輒誦『人生直合揚州死』之句，後竟如所言。程魚門吏部爲作傳。（《橋西雜記》）

瑞藻按：李富孫《鶴徵後録》，載不就試者二十五人，無吴敬梓。惟有吴檠，字青然，全椒人，乃與試而未用者，恐非其人也。余嘗記某隨筆，載《儒林外史》，乃吴山尊學士鼒作，當或可信，惜忘其書名矣。

《儒林外史》一書，寓怒駡於嬉笑。雕鐫物情，如禹鼎温犀，莫匿毫髮。沈文肅公督兩江時，公餘喜翻閲之。公智珠朗燭，物無遁情，判決得間處，往往出人意表而入人意中。説者謂公閲微之識，取資於是書者甚多。洴澼一方，善用者以之却敵，非必謂虞初家言，僅供日遣也。第其書波瀾點綴，摭取他籍者爲多。《幽閒鼓吹》云：『進士張祜下第後，多游江淮，每於酒後自稱豪俠。一夕，有人裝飾甚武，手劍腰囊，流血於外。入曰：「此非張俠士居耶？」張揖客甚謹。既坐，客曰：「有一仇人，十年莫得，今夜獲之，喜不可已。」指其囊曰：「此其首也。」問張曰：「有酒否？」張飲之。客曰：「此去三數里，有一義士，余欲報之，則平生恩仇畢矣。聞公義氣，願假十萬緡。」張傾囊燭下，等其縑素中之品物，量而與之。客曰：『快哉，無所恨也。』乃留囊首而去，期以却回。東曦既駕，杳無蹤跡。開囊，乃豕首也。』（藻案：此事亦見馮翊《桂苑叢談》，互有詳略。張祜在唐頗有詩名，乃欲以豪俠自居，一何可笑，卒乃爲桀黠者所愚。甚矣，人之不可有所溺也。）書中叙『張鐵臂虚設人頭宴』，即本其事以衍之。《堅瓠集》載：『明嘉靖中，長興徐子輿中行，好客，尤好少年美麗者。一客醜甚，自負能詩，介蔡子木汝楠，薦之於子輿。子木作書，盛言客可喜狀。以家人將之，恐客之窺書而易求也。子輿得書大歡，亟延入。既見，子輿愕然，笑啞啞不止。贈以詩，有「自信金聲能擲地，誰知玉貌不如人」之句。』書中『訪友神樂觀』，即暗用其事爲關目。《文海披沙》載『吴與弼名重一時，朝廷聘之闕下，而詢時政所宜，與弼噤不能對一語，但曰「容臣上疏」而已。出朝脱帽，則有雙蝎螫其頂間，不能對，以忍痛也』。書中叙莊徵君奏對情事，直明摭其事跡矣。他如楊執中詩：『不敢妄爲些子事，只因曾讀數行書。嚴霜烈日俱經過，取次春風到草廬。』乃元吕徽之七律下四句也。又：趙醫士與邑令同謎一番議論，與《耳新》所載李倩玉國珠、毛詩玉山，所生年月日時皆同，李中戊辰進士，授庶吉士，尋卒於官，毛僅食餼，多子而壽一事，小異大同，如此類者，不可枚舉。（《一葉軒漫筆》）

《儒林外史》之權勿用，即是鏡也。鏡行多矯僞，動稱禮法，儼然以道學自居，時人亦竟有稱許之者。一日晨出，遇小澗，四望無人，遂越而過。忽遠處一村童見之，大呼曰：『是先生跳澗矣。』是聞之，即出泉十餘文與童曰：『畀汝啖餅，慎勿以此告人。』又：匡超人，或云實暗指汪容甫先生。相傳先生性極乖僻，嘗外出，旋折回入夫人室。夫人適背户坐，先生潛自後抱之。夫人驚呼曰：『誰相戲者？』先生立釋手，問曰：『豈尚有人也敢乃爾耶？』遂出之。後作《擬劉孝標論》，乃有『蹀躞東西，終成溝水』語。實則夫人之出，固由先生之疑誤也。按：此二説，皆常州人語，不知確否。（《闕名筆記》）

後琵琶第一百二十七

任丘邊長白掘李自成祖墓，自序其事曰『虎口餘生』。曹銀臺子清寅，衍爲填詞五十餘齣，亦大手筆也。復譔《後琵琶》一種，用證《前琵琶》之不經。大意以蔡文姬之配耦爲離合，備寫中郎之應徵而出，傷董而死，并文姬被虜，作《胡笳十八拍》。及曹孟德追念中郎，命曹彬以兵臨塞外，脅贖而歸。旁入銅雀大宴，禰衡撾鼓，仍以文姬原配團圓。用外扮孟德，不塗粉墨。蓋此一節，實孟德憐才尚義

豪舉，表而出之，實寓勸懲微旨。（《在園雜志》）

玉尺樓第一百二十八

吴下朱公放奔，善指頭生活，工鐵，尤長於填詞。乾隆辛巳秋，遇於蔣秋崖有穀堂中，遂與定交。有米顛之癖，而面遭天黥，絶似世所謂『羊肚石』者。時盧雅雨榷鹺維揚，新譜《旗亭畫壁》傳奇；傳至蘇，朱酒後閲之，即大加塗抹，正其謬誤。雅雨聞而具禮延致。今《玉尺樓》劇本，是其手筆也。後聞其入某將軍第，爲其布置園石，閒架已竣，持酒登其巔，大呼曰：『雲林小子，恨不見我。』失足觸石死。余爲之立傳，許其與石相終始也。（《秋燈叢話》）

回心院第一百二十九

秀水王仲瞿先生，天才横溢，又善劍術，能放掌心雷，其坐師吴省欽，和珅舊黨也。和珅敗，吴懼牽涉，適川楚教匪作亂，吴即以仲瞿登諸薦牘，謂能掌心雷，及奇遁幻變之術，可佐軍事。吴坐妄言罷職，而仲瞿遂廢棄終身矣。所著有《神史》一百卷，《居今稽古録》如干卷。寓秦淮時，取遼懿德蕭后《十香詞》案，譜《回心院》傳奇四十折，皆未傳。所傳者，僅《煙霞萬古樓集》詩文而已。沈綏成脩云：先生善填詞，偪近蘇、辛，曾舉其二語云：『一幅紅裙，包裹了十二萬年青史。』殊爲奇特。不知綏成於何處見之也。（《蠡言》）

琵琶賺第一百三十

《艮齋雜説》：計甫草至濟南，拜李滄溟墓，以爲風義有足多者。余謂甫草好奇，過於好名，亦狂奴故態也。王仲瞿下第過穀城，招琵琶妓三十二人，祭西楚霸王墓，此舉可謂奇闢，較杜嘿哭廟，尤覺有致。舒鐵雲爲譜《琵琶賺》雜劇，二事行跡相類，而用意各不同。（同上）

雙梟影第一百三十一

邱園，字嶼雪，東海侯岳之後。居烏丘山，因號烏丘山人。縱情詩酒，尤善度曲，撰《雙梟影》、《蜀鵑啼》、《歲寒松》諸傳奇，有元人風度。所寫山水，潑墨濃重，别自成家。（《海虞畫苑略》）

兩鍾情第一百三十二

許廷録，字升聞，號適齋，與馮簡緣爲忘年交。講求字學、詩律，兼工填詞，撰《兩鍾情》、《五虎山》諸傳奇。又時畫竹以寄興，頗近雪坡。（《海虞畫苑略補遺》）

雙珠記第一百三十三

秦淮名姝，首推二湯。二湯者，本郡人，以九、十行稱，孿生姊妹也。態度則楊柳晚風，容華若芙葉曉日，并翠眉而玉頰，各盧瞳而赬唇。乍見者如一對璧人，無分伯仲。注目凝睇，覺九姬靨輔微圓，左手背有黑痣一小點，可識别也。早墮風塵，從良未遂。闔户數十指，唯賴二姬作生涯。雖車馬盈門，不乏貴游投贈，而纏頭到手輒盡。居新橋之牛市，臨流數椽，湫隘已甚。余曾於辛丑夏初，邂逅一晤。今秋往訪，適爲勢家招去侑觴，不復謀面。聞之桐城孫楚儂云：二姬窮愁日甚，雖年纔二紀，而消瘦容光，較初破瓜時，已十減六七矣。然三分豐韻，尚堪領袖秦淮也。嗟乎，人美如玉，命薄於雲，如二姬者，殆以奇姿遭造物之妬歟？楚儂又云：桐邑楊米人，爲二姬作《雙珠記》傳奇，情文并茂。惜尚秘之枕函，余未得而讀之。（《續板橋雜記》）

千金笑第一百三十四

同鄉沈子潔夫語余云：長洲詹孝廉湘亭，於今春應試白門，昵梁四養女磬兒，有扇底新詩六十首志其事。其友王鐵夫，賦志夢詩五十章和焉。磬故吴人，謀歸吴以事詹，志未諧而卒。詹哀之，以三百金市其柩，歸葬於虎阜再來亭之西隅。祁昌司鐸沈蒉漁，爲譜《千金笑》傳奇，付樂部。詹、王兩君詩册，暨蒉漁傳奇，潔夫皆親見之，能誦其略。惜余後至，未獲一睹爲憾。（同上）

鳳鸞儔第一百三十五

沈名蓀，錢塘人，博學工詩文，自其少時，才名已滿江南。康熙二十九年庚午，中北榜舉人，與同榜嚴虞惇、陶爾穟、姜遴、張昺諸人，皆以文學出衆，聲譽翕然。虞惇等先後成進士，而名蓀久困公車，人多惜之。嘗作《鳳鸞儔》傳奇，言錢唐諸生華天咫，娶樓月迎、王弱青二美爲妻妾，享盡人間艷福，事無所本，殆借以自寓也。（《閒居雜鈔》）

玉燕堂四種第一百三十六

江寧張漱石，工填詞，著《玉燕堂四種》行於世。嘗宿錢唐酒家，見燈下老嫗夜縫裳，蟹筐内針綫簿一本，丹鉛燦然，取觀之，則抄《夢中緣》稿本也。漱石詢其由，云主人有幼女，能讀《魯論》及《毛詩》，頗嫻吟詠，愛誦是編。嘗與嫂賭記其詞，輒以手畫空作圈，摇頭若老生狀。年十六，以瘵死。此其遺也，今作篋藏針綫矣。漱石視其書，已殘缺。内有詩一首云：『拾得新詞第一編，攜來妝閣晚風前。囊追賀錦才尤麗，筆吐江花句欲仙。自是有情偏有恨，幾多無夢亦無緣。背人愛把丹鉛點，獨自閒吟獨自憐。』署名江上女子題。漱石詢其姓氏，老嫗終不肯言。乃以一金易其本以歸。明年復過其地，則酒家、老嫗俱無矣。漱石因賦詩一章弔之云：『憐才獨爾愛新詞，况是深閨未嫁時。勝讀江東猶取貌，似空冀北尚餘癡。亭園香冷花魂碎，環珮聲銷月影遲。落落知音塵世寡，欲封文冢傍墳堆。』（《藝苑叢話》）

鳳雙飛第一百三十七

陽湖程蕙英茝儔，著有《北窗吟稿》。家貧，爲女塾師，曾作《鳳雙飛》彈詞，才氣横溢，紙貴一時。其所爲詩，純乎閲世之言，亦非尋常閨秀所能。小説界中有此人，亦佳話也。《自題鳳雙飛後寄楊香畹》云：『半生心跡向誰論，願借霜毫説與君。未必笑啼皆中節，敢言怒駡亦成文。驚天事業三秋夢，動地悲歡一片雲。開卷但供知己玩，任教俗輩耳無聞。』《有感》云：『道旁築室半經年，買得良材亦枉然。非爲崎嶇愁蜀道，已從變幻識桑田。要馴餓虎須成佛，不煉黄金漫學仙。辛苦工師倍惆悵，夕陽風雨聽啼鵑。』《春日過湯氏園有感》云：『桃李新花發舊枝，柳條長日挂游絲。月明風細黄昏景，輸與眠香蛺蝶知。』（《闕名筆記》）

鸚鵡媒第一百三十八

振齋先生記僧尼匹偶事，此吾鄉近日一大佳話，不可不全録之。其文曰：『張善，桐城人，父文田，傭耕糊口。生子二，善居次。兄某，長善二歲。善四歲時，桐城被水，佃田淹没，無以爲生。文田挈妻子，赴來安墾種山地。數年後，夫婦相繼没。時善八歲，與其兄俱幼稚無依，不能自活，乃相與偕逃。信步行，去住無定所。一日，坐石磴假寐，及醒，失兄所在，遍覓無蹤。由是孤孑一身，往往誤入僻徑，或就山窟中止宿。見虎狼足跡滿地，則駭然以懼。遇水阻，莫測淺深，適有木棒横地上，藉得探水爲渡，則忻然以喜。八歲兒徒步遠行，膽怯腹枵，困憊日甚。道光丁酉八月十七日晚，行至滁州東廂廟門首，卧地不起。廟爲三儀閣，老僧智慧，樂善好施，有餘蓄，輒賙貧乏。是日早起，開門瞥見，呼之不應，撫之奄奄一息。亟抱入廟，以薑湯頻灌之，半日方醒。詢明來歷，知其幼弱無家。憐之，俾削髮，爲徒孫圓來之徒，命名榮發，恩養有加焉。逾年，僧挈其徒移住城中龍興寺，命榮發從師讀書識字，爲日後諷誦經卷計。及入塾，穎悟勝儕輩。師喜，教之一如教群弟子，不以其爲僧異也。歲壬寅，張善年十三歲。時余奉檄至滁，假館龍興寺之慧照堂，每夜輒聞僧舍讀書聲，異之。詢知爲寺中小沙彌，晚歸自塾，而温習舊業者。亟召之來，試以對句，應聲而答，語甚工。出題命作小講，文理明順。僧舍内外黏壁大字，皆其所書，頗有筆力。余惜其以有造之質，而淪於緇流也，商諸智慧，以爲余義子。即蓄髮攜之歸，延師課讀，於今八載。時當授室，適余友合肥王君毓泉，言其中表壽州孫培元學博，有養女及笄，願爲執柯。遂酌給財産，於己酉冬月，出贅於孫氏之門。顧事以巧而見奇，人無獨而有偶，彼孫女之遭際，則又有可述者。孫女父某，鄉居務農。女八歲失恃，繼母虐遇之。至不能相容，棄諸尼庵，削髮爲尼。孫氏固淮北望族，其大家巨室，俱在城内，不知鄉間遠族，有棄女之事。培元亦世居壽城，夙敦族誼，聞之惻然。出資贖女歸，恩養於家，蓄髮待字數年矣。王君毓泉爲之擇配，遂以歸張，此不奇於兩家僧尼之還俗，而奇於王君之適爲撮合也，因書其事以記之。北平史積新書於合肥旅寓。』予按張善後改名允慶，人甚醇謹，入壽州籍，補博士弟子員。近楊小坡茂才，原本此記，衍成《鸚鵡媒》傳奇二十四折。善得此，可以傳矣。（《蕉窗隨録》）

元寶媒第一百三十九

周冰持，名汝廉，天分絶人，傲倪軒冕。所著傳奇數十種，如《元寶媒》，尤膾炙人口。范武功爲之序云：考『元寶』之稱，晋高祖詔鑄錢，以『天福元寶』爲文；宋太宗又御書『淳化元寶』，作真、行、草三體行世，此錢之以『元寶』名也。至元世祖時，從楊湜言，乃以庫銀爲元寶，每銀五十兩，易絲鈔千兩，則銀之以『元寶』名，元時始也。中云：窮士持三寸弱管，當桂薪瓊粒時，求入首陽餓莩，且不可得。縱使有博施利物心，猶足不能行而賣甓藥，誰能信之？今傳中所載乞兒，其至窮無告，更甚窮士。乃能裒多益寡，援人於草莽之中，濟人於顛危之際，雖古俠烈丈夫，不過如是。彼挂金鑰，持牙籌，錙銖自守者，又何能與之頡頏哉？後云：乞兒豪俠事，皆未獲窖金時所爲，獨不傳既富後舉動如何。得毋不事生産，原屬貧人常態；一擁高資，便不能復歌渭城耶？戲語典雅。武功名纘，著有《四香樓詩詞》。（《青燈軒快談》）

周冰持，華亭人，名稚廉，賦性穎敏，下筆千言，才名籍甚。嘗游浙，值文會，題爲『浙江潮賦』，冰持展紙疾書，頃刻立就，合坐愕眙。明日物色之，已掛帆行矣。其清狂辟俗如此。王文恭公，其舅氏也，欲繩以禮法，攜之入京。一夕，臺省諸公畢集，咸願一識周郎。詎冰持出，踞高坐，引刀割肉，旁若無人，衆皆目爲狂士。年二十九卒。相傳其父釜山先生嘗假寐，夢其弟子夏存古突入，少焉而冰持生。人遂謂存古再世，故宿根穎悟如是也。或謂自來忠魂義魄，不輕降生。釜山夢竟模糊，豈容以誣南冠長嘯，不辭刀鋸之國殤耶？冰持所著，有《容居堂詩詞》及四六文，今詢之故家，無有知者。又著曲三種，爲《元寶媒》、《雙忠廟》、《珊瑚玦》，當時曾刊版行世。唯未久板本即爲揚州書賈售去，今顧曲家亦不復能舉其名矣。（《娱萲室隨筆》）

諧鐸第一百四十

予嘗言文章之美者，必遭物議，此語固非虚也。吴郡沈桐威《諧鐸》一書，膾炙人口，《聊齋志異》以外，罕有匹者。内載《討猫檄》一篇，語帶譏諷。時撫軍好佛，因之有構蜚語者。朱石君先生，時官安徽巡撫，欲劾之。桐威上書自呈，筆墨飛舞。石君先生憐其才，事竟釋。今録其書云：『鳳吴下阿蒙，蘆中窮士。幸一丁之初識，笑二酉之難窺。家少曹倉，長訛亥豕，腹無邊笥，學注蟲魚。慕辨稻之清才，幼慚左癖；羡食瓜之徵事，長愧書淫。偶拾齊人炙輠之遺，妄附虞卿著書之事。晨編夕寫，塗欲成鴉；東撮西抄，祭還類獺。蘇學士香花供佛，補録傳人；淮南王鷄犬皆仙，文探寶笈。夢迷鄭鹿，稍參太卜之書；鬼嘯阮琴，用輔《睽車》之志。以至賣柑種樹，盡被搜羅，相馬捕鹿，亦資談助。傳成《毛穎》，中書君元屬寓言；賦本《子虚》，亡是公何關實録。竊《秋水》、《馬蹄》之義，託雪泥鴻爪之詞；敢希舌可生蓮，差信胸堪成竹。方謂《客嘲》、《賓戲》，古人一度詼諧；幾忘馬磨牛衣，雜説難登著作。享千金之敝帚，玷五夜之寒氈。今蒙鈐閣垂詢，琴堂傳命。始悟雕蟲小技，多亦奚爲；捫虱高談，戲終無益。華國唯文章是寶，立言以性道爲宗。陶令《閒情》，不入梁樓之選；魏家穢史，難參魯壁之經。小慧即畔道之媒，大言實欺人之習。乃大人不加譴責，反賜栽培。想因採及芻蕘，亟欲裁其狂簡。曩謁小程夫子，許參立雪之班；今望大宋門墻，願侍披香之席。雖雲泥勢隔，附驥無緣；而風雅道存，登龍有路。昌黎伯拈生館下，皇甫盡得其真詮；盧陵公持節寰中，劉幾自裁其僞體。金能躍冶，不棄塗間；桐可爲琴，終收爨下。説菩提法，沛甘露於犁舌獄中；開理學門，沐春風於傳心座上。自愧半生精力，誤盡浮華；反幸數卷蕪詞，得邀提命。從此悔其少作，不再續搜神志怪之書；還期知所折衷，庶無負振聵啓蒙之訓。』書上，石君先生讀之，拍案呼絶云。（《青燈軒快譚》）

卷八

野叟曝言第一百四十一

《野叟曝言》一書，相傳爲康熙時江陰繆某所撰。繆某有才學，頗自負，而終身不得志，晚乃爲此書以抒憤。文素臣蓋其自况，匡無外乃王姓，余雙人乃徐姓，其至友也。會純廟南巡，繆乃繕寫一部，裝潢精美，外加以袱，將於迎鑾時進呈，冀博宸賞。繆之女，頗通文墨，且明慧曉世事，知此書進呈，必釀巨禍。又度其父性堅執，不可勸止，乃與父門人某謀，密用白紙裝釘一部，式與原書等。即置諸衹中，而匿原書於他處。迨繆將迎駕，啓衹出書，重加檢閱，則書猶是而已無一字矣。繆哭失聲，以爲是殆見忌於造物，故書遽羽化去也。女徐勸之曰：『既爲造物所忌，似不進呈亦佳。今天子性猜忌，父書又多不檢，塞翁失馬，焉知非福，近代以文字罹法網者，翁獨不聞之乎？』繆無如何，鬱鬱而罷。繆卒，女以此爲乃父一生心力所在，不當遂令淹没。將其書潤飾一過，穢褻之語，删除略盡，始付諸手民，即近日流傳之本也。（《花朝生筆記》）

女仙外史第一百四十二

唐賽兒夫死，祭墓經山麓，見石罅露出石匣，發見得書，取以究習，遂得通諸術。削髮爲尼，以其教施於村里。凡衣食財物，隨須以術運至。細民翕然從之，漸至數萬，官軍不能獲。朝命集數里擊之，屢戰，殺傷甚衆。既而捕得，將伏法，刃不能入。已復下之獄，三木被體，鐵紐繫足。俄皆自解脱，竟遁去不知所終。好事者衍其事，謂之《女仙外史》。（《通俗編》）

劉廷璣《在園雜志》云：『吴人吕文兆熊，性情孤冷，舉止怪僻。所衍《女仙外史》百回，亦荒誕，而平生學問心事，皆寄託於此。』《女仙外史》一書，余在京師曾見之，不知爲吕文兆所作也。（《茶香室叢鈔》）

兒女英雄傳第一百四十三

《兒女英雄傳》説部，燕北閒人著。全書所記，皆俠女何玉鳳事。其人有無不必論，惟據其紀載，則玉鳳故大家女也。奉老母，辟地青雲，且隱其名曰『十三妹』，則以有一功名蓋世炙手可熱之人，陷其父於死，立志不與共戴天也。功名蓋世者爲誰，曰『紀獻唐』也，即閒人所謂天大地大無不大者。然本朝二百六十年中，有紀獻唐其人否乎？吾之意，以爲紀者，年也；獻者，《曲禮》云『犬名獻羹』；唐爲帝堯年號：合之則年羹堯也。年氏用兵西陲，轉戰萬里，爲本朝勛臣第一。後以跋扈誅，人盡知之矣。其事跡與本傳所記悉合，故吾謂其書雖傳何玉鳳，實則傳年羹堯也，紀獻唐特變幻其字耳。雖然，年以罪誅，直書其名，述其事，當不至干犯禁網，何須委曲乃爾？意者年氏之死，出於同僚誣蔑，而非其罪。燕北閒人特隱約其詞，記之小説，以表明之耶？不然，何玉鳳爲全書主人，而開宗明義第一章，反叙安驥救父，玉鳳正事，直至全書將完，始行述及，何也？安氏籍貫，唯著者之意所欲云，必曰旗人，又何也？夫阿里嗎一武夫耳，且忌之如眼中釘，必殺之而後快，不以其爲滿人故，稍寬假之。况年將軍以漢兒而擁重兵，目無餘子者乎？（年氏係漢軍鑲藍旗人。）燕北閒人，蓋言之有餘痛矣。試諗之博聞者。（《花朝生文稿》）

右余此文，作於清宣統三年辛亥，題爲《辨兒女英雄傳》，刊之上海《神州報》，近孫静庵君編

《棲霞閣野乘》，曾加採録者也。時余年廿一歲，得此傳於先叔母陳孺人處，閲竟若有所悟，泚筆草此篇，以示叔母，亦頗首肯，遂刊布之。流光荏苒，今又五年所矣，閲之不勝今昔之感，適輯《小説考證》，庸亟録入，然今所得者猶不止此，覆視舊作，殊形淺陋，行以專篇再暢論之。乙卯壯月庚申自記。

品花寶鑒第一百四十四

覺羅炳成，字集之，號半聾，因左耳重聽也。博覽群書，尤熟本朝掌故。工篆隸，善詼諧，世爲顯宦。而半聾不求仕進，棄萬金之産給子侄，而自攜妻子居京師南城外龍樹院中，即南下凹之龍爪槐，王漁洋曾咏之者。性孤僻耿介，鮮與人通問訊。余於光緒元年入都，居吾鄉光侍御家。半聾故與光善，見予篆隸，深相契合，遂爲忘年交。其時半聾已五十餘矣。所居院中曰「天倪閣」者，半聾捐資所建也。屬予爲《天倪閣序》而刻之石焉。一日，與談《品花寶鑒》中人物，半聾曰：華公子，予曾見之，其花園在平則門外，名可園。余見華公子時，公子已貧，無以自給，拆賣柟木梁柱山石以糊口。時適夏令，公子留食瓜。少頃，雛婢捧大玻璃盤二，一貯黄色，一貯紅色，瓜子皆剔淨。瓜叉以黄金爲之，柄則翠玉也，其侈猶如此。未幾，公子死，幾不能成喪禮。公子號華巖，父崇某，群呼之曰崇華巖，乃户部銀庫郎中玉某之子。玉某者，旗人呼之曰玉八爺。没後以虧空案查抄，家産蕩然，僅存一園以自給，故收局如是。徐子雲者，名錫，某侍郎也。左手六枝指，故別號錫六指頭。其花園在南下凹，即名怡園，今野鳧潭太清觀一帶，皆其遺址也。蕭静宜者，即吾皖江慎修先生也。至田春航、侯石翁，人皆知爲畢秋帆、袁子才矣。史南湘即蔣苕生，屈道翁即張船山，梅學士爲鐵保，而梅子玉、杜琴言，實無其人，隱『寓言』二字之意。至如潘三，乃内城錢糧胡同内興靴鋪掌櫃，姓蘇，諢號靴蘇者是也。奚十一爲孫爾準之子，孫爲兩廣總督，拆孫字偏旁，爾字上截，而湊爲奚字。從廣東來，故稱廣東人。其來也，夾帶大土無數，至京販賣，故拆土字爲十一，又呼之爲老土也。姬亮軒爲嵇文恭公後人，游幕者也。隱嵇爲姬。宏濟寺即後來之興勝寺，庚子拳亂，曾設壇於此，故洋兵焚之，今改醫局矣。寺中方丈，善醫花柳病，光緒初年，余入都，猶見寺門大書專治毒門招牌。田春航與蘇蕙芳之事，實有之，所謂狀元夫人者。畢督兩湖時，大權獨攬，招摇納賄，見諸參摺中者，其真名則不能憶矣。魏聘才者，姓朱，號宣初，由一榜補内閣中書，截取同知，捐升知府，在京候選。詩畫皆佳，至今其畫價直甚昂。玉天仙者，實有其人，名亦未改。朱納之爲妾，後正室死，即以爲繼室。生子某（案：號雪塍），爲名進士。時文最工，爲江浙八名家之一，終於工部郎中。作者不知何故譏斥之不遺餘力，殆有私憾焉。至蘇侯即琦侯，而硬扭爲田春航外舅，則不可解。孫亮功即穆揚阿，（按：即慈安后之父。）曾任廣西柳州知府，嗣徽、嗣元，即其二子穆四山、穆五山也。高品者，即陳森書，常州名士，即作《品花寶鑒》者。金粟者，旗人桂竹孫也。道光末年，以同知署常州知府，出資刻《品花寶鑒》，後因案革職，貧不能自存。群旦中唯袁寶珠原姓原名，即雲南甘太史爲之自盡者。咸豐季年，其人尚存，然門前冷落車馬稀，無人過問矣。其餘如王文輝、王恂、顔仲清、李性全、王翾等，皆實有其人，不過姓名皆更易矣，不可枚舉也。道光季年，《品花寶鑒》未出版時，陳森書挾抄本，持京師大老介紹書，遍游江浙諸大吏間，每至一處，作十日留。閱畢，更之他處。每至一處，至少贈以二十金，因是獲資無算。半聾少時，隨其父浙江糧道任。陳至，留閱十日，贈以二十四金，彼猶以爲菲薄也。（《郙羅延室筆記》）

浮生六記第一百四十五

《浮生六記》六卷，爲清乾隆時蘇州沈三白所著，一曰《閨房記樂》，二曰《閒情記趣》，三曰《坎坷記愁》，四曰《浪游記快》，五曰《中山記歷》，六曰《養生記道》。七八年前，上海《雁來紅叢報》曾載之，幽芳凄艷，讀之心醉。後復購得單行本，爲明明學社印行。末二卷闕，六僅存四，首有楊君引傳小序，謂得於郡城冷攤。就所記推之，知爲沈姓號三白，而名已逸，遍訪城中無知者云云。楊君所謂郡城，未知何指，以余推之，當爲蘇城也。要之此書筆墨，可與清初人筆記頡頏，而逸其二，惜哉。（《海漚閒話》）

碧桃記第一百四十六

岳筠，字緑春，山西文水人，隨母僑寓京師。資性明慧，能左手書，授以詩，輒倚聲誦之，妙合音節。東鄉吴蘭雪謀納妾，初詣姬居，直曉妝，貽碧桃一枝，緑春受而簪於髻。俄有奪以重聘者，緑春恚甚，謂其母曰：『兒已簪吴氏花矣。』遂歸蘭雪，年裁十五，嘉慶十年四月八日也。越四年夭。筠又工畫蘭，朱菽原《書聽香館（緑春所居室名）遺事》云：岳姬既歸蘭雪，聲名籍甚，傾都下，侍郎某，欲見之而未得也。一日，瞰蘭雪與姬坐聽香館中，闖然奓户入。姬斂衽徐起，前致萬福，微步而出。侍郎視案頭，得所畫蘭未竟，風枝露葉，薿薿有光，大喜，爲捉筆補之。持歸，賦長歌一篇爲贈，媵以自作蘭册。翌日，走伻致之來，姬循視未竟，遽裂之，蘭雪驚曰：『若胡然？』曰：『吾畫固不佳，然自有章法，不可亂也。侍郎補之，爲不類矣。且兒縱不知詩，而讀侍郎詩如其畫，覯侍郎畫如其詩，毋寧裂之耳。』蘭雪曰：『若不識渠貴官邪？』曰：『君言誤矣。兒弱女子，豈藉貴官聲價爲重？即以貴官言，將天下能事，盡屬貴官耶？』蘭雪無以應，時侍郎方與秦小峴不協，姬曰：『侍郎不久必敗，虚憍之氣，敗之徵也。』無何，小峴亦以倉場事被議，姬曰：『秦先生清節聞四方，聖明在上，何患也？』既而皆如其言，聞者以爲知人。（朱記止此。）常州陸祁生，譜其事爲《碧桃記》樂府，傳播藝林，以爲佳話。吴蘭雪集有《緑春詞》十五首，讀之可想見其閨房韻事。録九首如下：『曾聞重聘却豪家，此意量珠報未奢。露朵親簪雲髻重，定盟先受碧桃花。』、『琉璃街畔駐鈿車，銀燭花開照雨初。妝閣三間吟榻在，半安奩鏡半藏書。』、『曉檻妝成合助妍，故人昨既夜飛蟬。蛾眉淡掃原非韻，略畫春山更可憐。』、『纔離阿母性嬌柔，教誦新詩浣别愁。自恃聰明貪强記，花陰亭午不梳頭。』、『繡絲未與理宫袍，料理文奩亦小勞。却愛天生雙腕俊，右持金翦左湘毫。』、『簾櫳如水樹陰移，滿靨紅潮就枕時。

生怕鬢邊花易損，明妝小卧亦矜持。』、『玉笛參差檀板輕，扶風帳有女門生。背人學按花前譜，半是歌聲半讀聲。』、『冷官風味不曾嫌，生計零星較米鹽。一事未循居士約，畫叉錢爲買花添。』、『風雪三更紫禁遥，應官聽鼓太無聊。女兒香細籠煙暖，纔得熏衣侍早朝。』（時蘭雪方官博士。）（《花朝生筆記》）

客有讀《碧桃記》而不知其人者，予按此記爲金谿英嵩梁而作。嵩梁自號蓮花居士，嘉、道間，以詩鳴，卓然爲江西鉅子。宦游京師日，有山西女子岳緑春者，姿容明慧，畫墨蘭，有韻致，亦善小詞，有句云：『花有美人香，樹影玲瓏畫粉墻。』一時誦爲清照再生，淑真易世。博士雅慕之，詣其居，值緑春菱鏡匀妝，杏腮初點，乃貽以碧桃一枝，女受而簪之。俄有以重聘聒其母者，女恚甚，謂母曰：『兒已簪吴氏花矣。』及歸博士，築聽香館以居之。月窗并坐，景飄連理之裾；花徑偕行，香浣合歡之帶。博士常咏西樵『姬人水檻焚香侍，秋響扁舟抱膝吟』之句以自寫，則其艷福可知矣。陸祈生爲作《碧桃記》傳奇，以志韻事。歡娱不久，而彩雲遽散，良會不常。博士深情人，當亦披此記而益深哀蟬落葉之思也已。（《緑天清話》）

蕉鹿夢第一百四十七

《冲虚經》云：鄭人有薪於野者，遇駭鹿，禦而擊之，斃之。恐人見之也，遽而藏諸隍中，覆之以蕉，不勝其喜。俄而遺其所藏之處，遂以爲夢焉，順途而詠其事。旁人有聞者，用其言而取之。既歸，告其室人曰：『向薪者夢得鹿，而不知其處；吾今得之，彼直真夢者矣。』室人曰：『若將是夢見薪者之得鹿邪，詎有薪者邪？今真得鹿，是若之夢真邪？』夫曰：『吾據得鹿，何用知彼夢我夢邪？』薪者之歸，不厭失鹿，其夜真夢藏之之處，又夢得之之主。爽旦，據所夢而尋得之，遂訟而爭之，歸之士師，士師曰：『若初真得鹿，妄謂之夢；真夢得鹿，妄謂之實；彼真取若鹿，而與若爭鹿。室人又謂夢認人鹿，無人得鹿。今據有此鹿，請二分之。』以聞鄭君，鄭君曰：『嘻，士師將復夢分人鹿乎？』訪之國相，國相曰：『夢與不夢，臣所不能辨也。』《列子》此段文字，本極奇詭。好事者推衍之，爲《蕉鹿夢》傳奇。余大父少時，肄業武林崇文書院，於婺源友人某君處，見一刻本，詞藻亦佳。其云薪者曰『烏有辰』，取鹿者爲漁父，曰『魏無虚』，云山神奉仙師列禦寇之命，點醒世人。渲染有致，惜大父不憶作者姓名，并何許人矣。（《花朝生筆記》）

玉搔頭第一百四十八

傳奇多存逸史，不但詞曲可觀。明太祖以高則誠《琵琶記》，比諸《五經》肴核。英雄見解，大非俗士可能領略。予舊見揚州某宅，藏有《玉搔頭》傳奇稿本，中叙明武宗南巡，在揚州閲兵諸事，歷歷如繪，皆爲正史所不備者，詎但一朝樂府已哉？其記武宗簪花戎服，與《陔餘叢考》所引者相同，誠曲中之史也。（《今事廬隨筆》）

白羅衫第一百四十九

《太平廣記》引《原化記》云：唐天寶中，清河崔氏子，居滎陽，受吉州太和縣尉。母盧氏，戀故産不之官，爲子娶太原王氏女赴任。有吉州人姓孫，云空舟欲返，傭價極廉，遂擇日登舟。舟人窺其囊橐，伺崔不意，推落深潭。是夜抑納王氏，王方娠，後生男，舟人養爲己子，居於江夏。爾後二十年，子年十八九，入京赴舉。過鄭州，遇夜迷路，常有一火前引，而不見人。隨火而行，至莊門寄宿，乃崔莊也。其家人竊窺報母，母見此子，慟哭謂曰：『昔有一子赴官，遂絶消息。今見郎君狀貌，酷似吾子，不覺悲慟。郎君回日，必須相過，亦有奉贈。』此子應舉不捷，歸之鄭州，母留數日，贈貲糧，兼與衣一副。此子歸，亦不爲父母言之。後忽著老母所遺衣衫，下襟有火燒孔，其母驚問何處得此衣，乃述本末。母因言其事：『此衣是吾與汝父所製，初熨之時，誤遺火所爇，汝父臨發，阿婆留此爲念。』其子聞言慟哭，詣府論冤，誅孫氏。妻以不早自陳，斷合從坐，其子哀請而免。按今有《白羅衫》傳奇，似即衍此事也。

又有二事，亦與此似，并録於下：其一事引《乾䉁子》云：陳彝爽與周茂芳，皆東洛福昌人，同於三鄉習業。彝爽擢第，娶郭愔女。天寶中調集，授蓬州儀隴令。其母戀舊居，不從之官。郭氏以縑裁衣，上其姑云：『新婦手自成此衫子，上有翦刀誤傷血痕，不能澣去。大姑見之，即不忘媳婦。』其姑亦哭。彝爽固請茂芳同行，其子義郎，纔二歲。及去儀隴五百餘里，茂芳忽生異志，命僕夫等先行具饌。二人徐步，自牽馬行。忽於山路斗拔之所，抽金槌撇彝爽，碎顙，擠之浚湍。佯號哭云：『馬驚，踐長官殂矣。』一夜會喪，爽妻及僕御感慟，茂芳曰：『事既如此，人無知者。便權與夫人乘名之官，且利一政奉禄，逮可歸北，即與發哀。』乃從其計，到任。秩滿移官，家於遂州長江，又選授遂州曹掾。居十七年，子長十九歲矣，茂芳秩滿，挈子應舉，茂芳取北路，令子取南路，途次三鄉，有鬻飯媪留食，將酬其值，媪曰：『吾憐子似吾孫姿狀。』因出郭氏所留血污衫子以貽，泣而送之。明年下第，歸長江，其母見血污衫子，驚問故。子以三鄉媪對。因大泣，具言之。其子密礪霜刃，候茂芳寢，斷吭詣官。連帥義之，免罪，即侍母東歸。此事亦與《白羅衫》相類，但爲其客所殺，非舟人耳。

又一事引《聞奇録》云：唐李文敏者，選授廣州録事參軍。將至州，遇寇殺之，俘其妻崔氏。有子五歲，隨母而去。賊即廣州都虞候也。其子漸大，令習明經，詣京赴舉。下第，乃如華州，及渭南縣以東，馬驚走入一莊，遂投宿。有所衣天淨紗汗衫半臂，主嫗見之曰：『此衣似頃年夫人與李郎送路之衣，郎既似李郎，復似小娘子。』取其衣視之，乃頃歲製時爲燈燼燒破，半臂帶猶在。其家遂以李文敏遭寇事說之。此子罷舉，歸問母，具以其事對，乃白官擒都虞候誅之。此事跡似小異，但亦有一衫則同也。（《茶香室叢鈔》）

護花記第一百五十

蕭山朱某，取唐崔元徽遇花神事，作《護花記》傳奇。既脱稿，以呈會稽王笠舫大令衍梅。時王方飲曲中，曲中先有女録事，與某生昵，欲歸之，將備明珠之聘矣。傖父某忮之，以他事誣録事，逮之官，迨事白釋歸，已蕉萃無色。某生聞官事，懼牽涉，先期他去。女無所歸，乃適一市賈。王聞其事，方喟然太息，適見此記，遂題詞其端云：『請斟碧鬟落，高酌紅氍毹。攝四大之毫光，圓成菩薩；放千花之魂魄，散作神仙。誰其主者芙蓉城，何以報之錦繡段。於是一聲檀板，三疊霓裳，邯鄲竺嘆爲天人，昆侖奴捐其故技。陳宫金鳳，步摇朱雀之窗；契國銀貂，膜拜青獅之坐。風動幡動，是仁心動；花香水香，聞功德香。則有百越先賢，四明狂客，按崔徽之逸事，摹李委之新腔，偶唤茶茶，偏逢醋醋。緑衣象簡，當場兒出參軍；紅袖烏絲，入室尊爲都講。掌上築宜春之苑，髻端開護世之城。雪月佳哉，人琴往矣。愛傳玉斧，載檢珠囊。集奇字於蓮經，付瓣香於菊部。嗟乎，金花潭上，孟婆之沉璧無靈；綉襪坡前，肥婢之墜釵可惜。屧廊香徑，誰招西子之魂？月地雲階，終負東昏之約。玉谿生十三事，冤有甚於曬褌；龔使者五百金，債就償乎賚板。加以諸郎年少，帳下無兒；魔母道高，被中有虱。蕭伯梁瓜州醉煞，情種遂亡；楊狀元胡粉妝成，妖鬟競侮。歧亭促鼻，恨桓子之聲雌；别館纏頭，笑洛姬之肚大。僕也含香廣殿，曾奉紅靴；選舞叢臺，攢遺白氎。攀桃花而思崔護，指松樹以傲封姨。誦微波罄繡之詞，卿真擊節；唱老鐵花游之曲，我替吹簫。從教緑黛千升，遍描胡蝶；安得紅羅萬匹，普蓋鴛鴦。』（《桐蔭清話》）

褪紅衫第一百五十一

鎮海姚野橋燮，字梅伯，甲午舉人。工畫，善墨梅，白描人物，寫意花卉，亦盡入古法。庚子春正，君自吴門北上，余挈莒生送之梁溪，同游鄧尉惠山而返。舟次曾爲莒生題《湘江幽思圖》、《浪淘沙》一闋云：『詩夢抱蘭衾，水氣沉沉。蛾眉月小挂篁陰，淡沱湘痕秋一剪，人語煙心。　畫槳幾時尋？極浦天深。宓妃含睞弄幽禽，唱到水雲縹渺曲，玉簫吹琴。』著有《疏影樓詞》八卷，兼善音律，有《褪紅衫》、《梅沁雪》傳奇兩種。（《墨林今話》）

蕩寇志第一百五十二

袁午橋欽使甲三《過梁山泊》詩云：『此地昔爲奸盗區，叔夜掃平惟一鼓。』考施耐庵作《水滸傳》，描寫宋江奸惡，口忠義而心賊盗，故世目爲奸淫邪盗之書。羅貫中撰《水滸後傳》，竟謂宋江是真忠義，智又出耐庵下矣。山陰俞仲華萬春，號忽雷道人，爲邑諸生。著《蕩寇志》，力駁羅貫中，書名《結水滸》。從七十一回起，至一百四十回止，又楔子一回，大旨謂宋江并無受招撫平方臘事，祇爲張叔夜擒拿正法一句，力破貫中僞言，使天下後世，深明盗賊忠義之辨，絲毫不容假借。此書雖係小説，頗有關於人心世道，華樵雲太守廷傑，爲之鐫版刊行，正堪與袁詩發明。（《海天琴思録》）

東厢記第一百五十三

《曲海》載有楊國賓之《東厢記》，余未之見。所見有道光間琴城楊世瀠所撰之《東厢記》，未知同異何如也。《東厢記》卷首，引《納書楹曲譜補遺》載《崔鶯鶯時劇·山坡羊》一曲，大略言其父爲相國，闞漢卿應舉不取，乃作《西厢記》以污蔑之。果如其説，則《西厢》之作，乃藉《會真記》舊事以謗時相，猶高則誠之借蔡伯喈以譏王四矣。未知其何所本也。（《茶香室叢鈔》）

商山鸞影第一百五十四

雲南府城外商山西北隅，有邢妃墳。雖碑志無考，而草間石獸猶存，故老相傳，妃即圓圓，吴梅村所爲作《圓圓曲》者也。嘉慶間，蘇州鄭生，客游滇南，春日踏青商山，訪圓圓墓不得，崩榛荒葛中，忽迷歸路。俄而落照西沉，暮煙籠樹，遥望前途，似有人家，思往借宿。至則朱門洞開，玉瑱金鋪，儼然王侯第宅。乃使閽者傳達，良久而出。導入東厢，爲設食，樽酒簋貳，亦極清潔。飯已，有老嫗出，問客操吴音，是何鄉貫。具告之。少選，嫗秉燭而出，肅客登堂。有女子容色絶代，羽服霓衣，如女冠裝束，降階而迎曰：『妾即邢氏，埋香地下，百有餘年，時移物换，丘隴就平，念君是妾同鄉，有小詩十首，求爲傳播。』因命侍女取詩付鄭，其末章云：『鴛鴦化盡魚鱗瓦，難覓當年竺落宫。』鄭問『竺落』之義，曰：『竺落皇茄天，是南方八天之一，載在《道經》，妾舊時所居宫名也。』取翠玉笛一枝以贈，并吟一詩曰：『嘆息滄桑易變遷，西郊風雨自年年。感君弔我商山下，冷落平原舊墓田。』遂命送鄭出。時東方微明，向之第宅，俱無所見。惟四面隱隱若有垣墉，諦視之，則深林掩映而已。然袖中玉笛故在，視其詩箋，則多年敗紙，觸手欲腐，墨色亦暗淡，迥非人世之物。鄭以幽會唐玉，刻圓圓遺詩，託諸箕筆。東海劉古石，附會作《商山鸞影》傳奇，彌失其真。蘇人蔣敬臣爲余言如此，因記其大略。至其詩，世多有之，且亦不甚工，故不録也。竺落皇茄天，據道家書，爲十八色界天之一云。（《右臺仙館筆記》）

梯仙閣三種第一百五十五

湯雨生貽汾，字若儀，晚號粥翁，武進人。以祖父難蔭，弱冠襲雲騎尉，爲三江守備。歷官粵東、山右、浙江，儒雅廉俊，盜賊聞風帖弭。後以撫標中軍參將，擢温州鎮副總兵，因病不赴。退返白門，賃周進士保緒園以居，思終隱焉。雨生稟質穎異，凡天文、地理、百家之學，咸能深造。書畫詩文，并臻絶品。嗜飲酒，工彈琴，尤精音律，製有《梯仙閣》三種，令家婢歌之，咸能上口。斯又別有寄託，非東山絲竹，陶寫中年意也。（《墨林今話》）

後四聲猿第一百五十六

桂未谷先生馥《後四聲猿》，余門人王子梅鴻得自山左見贈，未有刻本。余將付梓，先題句云：

『翠翹已死青籐老，恨海茫茫又一聲。』（《關隴輿中偶憶編》）

秦晉配第一百五十七

秦娘者，維揚勾欄中人，其父固老諸生也，譚者失其姓。生而國色，幼失怙恃，依其舅以居。而其舅負官逋，不得已，議鬻其甥女。爲媒者所誑，遂入青樓。女守貞不辱，假母好言勸之，不從。恫喝之，撻楚之，唯以死自誓。假母計窮，議轉鬻之他所，而以其貌美未忍也。或爲假母謀曰：『凡爲女子，孰無情欲？宜廣覓年少美男子，勿責以纏頭之費，苟有當女意者，任留一二宿。此後事易爲計矣。』假母從之，凡所交好者，皆託其物色，於是裘馬少年，日有之者。女見之，輒哭泣；稍近之，則怒詈。假母不能忍，日以鞭撲從事。女決意求一死，夜夢老翁曰：『吾爾父也，女慎無死。吾已爲女覓佳婿，明日當可諧秦晉之好矣。』吴下有蔣生者，應京兆試，道出蕪城，初無意尋芳也。蔣有友，平日亦嘗受假母之託，以蔣貌美，導之往，蔣始不可，友固從恿之。及至，女向壁哭如故。蔣調之曰：『聞卿名秦娘，小生則小字晉郎，秦晉自宜爲姻好，何拒我之深也？』女聞言，憶夢中父語，秋波斜睇，見蔣風度不凡，不覺哭聲頓止。假母喜曰：『大好大好，今日仙女思凡矣，老身且去料理酒食。』女與蔣同坐房中，雖無一言，亦無愠意。須臾酒食至，假母招女同坐，女亦盈盈而至，然淚痕固涔涔也。蔣見傍無他人，乃問之曰：『觀卿情狀，必有隱懷，僕雖交淺，何礙言深。』女細述已志，且告以夢。又哽咽言曰：『郎君若能爲百年之計，夢中父命，敢不敬從。若以爲風塵中人，苟遣一時意興，雖死不從也。』蔣嘆曰：『有志女子哉！ 小生固未娶，然貧無金屋，奈何？』女曰：『苟許相從，荊布無恨，但求先矢天日，然後再陪杯勺。』蔣許之，共誓於神，是夜遂同燕好。 假母喜女意轉，堅留小住，乃流連三日。 女謂蔣曰：『郎君別後，假母必不容獨居，宜早爲計。 君家有何人？ 所居何處？ 可詳告妾。』蔣曰：『家中無人，唯一寡姊相依，所居則姑蘇某巷也。』女喜曰：『妾得計矣，君宜爲一書與令姊，詳述妾事，妾自有策脱此火坑。』蔣悉如其言。 及蔣去三日，假母果別招一客至，女强笑承迎，醉之以酒。 乃服客之衣帽襪履，詐爲客狀，啓户徑出，大罵曰：『何物婢子，如此倔强，令人憤氣填膺。』假母疑女又有變，得罪於客；追出謝之，則揚長竟去矣。 入房審視，客固醉卧未醒，而女兔脱。 乃始追女，甫出門，而暴風驟起，燈燭皆滅。 蓋女之出也，嘿禱於父，有雰相之者也，追者皆悚然而返。 女獨行昏黑中，若有導之出者。 遂附船之蘇州，竟之蔣家，投書於姊，姊審書不謬，留之。 而女已有身，及期，産一男。 姊始猶狐疑，視所生男，酷似其弟，乃大喜也。 蔣自別女，入京應京兆試，不售。 或薦之就四川學政幕，甫至而學使者卒，蔣留蜀不得返。 俄值川楚教匪之亂，益困頓。 適大帥欲延一書記之友，蔣遂入其幕府，賓主甚相得。 始惟司筆札之事，居久之，灰盤密謀，罔不參預，以軍功保舉訓導。 是時道路梗塞，魚雁罕通，而蔣亦從事戎旃，置家事不問，遂與家人久絶音信。 及楚川平，叙功以知縣銓選，始乞假而歸。 自辭家北行，至此將二十年矣。 遥望故山，頗有近鄉情怯之意。 乃之所居坊巷，則門庭如故。 且紅燈雙挂，彩幕高張，鼓吹喧闐，溢於户外，不知其有何事。 入門，則坐上客滿，多不相識，有少年就問客從何來。 蔣詫曰：『吾故蔣某，此吾家也。』少年大駭而入。 無何，有中年婦人出，則其姊也。驚且喜曰：『吾弟歸歟！』引少年就蔣曰：『此吾弟之子也。』蓋其子年已弱冠，是日適爲畢姻耳。坐客皆大驚嘆，以爲巧遇。姊曰：『正有一事爲難，弟婦已將作阿婆，而猶垂髪作女兒裝束，使之改良妝不可。今吾弟幸而歸來，事當如何？』一客曰：『何不趁此吉旦，使父母子婦，同日完姻，亦佳話也。』滿堂轟然曰：『然。』於是青廬之内，花燭高燒，翁姑拜前，兒婦拜後。觀者皆嘖嘖謂爲未有之盛事，好事者爲作《秦晉配》傳奇。（《右臺仙館筆記》）

臨川夢第一百五十八

漣漪，江右撫州良家子，雖身出寒門，却貌同膴華，緑珠有恨，碧玉多情。見者以爲宛若神君，綽約仙子，而明眸善睞，别具一種韻致。自入北里，聲價頓高，冶游兒郎，多以未見爲恨。而息夫人三年不語，見者每爲不怡，以是轉不爲輕狂者所摧折。且卒無妨於纏頭之入，護花惜花者，比比然也。一日，某生應試，道出撫州，入城流覽。時暮城閉，有素識姬者，導生設宴其家。性情抗爽，初不慣狹邪游，坐近香澤，了不關情。漣漪則把酒勸酬，秋波頻睇，闌珊良夜，拂榻留髡，左右竊詫以爲奇。生枕邊微叩其身世，曰：『婿家鄢氏。』曰：『然則卿固羅敷，何遂作迎人桃李哉？』姬泫然曰：『妾年十六歸鄢氏，婿有廢疾，翁姥以妾少有姿色，迫令出此。然未嘗失身於人，得事君子，固所願也。』生允之，約以異日。瀕行，贈詩云：『起剔銀釭曙色稀，奇香濃染阮郎衣。生憎江上風帆急，驚散鴛鴦兩背飛。』後生以令尹官贑，迎之歸，時時周給其翁若婿也。有譜爲《臨川夢》傳奇者，述此事始末最詳，

茲記其概略如此。（《闕名筆記》）

意外緣第一百五十九

高郵一農家，衣食粗足，生一女極美，父母愛之，擇婿殊苛。其後門臨大河，有宦家子泊舟河干，見女而艷之，停橈不去。一日，見有尼自其門出，遂尾之至庵。告以故，許以重賂，尼諾之。越數日，醉女以酒，而送之至舟，遂揚帆而去。女醒大啼，宦家子曲意撫慰之，矢以白首。比至家，則有翁在，女哭訴於翁，翁曰：『是吾兒之過也。然既至此，毋戚戚，吾爲女玉成其事。』乃倩媒妁，具采幣，至其父母家，聘爲子婦焉。農家失女，正愁苦無策，至是喜出望外，遂結朱陳之好。好事者爲譜《意外緣》傳奇。（《右臺仙館筆記》）

帝女花第一百六十

長平公主，毅皇帝周后出也，名徽娖。崇禎甲申，年十五，議降周太僕子世顯，將築甥館，而國遽變。主爲帝劍所揮，中肩及臂，斷右腕焉。時賊以貴主已殞，授屍國戚。踰五日而復甦，遂留燕京。明年，主乃上書，乞皈依空王，不許。轉爲物色原配，於本年六月上浣，即故武清侯第，賜金錢牛車，莊一區，田若干頃，俾合巹焉。又明年丙戌八月十八日薨，年僅十有七。梅村祭酒，爲賦長歌以悼之。而今所傳黃韻珊《帝女花》傳奇，亦即紀此事云。（《明季㻫聞》）

桃溪雪第一百六十一

吴絳雪，名宗愛，永康教諭士騏女，國色也。幼慧，十許歲，父教之作詩，詩輒工，兼通繪事。嫁邑諸生徐明英，早寡。康熙十三年，耿精忠總兵徐尚朝陷處州，游兵至永康，邑人麏竄。尚朝令人宣言曰：『以絳雪獻者免。』衆議行之以紓難，勢洶洶。絳雪念徒死遺桑梓憂，乃僞請行。至三十里坑，投崖死，年僅二十四。道光癸卯，桐城吴君廷康，爲永康丞，慨絳雪死二百年，邑人無以文發之者，爲刻其遺詩二卷，而屬海寧許農部楣爲之傳。黄韻珊復爲譜《桃溪雪》傳奇，烈女之名，始大章矣。烈女詩余嘗見之，記其佳句云：『香緣漏永薰還冷，錦爲愁多織未成。』（《秋夜偶成》）『山含軟碧猶春雨，門掩濃陰半落花。』（《春曉寄二姊》）『疏風小圃宜鶯粟，細雨新蔬採馬蘭。』（《春日有懷素聞》）『貧家蔬筍憐佳節，驛路風波阻遠人。』（《憶外》）又《寄外》第一絶云：『貧賤驅人少勝籌，天臺境好任淹留。尋仙不是韶年事，好遇桃花便轉頭。』（《花朝生筆記》）

永康吴絳雪事，自黄韻珊譜《桃溪雪》傳奇，而世人知之者衆矣。相傳韻珊面目醜陋，而所作諸曲，則又葱蒨艷冶，不可摸擬。有海鹽閨秀，讀其詞而善之，欲委身韻珊，繼見其人，乃廢然而罷。霍小玉云：『才子豈能無貌？』竊嘆造物何以吝此區區而不予畀也！明湯若士《玉茗四夢》，最得閨襜之知音。婁江俞二姑，至爲麗娘情死。若士賦詩云：『何事爲情死，悲傷必有因。一時文字業，天下有心人。』而馮小青又有『冷雨幽窗』之句，吴山三婦，竟手評其詞，親畫其像，藝林榮之。《艮齋雜説》

記有杭州女子，誓嫁一才人，讀《玉茗詞》，願委禽焉。湯辭以老，女不可。適湯宴客於湖上，女扁舟覘之，則一傴僂扶杖、龍鍾白髮之老叟而已，女遂投水以死。此事與韻珊略似，而竟自輕生，斯亦可憐可憫矣。俞蔭父爲絳雪作年譜，老子於此，興復不淺哉。（《蠡言》）

吴絳雪以國色天才，從容赴義，以全永康一邑民命，亦昭代一奇女子也。而事越百五六十年，志乘無考。道光二十三年，桐城吴康父大令廷康，爲永康丞，始諮訪故老，得其本末。屬海寧許辛木農部楣爲之傳，兼屬海鹽黄君憲清韻珊，製《桃溪雪》傳奇，以行於世，於是絳雪始不泯矣。傳奇中事實，多以意爲之，蓋院本體裁固如是。農部之傳，頗足徵信，而其年則弗詳。海鹽陳其泰，又考之絳雪遺詩，論定其年。表章之意，亦云至矣。然亦有不能無誤者，如謂絳雪卒於康熙十三年甲寅，年二十有四，實則二十有五。嗟乎！百年者，壽之大齊，僅得其四之一。天既促之，人不宜更奪之也。（《吴絳雪年譜序》）

芙蓉樓第一百六十二

張聖齋衢，蕭山人，弱冠補諸生。嘗客都中，填南北曲有名。所著《芙蓉樓》、《玉節記》傳奇，已刊行，京師鞠部中争演之。其《信芳録》、《賢賢堂集》及外書，皆未刊。（《墨林今話》）

紅樓新曲第一百六十三

嚴伯常保庸，號問樵，丹徒人，舉己卯鄉試第一。余始識之郡垣，與翁海村、改七薌、廖裴舟、林子安諸君，游燕極歡，人或以唐解元況之，弗樂也。既而入翰林，改知縣，官山東棲霞二年，有政聲。以母憂歸，遂不出，其淡於榮利如此。君篤志好學，自以爲詩古文辭，不逮古人，爲傳奇，無愧作者。所著《紅樓新曲》、《同心言》、《奇花鑒》諸院本，風行都下。唐陶山方伯集句贈之云：『孺子亦知名下士，樂人争唱卷中詩。』紀實也。（同上）

蝶階外史第一百六十四

《蝶階外史》四卷，清道、咸時人著，不自署姓名，不知何人手筆也。叙事簡該，用筆清腴，誠説部中之不可多得者。近年坊間始有石印本。（《海漚閒話》）

夢花雜志第一百六十五

《夢花雜志》，江都李練江撰，今所行於世者，蓋非全書也。然叙事簡老，斷語謹嚴，自是佳構。吉光片羽，至足珍也。（同上）

歧路燈第一百六十六

吾鄉前輩李綠園先生所撰《歧路燈》一百二十回，雖純從《紅樓夢》脱胎，然描寫人情，千態畢露，亦絶世奇文也。惜其後代零落，同時親舊，又無輕財好義之人，爲之刊行。遂使有益世道之大文章，僅留三五部抄本於窮鄉僻壤間，此亦一大憾事也。（《闕名筆記》）

影梅庵第一百六十七

明南都舊院妓董白，字小宛，一字青蓮，余澹心懷《板橋雜記》稱其天資巧慧，容貌娟妍。七八歲時，阿母教以書翰，輒了了。少長，顧影自憐，針神曲聖，食譜茶經，莫不精曉。性愛閒静，遇幽林遠澗，片石孤雲，則戀戀不忍捨去。至男女雜坐，歌吹喧闐，心厭色沮，意弗屑也。慕吴門山水，徙居半塘。小築河濱，竹籬茆舍。經其户者，則時聞詠詩聲，或鼓琴聲，皆曰『此中有人』。已而扁舟游西子湖，登黄山，禮白嶽，仍歸吴門。喪母抱病，賃居以棲。隨如皋冒辟疆過惠山，歷澄江、荆溪，抵京口，陟金山絶頂，觀大江競渡以歸。後卒爲辟疆側室，事辟疆九年。年二十七，以勞瘁死。辟疆作《影梅庵憶語》二千四百言哭之，哀感頑艷，世争誦之，近代流傳猶甚廣也。嘉、道間，有梅垞生者，復譜爲傳奇，即名《影梅庵》，余嘗見之友人家，甚佳。（《花朝生筆記》）

坐花志果第一百六十八

汪調生道鼎，乃汪春生前輩之從弟。癸卯歲，余客春生玉山縣署，適調生亦至，與共晨夕者數月。負才自喜，而與余極相得。每夕縱談，至漏三下始休。嘗以《漢書·古今人表》有古無今，擬爲補之。是歲除夕，兩人聯句，達旦不寐。其明年，調生還浙，余寄詩曰：『一燈覓句過除夕，九等論才到古人。』皆紀實也。調生久下世，詩亦不存集中，已忘之矣。偶於書肆見調生所著《坐花志果》八卷，皆記三十年來耳目見聞之事，頗足資勸懲。追念舊事，爲之泫然。其書名《坐花志果》，未知所出，安得起九京而問之也？（《春在堂隨筆》）

十二紅第一百六十九

道光二十五年乙巳，予之清江。豫章某，久爲河工幕客，時方賦閒。一日，過予曰：『君知十二紅乎？』曰：『不知。』曰：『君善填詞，倘以此事譜成院本，此場上絕新關目也。』予請其詳，則曰：『某當事姬妾甚多，其最寵幸者三人。裏河廳月進供給銀，則諸姬要而分之。南河廳員十八缺，而裏河爲之長，故上官供給，主於裏河。時内有官親幕友門丁，爲當事所信任。外則市儈、僧尼、優伶、女、修髮匠之屬，出入牙署，又與親幕僉門相援引。文武員弁營求善地者，展轉賄託，力能達諸寵姬之前，爲之說項，而皆得如願以償。俗以得時乘運爲紅，背時而不通聲氣爲黑。若輩同黨用事者，合得十有二人，故有「十二紅」之目。君能點綴成書，爲梨園增長聲價，何患不選聲徵色，奉卮酒爲作者壽乎？』予以事涉閨壼，素所不言。惟念南河積弊之深，帑項虚靡之衆，奢靡習於此日，禍患必中於他時。因擇其可言者，去其不可言者，兩旬而成十六折，冀以垂示針砭耳。某君見之大喜，借去數日，予亦置之不問也。他日，李蓉村見予大笑，亟叩其故。蓉村曰：『某客得君大稿，繕録端楷，裝潢極工，袖之以視裏河。繆言作者與當事同鄉，故有嫌隙，且其交游甚廣，行將入都，付之優人，刊印以行世。』時河員自知侵蝕太過，深畏人言。尤懼科道聞之，故京官過浦者，饋貽甚厚。裏河驟聞某言，曰：『若爾，興大獄矣，顧其人安在？不畏文字禍耶？』某曰：『畏禍，不敢作矣，彼固有所持也。』裏河翻閲三齣，曰：『君與彼相識否？』曰：『不識，然某之友人識之。因劇中關涉多，義不可默也。』裏河曰：『事固無涉於我，君第問彼意何居？倘其可已，我饋數十金，至多百金，彼此相安。不然，當事即損名，獨不銜恨於彼乎？』某曰：『且試圖之，他日復見。』故作難色，謂作者意不在錢。挾制之中，間以軟語，竟得二百金，不知所之。（《金壺浪墨》）

鶺鴒原第一百七十

李九者，贛之青口人，邑人罕識其名，問李九，則無不知者。兄七，與鄰人訟隟地，縣官索賄，七弗與。鄰人賂之，繫七典史署，朝暮逼迫，繼以榜掠，飲食又不以時至，七憤而縊。時縣令吴蕊元，典史費長春也。九方午食，聞七死，掀案而起曰：『所不與兄復此讎者，非丈夫也。』投狀海州，州不爲理，控諸監司，仍檄州。九念外省官吏，上下徇庇，終無能爲兄雪冤者。乃徒步入京，具狀都察院。事聞，下蘇撫集訊。九既多歷風霜，又到省貲罄，日受挫折，瘡疥發於腹背。卧病中惟祝七冤得雪，即身死無憾。九婦聞之，日夜涕泣，焚香告天，求夫生還，願以身代。而蕊元、長春，賄屬承審官，責九健訟，鞭笞慘毒，身無完膚，九忍死不少屈。蕊元等度終不可威脅，因屬其素所親信者，就旅舍置酒，召美妓，反復開陳，餌以重利，九始終閉目不一言。既而曰：『吾與若厚，不忍牽累，不然，今日之舉，即公堂左徵也。』蕊元等聞之益懼，乃議以毒手取九命矣。先是醫士某爲九診病，長春與相識，夜往謁之曰：『李九必欲殺我，奈何？』因袖出餅金爲壽，醫士佯驚謝。長春曰：『不寧唯是，今日長春一命，吴公一官，懸於君手。君誠能因九病，藥而鴆之，報德方長，不食言也。』醫許諾，約以十日内，乘便行事。會陳蓮史廉訪莅任，微聞李氏冤，即日提案。詳摘蕊元等頂戴，將加刑訊。九則躄踴堂上，眼枯無淚，長涕而號。蕊元等竟不能諱，盡得實情。獄具，蕊元褫職，長春戍邊，吏役正法者二人。九至是喟然嘆曰：『今而後，死無憾矣。』時受病已深，奄然一息，歸之半途竟卒。鎮中紳士，以鼓樂迎其櫬。其妻見櫬，觸額求死，姻黨勸慰，乃歸。許秋舫爲作《鶺鴒原》傳奇。（《金壺遁墨》）

鴛鴦印第一百七十一

《鴛鴦印》傳奇三十六折，感蜀女秦碧憐作也。壬子秋月，同宗生客游金陵，會飲妙香庵，偶題舊作《百字令》詞於東廊壁上。後三日，寓主人蘭君過其地，見有女子和焉。生聞之，命駕往觀，果見雲箋一幅，墨跡娟秀，詞意蒼涼，署名『碧憐』，尾鈐鴛鴦小印。諷詠至再，私念閨閣中無此清才，或者朋輩託名，姑屬蘭君訪之。生原作云：『漏聲幾下，看月輪初上，雨絲纔歇。萬里山河同照影，總是一般清澈。歌舞樓臺，蕭條庭院，恩怨相生滅。是誰分與，一家一個明月。　便道碧落因緣，紅塵福分，咫尺相殊絶。記得午時游覽處，也是一般清澈。好夢煙沉，春華水逝，争又悲歡别，是誰换却，一時一個明月。』蓋文闈見月，隨筆所成，碧憐讀之，凄感累日。和作云：『滄江浩渺，問古今才人，多少華消英歇。剩有臨川詞筆健，一點文心照澈。芍藥春濃，芙蓉秋老，莫漫悲興滅。一般花影，夕陽何似明月。　回憶劍閣風光，巫山雲氣，鄉思徒凄絶。忽見新詞添舊恨，旅雁數聲悲澈。彩筆雲飛，羅衫露冷，畫舫秋風别。青天難問，古人曾見今月。』上闋誤多二字，姑仍之，存其真也。他日蘭君至，笑謂生曰：『何以飲我？我得其人矣。』蓋女父秦翁者，蜀人，而挈眷賈江南。女年十齡喪母，繼母袁，愛女若己出，命從舅氏學詞翰，出語即上舅。某與蘭君故相識，語及妙香題句，互詢其人，喜爲文字因緣，殷然作合。既定議，客中不能備禮。秦翁慮其誑也，設盛饌，延諸文士，爲詩會以試之，生果居首選。因乞生詞卷以爲聘，而以玉鴛鴦印報之。期明年冰泮娶焉。及春，洪賊圍攻金陵，居民數驚。一日訛言城破，袁方窖藏珠玉，不見女，穴窗窺之，結繯將縊矣。急破窗入，奪其繯而止之，許以設法出城覓安土。乃乘夜賄守門卒，以破衾席橐裹女，僞爲死者，哭而送之，而先使鄉農艤舟月下以待。既免，遂徙於溧陽。已而溧陽又警，兵勇乘勢劫掠。秦攜妻女鄉居，望見前途戈矛洶洶，鄉民大呼曰：『賊至矣。』女懼，自投於池，夫婦倉皇哭泣。比至，實富民練勇自衛者也。相與挽女起，救治未絶，以漁船載之蘇州。驚魂稍定，而女已九死一生矣。先是生得金陵警報，鋭身度江，縋城而入，而秦氏已遷。探諸鄰人，曰：『渠當山居，不遠出也。』生貌爲醫卜狀，出入兵燹中，風餐露宿，遍訪於句容、溧水之間，卒不得秦氏耗。已乃幕游江南北，藉以蹤跡秦氏。秦翁既抵蘇州，袁與碧憐皆大病，久而後安。屢寄生書，皆不達。庚申之亂，閶門火起，風雨交作。夜半，馬鳴犬吠，男女雜沓，哭聲震天。翁嘆曰：『吾力竭矣，今復何處避耶？』女持母袁，哭曰：『即有避處，兒亦不願行矣。』言未已，土寇入室，女遽出利刃自刎，仆，寇驚而去。袁與秦翁趨視之，血淚成汪，首面襟袖皆沾污。幸咽喉未斷，氣息僅存，亟取創藥傅之。時避兵者皆趨上海，翁有中表親在滬，不得已亦往投焉。舟至昆山，忽遇潰兵，虜翁去，母女益悲痛。及滬，資斧告匱，暫以紡織爲生。女病弱不能耐勞，顛連疾苦，非復昔日之緑窗刺繡，香閣吟春矣。辛酉春，生以他事之上海，聞有蜀女能詩，問其姓，曰：『秦。』訪之，碧憐也；大喜。袁聞生至，亦喜。顧曩時未嘗相見，問鴛鴦印存否，生即從篋中出之，曰：『前言在耳，固未嘗一息離身也。』袁嘆曰：『印則猶是，而詞卷亡矣。』婢曰：『吾見碧姑藏之笥中，當時金陵、蘇州之難，嘗以殉葬命我矣。』袁私詢之，果然。女初聞生至，私念九年之别，如彼其才，或者登金馬，躡玉堂，爲文學清華之選；不則風雲際會，騰達蜚黄，意中事耳。及聞生一領青衫，依然蠖屈，父又被虜不返，悲生不遇，轉而自悲。蓋掩泣私啼者，閲三晝夜，而病又作矣。生以袁命卜吉。前二日，女病益篤。袁泣曰：『碧姑性烈，三自盡而不絶，以爲前緣固未斷也。今好合有期，吾亦得所倚，而疾不可爲矣。奈何薄命之至於斯耶！』乃招生與女相見，視以頸創。時女已彌留，向壁卧，扶而面之，目直視不能言。生對之哭，女摇手。欲解兩當衣，又勉力探取床頭翦，自指其髮，袁皆會意許之。又一日而眼枯淚盡，玉冷香消矣。至是始知生所題卷，猶寘懷間也。予感其事，爲成《鴛鴦印》院本，以生與秦女爲綱，緯以前年兵事，始於陸建瀛，終於何桂清，而結以大兵肅清江南，示曲終雅奏之意云。(《心影》)

雁門雪第一百七十二

淮陽賀生曉霞者，故大同令某公子也。年少美豐姿，妙詞翰。幼聘同里謝氏女，中表姻親也。中間兵燹流離，兩失音耗。賀以父虧帑無償，羈流雲中者，近十稔矣。性疏脱，不事家生産，貧益甚，因依雁門山僧爲居停。一日，快雪初霽，有輿從多乘至關，秣馬絆輪，喧闐於外。賀詢之，知爲陝右李鎮軍也。俄一武士，引官眷入寺，禪寮茶叙。侍婢數輩，中有一喚雪鴻者，年可十五六，尤端雅娟秀。少頃，奉主命詣殿然香。賀心醉之，於其足跡過處，以葦畫地，吟哦不已。鎮軍見而異之，逼視，則書斷句云：『纖纖滿地弓鞋印，好似飛鴻踏雪泥。』鎮軍雖武夫，雅好文字，深憐其才。立談半晌，議論風生，益奇之。因呼婢出拜，舉以爲贈。曰：『此十四字媒也。』遂命戒後車，約赴幕府，賀遜謝不可，强之，乃同行。定情夕，各叙里居家世，始悉女即所聘謝氏子也。悲喜交集，不覺慟哭失聲。鎮軍聞之大喜，另爲諏吉合巹，同僚各製詞爲賀。近聞賀已薦升太守矣。鎮軍老無子，賀夫婦事之甚謹。友人唐菊階，與賀姻婭也，詳其事，爲譜《雁門雪》傳奇以張之。余嘗謂《牛渚月》、《馬當風》，

皆爲武人生色，并此可謂三矣。（《餘墨偶談》）

梨花雪第一百七十三

黄婉梨，字淑華，烈女也。以同治三年，被清軍掠之湘，不屈而死。其自序并遺詩，得自金陵，無人爲之録存。嘉定某君，取其行事，自初降至就烈，譜爲《梨花雪》傳奇，而列婉梨序詩及諸跋於簡端，刻入《誦荻齋曲》。然其傳奇，今佚無存。頃從蘆山僧寺録得原序及詩，因書於此。

婉梨序云：『予姓黄，名淑華，字婉梨，江南之上元縣人。父秉良，諸生，先卒。長兄乃珪，亦諸生。仲兄乃璋，外出。叔兄乃瑾，亦習舉子業。余家陷賊後，兩兄力於農圃，家賴以給。時予方六歲，弟乃璧，三歲。家故多藏書，暇則偕予及弟，常取古今節烈事詔予，且勉之曰：「予家逼處城中，城克，必及於難，慎勿苟且偷生，以玷先德。」壬戌，母將以予字某氏，兄請於母曰：「予家居此，猶燕巢幕上，朝不保夕，何以昏嫁爲？」遂止。今歲六月，官軍復金陵，予方慶出水火而登衽席矣。孰意克城之二日，有亂兵至，殺二兄於庭，乃入括諸室。一壯者索得予，挈以出，弟牽其衣，母跪而哀之。彼怒曰：「從賊者殺無赦，主帥令也，汝不聞耶？」遂殺母及弟，長嫂至，又殺之。掠予行，而仲嫂則不知何往。時予悲痛哭詈，求速死。彼大笑曰：「予汝愛，不汝殺也。」遂縶於其居。旋遷於舟，溯長江而上。夫茫茫大江，予非不得死所。唯恨以予累及老母嫂弟，今既與之同行，不思所以報之，徒死無益。昨之湘潭，捨舟登陸，予喜甚，意將以此行殺之。孰意天不予佑，適有與之偕行者。夫以一孱弱之身，逼處於二壯夫之間，殺之實難，污我甚易。倘不速死，恐無顏立於人世。然死雖已決，究不知何術以死，何地以死也。因自述本末而書之。紙一，帛一，帛繫於身，紙糊於壁，并作十絶句以附於後。甲子九月十六日十七齡女子自序於湘潭市上之旅次。』

其詩云：『自憐生小邁奇災，刼遇紅羊劇可哀。若昧真心從蕩子，偷生雖好駡名來。』、『年年小謫住塵樊，孤負雙親孕育恩。窀穸不能安體魄，挑燈追憶倍銷魂。』、『儂家偏在此城中，兩度遭殘怨即戎。底事老蒼偏疾善，存亡各半又西東。』（原注云：存者予與仲兄夫婦及侄，而又天各一方，哀哉痛哉。）『自從被掠別家門，日在狂瀾死未能。却喜賊奴偏好貨，天教白璧玷無蠅。』（原注云：掠予者申姓寶慶人，予恐被污，已將衣服縫紉矣。）『無何月又見初弦，迫我同登江上船。舟子挂帆無恙祝，可知儂不願生全。』、『女伴何人不受污，予與張氏及金姑。超群更羡金眉壽，一死猶能護友于。』（原注云：金姑眉壽，予舊識也，一人欲污之，弗從，適船窗開，躍入江死。金姑死後彼亦不敢逼予，予亦心敬其烈，故云。）『記隨女伴到江濱，誓作人間不朽身。遠涉洪濤誰是伴，相依惟有影形親。』、『征帆又説抵長沙，遥望湘靈廟拜嘉。乞剪赤繩教寸斷，莫令哀怨訴悲笳。』（原注云：彼至此又將以予屬媒氏，故嘿乞靈焉。）『平地風波息又生，吾生何處乞安平。婉言雖免于飛去，欲報奇冤恐不成。』（原注云：至是又有一扶姓者偕行。）『自古成仁總殺身，吾身何必苦逡巡。憑將浩氣還天地，長共貞靈在九垠。』

後有峨峰老人跋云：『昨過闗王橋旅舍，見二無名男子，皆似中毒死，一女子周身衣服皆縫紉，自縊死。詢之旅人，曰：「二男子昨夜偕女子宿此，飲酒嬉笑，雜以歌曲，夜半猶未止，已而寂然。晨起視之，一死於窗，一死於創，而女死於梁。」頃已報官，命掩埋矣。予初亦不解其何故，嗣讀題壁諸作，方嘆烈女之所爲，非凡人所能測也。夫烈女不即死，而千里相從，亦欲復其仇耳。至女仇雪而以死繼之，奇矣。惜未及表其墓，爰識其原委，以告世之有心者。同治甲子九月十九日峨峰老人書。」又跋云：『右序與詩，予同里黄烈女婉梨之作。予前宿潭市，得讀峨峰老人之跋，已悉其顛末矣。兹又宿君殉節之地，不禁悲從中來，而爲之太息也。予與君所遇略同，而乃勉强偷生，以至於今，愧何如也。猶幸託身君子，尚不至怨仳離耳。夫以君之奇烈如此，自應名垂天壤，何待闡揚。獨惜君死事之日，竟無人取懷中之帛，珍重而傳布之，良可慨已。甲子十月十日同里人匪無匡、衣爲襄、下没天、上没地、山獨尊、人來倚謹跋。』云云。

上二跋，於烈女死事後數日書之。峨峰老人，湘叟也；同里人，吴娃也。於光緒壬午，見於白下之奇望街，黏於影壁，好事者見而傳之。不數年後，湮滅亡知之者矣。平江李次青先生《天嶽山館文鈔》及《湘鄉新志》中，略敘烈女殉節梗概，而原序及詩及跋，則未之見也。予故録而存之於此，其亦少慰九原之靈乎？（《蘆峯旅記》）

傀儡記第一百七十四

《棲霞閣野乘》載乾隆間有翰林汪某者，諂事豪貴。其妻某氏，始拜金壇于相國妾爲母。嗣相國勢衰，又往泉唐梁階平尚書瑶峰家，拜梁爲義父，蹤跡昵密。相傳冬月嚴寒，梁早朝，某妻輒先取朝珠，温諸胸中，親爲懸罣，此真婢妾倡伎之所不爲者。聞某妻初拜梁爲義父時，執贄登堂，拜畢，出懷中珊瑚念珠，雙手奉之。梁面發赤，疾趨而走，某妻持念珠，追至廳事，圜繫其頸。時坐上客滿，皆大驚怪。越日，有人題詩汪門云：『繞從于第拜乾娘，今拜乾爺又姓梁。熱鬧門墻新户部，凄凉庭院舊中堂。翁如有意應憐妾，奴豈無顔祇爲郎。百八念珠情意重，臨風幾陣乳花香。』按余曾見一小説曰《傀儡記》者，即衍説此事也。（嘲汪打油詩或云係紀文達公作，公固有詼諧之癖，或不誣也。某筆記載此詩小有異同，首句前四字作『昔曾相府』，『今拜』作『今日』，『熱鬧門墻新户部』作『赫奕門楣新吏部』，『庭院』作『池館』，『翁』作『君』，『百八念珠情意重』作『百八牟尼珠一串』，『臨風幾陣』作『歸來猶帶』。）

又《那羅延室筆記》一則云：『泰州王某者，記名軍機章京，將傳到矣。忽一日，呈請回籍，攜眷出京，衆皆大愕不解。有知其事者，謂王無意中得罪一人，其人持刀日夜伺於途，將得而甘心焉，故寧棄官歸耳。先是某日，署中派王遞摺件，時王已移居外城。夜半，倒趕城而入，將至東華門矣。忽摸索車中，忘攜朝珠，大窘，時已不能出城往取。因憶有汪某者，住東華門左近，盍往假用之。遂驅車至汪宅，汪已寢。聞王半夜至，披衣起，問何事，王以情告。汪沉思曰：「我軀體較爾長大，恐不合用，我將内人珠借爾用之可也。」匆匆取珠出，即挂於王項，王戲吟曰：「百八牟尼珠一串，歸來猶帶乳花香。」汪登時面色大變，怒氣勃勃，返身入内。王亦異之，不俟其送，即出而登車。甫揚鞭，汪已趕至，手白刃，大駡曰：「爾欺人太甚，不殺爾，非夫也。」追斫其車尾，急馳而免。及事畢，欲遣人還珠，又見汪怒目持刀立門外以俟，大懼而奔，汪追及大街而反。自是每出，必遇汪挾刃以俟，故決意棄官歸。蓋汪即某夫人拜梁相爲義父者之曾孫，王不知其爲汪某之後，誤揭其曾祖之短，宜汪某之恨入骨髓也。』牽連記之，足供一噱。（《花朝生筆記》）

行軍樂第一百七十五

甲申初夏，法蘭西以越南諒山之釁，駛兵輪數十艘，來犯閩中。朝廷特簡張幼樵京卿佩綸，幫辦福建軍務。時總督爲何小宋制軍璟，巡撫爲張友山中丞兆棟，船政大臣爲何子莪京卿如璋。戎事戒嚴，軍書旁午。有好事者，戲作《行軍樂》傳奇。中有警句云：『我從今要裝點西廂，兩個是傅粉何郎，兩個是畫眉張敞。』聞者絶倒。至八月初，法夷開戰，兵船糜爛，船廠摧殘，督撫及船政大臣，皆鐫職以去。作者若有先見之明，亦巨眼也。（《三借廬筆談》）

長人賺第一百七十六

詹五者，安徽歙縣人也。身長九尺，面方一尺，兩手拇指如小兒足掌，隨其兄以販茶客滬。有荷蘭國人嗎拉噠者，以販奴至印度。聞之，連夜到滬，用重金啖其兄，騙至寓處。飯以汗藥，夜間登船。至其本國，鋪錦設肆，收錢賣看。忽其國女皇，聞是奇人，宣去數日，金珠寶物，厚有所賜，嗎亦紀功。

後業愈盛，價亦愈昂。嗎持之遍走南洋諸島國，至古巴，其國人低矮異常。知有是人，於是熙攘來觀者，道爲之塞。每看給銀二圓，日入數萬金。有某巨族者偉之，贅爲館甥，媵以數十萬金。巨族死，詹乃載金攜妻之滬。婢僕數十輩，碧眼虬髯者，皆爲之執役矣。乃復事茶業，居華屋，擁麗人。納貲捐五品花翎，冠蓋堂皇，公然招摇過市，與搢紳抗衡矣。《倉山筆記》、《囈餘小志》，俱略記之，不能如予之詳也。有袁醰者，爲譜《長人賺》一劇，語云：『以身發財。』非詹五之謂與？（《蘆峰旅記》）

花月痕第一百七十七

《花月痕》小説，筆墨哀艷凄婉，爲近代説部中之上乘禪。惜後半所述妖亂事，近於蛇足，不免白璧微瑕。書中韋癡珠，或言影李次青，然事跡殊不合。韓荷生，或謂即左宗棠，雖有相似處，亦未能畢肖。要之小説結構，大都真僞雜糅，虚實互用；興之所之，自爾成文，固不必膠柱鼓瑟以求也。相傳著者爲江南名士，游幕秦中，主人某太守，擁宦囊極豐，又耽於聲色，慕名士詩才，延之幕中。命侍姬及女公子輩，從之學詩。然每日祇授課一二小時，且亦有數日不至書室者。故名士從容吟嘯，頗有餘閒。星晚露初，客懷寂寞，則往往撰小説以自遣，命名曰『花月痕』。書成及半，太守偶至書房，無意中翻檢得之，讀而狂喜，促名士速竣其事。謂成書一卷，立贈五十金，并盛筵一席。蓋知名士性落拓，不如是，恐半途而廢，永無殺青時也。名士勉從所請，不半年而書成。有人攜之南中，不及鏤版，即以鉛字印行。流傳甚廣，文士多喜閲之。所謂某名士者，究爲何人，初時無從考索。嗣讀謝枚如《題魏子安所著書後五絶》三首，一爲《石經考》，一爲《陵南山館詩話》，一即《花月痕》小説也。前二首不備録，第三首云：『有淚無地灑，都付管城子。醇酒與婦人，末路乃如此。獨抱一片心，不生亦不死。』又《哭子安》第二首云：『憂樂兼家國，千夫氣不如。亂離垂死地，功罪敢言書。將母情初盡，還山願竟虚。幽光終待發，試看百年餘。』自注：子安客川陝十數年，身經喪亂，其《咄咄録》、《詩話》等書，皆草創於是時。君没時，尚在母喪。讀此數詩，知魏君著作甚富，懷才早世。《花月痕》一書，或者寓美人香草之思，自寫其牢愁哀怨，未可知也。謝枚如名章鋌，福建長樂人，光緒丁丑進士，官内閣中書，著有《睹棋山莊詩集》若干卷，魏君既與同時，或亦係同光朝人云。（《雷顛隨筆》）

《花月痕》一書，相傳爲湘人某作，非也，蓋實出於閩縣魏子安晚年手筆。子安早歲負文名，長而游四方，所交多一時名士，喜爲狹邪游。所作詩詞駢儷，尤富麗瑰縟。中年以後，乃折節學道，治程朱學最邃。言行不苟，鄉里以長者稱，一時言程朱者宗之。晚歲則事事爲身後志墓計，學行益高。唯時念及早歲所爲詩詞，不忍割棄，乃託名眠鶴主人，成《花月痕》説部十六卷。以前所作詩詞，盡行填入，流傳世間，即今所傳本也。子安與謝枚如章鋌同時，故卷首有枚如題詞。友人林浚南，爲枚如所最稱賞，親侍謦欬，曾爲余言及此。（《小奢摩館脞録》）

孽海花第一百七十八

京都名妓賽金花，原名傅彩雲，洪文卿侍郎鈞，攜之使泰西，生一女。洪卒於都，彩雲復之滬，名曹夢蘭。流轉之京，又更名賽金花。樊雲門方伯增祥，爲撰《彩雲曲》，於其一生歷史，搜括無遺。原稿散見於津滬各報，因録之，俾與欲知狀元夫人歷史者談艷跡。况余在柏林，於侍郎使署中，曾作公幹平視邪？

詩云：『姑蘇男子多美人，姑蘇女子如瓊英。水上桃花知性格，湖中秋藕比聰明。自從西子湖船住，女貞盡化垂楊樹。可憐宰相尚吴棉，何論紅紅兼素素！山塘女伴訪春申，名字偷來五色雲。樓上玉人吹玉管，渡頭桃葉倚桃根。約略鴉鬟十三四，未遣金刀破瓜字。歌舞常先菊部頭，釵梳早入《妝樓記》。北門學士素衣人，暫踏球場訪玉真。直爲麗華輕故劍，况兼蘇小是鄉親。海棠聘後寒梅喜，待年居外明詩禮。兩見瀧岡墓草青，鴛鴦絃上春風起。書鷁東乘海上潮，鳳皇城裏并吹簫。安排銀鹿娛遲暮，打疊金貂護早朝。深宫欲得皇華使，才地容齋最清異。夢入天驕帳殿游，閼氏含笑聽和議。博望仙查萬里通，霓旌難得彩鸞同。詞賦環球知繡虎，釵鈿横海照驚鴻。女君維亞喬松壽，夫人城闕花如繡。河上蛟龍盡外甥，虜中嬰武稱天后。使節西來婁奉春，錦車馮嫽亦傾城。冕旒七毳瞻繁露，槃敦雙龍贈寶星。雙成雅得西王意，出入椒庭整環佩。妃主青禽時往來，初三下九同游戲。妝束潛隨夷俗更，語言總愛吴娃媚。侍食偏能饜海鮮，報書亦解翻英字。鳳紙宣來鏡殿寒，玻璃取影御床寬。誰知坤媪山河貌，祇與楊枝一例看。三年海外雙飛俊，還朝未幾相如病。香息常教韓壽聞，花頭每與秦宫并。春光漏泄柳條輕，郎主空嗔梁玉清。祇許大夫驅便了，不教琴客別宜城。從此羅帷怨離索，雲藍小袖知誰託？紅閨何日放金鷄？玉貌一春鎖銅雀。雲雨巫山枉見猜，楚襄無意近陽臺。擁衾總怨金龜婿，踏臂猶歌赤鳳來。玉棺晝下新宮啓，轉瞬玉郎長已矣！春風肯墜緑珠樓，香徑還思苧蘿水。一點奴星照玉臺，樵青婉孌漁童美。穗帷尚挂鬱金堂，飛去玳梁雙燕子。那知薄命不猶人，御叔子南後先死。蓬巷難栽北里花，明珠忍换長安米。身是輕雲再出山，瓊枝又落平康里。綺羅叢裏脱青衣，翡翠巢邊夢朱邸。章臺依舊柳毵毵，琴操禪心未許參。杏子衫痕學宫様，枇杷門榜换冰銜。吁嗟乎！情天從古多緣業，舊事煙臺那可説！微時菅蒯得恩憐，貴後萱芳成棄擲。怨曲争傳《紫玉釵》，春游未遇黄衫客。君既負人人負君，散灰扃户知何益？歌曲休歌《金縷衣》，買花休買馬塍枝。彩雲易散琉璃脆，此是香山悟道詩。』

聞雲門此稿甫脱，傳誦京師，一時比之爲梅村之《圓圓曲》。中間所述，自洪侍郎易簣以後，鸞飄鳳泊，艷幟重張，寓有微意存也。迨後金花再偕孫三兒入都，乃戛然而止。庚子之役，聯軍入京，此爲金花一生最大之歷史，而此曲未及者，蓋時月有不同也。曲中所謂『情天從古多緣業，舊事煙臺那可説』，此即佛氏輪回因果之説。閲者於此而留意也，則金花一生與洪侍郎之歷史，可恍然矣。近人撰《孽海花》説部，專記侍郎與金花佚事，關係時局興亡，可與此詩互徵也。（《在山泉詩話》）

瑞藻按：《孽海花》説部，余少時曾讀一過，然第一卷已下，不復續出。嘗戲語友人，東亞病夫殆真病矣。以其書之佳妙，頗以未窺全豹爲憾。天琴先生近復有《後彩雲曲》一篇，即記賽金花庚子後事者，不妨且作《後孽海花》讀。其詩膾炙人口，洛陽紙貴，今不具録。惟前曲原有序數百言，老蘭君《詩話》略而不載，補記於此，爲讀《孽海花》者資印徵焉。

傅彩雲者，蘇州名妓也。年十三，依姊居滬上，艷名噪一時。某學士銜恤歸，一見悦之，以重金置爲簉室，待年於外。祥琴始調，金屋斯啓，攜之都下，寵以專房。會學士持節使英，萬里鯨天，鴛鴦并載。既至英，六珈象服，儼然敵體。英故女主，年垂八十，雄長歐洲，尊無與并。彩出入椒風，獨與抗禮。嘗偕英皇并坐照像，時論奇之。學士代歸，從居京邸，與小奴阿福，奸生一女。學士逐福留彩，寖與疏隔。俄布文園消渴，竟夭天年。彩故與他僕私，至是遂爲夫婦。居無何，私蓄略盡，所歡亦阻，仍返滬爲賣笑計，改名曰『賽金花』。蘇人公檄逐之，轉之津門，雖年逾三十，而艷名不減疇昔。己亥長夏，與客談此事，因紀以詩。先是學士未第時，爲人司書記。居煙臺，與妓愛珠有嚙臂盟。比再至，已魁天下，遽與珠絶。珠冤痛累月，竟不知所終。今學士已矣，若敖鬼餒，燕子樓空，唱《金縷》者，出節度之家；過市門者，指狀元之第；得非霍小玉冥報李十郎乎？余爲此曲，亦如元相所云，甚願知之者不爲，而爲之者不惑耳。

近人小説，以東亞病夫《孽海花》爲最著。全書以名妓賽金花爲主，而清季三十年之遺聞軼事，網羅無遺。描寫名士習氣，如禹鼎鑄奸，如温犀照渚，尤爲淋漓盡致。林琴南氏稱道此書，嘆爲觀止，其傾倒可想矣。但其中隱託之人名，閲者多不甚了了，兹標出之如下：

金雯青，即洪文卿。龔和甫，即翁同龢。潘八瀛，即潘伯寅。黎石農，即李芍農。李純客治民，即李蒓客慈銘。莊小燕，即張樵野。莊侖樵佑培，即張佩綸幼樵。陸菶如仁祥，即陸鳳石潤庠。錢唐卿端敏，即汪柳門鳴鑾。何珏齋太真，即吴清卿大澂。唐常肅，即康長素。王子度恭，即黄公度遵憲。過肇廷，即顧輯庭。吕莘芳，即李經方。匡次芳，即汪芝房。謝山芝，即謝綏之。許鏡澄，即許景澂。雲仁甫，即容純甫。貝效亭，即費幼亭。李台霞，即李丹厓。潘勝芝曾奇，即潘曾祁。徐忠華，即徐仲虎。莊壽香芝楝，即張香濤之洞。馬美菽，即馬眉叔。吕順齋，即黎蒓齋。薛淑雲，即薛叔耘。李任叔，即李壬叔。米筱亭，即費屺懷。姜劍雲，即江建霞。王憶莪仙屺，即王益吾先謙。祝寶廷溥，即寶竹坡。黄叔蘭禮方，即黄漱蘭體芳。黄仲濤，即黄仲弢。袁尚秋，即袁爽秋。繆寄坪，即廖季平。連沅荇仙，即聯元。成伯怡，即盛伯熙。段扈橋，即端午橋。聞韻高，即文芸閣。荀子佩，即沈子培。汪蓮孫，即王廉生。馮景亭，即馮桂芬。（《闕名筆記》）

海上花第一百七十九

專寫妓院情形之書，以《海上花》爲第一發見。書中均用吴音，如『覅朆』之類，皆有音無字。故以拼音之法成之，在六書爲會意而兼諧聲。唯吴中人讀之，頗合情景，他省人則不盡解也。作者爲松江韓君子云，韓爲人風流蘊藉，善弈棋，兼有阿芙蓉癖。旅居滬上甚久，曾充報館編輯之職，所得筆墨之資，悉揮霍於花叢。閲歷既深，此中狐媚伎倆，洞燭無遺，筆意又足以達之。故雖小説家言，而有伏筆，有反筆，有側筆。語語含蓄，却又語語尖刻，非細心人不能得此中三昧也。書中人名，大抵皆有所指。熟於同光間上海名流事實者，類能言之。兹姑舉所知者，如：齊韻叟爲沈仲馥，史天然爲李木齋，賴頭黿爲勒元俠，方蓬壺爲袁翔父，一説爲王紫詮，李實夫爲盛樸人，李鶴汀爲盛杏蓀，黎篆鴻爲胡雪岩，王蓮生爲馬眉叔，小柳兒爲楊猴子，高亞白爲李芋仙。以外諸人，苟以類推之，當十得八九。是在讀者之留意也。（《譚瀛室筆記》）

二十年目睹之怪現狀第一百八十

我佛山人吴沃堯《二十年目睹之怪現狀》，實近日説部中一傑作，不在南亭亭長《官場現形記》下也。書中影託人名，凡著者親屬知友，則非深悉其身世者莫辨。當代名人如張文襄、張彪、盛杏蓀及其繼室，聶仲芳及其夫人（即曾文正之女）、太夫人，曾惠敏、邵友濂、梁鼎芬、文廷式、鐵良、衛汝貴、洪述祖等；苟細繹之，不難按圖而索也。（《闕名筆記》）

卷 九

開闢演義第一百八十一

小説有《開闢衍義》一書，書中詳言布置日月星辰事，鄙俚可笑，此本之佛經也。按《大集經》，殊致羅婆菩薩告諸龍言，賢劫初，有一天子，名大三摩多，其夫人與驢交而生人，委棄厠中，有羅刹婦收養之。及至長成，身體端正，福德莊嚴，唯唇是驢，故號爲『佉盧虱吒大仙』，漢言『驢唇』也。驢唇仙人學於聖法，經六萬年，翹於一脚，日夜不下。天見大仙受如是苦，時諸梵衆及帝釋天，并餘上方欲色界等和合悉來禮拜。問大仙聖人，欲求何等。驢唇言：『我念宿命過去劫時，見虚空中，有列宿日月五星，晝夜運行。此賢劫初無如是事，汝等憐我，願説日月星辰法，用置立安施，如我所願。』諸天皆悉歡喜，於是二十八宿及日月大小星宿，皆次第安置。據此則日月星辰，乃驢唇仙人爲之也。演義家敷衍此事，泰西人又屬之天主。（《小浮梅閒話》）

封神傳第一百八十二

吾鄉林樾亭先生言『昔有士人，罄家所有，嫁其長女者。次女有怨色；士人慰之曰：「無憂貧也。」乃因《尚書・武成篇》「唯爾有神，尚克相予」語，演爲《封神傳》，以稿授女。後其婿梓行之，竟大獲利」云。按：《史記・封禪書》云：「八神將，太公以來作之。」《舊唐書・禮儀志一》引《六韜》云：「武王伐紂，雪深丈餘。有五車二馬，行無轍跡，詣營求謁。武王怪而問焉。太公曰：「此必五方之神，來受命耳。」遂以其名召入，各以其職命焉。」《太平御覽》（十二）引《陰謀》所載，與此略同，而以祝融、玄冥、勾芒、蓐收爲四海神名，馮修爲河伯神名，各以其名召之，五神皆驚云云。則知太公封神，古有此説。今人門户，每書『姜太公在此，百無禁忌』，亦有所本也。（《歸田瑣記》）

武王伐紂，一戎衣天下大定，而世俗有《封神傳》一書，費如許戰爭，一切仙佛，皆來助戰。余按：東晉人僞作《武成篇》有云：『維爾有神，尚克相予，以濟兆民。』便有此意。《周書・克殷篇》：『武王遂征四方，凡憝國九十有九國，馘魔億有十萬七千七百七十有九，俘人三億萬有二百三十。』、『魔』與『人』分別言之，不知所謂『魔』者何謂也？使易《封神傳》爲《馘魔傳》，不亦有典有則乎？至太公封神之説，相傳甚古。《史記・封禪書》：『始皇遂東游海上行禮，祠名山大川及八神，求仙人羨門之屬。八神將自古而有之。或曰太公以來作之。』此即太公封神之説所自來。《太公金匱》云：『武王伐紂，都洛邑。明年陰寒，雨雪十餘日。甲子平旦，五大夫乘馬車，從兩騎，止王門外。尚父曰：「四海之神，與河伯、風伯、雨師耳。」使謁者各以其名召之，五神皆驚。武王曰：「天霧，乃遠來，何以教之？」皆曰：「天伐殷立周，謹來受命。」』云云。此亦可附會爲太公封神之一徵。《漢書・藝文志》有《太公》二百三十七篇：《謀》八十一篇，《言》七十一篇，《兵》八十五篇。是太公之書甚多，其間奇怪之事，當必不少。

《封神傳》所稱太公射死趙公明事，考《太公金匱》云：『武王伐紂，丁侯不朝。尚父乃畫丁侯於策，三旬射之。丁侯病大劇，問卜者，占云：「祟在周。」丁侯恐懼，乃遣使者詣武王，請舉國爲臣虜。尚父乃以甲乙日拔其頭箭，丙丁日拔其目箭，戊己日拔其腹箭，庚辛日拔其股箭，壬癸日拔其足箭。丁侯病愈，四夷聞之皆懼，各以其職來貢。』趙公明事，即本此敷衍也。它如元始天尊，爲道教之祖，見《隋書・經籍志》。廣成子爲古仙人，見《莊子・在宥篇》。赤松子見《史記・留侯世家》。赤精子見《漢書・李尋傳》。九天玄女見《史記・黄帝本紀》正義引《龍魚河圖》。《舊唐書・經籍志・兵書》，有《黄帝問玄女法》三卷，云玄女撰。《元史・輿服志》，有東、南、西、北、天王旗，并繪神人，右手執戟，左手奉塔。然則托塔天王，亦有本也。哪吒事疑亦出於佛書，《夷堅志・程法師》條，云：『值黑物如鐘，從林間直出，知爲石精，遂持哪吒火球咒，俄而見火球自身出，與黑塊相擊。』然則哪吒風火輪，亦必有本。

妲己見《尚書・牧誓・枚傳》、《史記・殷本紀》，固經史明文也。《晋語》云：『殷辛伐有蘇，有蘇氏以妲己女焉。』韋注曰：『有蘇，己姓之國，妲己其女也。』《史記・索隱》亦云：『妲，字，己，姓也。』是妲己姓己，而袁子才小説，乃妄云：『妲，婦官之號；己者，以十干爲次第。』真無稽之言矣。《晋語》云：『黄帝之子青陽與夷鼓，同爲己姓。』然則妲己固亦貴族之女矣。《代醉篇》引《古今事物考》，謂：『商妲己，狐精也；或曰雉精；猶未變足，以帛裹之，宫中效焉。』委巷之談，即今衍義家所本。

考《竹書紀年》云：『帝辛九祀，伐有蘇，獲妲己以歸。』《通鑒前編》，則在八祀。《初學記》引《帝王世紀》云：『紂二年，納妲己。』未知其究在何年。至其死也，《藝文類聚》及《御覽》等書，引《帝王世紀》曰：『周公爲司徒，使以黄鉞斬紂頭，懸於大白之旗；召公爲司空，又使以玄鉞斬妲己頭，懸於小白旗。』是殺妲己者，召公也。《古今注》云：『武王以黄鉞斬紂，故王者以爲戒。太公以玄鉞斬妲己，故婦人以爲戒。』則殺妲己者，又太公也。《周書·克殷篇》云：『乃適二女之所，既縊，王又射之三發，乃右擻之以輕吕，斬之以玄鉞。』孔晁注云：『二女，妲己及嬖妾。』《史記》亦云：『已而之紂之二女，二女皆經自殺。』則妲己之外，尚有一人也。《帝王世紀》云：『紂自燔於宣室而死，二嬖妾與妲己亦自殺。』則妲己之外，更有二人也。此固不可考。《演義》謂『妲己有同類姊妹三人』，則適與古事有合。

伯邑考事，據《史記·管蔡世家》，但云：『伯邑考既已前卒矣。』不言其所以卒。而《殷本紀》正義引《帝王世紀》云：『紂既囚文王，文王之長子曰伯邑考，質於殷，爲紂御。紂烹以爲羹，賜文王，曰：「聖人當不食其子羹。」文王得而食之。紂曰：「誰謂西伯聖者？食其子羹，尚不知也！」是伯邑考見烹於紂，其事乃真有之，非小説妄言也。然伯邑考事，亦自有異同。《史記》謂之前卒，固先武王而死者。乃《禮記·檀弓》篇：『文王捨伯邑考而立武王。』《鄭注》曰：『權也。』《正義》曰：『文王在殷之世，殷禮，自得捨伯邑考而立武王；而言「權」者，殷禮，若適子死，得立弟，今伯邑考見在，而立武王，故立「權」也。』據此，又似文王之崩，伯邑考未死矣。

驪山老母，亦有其人，非子虛也。《史記·秦本紀》：『申侯言於孝王曰：「昔我先酈山之女，爲戎胥軒妻，生中潏。以親故，歸周，保西垂，西垂以其故和睦。」』按：上文顓頊之苗裔孫曰女脩，女脩生大業，大業生大費，大費生二子：曰大廉，曰若木。大廉玄孫曰孟戲、中衍。中衍後，遂世有功。其玄孫曰中潏，生蜚廉，蜚廉生惡來。以是言之，戎胥軒爲中潏之父，則中衍之曾孫也。驪山女者，中國之女，故申侯曰：『我先酈山女。』申國姜姓，則此女姜氏也。謂之酈山女者，中國之君，娶於酈山，而生此女，故以母名女，謂之酈山女，亦猶《左傳》顏懿姬、鬷聲姬之例也。其後自蜚廉至造父五世，周穆王封之於趙城。春秋時趙氏，其後也。自惡來至非子六世，周孝王封之秦，至始皇而遂有天下。酈山女之遺澤長矣。《漢書·律曆志》，載張壽王言：『酈山女亦爲天子，在殷、周間。』考酈山女爲戎胥軒妻，正當商、周之間，意其爲人，必有非常材藝，爲諸侯所推服，故後世傳聞，有爲天子之事。而唐宋以後，遂以爲女仙，尊曰『老母』。《神仙感遇傳》，載唐少室書生李筌，嘗游嵩山，得黄帝《陰符經》，遇驪山老母，指授秘要。宋鄭所南有《驪山老母磨鐵杵欲作繡針圖》詩。小説所稱，非無自矣。

太上老君有二説，《舊唐書·經籍志》丙部，有太上老君《玄元皇帝聖紀》十卷。唐尊老子爲玄元皇帝，則太上老君即老子也。隋唐《經籍志》曰：『有元始天尊，生於太玄之先，禀自然之氣，常存不滅。每至天地初開，或在玉京之上，或在窮桑之野，授以秘道，謂之開劫度人。然其開劫，非一度矣。故有延康、赤明、龍漢、開皇，是其年號。其間相去，經四十一億萬載。所度皆諸天仙上品，有太上老君、太上丈人、天真皇人、五方天帝及諸仙官，轉共承受。』據此，則太上老君，又非即老子也。（《小浮

梅閒話》）

《唐書·禮儀志》：『武王伐紂，五方神來受事，各以其職命焉。既而克殷，風調雨順。』王業《在閣知新録》：『凡寺門金剛，各執一物，俗謂「風調雨順」。執劍者，風也；執琵琶者，調也；執傘者，雨也；執蛇者，順也。』獨『順』字思之不得其解。楊升庵慎《藝林伐山》云：『所執非「蛇」，乃「蜃」也。蜃形似蛇而大，字音如「順」。』然則《封神傳》之四大金剛，非無本矣。（《浪跡續談》）

《封神傳演義》有趙公明，初以爲無稽之談耳。乃讀《太平廣記》二百九十四卷云：『散騎侍郎王祐疾困，聞有通賓者曰：「某郡某里某人。」有頃，奄然來至，曰：「今年國家有大事出，三將軍分布征發，吾等十餘人，爲趙公明府參佐。」云云。初有妖書云：「上帝以三將軍趙公明、鍾士季，各督數萬鬼下取，人莫知所在。」祐病差，見此書，與所道趙公明合焉。』（注云：『出《搜神記》。』）然則趙公明之名，亦流傳有自矣。（《壺東漫録》）

梁陶弘景《真誥·協昌期》篇，載《建吉冢埋圓石文》云：『天帝告下土冢中直氣五方諸神趙公明等：某國公位甲乙，年如千歲，生直清真之氣，死歸神宫，翳身冥鄉，潛寧冲虚，辟斥諸禁忌，不得妄爲害氣。』按：趙公明，不知何神，乃司下土冢中事邪？余於《俞樓雜纂》引《太平廣記》所載云云，以爲趙公明之名，流傳有自，今乃知《真誥》已有之矣。（《茶香室續鈔》）

施可齋《閩雜記》云：『省城東嶽廟神，每年三月，出巡城内外各一日，頭踏上書：「東嶽泰山青府天齊大帝歲。」歲，蓋神姓也。《五嶽真形圖》，東嶽姓歲，名崇。當由與「歲」字相近而誤。』按：閩

人猶知東嶽姓戊，故誤爲『歲』字。若吾鄉則但執《封神演義》之説，且謂東嶽姓黄矣。（同上）

余於劇筵頗喜演《封神傳》，謂尚是三代故事也。憶吾鄉林樾亭先生嘗與余談，《封神傳》一書是前明一名宿所撰，意欲與《西遊記》、《水滸傳》鼎立而三。因偶讀《尚書·武成篇》『唯爾有神，尚克相予』語，演成此傳。其封神事，則隱據《六韜·陰謀》、《史記·封禪書》、《唐書·禮儀志》各書，鋪張俶詭，非盡無本也。我少時嘗欲仿此書，演成黄帝戰蚩尤事，而以九天玄女兵法，經緯其間；繼欲演伯禹治水，而以《山海經》所記，助其波瀾。又欲演周穆王八駿巡行事，而以《穆天子傳》所書作爲質幹；再各博採古書以附益之，亦可爲小説大觀。惜老而無及矣。（《浪跡續談》）

隋唐演義第一百八十三

《隋唐演義》，小説也，叙煬帝、明皇宫闈事甚悉，而皆有所本。其叙土木之工，御女之車，矮民王義及侯夫人自經詩詞，則見於《迷樓記》。其叙楊素密謀，西苑十六院名號，美人名姓，泛舟北海遇陳後主，楊梅玉李開花，及司馬戡逼帝，朱貴兒殉節等事，并見《海山記》。其叙宫中閱《廣陵圖》，麻叔謀開河食小兒，冢中見宋襄公，狄去邪入地穴，皇甫君撽大鼠，殿脚女挽龍舟等事，并見於《開河記》。（三記皆韓偓撰。）其叙唐宫事，皆雜採劉餗《隋唐嘉話》、曹鄴《梅妃傳》、鄭處誨《明皇雜録》、柳珵《常侍言旨》、鄭棨《開天傳信記》、王仁裕《開元天寶遺事》、無名氏《大唐傳載》、李德裕《次柳氏舊聞》、史官樂史之《太真外傳》、陳鴻之《長恨歌傳》，復緯之以本紀、列傳而成者，真可謂無一字無來歷矣。

（《兩般秋雨庵隨筆》）

《隋唐演義》載隋文帝獨孤后之悍妬，實爲古今所罕見。明人姜南《洗硯新録》，轉據籜冠道人徐延之云：『史稱隋文帝獨孤后妬，後宮罕得進御。尉迥女孫没入宫，得幸於上，后陰殺之。帝大怒，單騎入山谷間，行行十餘里。高熲、楊素追及，叩馬苦諫，還宫。熲夫人卒，帝欲爲娶。熲辭年老，納室非所願。後熲妾生男，后不悦，譖熲於帝：「陛下尚復信高熲耶？始欲爲熲娶，而熲面欺，今其詐見矣！」帝由是疏熲。太子勇妃昭訓雲氏有寵，生儼裕。又諸姬子數人，而與妃元氏不相得，后稱不平，遣人伺求勇過。不惟於帝有妬，且妬其子妾，而又妬於熲。所謂并他人家亦妬也，殊不可曉。』以余論之，自古得國之暴，未有如文帝者，故未旋踵而身弒國危。獨孤之妬，楊素之奸，殆天生二人以爲亡隋之階耶！（《譚瀛室隨筆》）

梁紹壬《兩般秋雨庵隨筆》，稱《隋唐演義》所載隋唐間事，幾於無一事無來歷。余按所載煬帝事，皆本《海山記》、《迷樓記》、《開河記》三書。此三書并載明吴琯《古今佚史》中，無撰人名氏。（案：梁氏隨筆，原注三記皆韓偓撰，余以《唐代叢書》中所載校之，良然。俞曲園乃謂無撰人名氏，不可解也。豈逸史偶遺其名，而俞氏未嘗見叢書乎？）本非實録，小説家據以敷衍，較之鑿空撰造者，稍有據耳。唯矮民王義，實自宫，不蓄妻子。帝未遇害，義先自刎死。則小説所載，又不亡增益其詞也。至煬帝諸子，并無至突厥者。《隋書·煬三子傳》：『齊王暕遺腹子政道，與蕭后同入突厥。處羅可汗，號爲隋王。中國人没入北蕃者，悉配之，以爲部落，以定襄城處之。及突厥滅，歸於大唐。

授員外散騎侍郎。』是入突厥者，煬帝之孫，非趙王杲也。杲死江都之難，未嘗至突厥。而政道又與蕭后偕往，非如小説所云，王義夫婦奉之而去也。又此書託始於秦叔寶，而所載叔寶事，多無稽。考《羅藝傳》：『曹州女子李氏，爲五戒，自言通於鬼神。高祖聞之，詔赴京師，因往來藝家，謂藝妻孟氏曰：「妃之貴者由於王，王貴色發矣。十日間，當升大位。」孟氏由是勸藝反，孟及李皆坐斬。』是藝妻孟氏，非秦也。所傳秦叔寶事，多非其實。（《小浮梅閒話》）

劉餗《隋唐嘉話》云：『英公始與單雄信俱臣李密，結爲兄弟。密既亡，雄信降王世充；勣來歸國，後與海陵王元吉圍雒陽，元吉恃其膂力，每親行圍。王世充召雄信告之。雄信馳馬而出，槍不及海陵者尺，勣惶遽，連呼曰：「阿兄阿兄！」雄信攬轡而止。』世俗相傳以爲救太宗，不知實救元吉也。宋長白《柳亭詩話》：『貫休作《懷素草書歌》曰：「忽如鄂公捉住單雄信，秦王身上搭著棗木槊。」史稱敬德善辟稍，與元吉鬥勝，嘗三奪之。後秦王與王世充戰，雄信躍馬奮槊，幾及秦王，敬德横刺雄信墜馬，蓋實事也。（《茶香室叢鈔》）

《唐書·高祖諸子傳》：『高祖二十二子，竇皇后生建成、太宗皇帝、元吉、元霸。元霸字大德，幼辨惠，隋大業十年薨，年十六，無子。武德元年，追王及謚曰衛懷王。』今小説家所言元霸勇力事，正史俱無之。（《浪跡續談》）

征東征西第一百八十四

《舊唐書·薛仁貴傳》：仁貴自恃驍勇，欲立奇功，乃異其服色，著白衣，握戟，腰鞬張弓，大呼先入，所向無前。太宗遥望見之，遣馳問先鋒，白衣者爲誰，特引見，賜馬兩匹，絹四十匹，則俗傳爲『白袍小將』，固有徵矣。高宗稱其北伐九姓，東擻高麗，漢北遼東，咸遵聲教者，并卿之力也。其爲一朝名將，固不必言。其子訥，自有傳。始爲藍田令，其後突厥入寇，武后以訥將門，使攝左武威將軍，安東道經略，久當邊鎮之任，累有戰功。開元二年，討契丹，爲所覆，訥脱身走免，制削其官爵。吐蕃寇臨洮，以白衣攝左羽林將軍，爲隴右防禦使，大破賊衆。録功拜左羽林軍大將軍，復封平陽郡公，卒謚昭定。史稱其沉勇寡言，臨大敵而益壯，是訥固不愧將門之子。其弟楚玉，開元中爲幽州大都督府長史，以不稱見代而卒。訥子暢，拜朝散大夫。薛氏一門可考者如此，世人附會云薛家世爲名將，則非也。（《小浮梅閒話》）

雙忠傳第一百八十五

衍張巡、許遠故事者，大率依附《唐書》。言張巡守睢陽，括城中老幼，凡食三萬口，又殺愛妾饗士。許遠亦有殺奴哺卒事。唯揚州江防丞鍾挹雲，力闢其説。以爲張、許名將，必無此殘忍不仁之事，且著爲論以辨之。挹雲好爲議論，往往驚其四筵，同人亦鮮不反唇相攻者。余曰：『我有一説，爲諸君釋争，可乎？　宋王明清《摭青雜説》云：紹興辛巳冬，北人南侵，朝廷遣大軍屯淮東，每遣小校數隊候望。有何兼資者，領五千人，至六合縣西，望見軍馬自西北來，兼資斂所部，隱蘆荻中。聞一人言「荻林中有生人」，知爲鬼兵。乃免胄出見，拜問神號。答曰：「某唐張巡。」指對坐曰：「此許遠。」指下坐者曰：「此雷萬春，此南霽雲。」何少亦讀書，因再拜頂禮曰：「史言大王守城，凡食三萬餘人，果然不？」張曰：「有之，而實不然，所食者皆已死之人，非殺生人也。」又曰：「史言大王殺愛妾，許大王殺愛奴，不知果不？」張曰：「非殺也。妾見孤城危逼，勢不能保，欲學虞姬、緑珠之效死，故自刎。許大王奴，亦以憂悸暴死。遂烹以享士，蓋用術以堅士卒之心耳。」兼資見雷萬春面上一疤，因拜問曰：「史言將軍面着六箭，而一疤，何也？」雷曰：「當時六箭，五着兜鍪，人人相傳謂吾面着六箭不動，吾亦當之，庶揚聲以威之耳。」此事雖未足深信，然問答數語，頗中情理，足與史傳相參。』挹雲其亦籍此以信其説耳。（《浪跡續談》）

龍圖公案第一百八十六

宋人小説之最著者，曰《包龍圖》，幾於婦竪皆知。考孝肅之爲人，《宋史》本傳稱其性峭直，惡吏苛刻，務敦厚，雖甚疾惡，而未嘗不推以忠恕，則與世所傳，亦小異矣。惟史載其知天長縣時，有盜割人牛舌者，主來訴，拯曰：『第歸，殺而鬻之。』尋復有來告私殺牛者，拯曰：『何爲割牛舌而又告之？』盜驚服，則亦頗有鈎距之術，世所衍爲《龍圖公案》者，或即由此也。至《元人百種曲》，有斷立太后事，此乃藉李宸妃事爲之。考《宋史》，李宸妃，杭州人。初入宫爲章獻太后侍兒，真宗以爲司寢，已而生仁宗，章獻以爲己子。仁宗即位，妃嘿處先朝嬪御中，終太后世，仁宗不自知爲妃所出。明道元年，疾革，進位宸妃，薨年四十六。後章獻太后崩，燕王爲仁宗言『陛下乃李宸妃所生』，仁宗號慟，尊爲皇太后。是李宸妃本末如是，安有如俗所傳者哉？直以爲章獻所抑，當時本有死於非命之説，故傳之後世，猶有此紛紜之論耳。按王銍《默記》，載有王氏女，自言得幸神宗，生子冷青，以繡抱肚爲驗。趙概、包拯，鞫得其奸詐狀，并處死。則與世所傳適相反也。而《默記》又載張茂實太尉，章聖之子尚宫朱氏所生，章聖畏懼劉后，凡後宫生皇子、公主，俱不留，以與内侍張景宗，令撫視，遂冒姓張。又云，厚陵爲皇太子，茂實入朝，至東華門外，居民樊用者，迎馬首連呼曰：『虧你太尉。』茂實皇恐，執詣有司，以爲狂人而黥之。是當時此等異説甚多，宜流傳之，以爲口實也。（《小浮梅閒話》）

明鄭仲夔《耳新》云：周季侯令仁和，有神君之稱。嘗出行，忽怪風起，吹所張蓋，捲落紗帽翅。執蓋人請罪，曰：『小人因張清風，遂至冒觸。』周沉思良久，屬能幹捕差二人，令往拘張清風。兩人商曰：『捕風捉影，安有此理？』乃相與登酒樓，樓上有談某疾篤，諸醫無效。一人曰：『若請張青峰去，必有生理。』二差因問張青峰狀，潛往其家，值張遠出，拘其妻至縣。周訊之，婦曰：『渠本非吾夫。吾夫病，請渠調治，渠見妾姿容，投毒致夫死，復謀娶妾。一日，渠酒後自吐真情，妾即欲尋死，因念無人伸冤，偷生至此。今遇天臺，冤伸有日。但渠爲某氏延去，須就其處拘之。』周命前差往拘之，一訊果服。《龍圖公案》中捕落帽風一事，蓋即此事改削成之。其餘諸案，亦多見於它書，而傅會爲包孝肅者，不能歷舉也。（《花朝生筆記》）

楊家將第一百八十七

《小浮梅閒話》：衍義家所稱名將：在唐曰薛家，皆薛仁貴子孫也；在宋曰楊家，皆楊業子孫也。考《宋史》，業六子，曰：延朗、延浦、延訓、延環、延貴、延彬，而延昭最知名，即延朗改名也。史稱延昭知勇善戰，所得奉賜，悉犒軍，未嘗問家事。出入騎從如小校，號令嚴明，與士卒同甘苦。遇敵必身先行陣，克捷，推功於下，故人樂爲用。在邊防二十餘年，契丹憚之，目爲楊六郎。至今楊六郎之名，固猶在人口也。延昭子文廣，以討賊張海功，授殿直，范仲淹宣撫陝西，置戲下，從狄青南征，後爲定州路副都總管，遷步軍都虞候，蓋亦不墜其家風者。楊家將見於正史者，止此而已。按《宋史·楊業傳》，業爲契丹所擒，其子延玉亦殁焉，業不食三日死，是業有七子也。陷業者，蔚州刺史王侁，小說家以爲潘美，殊失之誣。但其時美爲主帥，不能辭其責耳。又《續文獻通考》云，使槍之家十七，一曰楊家三十六路花槍。《小知録》曰：槍法之傳，始於楊氏，謂之曰『梨花槍』，天下盛尚之。（《新義録》）

五虎平西南第一百八十八

許亭史孝廉心坦，仁和人。官慶元學博，性嗜飲而好詼諧。一日，坐中忽舉問曰：『戲劇中八大王，予嘗考之，已得其人。昨閲《五虎平西》小説，有所謂「路化王」者，稱李國舅，云是李太后之弟，自民間訪來者，其人亦有可考不？』一客曰：『先生亦太好古矣，此不過狄太后有侄封王，故設言此人以作陪襯耳，何足深究邪？』余并《五虎平西》小説，亦未之見，并不敢置喙。後閲宋魏泰《東軒筆録》，首一條即記云：李太后始入掖庭，纔十餘歲。唯一弟七齡，太后臨別，手結刻絲鞶囊與之。拊背泣曰：『汝雖淪落顛沛，不可失此囊，異時我若遭遇，必訪汝，以此爲物色也。』後其弟傭於鑿紙錢家，然常以囊懸胸間，未嘗斯須去身也。一日，苦下痢，勢將不救，爲紙家棄於道旁。有大内院子者，見而收養之。怪其衣服百結，而胸懸囊。問之，以告。院子愁然驚異，蓋嘗奉太后旨，令物色訪其弟也。遂解其囊，入視太后，具道本末。是時太后封宸妃，真宗已生仁宗矣，聞之悲喜，遂以其事白真宗。尋官之爲右班殿直郎，即李用和也。及仁宗立，召用和，擢以顯官，後至殿前指揮使，領節鉞，贈隴西郡王，世所謂『李國舅』者是也。據此，則其人并非杜撰。（《兩般秋雨庵隨筆》）

狄青事，據《宋史》本傳，但云臨敵，披髮帶銅面具，出入賊中，皆披靡莫敢當，無他異也。然起家行伍，位至樞密使。史稱言者以青家狗生角，且數有光怪，請出青於外以保全之。《歐陽文忠集》有《論狄青札子》，極言其以武臣掌機密，而得軍情，於國家不便，且以朱泚事爲戒。則在當日已嘖有煩言，小說家神奇其說，固無怪矣。《清波雜志》云：『向在建康，於鄰人狄似處，見其五世祖武襄公收儂智高時所戴銅面具及所佩牌，上刻真武像，世言武襄乃真武神也。』此即小說所家本。王則之亂，在宋仁宗慶曆七年冬，凡六十六日而平。其討平之者，文彦博、明鎬也。王則事詳《明鎬傳》。曰：『王則，本涿州人，歲饑，流至恩州，隸宣毅軍爲小校。恩冀俗妖幻，相與習《五龍滴淚》等經及圖讖諸書，言釋迦佛衰謝，彌勒佛當持世。州吏張巒、卜吉主其謀，約以慶曆八年正旦，斷澶州浮梁，亂河北。會其黨潘方净，以書謁北京留守賈昌朝，事覺被執。故不待期，亟以七年冬至叛。僭號「東平郡王」，以張巒爲宰相，卜吉爲樞密使，建國曰「安陽」，改年曰「得聖」。』是張巒、卜吉，皆實有其人，餘則烏有子虚也。《宋史·列女傳》云：趙氏，貝州人。王吉反，聞趙氏有殊色，使人劫致之，欲納爲妻。趙日號哭謾罵求死，賊愛其色不殺，多使人守之。乃紿曰：『必欲妻我，宜擇日以禮聘。』賊信之，使歸其家。家人懼其自隕，得禍於賊，益使人守視。賊具聘帛，盛輿從來迎，趙與家人訣曰：『吾不復歸此矣。』問其故，曰：『豈有爲賊污辱至此，而尚有生理乎？』遂登輿，涕泣而去。至州廨，舉簾視之，已自縊輿中死矣。今小説亦載此事，蓋真有之。（《小浮梅閒話》）

王魁傳第一百八十九

世傳王魁負桂英事，王魁實無其人，乃宋狀元王俊民事也。俊民嘉祐中，登科爲第一。後得狂疾，服金虎碧霞丹而死。有道士奏章達上清，訴問鬼神，傳冥中語云：『五十年前打殺謝、吴，留不結案事。』後民死時，纔二十七歲。五十年事，必在宿生矣。其後遂有妄人，託夏噩姓名，作《王魁傳》。然許嗣茅《緒南筆談》，載葉忠節公映榴，六七歲時，夢人口授一詩云：『君是王魁三世身，桂英仍着石榴裙。一枝遥寄湘江水，半幅平裁楚岫雲。弔古有情憐賈誼，請纓無路嘆終軍。春風得意長安日，莫負香羅帕上人。』後公大參楚省，兵變殉難。公初有妾某，小忤，指斥之，妾憤自繯。至正命時，妾某亦見，公叱之，拜曰：『君今歸冥，婢又當復侍巾櫛耳。』此婢豈即桂英邪？桂英事已屬子虚，何數百年後，又有此公案也？（《茶香室叢鈔》）

岳傳第一百九十

小説家無稽之語，往往誤人。《岳傳》載張浚陷害岳忠武，後爲諸將咬死，於是吴俗遂有咬死人不償命之説。同治壬申，蘇郡有飛金之貢。先是業金箔者，以所業微細，自立規約。每人須三年，乃授一徒。蓋以事此者多，則恐失業者衆也。其時有無賴某説，以辦貢爲名，呈請多授學徒，用赴工作。既得批準，即廣招徒衆。來從學者，人贄六百文，一時師之者雲集。同業大忿，於是援咬死不償命一言，遂群往持其人而咬之。人各一口，頃刻而死。吴縣令前往檢驗，計咬傷處，共一百二十三口。然何人咬何處，人多口雜，不特生者不知，即起死者問之，恐亦不能知也。乃取始謀先咬者一人論抵。（《庸閒齋筆記》）

鐵冠圖第一百九十一

《明史·周遇吉傳》稱城陷，遇吉巷戰，馬蹶，徒步跳蕩，手格殺數十人。身被矢如猬，竟爲賊執，大罵不屈。賊懸之高竿，叢射殺之，復臠其肉，是周忠武死於亂箭。今《鐵冠圖》傳奇，猶有《亂箭》一齣，非無本也。乃國朝李焕章作《周夫人傳》，稱公追戰，陷重圍中，奮力格鬥，俘斬愈衆。日暮，寇已退，馬中流矢忽蹶，公拔佩刀自殺。則公又自殺而非死於亂箭矣。及讀王昆繩《居業堂集·王將軍傳》，乃知當日被亂箭而死者，實爲王將軍。其傳云：王將軍名好智，其先山東新城人，遷遼東海州衞，少從戚繼光游，戚甚重之。及遼左兵興，隸島帥毛文龍麾下，累功至副將。爲人高顴長鬚，揮雙鐵鞭，重斤二十有四，號『王鐵鞭』。文龍死，將軍帥壯士五百人，入海島。久之，聞周將軍遇吉鎮寧武關，遂往依焉。崇禎十七年正月，賊圍太原，分兵向寧武。周將軍再戰再捷，殺賊萬餘，賊來益衆。將軍時年八十，每食尚能盡一猪首、二鵝，謂周將軍曰：『事急矣，我與公共命殺賊，庶可退乎？』相與痛飲，披甲上馬，周將軍出南門，將軍出北門，揮鞭大呼，殺數十百人。顧賊衆，與周將軍勢分不能合。或傳周將軍被圍，則深入救之，不知所在，出則又入。賊大驚曰：『此老將鋭不可當。』乃選善射者千人環射之，遂死。將軍一僕曰王印，匍伏亂屍中，尋將軍不見。見一馬死草澤間，泥没腹，箭集身如猬，鐵鞭一，倚鞍立，則將軍之馬與鞭也。即馬旁求之，得一臂、一束帶。臂有志，識之，曰：『此將軍臂也。』遂以帶繫鞭負之，奉其臂以歸。是死亂箭者，王將軍也。或以同時死綏，遂以王將軍事，

移屬周忠武乎？（《壺東漫録》）

今古奇觀第一百九十二

坊間有《今古奇觀》一書，雜取古事，敷衍成書。如許武事，見《後漢書·許荆傳》，此固本之正史者。它如羊角哀事，出《列士傳》（引見《文選》注），吴保義事，出《紀聞》（引見《太平廣記》），裴晋公事，出《玉堂閒話》，李汧公事，出《原化記》（但不云李汧公）。其餘如《金玉奴》爲紹興間士人事。《王嬌鸞》，爲天順間周廷璋事。《芙蓉屏》，爲至正中崔英事。《鳳皇儔》，爲萬曆初吴江錢生事。《鴛鴦譜》，爲嘉靖間昆山民事。《百寶箱》，爲萬曆間浙東李生事。有《情史》一書，羅列無遺，惜《情史》不注所出書，余亦不能言也。按《七修類稿》云：『小説起宋仁宗時，太平盛久，國家閒暇，日欲進一奇怪之事以娱之，故小説得勝頭回之後，即云「話説趙宋某年」。』云云。然則，此書固小説之正宗矣。唯以伯牙爲俞姓，則不可信。遍考古書，迄未有言伯牙之姓者，不得假借爲衰宗生色也。（《小浮梅閒話》）

江陰繆筱珊太史，嘗在廠肆，購得明寫本《今古奇觀》，皆巨籍，裝潢精好，以黄綾爲書面，其每卷前，皆有翰林院某官臣某恭呈字樣。蓋是書本爲洪武中敕撰之書，凡三集，一爲《今古奇觀》，一佚其名，一爲《拍案驚奇》，中多言蒙古人穢事。至清代，盡將蒙古人事删去，明祖之意，遂不可見矣。（《闕名筆記》）

董恂《宫閨聯名譜》引王行父《耳談》云：『陳元超，吴人。父以疏論嚴氏謫死。元超少年，倜儻不拘，嘗與客登虎丘，見宦家從婢姣好，笑而顧己，悦之。跡至其家，求傭書焉。留侍二子，文日奇，父師大駭。已而以娶求歸，二子不從。曰：「室中惟女所擇。」曰：「必不得已，秋香可。」即前遇婢也。二子白父母，嫁之。元既娶，婢曰：「君非虎丘遇者乎？」曰：「然。」曰：「君既貴公子，何自賤若此？」曰：「汝昔笑顧我，不能忘情耳。」曰：「妾昔見君服喪，表素而華其裏，少年佻達可笑，非有它也。」會有貴客過，元因假衣冠謁客。言及白吏部，蓋元之外父，正柄國尊顯。主人聞大駭，亟治百金裝并婢贈之。』按：世傳唐解元事即此。

又黄蛟起《西神叢語》云：『俞憲，號是堂。次子見安，偶從舟次見一女郎，心悦之。買舟尾其後，至吴門，知其爲某富室青衣也。因語舟人與其僕曰：「留此一月待我，勿移泊它所。」徑獨造女郎家，求爲蒼頭。主人留伴其子讀。見安爲其子代筆，爲塾師所覺，頗向主人稱其才。主人將欲於群婢中擇佳者授之室。時吴中大户，多以糧役傾家，主人深以爲憂。蘇郡守某，是堂之同年也。見安潛入己舟，呼僕隨詣守署，以年家子進謁，力爲主人求罷役。守允其請。翌日，訪見安居停答拜，主人初不知，見郡守無端及門，倉皇失措，而見安已出迎道款矣。守既别，主人揖見安上坐，問所欲，乃以實告。且聞重役已釋，驚喜出意外，遂飾此青衣爲己女，厚嫁之。近人以其事爲唐寅，余詢其從孫祖源，始得其本末。女郎號「美娘」，蓋好事者駕言子畏耳。』

按：黄蛟起，字孝存，無錫人也。所著《叢語》，即記無錫之事。然則俞見安固無錫人，而婢嫁則在蘇州，與世傳子畏至無錫，訪華氏婢，適相反也。惟子畏此事，世知其僞託，而言人人殊。此記之說，世罕知者，故并載之。（《茶香室叢鈔》）

明祝允明《野記》云：『吴邑朱生，宣德中，商湖、湘，泊舟官河下。有名妓新王二者，一優偕來。其船密比生舟，凡生言笑動静，妓罔不密察。使優邀之飲，潛告生曰：「君但言延我入舟，我欲有言於君耳。」生從之。娼入生舟，戚戚無歡容。中夜，低語生曰：「我淮安蔡指揮女也，吾父調襄陽衛，挈家以行。舟人王賊，乘父醉，擠之水，并母死焉。以我色，獨留犯之，呼爲妻。吾父貲素豐，賊厚載，欲商於他，復爲盜劫，罄焉。遂以餘資買小舟，俾我學歌舞爲娼。君能復吾仇，我終身事君耳。」生許諾。翌日，優來曰：「二姐未起乎？」生罵曰：「賊不知死所，尚覓二姐乎？」優知事泄，投於水。生持倡歸家。』按小説有『蔡女忍辱報仇』一事，即此也。（同上）

趙吉士《寄園寄所寄》引《鴻書》云：『昆山舟師楊姓者，與金姓者善。金死，有子曰三，年十七，楊憐之，招入舟。楊一女，年相若，因以妻三。歲餘，三沾疾尫羸，楊悔恨。一日，江行，泊孤島下，賺其拾薪，棄之去。三欲歸無路，轉入林中，有八大篋，蓋盜所劫財。三更臨江濱，適有他舟，三招之來，悉以篋入舟。抵儀真，啓視，皆金珠也。即售得如干，服食起居非故矣。一日，行過河下，楊舟適在，三使人顧其舟。先是，楊棄三時，女哭不欲生，父母强之更納婿，不從。及三登舟，女竊視驚曰：「客狀甚似吾婿。」母詈之，遂不敢言。三顧女，佯謂舟人曰：「何不向船尾取破氈笠戴之？」蓋三初登舟有是言也。於是妻覺之，出見，相與抱哭，歡如平生。楊夫婦羅拜請罪，三亦不之較，尋同歸三家。會劇寇劉六、劉七叛入吳，三出金帛募死士，直搗狼山之穴，縛其渠魁，授武騎尉，妻亦從封云。』

按：小説中有宋金郎事，即此。但據此，則金其姓而非名，殆傳聞之異乎？（《茶香室續鈔》）

施公案第一百九十三

少時即聞鄉里父老，言施世綸爲清官。入都後，則聞盲詞院曲，有演唱其政績者。蓋由小説中刻有《施公案》一書，比公爲宋之包孝肅，明之海忠介，故俗口流傳，至今不泯也。按公當官，實廉强能恤下，初知江南泰州，值淮安下流被水，詔遣二大臣莅州督堤工，從者驛騷，公白其不法者治之。湖廣兵變，援剿官兵過境，沿涂攘奪，公具芻糧以應，而令人各持一梃，有犯者治之，兵皆斂手去。守揚州、江寧，所至民懷。以父憂去（公爲靖海侯琅次子），乞留者萬人，不得請。乃人投一文錢，建亭於府牙前，名『一文亭』。累遷督漕運，奉命勘陝西災，全陝積儲多虛耗，而西安、鳳翔爲甚，將具疏。總督鄂海，以公子知會寧也，微詞要挾。公笑曰：『吾自入官，身且不顧，何有於子？』卒劾之，鄂以失察罷。公平生得力，全在『不侮鰥寡，不畏强禦』二語，蓋二百年茆檐婦孺之口，不盡無憑也。（《郎潛紀聞》）

玉簪記第一百九十四

宋女貞觀陳妙常尼，年二十餘，姿色出群，詩文俊雅，工音律。張于湖授臨江令，宿女貞觀，見妙常，以詞調之，妙常亦以詞拒云：『清静堂前不捲簾，景悠然。閒花野草漫連天，莫胡言！獨坐洞房誰是伴？一爐煙。閒來窗下理琴絃，小神仙。』後與于湖故人潘法成私通情洽。潘密告于湖，以計斷爲夫婦，即俗傳《玉簪記》是也。（《漁磯漫鈔》）

玉蜻蜓第一百九十五

紹興南門外漓渚地方，有尼庵曰『隔塵』。崇岡古木，竹徑小橋，頗饒幽趣。尼衆五六人，不藉檀施，耕桑自食。老尼若木，持戒律甚嚴，衆咸遵其準繩，不敢肆。其徒孫名慧音，年十六七矣。姿容極麗，且能識字讀書，經典詩詞，無弗諳者。若木恐其誨淫，不令出門，惟事焚修，親翰墨而已。城中東武山下朱生綺園者，明宰相文懿公（賡）雲礽也。父静山，由部曹出爲四川郡守。生未冠游庠，有别業在漓渚，因讀書其中。臨行時，見其妻有玉琢雙魚，鏤刻極工，遂乞而貯於冰絲小囊中，佩之以往。老僕、小童二人侍。别業於尼庵，相隔僅百步。生暇時往游，若木以其爲貴公子也，不敢拒。來往既頻，漸與慧音浹洽，常出詩稿就政之，生爲之評點。彼此倡和，遂訂同心。生贈以玉魚，欲相親而未有間也。一日，若木詢老母病，相距五六十里，約翌日始回庵。慧音於日間潛赴生所，諧夙願焉。詎若木母病已危，數日下世，比送殮出殯而反，則已半月餘矣。慧音不敢復至生齋，相約夜赴尼庵，逾墻以入。事極縝密，唯小童深知其詳。醉後泄之老僕，老僕向生苦諫，不聽。入城告之主母，趣其歸，又不從，如是者半年。

一夕生出，及晨至午猶未反。老僕以其夜卧失曉而不敢出也，恐滋事端，潛往察之。見若木怒氣未平，衆尼紛紜皇亟。僕疑事已敗露，因僞爲不知也者而問之。若木告以今日門鑰未開，而慧音不知所往，惟見後園墻瓦損落，想已遠颺。若往其母家覓而不得，當告官緝之耳。僕疑慧音匿生室未起，急反而窺之，床笫闃然。又疑二人偕逃，飛馳而回，告諸主母，遍索親戚及莊舍之所，杳無其蹤。復走四川任所詢之，亦未曾往。日久事冷，祇布告親友，懇其留意訪求而已。十餘年後，若木化去，庵中常出鬼魅，晝夜不寧。衆尼或死或去，庵遂以廢。生父自蜀守擢滇南觀察，以年老致政歸。暇日至滴渚別業，顧而樂之，遂久留也。生之小童年長矣，適在隨行之列，公問生往事，童具以告。公因步至隔塵庵，則屋宇頹敗，寂無一人，而風景極佳，公又顧而樂之。詢諸土人，求庵尼之在它所者，立券買之。園以長垣，合別業而爲一。頹敗之所，俱焕然一新。庵之後園，向有牡丹數本，石臺護之。數年來，牡丹已枯，而石臺尚在，公以其位置不當，撤而去之。石將盡，工人忽相顧錯愕，面無人色。公異而臨視，則内中埋藏二屍焉。衣服雖壞，面尚如生。審視之，其一即生，一爲尼。童指而謂公曰：『此慧音也。』腕上小囊，貯玉魚尚存，蓋以冰絲未化故。公疑爲衆尼謀死，密唤向日賣庵者嚴詰之。因言公子與慧音通，人初不知。一日衆人皆起，而慧音不出，撬門視之，見二人裸身相抱死於床。若木恐尊府督責，因潛埋牡丹臺内，而以慧音逃去掩飾之。若木亡後，凄風冷月之夜，常見二人攜手游行，遇之者非病必死，故衆人不敢居此而去，非有他也。公細驗生身體無傷，勢尚翹然，始知爲陰陽俱脱所致。遂備棺葬生故所，并以慧音附其側，殉以玉魚。生向有一子，已登賢書。其處龍穴砂水皆合法，故不别爲覓地也。其子後舉進士，入詞林，莅歷大位，聲稱滿世。

予於乙酉春間客紹興，與沈師禹、何南明同游瀛渚，過朱公别業，以門扃不得入，二君爲予述之。今吴中《玉蜻蜓》彈詞，移其事於申文定公（時行）之父，其實則本於此。（《聽雨軒贅記》）

天雨花第一百九十六

吴紹箕《筆夢清談》云：明英宗復辟，吾湖有大臣某公，忤石亨，致政歸。子婿四人，皆列清要，寓京邸。石黨疾之，購名妓二人，曰巫娥、月妹，故寓其旁，昕夕歌舞。四人果墮其計，往來甚密。一夕，聚飲於妓所，分填《一半兒詞》，巫娥咏荷云：『好趁春晴著意栽，亭亭出水映紅腮，緑萍魚躍不知回。晚風催，一半兒含香，一半兒開。』月妹咏月云：『滿目新涼雨乍晴，梧桐葉落夜風輕，一枝斜影小窗横。月窺人，一半兒雲遮，一半兒明。』（餘詞不備録）酒天花地，禍機潛伏，四人不知也。先是有宋半城者，京師大賈也，緣案擬辟，公平反之，賈感甚。是月知其謀，乃以重賂結妓寓閽者，密布火種於内外。漏三下，見十餘人持鐵練繩索而來，閽者納之。賈即使人拋進引火之物，少時烈焰飛騰。賈帥多人毁門而進，擾攘中將四人負出，反之於其寓。賈函告某公，公遂致書於四人，拆之，得詞三首云：『祇道隔園春色多，誰知好事忽生訛，星橋剛渡正鳴珂。起風波，一半兒繩牽，一半兒鎖。』、『就裏機關君莫參，眼前去處是波瀾，切休誤認好姻緣。命難全，一半兒幾希，一半兒免。』、『錦帳佳人貌似蓮，何須别戀野花妍，高堂望子錦衣旋。再俄延，一半兒充軍，一半兒斬。』四人得詞遂歸，按此事不知出何書，今有彈詞名《天雨花》者，中有一段，全敷衍此事，并宋半城之名，亦見於其書，然事則全别也。（《茶香室三鈔》）

梁山伯第一百九十七

梁山伯祝英臺事，馬廉卿君《雜記》考之詳矣。余閲《宜興荆溪新志》，載邵金彪《祝英臺小傳》云：祝英臺，小字九娘，上虞富家女。生無兄弟，才貌雙絶，父母欲爲擇偶。英臺曰：『兒當出外游學，得賢士事之耳。』因易男裝，改稱九官。遇會稽梁山伯，亦游學，遂與偕之宜興善權山之碧鮮巖，築庵讀書。同居同宿三年，而梁不知爲女子。臨别，約梁曰：『某月日可相訪，將告父母，以妹妻君。』實則以身許之也。梁自以家貧，羞澀畏行，遂至愆期。父母以英臺字馬氏子。後梁爲鄞令，過祝家詢九官。家僮曰：『吾家但有九娘，無九官也。』梁驚悟，以同學之誼乞一見。英臺羅扇遮面出，側身一揖而已。梁悔念成疾卒，遺言葬清道山下。明年，英臺歸於馬，命舟子迂道過之。至則風濤大作，舟遂停泊。英臺乃造梁墓前，失聲慟哭，地忽開裂，墜入塋中，繡裙綺襦，化蝶飛去。丞相謝安，聞其事於朝，請封爲義婦。此東晋永和時事也。其讀書宅，稱碧鮮庵，齊建元間，改爲善權寺。今寺後有石刻，大書『祝英臺讀書處』。寺前里許，村名祝陵。山中杜鵑花發時，輒有大蝶雙飛不散，俗傳是二人之精魂。今稱大彩蝶，尚曰『祝英臺』云。明楊守阯《碧鮮壇》詩：『緹縈贖父刑，木蘭替爺征。婉孌女兒質，慷慨男兒情。淳于不生男，木蘭無長兄。事緣不得已，乃留千古名。英臺亦何事，詭服違常經？班昭豈不學，何必男兒朋！貞女擇所歸，必待六禮成。苟焉殉同學，一死鴻毛輕。悠悠稗官語，有無不可徵。有之寧不愧，木蘭與緹縈。荒哉讀書壇，宿草含春榮。雙雙胡蝶飛，兩兩花枝横。彼美康節翁，小車花外行。一笑拂衣去，南山松柏青。』舊志又載明邑令谷蘭宗《祝英臺近》詞云：『草垂裳，花帶靨，春筍細如箸。窈窕巖扉，苔印讀書處。看他墨灑雲煙，光流霞綺，更誰伴儒裝容與？　無塵慮，恰有同學仙郎，窗前寄冰語。芝砌蘭階，便作洞房覷。祇今音杳青鸞，穴空丹鳳，但胡蝶滿園飛去。』吴騫《桃溪客語》云：梁祝事見於紀載者，凡數處，《寧波府志》云云（已見馬君《雜記》，不載）。蔣薰《留素堂集》，清水縣有祝英臺墓，嘗爲詩以弔之。又舒城縣東門外，亦有祝英臺墓。今善權山下有祝陵，相傳以爲祝英臺墓，何英臺墓之多耶？然英臺一女子，何得稱陵？此可疑也。凡此皆《雜記》所未及，余臚列之，以諗好事。（《花朝生筆記》）

梁處仁，字山伯（一作諱山伯，字處仁），會稽人也，生於東晋穆帝永和壬子三月一日。幼惠聰，有奇智。長就學，竺好墳典，嘗從名師過泉唐。道逢一士子，容止端偉，負笈擔簦渡航。相與坐而問曰：『子爲誰？』曰：『姓祝，名貞，字信齋。』曰：『奚止？』曰：『上虞之鄉。』、『奚適？』曰：『師氏在邇。』與之討論旨奥，怡然相得。山伯乃曰：『家山相連，余不敏，攀鱗附翼，望不爲異。』於是樂然同往。肄業三年，祝思親而先返。後二年，山伯亦歸，省之上虞，訪信齋，舉無識者。一叟笑曰：『我知之矣，善屬文者，其祝氏九娘英臺乎？』踵門引見，詩酒而别。山伯悵然，始知其爲女子也。退而慕其清白，告父母求姻。時英臺已許字鄮城（即今鄞縣東鄉）廊頭馬氏，弗克諧。山伯嘆曰：『生當封侯，死當廟食，區區何足論也！』後簡文帝舉賢良，郡以山伯應。詔爲鄮令（一作鄞令），嬰疾弗瘳，遺屬侍人曰：『鄮西清道源九隴墟（即今鄞西接待寺後），爲葬之地。』瞑目而殂，寧康癸酉八月十六日辰時也。郡人不日爲之塋焉。又明年乙亥，暮春丙子，祝適馬氏。乘流西來，波濤勃興，舟航縈迴莫進。駭問篙師，指曰：『無它，乃山伯梁令之新冢，得非怪與？』英臺遂臨冢奠祭哀慟，地裂而埋璧焉。馬氏言官開槨，巨蛇護冢不果。郡以事異聞於朝，丞相謝安，奏請封義婦冢，勒石江左。至安帝丁酉秋，孫恩寇會稽，及鄮，太尉劉裕討之。相傳裕得山伯夢中助，得以平賊。裕奏聞，帝以神功顯雄，褒封義忠神聖王，令有司於墓前立廟祠之。至今廟貌常新，俗稱新婚三年，夫婦同瞻神像者，得偕老。諺云：『若要夫妻同到老，梁山伯廟到一到。』亦吾鄉迷信之一也。吴中呼黄色花蝴蝶爲梁山伯，黑色爲祝英臺，謂其死後焚衣，衣化成蝶，此説蓋出好事者附會。至若曲阜孔廟之有梁祝讀書處，誠大奇事。而後世文人，間有借爲咏古者，直笑談矣。（《勞久雜記》）

孟姜女第一百九十八

《列女傳》：杞梁之妻無子，内外皆無五屬之親。既無所歸，乃枕其夫之屍於城下而哭。道路過者，莫不爲之揮淚，十日而城爲之崩。《郡國志》：陝西西安同官人孟姜，適范殖，僅三日，殖忽赴役長城，姜送寒衣至城下，殖已死，姜尋夫骨無辨，嚙指血驗得之。今婦女所唱《孟姜女》彈詞，謂秦始皇築長城，有萬喜良者赴其役。其妻孟姜，送寒衣之城下。萬前卒，一哭而城崩，實本於此。考《春秋左傳》，杞梁，莊公時人，距齊築長城，尚百餘年，而齊之長城，又非即秦之長城也。喜良殆杞梁之音轉，萬字不明其來歷，唯《琴操》有『《范杞梁妻嘆》者，齊邑范梁殖之妻所作也』一語。殖，梁字也，然則杞梁固姓范，『萬』殆『范』之訛邪，略考證之，諗諸博聞。（《花朝生筆記》）

前筆記曾考徵《孟姜女》彈詞，按崔豹《古今注》，《杞梁妻》者，杞殖妻妹朝日所作也。殖戰死，妻曰：『上無父，中無夫，下無子，人生之苦至矣。』乃抗聲長哭，杞都城感之而頹，遂投水死。其妹悲姊之貞操，乃作歌，名曰《杞梁妻》也。釋貫休詩曰：『秦之無道兮四海枯，築長城兮遮北胡。築人築土一萬里，杞梁貞婦啼嗚嗚。上無父兮中無夫，下無子兮孤復孤。一號成崩塞色苦，再號杞梁骨出土。疲魂飢魄相逐歸，陌上少年無相非。』錢也是《讀書敏求記・孟姜女集》下云：『女姓姜，楚地澧人。行一，故曰「孟姜」，秦始皇築長城，夫范郎往赴其役。久不歸，製寒衣躬送往之。至則范已死，痛哭城崩，瀝血求夫骨函歸。行至同官山，力竭死。土人即其遺骸，立祠以祀。』此説與《古今注》異，與貫休詩合，與《左傳》、《列女傳》又異。不謂此一事而紛紜錯雜不可置詰乃至是，洵讀書之難也。然彈詞所傳，自有來歷，即《送衣》、《投水》諸關目，亦無一杜撰者，不得以盲詞少之。（同上）

明三原馬理撰《孟姜女集》云：楚地澧人范郎妻姜氏，行一，故曰『孟姜』。范郎赴長城之役，姜送寒衣，經侯馬南澮河，水漲叵濟。手拍南厓而哭，澮爲之淺，有手跡數十云。高廟《御集姜女祠序》云：山海關外數里，姜女祠在也。祠前土丘，爲姜女墳，望夫石在其側。俗傳姜女爲杞梁妻，始皇時，因哭其夫而崩長城。今山西潞安、直隸古北口，并此處，皆有姜女祠。（《荷香館瑣言》）

白蛇傳第一百九十九

宜興許郎行二，農家子也。康熙二十年間，偶入城，至虹橋，遇一女絶艷，許將與目成，已失所在。是日薄暮抵舍，則所遇女先在室内，謂許曰：『來從絳闕，暫寄紅塵；三生夙緣，今當與君償之，幸無疑懼。』問其姓名，曰：『何淑真。』從婢年可十三四，曰『秋鴻』。是時許婦適歸寧，許因詭言：『我婦美勝卿。』何曰：『邑中金閨之艷，幽谷之姝，遍數止某某三人，差不慚巾幗，我猶勝之。若君婦則歷齒蓬頭，既疥且痔，直登徒所愛者耳，又何足言。』婦聞甚恚，率其諸姑姊，坌集哄觀。僅聞語聲出户，并不見形，乃共指而詈之。何曰：『我與許君締未斷之緣，命自真宰。女輩某與某私，某爲某事，此豈貞静者，而亦毁我乎？』所刺幽隱皆實中，遂嘿然散去。何喜談論，其言皆古宫闈事，於漢事尤詳。遠近好異之士，屨滿其門。如是月餘，頗厭煩囂，挈婢辭許，不知所往。逾旬，忽見婢持衣履來貽，且招許。許叩以何在，婢言：『且閉目，行少頃可達。』許如言，覺兩足冉冉，若乘煙霧。經丘穿壑，仿佛仙源，曲闌重閣，花木幽深。何薄鬟約袖，躬自紡織。許至，潔巵而進，因相與繾綣。逾夕，惝恍出門，遥見曉村舊徑，忽然抵家。事見鈕玉樵琇《觚賸》。世俗有《白蛇傳》彈詞，雖誕妄可笑，似亦有所本。白娘子永鎮雷峰塔事，陸次雲、洪昉思，并有記述，惟許二所遇之女，據《觚賸》當姓何耳。大約彈詞係綴拾二説，傅會成之者。（《花朝生筆記》）

雷峰塔，五代時所建，塔下舊有雷峰寺，廢久矣。嘉靖時，東倭入寇，疑塔中有妖，縱火焚塔。故其檐級皆去，赤立童然，反成異致。俗傳湖中有青魚、白蛇之妖，建塔相鎮。大士屬之曰：『塔倒湖乾，方許出世。』崇禎辛巳，旱魃久虐，水澤皆枯，湖底泥作龜裂，塔頂煙焰薰天。居民驚相告曰：『白蛇出矣。』互相驚懼，遂有假怪以惑人者。後得雨，湖水重波，塔煙頓息，人心始定。（洪昉思附記，杭州舊傳有三怪：金沙灘之三足蟾，流福溝之大鱉，雷峰塔之白蛇。隆慶時鱉已爲屠家釣起，蟾已爲方士捕得，惟白蛇之有無，究不可得而知也。小説家載有白娘子永鎮雷峰塔事，豈其然乎？）（《湖壖雜記》）

徐逢吉《清波小志》引《小窗日記》云：宋時法師鉢貯白蛇，覆於雷峰塔下。按：世傳雷峰塔下有青、白二蛇。《西湖志》則云，俗傳有青魚、白蛇之怪，亦不詳其見何書。此所引《小窗日記》，未知何人所作，疑宋時實有此事也。（《小繁露》）

盲詞如《白蛇傳》，怪誕極矣，然事固有相類者，錢泳《履園叢話》，言清乾隆初年，湖州歸安縣菱湖鎮某姓者，以賣碗爲業，納一妻甚美，而持家勤儉，異於常人。一日，謂其夫曰：『子作此生涯，飢寒如舊，非計也。子如信吾言，自有利益。』其夫聽之，遂棄舊業，買賣負販，一如妻言。不及十年，遂至大富。生二子，俱聰慧，延師上學。惟每年端午輒病，且拒人入房，其夫不覺也。長子方九歲，偶至母所，見大青蛇蟠結於床。驚叫反走，回視則母也。因告於師，師固村學究，以禍福聳動其夫。妻已知之，謾罵曰：『吾家家事，何預先生？』是夕忽不見。天地之大，何所不有，存而不論可也。（《花朝生筆記》）

三笑奇緣第二百

姚旅《露書》云：吉道人，父秉中，以給諫論嚴分宜，廷杖死。道人七歲爲任子。十七，與客登虎丘。適上海有宦家夫人，擁諸婢來游，一婢秋香，姣好。道人有姊之喪，外衣白衫，裏服紫襖絳裩。風動裙開，秋香見而含笑去。道人以爲悦己，物色之。乃易姓名『葉昂』，改衣裝作窶人子，往賄宦家縫人，鬻身爲奴。宦家見其閒雅，令侍二子讀書，二子愛昵焉。一日，求歸娶，二子曰：『女無歸，我言之大人，爲女娶。』道人曰：『必爲我娶者，願得夫人婢秋香，他非願也。』二子爲力請，予之。定情之夕，解衣，依然紫襖絳裩也。秋香凝睇良久曰：『君非虎丘少年耶？君貴介，奚爲人奴？』道人曰：『吾爲子含笑目成故耳。』會勾吴吴學博遷上海令，道人嘗師事者。下車，道人隨主人謁焉。既出，竊假主人衣冠入見。令報謁主人，并謁道人。旋道人從兄東游，其僕偶見道人，急持以歸。宦家始悉其顛末，具數百金裝，送秋香歸之。道人名之任，字應生，江陰人，爲母舅趙子，本姓華氏。按小説家移其事屬唐伯虎，《三笑奇緣》一書，即專衍此事者。子畏爲人固放誕，實未嘗有此。

《桐下聽然》一則云，華學士鴻山，嘗艤舟吴門，見鄰舟一人，獨設酒一壺，酌以巨觥，村頭向之極罵。既而舊袂舉觥，作欲吸之狀，輒攢眉置之。狂叫拍案，因中酒欲飲不能故也。鴻山注目良久，曰：『此定名士。』詢之，乃唐解元子畏。喜甚，肅衣冠過謁。子畏科頭相對，談謔方洽，學士浮白屬之，不覺盡一觴。因大笑極歡，日暮後，大醉矣。當談笑之際，華家小婢，隔簾窺之而笑。子畏作《嬌女篇》貽鴻山。鴻山作《中酒歌》答之，後人遂有傭書獲配秋香之誣，可證俗傳之全屬子虚也。惟此事亦自有異説，《耳談》以爲陳元超，《西神叢語》以爲俞見安，此又作華應生，蓋不可考矣。（《花朝生筆記》）

卷十

雜記

陶宗儀《輟耕録》曰：唐曰傳奇，宋曰戲諢，元曰雜劇院本。今名曲爲傳奇，蓋元末已有此言，然傳奇故非戲曲。《唐書·藝文志》有裴鉶《傳奇》一卷，在小説家，其書不傳。《太平廣記》、《法苑珠林》諸書，頗引其佚文，特《齊諧》志怪之流。裴，晚唐人，爲高駢客，以駢好神仙，故撰此書以惑之。文體雖近俳，非樂府歌曲也。范文正爲《岳陽樓記》，宋人譏爲『傳奇體』，則傳奇又爲文體卑靡之稱。或後有取裴鉶記中事跡爲戲劇張本者，因有是名耳。此與蘇鶚『演義』之名正同。蘇書具在，元文可按，絶非《宣和遺事》之比。世所行章回體小説，實出於《宣和遺事》，而皆蒙演義之名，沿用既久，世人亦不復察矣。（《曲苑叢談》）

宋劉斧所著《青瑣高議》，每條各有七字標目，如《張乖崖明斷分財》、《回處士磨鏡題詩》之類，頗與平話體例相近。明萬曆間，播州宣慰使楊應龍叛，郭子章巡撫貴州，與李化龍同討平之。化龍時巡撫四川，進總督四川、湖廣、貴州軍務。事平，化龍有《平播全書》之作。其後一二武弁，造作平話，以播事全歸化龍一人之功，子章不平，作《平播始末》二卷，以辨其誣。據此知明人於時事，亦有平話也。宋時平儂智高，孫沔與狄青同事，而其後歸功於狄。明時平楊應龍，郭子章與李化龍同事，而其後歸功於李。二事正相類。子章作《平播始末》，猶是自表其功。若滕元發作《孫威敏征南録》，則以他人表白其功，是尤足徵公論也。（《九九消夏録》）

明楊東明所繪《河南饑民圖》，至今猶有刻本，乃東明萬曆中所上也。圖凡十有四，前十三圖，繢饑民之狀，各繫以説；末一圖，乃東明拜疏之象，亦有説曰：『這望闕叩頭的，就是刑科右給事中小臣楊東明。』諸説皆俚俗之語，冀人主閲之，易於動聽，亦深費苦心矣。明薛夢李《教家類纂》一書，首以圖説，繪畫故事，而繫之以説云：『這一個門内站的人，是某朝某人。』云云。疑明代通行小説平話，有此體也。（同上）

傳奇衍義，即詩歌紀傳之變而爲通俗者，哀艷奇恣，各有專家，其文章近於游戲。大約空中結撰，寄姓氏於有無之間，以徵其詭幻。然博考之，皆有所本。如《水滸》三十六天罡，本於龔聖與之《三十六贊》。其贊首呼保義宋江，終撲天鵰李應。《水滸》名號，悉與相符；唯易尺八腿劉唐爲赤髮鬼，易鐵天王晁蓋爲托塔李天王，則與龔贊稍異耳。《琵琶記》所稱牛丞相，即僧孺。僧孺子蔚，與同年友鄧敞相善，强以女弟妻之。而牛氏甚賢，鄧原配李氏，亦婉順有謙德，牛、李二人各以門第年齒相讓，結爲姊妹。其事本《玉泉子》，作者以歸伯喈，蓋憾其有愧於忠，而以不盡孝譏之也。古以孝稱者，莫著於王氏，哀祥其首也。若夫萬里尋親，則《滇南慟哭記》，亦係王紳之事。故近時傳奇行世者，兩孝子皆姓王，豈無所本而命意乎？（《觚賸》）

《稗史》記王圻《續文獻通考》載《琵琶記》、《水滸傳》，此亦別有一説，未可輕議。但余見《續通考》，止有《水滸傳》，未見《琵琶記》也。又云，《通考》載羅貫中爲《水滸傳》，三世子弟皆啞。余見《續通考》題《水滸》爲羅貫著，不名貫中，三世子弟皆啞，并無其文。豈刻本有互異耶？抑《稗史》之誤識耶？（《丙辰札記》）

《在園雜識》云：《三國演義》叙述不乖正史，而桃園結義，戰陣回合，不脱稗官窠臼。杭永年一仿聖歎筆意批之，似屬效顰，然亦有開生面處。《西遊》爲證道之書，丘長春藉説金丹奥旨，汪澹漪批注處，大半摸索皮毛。即通書太極無極，何能一語道破耶？《金瓶梅》以淫説法，彭城張竹坡，爲之先總大綱，次則逐卷逐段，分注批點，可以繼武聖歎。按金聖歎評《水滸》，人人知之；《三國演義》爲杭永年評，《西遊記》爲汪澹漪評，《金瓶梅》爲張竹坡評，則知者鮮矣。（案：今本《三國演義》皆題毛宗岡評點，無作杭永年者，未審何説，俟考。）《金瓶梅》余未寓目，至《西遊記》，每回必有悟一子評，其即汪澹漪乎？唯丘長春別有《西遊記》，非此書也。劉氏沿襲俗説，失之。（《茶香室叢鈔》）

長洲褚人穫《堅瓠補集》：毛德音先生（綸）學富家貧，中年瞽廢，同輩惜之。其妃亦有賢德，六秩雙壽時，同人俱以詩贈之。先生獨喜汪嘯尹四絶句，詩云：『兩字飢寒一腐儒，空將萬卷付嗟吁。

世人不識張司業，若個纏綿解贈珠。』、『久病長貧老布衣，天乎人也是耶非。止餘幾點窮途淚，盲盡雙眸還自揮。』、『荆布虀鹽四十年，誰人知得孟光賢？至今還舉齊眉案，辛苦終身劇可憐。』、『工容何事不如人，嫁與寒儒病更貧。垂老雙眉終日鎖，鶯花過盡那知春。』四詩絶非祝嘏常套，先生所以獨憙之與。先生有《三國箋注》、《琵琶評》行世。按：褚氏至今，可二百年所耳，而二書已不傳。乃知書之日就散佚，不獨高文典册爲然，稗官家言，亦如此矣，書以致慨。（《花朝生筆記》）

《揚州畫舫録》云：乾隆丁酉巡鹽御史伊齡阿奉旨於揚州設局，修改曲劇，凡四年事竣，總校黄文晹，著《曲海》二十卷。按：《曲海》載雜劇傳奇之名，多世所未見。據其中有元人馬致遠所作《黄粱夢》雜劇，然則湯臨川之《邯鄲夢》，有先之者矣。又國朝傳奇中，有《續牡丹亭》一種，作者姓名失考，是又繼臨川《還魂記》而作者。國朝雜劇中，有蝸寄居士《長生殿補缺》，殆於洪氏元本外，别搜開、天間佚事以補之，而今不傳。明人鄭若庸作《繡襦記》，國朝又有作《後繡襦》者。國朝吴縣李元玉作《一捧雪》，其後又有作《後一捧雪》者。作者姓名無考，而書亦不傳。李笠翁《十種曲》，盛行於世，乃據《曲海》，則尚有《偷甲記》、《四元記》、《雙鐘記》、《魚籃記》、《萬全記》五種。阮大鋮傳奇，《燕子箋》、《十認錯》外，尚有《雙金榜》、《牟尼合》、《獅子賺》等名，見《韻石齋筆談》及《池北偶談》，今皆不傳，知者亦鮮。《平妖傳》、《禪真佚史》，平話也；《倭袍》、《珍珠塔》、《三笑姻緣》，彈詞也；乃《曲海》所載，則皆有曲本，學問無窮，即此可見矣。（同上）

黄梨洲先生《思舊録》云：史磐，字叔考，長於填詞，如《兼釵》、《合紗》、《金丸》、《夢磊》諸院本，皆盛行於世。又云：吴炳，號石渠，長於填詞，所著有《西園》、《情郵》、《畫中人》、《療妒羹》、《緑牡丹》，雖多剿襲而不落俗。明季人喜著院本，蓋亦一時風氣使然，惟石渠端人，何以爲温氏著《緑牡丹》，不可解也。（同上）

《静志居詩話》：祈承㸁，字爾光，紹興山陰人，江西右參政。富於臧書，元明來傳奇，多至八百餘部，而《葉兒樂府散套》不與也。予猶及見之，按此可知元明傳奇之多，今十不存一矣。（《茶香室三鈔》）

《静志居詩話》：識曲者目《荆》、《劉》、《拜》、《殺》爲元四大家。《殺狗記》乃仲田（徐畛字仲田）所撰也。其言曰：『吾詩文未足品藻，惟傳奇詞曲，不多讓古人。』按《荆》、《劉》、《拜》、《殺》之名，今人罕知，《荆》謂《荆釵記》，《拜》謂《拜月記》，《殺》謂《殺狗記》，《劉》則未詳。《曲海》元雜劇，有《劉行首》，楊景賢作，或即是歟？（同上）

《嘯亭雜録》：委巷瑣談，雖不足辨，然使村夫野婦聞之，顛倒黑白，亦復可慮。近有《承運傳》，載朱棣篡逆事，乃以鐵、景二公爲奸佞。又有《正統傳》，以于忠肅公爲元惡大憝。本朝《佛撫院盲詞》，以李文襄公之芳爲奸臣，包庇其弟。此皆使人髮指。按此等小説，今皆不傳，《佛撫院盲詞》，更不知何書也。又云：近有《盛世鴻圖》雜劇，衍曹彬南征故事，謂南唐有妖道，能使藥迷宋將，自相殘殺。語雖怪誕，《北史》魏冀州沙門法慶，合狂藥，令人服之，父子兄弟不復相識，以殺害爲事。是亦有所託也。《盛世鴻圖》，今亦未之見。（同上）

國朝張時爲《界軒集》，有擬奏疏一通，請定天下傳奇爲六等。此論大奇，不知講學家何以有此。（《九九消夏録》）

張爾岐《蒿庵閒話》云：明朝凡皇太子諸王生，率剃度幼童一人爲僧，名曰『替僧』。神宗皇帝替僧名志善，見《張江陵集》。按世俗盲詞，往往有代皇帝出家之和尚，横行無忌。據此乃真有之。（《小繁露》）

裴度爲御史中丞，武元衡遇害之日，度亦爲人所刺，隸人王義，扞刃而死。度由是獲免，乃自爲文以祭之，仍厚給其妻子。是歲進士撰《王義傳》者，十二三焉，出《國史補》。傳奇稱度爲御史，請伐淮、蔡，忤宰相李逢吉，逢吉夜遣人刺之，裴僕裴旺，乃效陳嬰代公死，不知何不用王義事。（《堅瓠集》）

明朱國楨《涌幢小品》云：劉天叙，鳳陽人，與其黨三人，擡一小佛像，募緣至南京，妄言能畫地地陷，指天天開，且知人三世事。有納錢者，來生爲指揮等官。一婦人哭於陌上，呼而視之曰：『來生當爲后妃。』遂攜與俱去行淫。衛軍某，得其情，告之操江豐城侯李某等張大其事。其實天叙等數人，皆庸流下賤，餘四十人，則南都菜傭、踏面人也。時丁敬宇方爲操江都御史，改擬磔一人，斬一人，餘悉充戍。今彈詞中有及劉天叙者，蓋真有此人此事也。（同上）

元吴自牧《夢粱録》云：角觝者，相撲之異名也，又謂之争交。瓦市相撲者，先以女颭數對打套子，令人觀覩，然後以膂力者争交。若論護國寺南高峰露臺争交，須擇諸道州郡膂力高强，天下無對者，方可奪其賞。如頭賞者，旗張、銀杯、彩緞、錦襖、官會、馬匹而已。景定間，賈秋壑秉政時，曾有温州子韓福者，勝得頭賞，補軍佐之職。杭州有周急快、董急快、王急快、賽關索、赤毛朱超、周忙憧、鄭伯大、鐵梢工、韓通住、楊長脚等，及女颭賽關索、嚻三娘、黑四姐俱瓦市。諸郡争勝，以爲雄偉。今小説家有所謂『打擂臺』者，即此是矣。（同上）

亮工周櫟園《閩小紀》云：閩縣林文安公建屋，梁横於户。侍女騎而出，匠詈之，女曰：『閣老尚書，不此中出耶？』公異其語，召私之。女正色曰：『何可草草！公高年，脱孕，後誰明予者？盍書數字爲據？』公命取側理，女入公室，以絳色機緞全端至。公益奇其志，書舉男以機名，女以段名。後舉男，是爲大宗伯；復舉女，妃侍郎鄭公；絳緞至今尚臧其家。按：文安公名瀚，前明時，以大司馬改南冢宰。子庭棉，大司空；庭機，大宗伯；庭機子㸂，大宗伯；熞，大司空；一門五尚書，可謂盛矣。此女之語，今俗行彈詞中，有襲用之者，不知其爲林氏事也。（《茶香室續鈔》）

王士禎《池北偶談》云：前御史欒安成公寶慈，明崇禎中，以疏救黄公石齋遣戍。鼎革後，隱崑崙山中。一日大雪，登絶頂，見松林中有人僵卧。四面皆積雪，無人跡，其人衣木葉，卧處丈許獨無雪。見公至，蹶而起曰：『候公久矣。』問其年，云不記年歲。祇憶少時在京師，見楊椒山赴西市，遂發憤出家學道耳。小説書中，載有人見椒山赴西市，而棄家雲游，遂以得道者。蓋亦有本也。（同上）

沈德符《野獲編》云：劉璟，青田人，誠意伯仲子也。洪武中，拜閣門使，賜以鐵簡，上鑄金爲『除奸摘佞』四字，命以擊百官之不法者。時袁都御史奏車牛事，璟當殿以簡撳其項，其事甚異。弇州考誤，

斷以爲妄。焦弱侯謂誠意家實有此簡，曾以示焦。按此，則小説所謂『打侫鞭』，乃真有之。（同上）

顧震濤《吴門表隱》云：鴛鴦樓在四通橋西，戚氏書樓。原注云：『小説所云戚子卿者。』按戚子卿未知何人，彈詞中有戚子卿寓狀，豈即其人歟？（《茶香室三鈔》）

宋王明清《揮麈後録》云：蔡元長晚年語其猶子耕道曰：『欲得一好士人教諸孫。』耕道云：『有新進士張觷，可備其選。』元長延致入館。數日後，忽語蔡諸孫云：『可且學走，其他不必。』諸生請其故，云：『君家父祖，奸驕以敗天下。指日喪亂，唯有奔竄，或可脱死。他何必解耶？』諸孫愬於元長，元長愀然不樂。命置酒謝之，且詢救弊之策，曰：『目下姑且收拾人心，以補萬一，然無及矣。』元長爲之垂涕。所以叙劉元城之官，召張才叔、楊中立之徒用之，蓋由此也。觷字柔直，南劍人，後亦顯名於時。按近時有一平話，曾叙入此事。考《宋史》三百七十九卷，有《張觷傳》，實載此事，非小説家虚言也。（同上）

宋陳元靚《歲時廣記》云：《三水小牘》：湖南觀察使李庚女奴曰却要，美容止，善詞令。李四子，曰延禧，曰延範，曰延祚，所謂大郎而下四郎也，咸欲烝却要，而不能常遇。清明節，纖月娟娟，中堂垂繡幕，背銀釭，而大郎與却要遇於櫻桃影中，乃持之求偶。却要取茵席授之，紿曰：『可於廳之東南隅，佇立相待，候堂前眠熟，當至。』大郎既去，又逢二郎調之。却要復取茵席授之，曰：『可於廳中東北隅相待。』二郎既去，又逢三郎，却要復取茵席授之，曰：『可於廳中西南隅相待。』三郎既去，又與四郎遇，却要復取茵席授之，曰：『可於廳中西北隅相待。』四人皆去。延禧於角中屏息以待，廳門斜閉，見其三弟比比而至，各趨一隅。少頃，却要然密炬，疾向廳事，豁雙扉而照之，謂延禧輩曰：『阿堵貧兒，争敢向這裏覓宿處？』皆掩面而走。近時彈詞家衍説華氏婢本此，乃知彈詞家亦有所本也。四子止載三名，疑有缺誤。（同上）

宋錢易《南部新書》云：吉頊之父喆，爲冀州長史，與頊取南宫縣丞崔敬女，崔不許，因有故脅之。花車卒至，崔妻鄭氏抱女大哭曰：『我家門户底，不曾有吉郎。』女堅卧不起，小女自當登車而去。頊後入相。近人小説中，時有姊妹易嫁事。乃知此等事，古固有之。（同上）

宋沈括《夢溪筆談》云：錢唐有聞人紹者，嘗寶一劍，用力屈之，如鈎；縱之，鏗然有聲，復直如絃。關中种諤，亦蓄一劍，可以屈之合中，縱之復直。張景陽《七命》論劍曰：『若是靈寶，則舒屈無方。』蓋自古有此一類，非常鐵所能爲也。按近世彈詞，有所謂《盤龍劍》者，蓋亦有本。（同上）

禮親王《嘯亭雜録》云：圖文襄公掌刑曹時，毁明代鎮撫司酷刑，如吕公縧、紅繡鞋諸虐具，以免後人效法。按小説有所謂紅繡鞋者，鑄鐵爲鞋，燒紅，使人著之，明代乃真有此刑耶？（同上）

填詞出才人餘伎，本游戲筆墨間耳，然亦有寓意譏訕者。如王渼陂之《杜甫游春》，則指李西涯及湯石齋、賈南塢三相。康對山之《中山狼》，則指李崆峒。李中麓之《寶劍記》，則指分宜父子。王辰玉之《哭倒長安街》，則指建言諸公是也。又聞湯義仍之《紫簫》，亦指當時柄國首揆。纔成其半，即爲人所議，因改爲《紫釵》。而屠長卿之《彩毫記》，則竟以李青蓮自命，第未知果愜物情否耳。（《顧曲雜言》）

我朝填詞高手，如陳大聲、沈青門之屬，俱南北散套，不作傳奇。惟周憲王所作雜劇最夥，其刻本名《誠齋樂府》，至今行世，殊有金元風範。南曲則《四節連環》、《繡襦》之屬，出於化、治間，稍爲時所稱。其後則嘉靖間陸天池名采者，吴中陸貞山黄門之弟也。所撰有《王仙客明珠記》、《韓壽偷香記》、《陳同父椒觴記》、《程德遠分鞋記》諸劇。今惟《明珠》盛行。又鄭山人若庸《玉玦記》，使事穩貼，用韻亦諧。内《游西湖》一套，尤爲時所膾炙，所乏者，生動之色耳。近年則梁伯龍、張伯起，俱吴人，所作盛行於世。若以《中原音韻》律之，俱門外漢也。唯沈寧庵吏部後起，獨恪守詞家三尺。如庚、清、真、文、桓、歡、寒、山、先、天諸韻，最易互用者，斤斤力持，不稍假借，可稱度曲申韓，然詞之堪入選者殊鮮。梅禹金《玉合記》，最爲時所尚。然賓白盡用駢語，餖飣太繁；其曲半使故事及成語。正如設色骷髏，粉裝化生，欲博人寵愛，難矣！湯玉茗《牡丹亭》一出，家傳户誦，幾令《西廂》減價。奈不諳曲譜，用韻多任意處，乃其才情自足不朽也。（同上）

北雜劇已爲金元大手擅場，今人不復能措手。曾見汪太函（案：即汪道昆，字伯玉，撰《東郭記》傳奇者，見前）四作，爲《宋玉高唐夢》、《唐明皇七夕長生殿》、《范少伯西子五湖》、《陳思王遇洛神》，都非當行。惟徐文長《四聲猿》盛行，然以詞家三尺律之，猶河漢也。梁伯龍有《紅綫》、《紅綃》二雜劇，頗稱諧穩。今被俗優合爲一大本南曲，遂成惡趣。獨王辰玉太史衡所作《真傀儡》、《没奈何》諸劇，大得金元本色，可稱一時獨步。然此劇但四折，用四人各唱一折，或一人共唱四折，故作者得逞其長，歌者亦盡其技。王初作《鬱輪袍》，乃多至七折。其《真傀儡》諸劇，又止以一大折了之，似尚隔

一塵。(同上)

會稽陳浦雲孝廉楝論曲云：明曲當以臨川、山陰爲上乘。玉茗《還魂》，校實父過之。特渣滓已空，頗類未除。《邯鄲》二種，斂才就範，風格遒上，前無古人，後無來者。青藤音律，間亦未諧，其詞如怒龍挾雨，騰躍霄漢，千古來不可無一，不可有二。餘若《浣紗》之瀟灑，《明珠》之雋秀，《紅拂》之峭勁，《義俠》之古樸，《西樓》之藴藉，《玉合》之整煉，《龍膏》之奇恣，《香囊》之謹嚴，《紅蕖》之流利，一丘一壑，亦足名家。《燕子箋》盛行一時，品其高下，尚不能并若士幼作之《紫簫》，此外汗牛充棟，自鄶無譏。又云，臨川填詞，多不叶律，沈詞隱貽書規之。臨川欣然笑曰：『余意所之，不妨拗折天下人嗓子。』不朽之業，早自定矣。(《關隴輿中偶憶編》)

朱竹垞《静志居詩話》云：何元朗、臧晋叔，皆精曲律。元朗評施君美《幽閨》出高則誠《琵琶》之上，王元美目爲好奇之過。晋叔謂《琵琶·梁州序》、《念奴嬌》二曲，不類則誠口吻，是後人竄入。元美不以爲然，津津稱許不止。晋叔笑曰：『是烏知所謂《幽閨》者哉？』嘗從黄州劉延伯借元人雜劇二百五十種；又購得楊廉夫《仙游》、《夢游》、《俠游》、《冥游》彈詞，悉鏤版以行。《叙》言：『鄭若庸《玉玦》、張伯起《紅拂》等記，用類書爲傳奇；屠長卿《曇花》，道白終折無一曲；梁伯龍《浣紗》、梅禹金《玉合》，道白終本無一散語，均非是。』且言汪伯玉南曲失之靡，徐文長北曲失之鄙，湯義仍庶幾近之，而失之疏。其持論斷斷不爽。按：評曲至此，精辟極矣，夫豈今人所能知？楊廉夫彈詞，今亦絶響，即吾邑人，或鮮有知其名者矣。(《花朝生筆記》)

今人鮮不閲《三國演義》、《西廂記》、《水滸傳》，即無不知有金聖歎其人者，而皆不能道其詳。王東漵《柳南隨筆》云：金人瑞（按：原名喟），字若采，聖歎其法號。少年以諸生爲游戲具，得而旋棄，棄而旋得。性故穎敏絶世，而用心虚明，魔來附之。某宗伯作《天臺泐法師靈異記》，所謂『慈月宫陳夫人，以天啓丁卯五月，降於金氏之魅』者，即指聖歎也。聖歎自爲魅所憑，下筆益機辨翻瀾，若有神助。然多不軌於正，好評解稗官詞曲，手眼獨出。初批《水滸傳》，歸玄恭莊見之曰：『此倡亂之書也。』繼又批《西廂記》，玄恭見之又曰：『此誨淫之書也。』顧一時學者，愛讀聖歎書，幾於家置一編。而聖歎亦自負其才，益肆言無忌，遂陷於難。初，世廟遺詔至蘇，巡撫以下，大臨府治。諸生從而訐吴縣令不法事（按：令爲山西任某，以非刑預徵課税），巡撫朱國治方昵令，諸生被繫者五人。翌日，諸生聚哭於文廟，復逮繫十三人，聖歎與焉，俱劾大不敬。當是時，海寇入犯江南，衣冠陷賊者，坐反叛，興大獄。廷議遣大臣即訊，并治諸生，及獄具，聖歎與十七人，俱附會逆案坐斬（按十七人之姓名，爲倪用賓、沈玥、顧偉業、張翰、來獻琪、丁觀生、朱時若、朱章培、周江、姚剛、徐玠、葉琪、薛爾張、丁子偉、王仲儒、唐堯治、馮郅，近坊間有《哭廟紀略》一書詳其事）。聞聖歎將死，大嘆詫曰：『殺頭，至快也，而聖歎以無意得之，大奇。』於是一笑受刑云。（《歸田瑣記》）

周亮工《賴古堂尺牘新鈔》載嵇永仁與黄余部尺牘云：周計百使君司李麐南（麐南不知何地，麐字亦未識，疑有誤），讀才子書，慕聖歎爲人，遣使賫舟車之費往迎之。聖歎適有《唐詩選》，未赴也，然業已心許之。越明年，使君夢一人，披髮跣足，聳身案上，蒙面而泣曰：『我聖歎也。』使君晨起謂客曰：『聖歎已矣。』遣使再至吴門，始知使君夢中之夕，即聖歎絶命之晨也。宋長白《柳亭詩話》云：金聖歎既死，山左有官署召仙，仙乃聖歎，判一詩云：『石頭城畔草芊芊，多少愚人城下眠。惟有金生眠不得，雪霜堆裏聽啼鵑。』吴薗次説：又章有謨《景船齋雜記》云：金聖歎前身，爲杭州昭慶寺僧。死後，吾郡朱眉方，夢聖歎謂之曰：『吾前生乃僧也，常游歡愛河中，故有是劫，今脱矣，當爲鄧尉山神。』此皆金聖歎身後異事，世罕知者。（《茶香室叢鈔》）

余嘗於清人説部中，得金聖歎佚事兩則，愛其詭詼，録存别楮。今附載於此，然不記其出處矣。其一，或問金聖歎，『聖歎』二字作何解，聖歎曰：『《論語》兩喟然嘆曰：一爲嘆聖，一爲聖歎，吾其爲曾點乎！』其一，聖歎赴市時，以遺書託獄卒寄妻子，卒懷以呈吏。吏疑有謗讟語，啓緘閲之，上書云：『字付大兒看：鹽菜與黄豆同吃，大有胡桃滋味。此法得傳，我無遺憾矣。』吏爲之絶倒，曰：『金先生死且侮人。』（《花朝生筆記》）

跋

右《小説考證》十卷，蔣子之所撰輯也。清宣統庚戌，蔣子年二十歲始纂集是書。明年春，刻之上海《神州報》，纔及萬言，以事中輟。塵務坌集，欲續成之而未能也。顧海内同志，謬加賞鑒，以爲酒後茶餘，足資談塵。日報雜志，時時甄録及之。去歲南海何君藻安、吴胡君寄塵，編刊《古今文藝叢書》，復入之第一集。文字相知，鄙人所心感不置者也。特是書原未殺青，稿紙之存匧衍中者，殆如束筍。而三四年來，網羅之所得，又積成卷帙。落花片片，蔚然可觀。因以暇日重事編次，都二百目，一十三萬言。古今小説之赫然在人耳目者，大抵具此矣。庸付手民，傳之好事。抄胥之學，自問蓋無足道，讀者其謂之何！民國四年乙卯，壯月辛未夜，漏下三鼓寫竟。記時萬籟寂然，冷雨敲窗，芭蕉滴瀝聲，清澈可聽也。羼提居士蔣瑞藻。

附録

戲劇考證

乙卯秋，蔣子撰《小説考證》成，其友或語之曰：『是編也，爲卷十。爲目二百，成文十餘萬言。雖未精審，亦繁博矣。子不聞乎，戲劇與小説，異流同源，殊途同歸者也。而聲音之道，感人尤深，其影響於風俗人心者，勢力蓋出小説上。清季以還，此事益盛，舉國上下，無知無愚，無賢不肖，鮮不有周郎之癖。著書論列者，亦既充棟汗牛，吾子其獨無述乎？』蔣子曰：『余於戲劇，門外漢耳。嘗見夫裘馬年少，鞭絲帽影，日馳逐舞衫歌扇間，大惑不解。以謂絃絶管歇，回首若夢，正復有何餘味。又嘗聞人圍坐聚談，娓娓不肯休。或手自按拍，摹仿名伶聲調，引吭高唱，響遏行雲，不復知人間世更有何事。余每偃然惟恐卧去，若者佳，若者否，輒瞠目不知所答。梨園之中，經歲或不一涉足，天性固不與戲近，而又奚述焉。無已，則請如《小説考證》例，爲之討論其原委，辨析其同異，某爲事實，某出虚構，聊助愛顧曲者之參徵，可乎？』乃謁旬日之力，草爲此編，稍排比刊行之。語云：『賢者識其大者，不賢者識其小者。』戲劇也，小説也，自賢者視之，小之小矣。蔣子乃不憚煩，旁搜博稽，作爲考證，然則蔣子其不賢者與！瑞藻記。

喜崇臺第一

今梨園演劇，有《喜崇臺》一齣。案《春秋穀梁傳》，魯季孫行父秃，晋郤克跛，衛孫良夫眇，曹公子首僂，同聘於齊。齊使秃者御秃，跛者御跛，僂者御僂，眇者御眇，蕭同叔子登臺大笑云。此劇所自出也。（《花朝生筆記》）

八義圖第二

《史記·趙世家》：屠岸賈將誅趙氏，韓厥告趙朔趣亡。朔不肯，曰：『子必不絶趙氏，朔死不恨。』韓厥許諾，稱疾不出。賈不請而擅與諸將攻趙氏於下宫，皆滅其族。趙朔妻成公姊，有遺腹，走公宫匿，趙朔客曰公孫杵臼，杵臼謂朔友人程嬰曰：『胡不死？』程嬰曰：『朔之婦有遺腹，若幸而男，吾奉之；即女也，吾徐死耳。』居無何，而朔婦免身，生男，屠岸賈聞之，索於宫中。夫人置兒袴中，祝曰：『趙宗滅乎，若號；即不滅，若無聲。』及索，兒竟無聲。已脱，程嬰謂公孫杵臼曰：『今一索不得，後必且復索之，奈何？』公孫杵臼曰：『立孤與死孰難？』程嬰曰：『死易，立孤難耳。』公孫杵臼曰：『趙世先君與子厚，子强爲其難者，吾爲其易者，請先死。』乃二人謀取他人嬰兒負之，衣以文葆，匿山中。程嬰出，謬謂將軍曰：『嬰不肖，不能立趙孤。誰能予我千金，吾告趙氏孤處。』諸將皆喜，許之，發師隨程嬰，攻公孫杵臼。杵臼謬曰：『小人哉，程嬰！昔下宮之難不能死，與我謀匿趙氏孤兒。今又賣我，縱不能立，而忍賣之乎？』抱兒呼曰：『天乎天乎，趙氏孤兒何罪？請活之，獨殺杵臼可也。』諸將不許，遂殺杵臼與孤兒。諸將以爲趙氏孤兒良已死，皆喜。然趙氏真孤乃反在，程嬰卒與俱匿山中。居十五年，晋景公疾，卜之，大業之後不遂者爲祟。景公問韓厥，厥知趙孤在，具以實告。於是景公乃與韓厥謀立趙孤兒，召而匿之宫中。諸將入問疾，景公因韓厥之衆，以脅諸將而見趙孤，趙孤名曰武。諸將不得已，遂反與程嬰、趙武攻屠岸賈，滅其族，復與趙武田邑如故。及趙武冠，爲成人，程嬰乃辭諸大夫，謂趙武曰：『昔下宮之難，皆能死，我非不能死，我思立趙氏之後；今趙武既立，爲成人，復故位，我將下報趙宣孟與公孫杵臼。』趙武啼泣頓首，固請曰：『武願苦筋骨以報子至死，而子忍去我死乎？』程嬰曰：『不可，彼以我爲能成事，故先我死，今我不報，是以我事爲不成。』遂自殺。《八義圖》一劇本此。

余按屠岸賈事，《左傳》不載；趙朔妻事，腐盲所記亦異。《傳》云：『初，趙衰先娶叔隗，生盾。又娶晋文公女，生原同、屏括、樓嬰。嬰通盾子朔之妻，同括怒逐嬰。』趙朔妻誣奏景公，使殺同、括，屠岸賈固未害趙氏。同一趙朔妻，何見於史者之貞，而見於《傳》者之淫耶？孟子曰：『盡信書，則

不如無書。』信哉！（《花朝生筆記》）

爛柯山第三

《漢書·朱買臣傳》：買臣，字翁子，會稽人也。家貧好讀書，不事産業，常艾薪樵，賣以給食。擔薪而行，讀書不止。其妻亦樵擔相隨，數止買臣，買臣讀愈疾，妻羞之，求去。買臣笑曰：『我年五十當富貴，今已四十餘矣，汝苦已久，待我富貴，當報汝之功。』妻恚怒曰：『如公等終餓死溝中耳，何能富貴？』買臣不能留，乃聽其去。後買臣負薪墓間，故妻與夫家上冢，見買臣飢寒，呼與之飯。後數年，買臣爲上計吏，御車之長安，詣闕上書，不報。糧用乏絶，流爲乞丐，遇同邑人嚴助，時適貴幸，因薦其才。召見，言《春秋》，説《楚詞》，帝甚悦，爲中大夫，與嚴助俱侍中。時東越數反，買臣言發兵浮海，直指泉山，以舟兵席捲南行，可破滅。上喜，拜爲會稽太守。謂之曰：『富貴不歸故鄉，如衣錦夜行，今子何如？』買臣頓首拜謝，乘傳之會稽。前太守發民除道，買臣見其故妻與夫治道，呼令後車載之，到太守舍。使居園中，給食之。居一月，妻自經死，買臣予其夫錢，令葬之。今劇《爛柯山》，即係此事。雖未免有增損點綴處，小説家言，不嫌虚構，固無足異也。（《花朝生筆記》）

《光武本紀》云『反水不收』，《何進傳》、《慕容超傳》并云『覆水不收』，李太白詩『水覆難再收』，又『覆水再收豈滿杯』，劉夢得詩『金盆已覆難收水』，皆用太公語。太公初娶馬氏，讀書不事産，馬求去。太公封齊，馬求再合，太公取水一杯傾於地，令婦收水，唯得其泥。太公曰：『若能離更合，覆水

定應收。』《朱買臣》傳奇潑水事借此。（《堅瓠集》）

空城計第四

諸葛孔明以萬人屯陽平，司馬懿率二十萬至前，士失色。乃大開四城門，掃地却灑，懿常謂孔明持重，而猥見勢弱，疑有伏兵，於是引軍北趨山。此計蓋不獨孔明也，漢李廣嘗以百騎却匈奴數千騎。又元鐵哥從征乃顏，其黨塔不歹率兵奄至，鐵哥謂彼衆我寡，當設疑以退之。於是帝張曲蓋，據胡床，鐵哥從容晋酒，敵按兵覘之，懼有伏，夜遁去。夫匈奴塔不歹等，固可以疑沮之。司馬懿智謀素優，使爲嘗試之計，分二十萬衆之二三以擊之，則陽平之誠可得矣，豈孔明之謹慎而敢出此。此事見《郭冲三事》，裴世期駁之是也。（《冷盧雜識》）

打朝裝瘋第五

《唐書·尉遲敬德傳》云：尉遲敬德婞直，頗以激切自負，嘗侍宴慶善宫，有班在其上者，曰：『爾何功，合在我上？』任城王道宗解喻之，敬德勃然，拳毆道宗目幾眇。太宗不懌，罷，召讓之，致仕。後聞太宗將伐高麗，上言：『夷狄小國，不足任萬乘，願委之將佐。』帝不納，詔以本官爲左一馬軍總管，師還，復致仕。按今演劇者，有《打朝》、《裝瘋》兩齣，蓋《打朝》實，《裝瘋》虛也。（《浪跡續談》）

脱靴第六

今劇場演高力士爲李太白脱靴，論者多以爲荒誕，而不知事本正史。《舊唐書·李白傳》云：日與酒徒醉於酒肆，玄宗欲造樂府新詞，亟召白，白已卧酒肆矣。召入，以水灑面，即令秉筆，頃之成十餘章，帝頗嘉之。嘗沉醉殿上，引足令高力士脱靴，由是斥去。（同前）

滿床笏第七

《舊唐書·崔神慶傳》：開元中，神慶、子琳等，皆至大官。每歲時家宴，組佩輝映，以一榻置笏，重疊於其上。今世《滿床笏》一劇，乃演郭子儀事。令公富貴，艷稱千古，以視神慶，不翅過之。疊笏滿床，要爲事所必有。然《滿床笏》自是崔氏故實，觀者不可不知。清初某筆記云：合肥龔鼎孳，文章翰墨，藝林宗仰。康熙九年，以禮部尚書總裁會試，十二年，復以户部尚書爲總裁，門下多知名士。其繼室顧氏，名眉，有才藻，善治家政。鼎孳賓客甚衆，有求於鼎孳，顧輒爲周給，無少吝，門下皆感激，而鼎孳亦頗從顧言。鼎孳他姬有子，顧無所出，門下士爲作《滿床笏》院本，於顧生日演之。模寫節度使龔敬懼内情形，至於跪門請罪，以悦其意。捏名『龔敬』者，取姓同也。節度使者，鼎孳嘗長兵部，劇中所言『上馬管兵者』也。妻生子，妾生女者，祝顧眉之本旨也。唐代節度使無龔敬，若以節度朔方，又能薦郭子儀者當之，則王忠嗣庶幾近之。史傳初無懼内事，知其隨意假託也。據此知此劇

由來甚遠，但關目未必盡同耳。（《花朝生筆記》）

浣花溪第八

成都浣花溪，有石刻唐浣花夫人像，四月十九日，爲夫人生辰（一作三月三日）。每歲是日，傾城出游，自府尹以下皆至。先在梵安寺謁夫人祠像，復之百花潭，置酒高會，設水嬉競渡。習久成俗，至今不衰。相傳夫人姓任氏，本漢上小家女，奉釋氏教甚謹，有僧過其家，瘡疥遍體，衣服垢敝，見者心惡，獨女敬事之。一日，僧持垢衣令浣，女忻然濯之溪邊。每一漂衣，蓮花輒應手而出。里人驚異，求僧，已不知所在，因識其處爲百花潭。（謝公創十色箋於此。李義山詩『浣花箋作桃花色』、韓浦詩『十樣蠻箋出益州，寄來新自浣花頭』是也。『蠻』一作『鸞』。）會崔旰節度西川，微服行民間，見女心悦之，賂其母納以爲妾。旰因事入朝，楊子琳乘虚自瀘州來襲，任氏出家財募兵，得數千人，自率以擊之。子琳敗走，蜀賴以全。朝廷加旰尚書，賜名寧，任氏以嫡妻死，得權爲繼室，累封至冀國夫人。既貴，每生日即來置酒其家，艤舟江上，訪漂衣故處，徘徊終日。後人因之，遂以爲常，即寺之東廡，作堂禮之。寧被殺，任氏不知所終。今京劇有《花溪》，即本此。惟飾寧妻者爲丑旦，性悍而妬，自稱魚氏，爲魚朝恩侄女，未知是何所本，且以寧居任所，謬也。（《勞久雜記》）

雙龍會第九

《五代史·梁本紀》：朱温，宋州碭山午溝里人。其父誠，以《五經》教授鄉里。温勇有力，尤凶悍，誠卒，不能爲生，與其母傭食蕭縣劉崇家。崇數笞辱温，崇母獨憐之，戒家人曰：『朱三非常人也，汝曹善遇之。』及黄巢起曹濮，温亡身賊中，以功至同州防禦使。是時天子在蜀，諸鎮會兵討賊，温請益兵於巢，巢中尉孟楷抑之。温客謝瞳説温背巢歸唐，乃殺監軍嚴寔，因王重榮以降。反攻巢，大敗之於封丘，巢挺身東走，至泰山狼虎谷，爲時溥追兵所殺。初，李克用敗黄巢於冤句，還軍過汴，温邀克用入城，置酒上源驛，夜以兵攻之，克用僅以身免，兩家由是有隙。雜劇《雙龍會》本此。（《見山樓叢録》）

訪普第十

偶爲友人招往觀劇，余不諳昆曲，而主人不喜秦腔，坐中客多爲余左袒者。適呈戲單，余點《訪普》一齣，蓋昆曲與秦腔并有之，曲文初無少異，客謂余之善調停也。或問此事果有之否，余謂《名臣言行録》中引《邵氏聞見録》，即有此事。云太祖即位之初，數出微行，以偵伺人情，或過功臣家，不可測。趙普每退朝，不敢脱衣冠。一日，大雪向夜，普謂帝不復出矣。久之，聞叩門聲，普亟出。帝立風雪中，普惶懼迎拜。帝曰：『已約晋王矣。』已而太宗至，共於普室中，設重裀藉地坐，熾炭燒肉，普

妻行酒，帝以嫂呼之。此與菊部所演略同，唯短晉王一節耳。（《浪跡叢談》）

瑞藻按：清陳悰《天啓宫詞注》：回龍觀舊多海棠，旁有六角亭，每花發時，上臨幸焉。嘗於亭中自裝宋太祖，同高永壽輩演《雪夜訪普》之事，蓋此劇之從來遠矣。

跪池變羊第十一

南戲有《跪池》一齣，北戲更演爲《變羊》，誕妄絶倫，但其事亦有所本，而皆以爲陳季常，則不可不辨耳。《藝文類聚》載京邑一士人婦，大妬，嘗以長繩繫夫足，唤便牽繩。士密與巫嫗謀，因婦睡，士以繩繫羊，緣墻走避。婦覺，牽繩而羊至。大驚，召問巫，巫曰：『先人怪娘子積惡，故郎君變羊，能悔可祈請。』婦因抱羊痛哭誓悔，巫乃令七日齋，舉家大小，悉詣神前禱祝，士徐徐還。婦見泣曰：『多日作羊，不辛苦耶？』士曰：『猶憶啖草不美。』婦愈哀。後略復妬，士即伏地作羊鳴。婦驚起，永謝不敢。

按：此何與季常事？而季常之懼内，則自古著名。季常名慥，與東坡交好，坡詩有『龍丘居士亦可憐，談空説有夜不眠。忽聞河東獅子吼，拄杖落手心茫然。』次公注：『龍丘居士，陳季常也，季常妻柳氏最悍妬，每季常燕客有聲妓，柳氏則以杖擊照壁大呼，客至爲散去，故因詩戲之。』又《容齋三筆》云：黄魯直有與陳季常簡云：『公暮年來，想漸求清淨之方，姬媵無新進矣，柳夫人比何所念以致疾耶？』又一帖云：『示喻老境情味，法當如是，河東夫人，亦能哀憐老大，一放任不解事耶？』則柳氏妬名，固已昭著於外，故蘇、黄亦不忍質實言之耳。（《浪跡續談》）

洛陽橋第十二

俗傳宋蔡忠惠君謨守泉州時，因造橋，遣醉隸夏得海入海投文，得醋字而反，遂於二十一日酉時興工。《堅瓠集》：《名山記》載忠惠母先渡此江，遇風，舟將覆，聞空中有聲，呼『學士在』，風遂止。時方有娠，心竊喜，發誓如果符神言，當造橋以濟行者。後公守泉州，遂奉母命成之。而附會者，又謂吕洞賓遭劫時，避於忠惠處得免，乃謝以筆墨，公造橋時，以書符檄，故能達海神也。今劇《洛陽橋》，士大夫頗非笑之，以爲誕妄，而不知正自有本。特《洛陽橋》託始於忠惠，醉隸事則係蔡錫，具見《明史》本傳。後人因皆姓蔡氏，誤爲忠惠。《堅瓠集》諸書，亦貿然載筆，未詳考耳。唯閩書則以屬蔡錫，且記橋圮時，有石識『石頭若開，蔡公再來』八字云。（《花朝生筆記》）

福建泉州府，有萬安渡石橋，宋蔡襄知泉州時所創，世所謂洛陽橋也。橋在府治東北廿八都，跨洛陽河而建，計長三百六十丈，廣丈有五尺，翼以扶闌七千二百株，靡金錢一千四百萬。宋仁宗皇祐五年癸巳開工，至嘉祐四年己亥，凡七載，橋始成。相傳襄以狀元及第，出守泉州，奉母盧氏命，創萬安橋。移檄海神，一卒應募，得批一醋字還，遂於廿一日酉時興工云云（語見《古今圖書集成·職方典·泉州府·藝文》）。其實襄非狀元，蓋以天聖進士，官西京留守推官，因母老求知福州，又徙泉州也。襄工於書法，時有本朝第一之説，仁宗尤愛之，後人遂訛爲進士第一，且以有詩讖『若要此橋成，除是狀元來』附會之，謬已。若海神復文一節，雖有所憑，然非蔡襄，乃蔡錫也。考蔡錫，字廷予，吾邑之東鄉人也。明永樂癸卯舉人，入國子監肄業。明年，太宗崩，仁宗即位，詔擇國子生吴信等有學行者六十人，命翰林院試之，拔其尤者二十人，充近侍官。錫與焉，授兵科給事中。宣宗時，升知泉州府，適洛陽橋圮，發故石有刻文云：『石頭若開，蔡公重來。』錫因同姓，遂議修之。然艱於施工，乃爲文檄海神，募賫往者，皆莫應。忽一隸卒大醉卧於岸上，仿佛若出没海中，醒持檄還，上批一醋字，錫意是期我八月二十一日也。遂以是日舉工，潮不至者旬日。橋訖工，民德之，立祀配襄。英宗正統己巳，錫官至湖廣巡撫，事載《鄞縣志》及《名賢録》、《樵書》、《寄園寄所寄》等書，而《泉州府志》不載，復臆斷之，致使後人之言洛陽橋者，知有襄而不知有錫矣。劇本中以訛傳訛，且益以仙佛諸端，則更不足道，然醉卒賫文等事，非出諸杜譔也。（《勞久雜記》）

呂洞賓入峨眉山採藥，著詩云：『太乙宫前是我家，詩書萬卷作生涯。春風醉酒不歸去，落盡碧桃無限花。』五百年後，當遭雷劫，洞賓化青蛇隱於泉州蔡襄爐内。襄熔爐讀書，一夕雷震，判官云：『雷部速退，無驚學士。』天乃開霽。洞賓出揖曰：『蒙君福蔭，謝以筆墨。』泉人嘗讖襄曰：『雨打衰鷄形。』襄即曰：『脚下有龍鱗，五更高聲叫，驚起世間人。』後登科，仁宗朝爲學士，出守泉州，造洛陽橋，以洞賓筆墨爲檄，使隸之海若而告之，隸嘆曰：『茫茫遠海，何所投檄？』買酒酣飲，醉卧海涯，潮落而醒，則檄已易封矣。襄啓閲之，惟一『醋』字。襄曰：『神示我矣，廿一日酉時興工乎？』至期，潮汐果三晝夜不進。其日正犯九良星，襄策馬當之曰：『君爲九良星，我是蔡端平。相逢不下馬，各自分前程。』遂興作無忌。或上言擅開官庫，襄作詩曰：『得饒人處且須饒，曾借龍王三日潮。十萬貫錢常在世，我皇恩在洛陽橋。』上竟赦之。橋成時，人以詩頌之曰：『疊石爲橋與海通，惠安之北晋江東。幾時募化千家寶，一日緣成萬歲功。五尺闌干遮巨浪，兩頭華表鎮危峰。往來無限行人口，日月齊沐頌蔡公。』右見清長洲褚石農《堅瓠六集》，詼詭似小説家言，其不足信，蓋無待論。褚氏妄言之，吾人姑妄聽之。（《花朝生筆記》）

三疑記第十三

宋陳淳祖爲賈似道客，守正爲衆所疾，内人亦惡之。一日，諸姬争寵，密竊一姬鞋，藏淳祖床下，意欲并中二人焉。賈入齋見之，心疑焉。夜驅此姬至齋門誘之，淳祖不答，繼以大怒。似道方知其無他，勘諸姬，得其情。由是極契淳祖，後遂有知南安軍之命。金元院本，曾演其事，京劇《三疑記》，關目雖小有不同，當亦本此而附會之耳。（《花朝生筆記》）

女起解第十四

今劇有《女起解》（後本名《三堂會審》），亦名《玉堂春》，演名妓蘇三（一名玉堂春）與王金龍狎，有白首約矣。會王金盡，不爲鴇母所容，蘇三出纏頭助之，使入京應試，旋掇巍科，巡按山西。蘇自與王别，即有富民沈某者，强置之箧室。未幾，沈以事爲其婦所鴆，縣令周内之，坐蘇預其謀，流太原府。時金龍方下車，力爲斡旋得脱，踐前約焉。

予按明郎仁寶《七修類稿》云：蘇小小，錢唐名娼，容俊麗，工詩詞。姊名盼奴，與太學生趙不敏款洽。二年，趙益貧，盼奴周之，使篤於業。遂捷南宫，得官，授襄陽司户。盼奴未落籍，不能偕行。趙赴官三載，病將卒，有俸禄餘資，屬其弟趙院判分爲二分：一以予弟，一致盼奴。且言盼奴妹小小，可謀致之，佳偶也。院判如言。至錢唐，有宗人爲杭倅，託召盼奴，而盼已前一月没矣，小小亦爲於潛官絹事繫廳監。倅召小小詰之曰：『於潛官絹，汝誘商人百匹，何以償之？』小小曰：『此亡姊盼奴事，乞賜周旋。非惟小小感生成之德，盼奴地下亦不忘也。』倅喜其言婉順，因問：『女識襄陽趙司户否？』小小曰：『司户未仕之日，盼奴常周給之。後授官去久，盼奴想念，因是致疾不起。』倅曰：『司户亦謝世矣。遣人附一緘，及餘物一罨，外有其弟院判寄汝一書。』乃啓書，唯一詩云：『昔時名妓鎮東吴，不戀黄金衹好書。試問錢塘蘇小小，風流還似大蘇無？』小小嘿然，倅令和之，因和云：『君住襄陽妾住吴，無情人寄有情書。當年若也來相訪，還有於潛絹事無？』倅乃盡以所寄予之，力命小小歸院判偕老焉。劇本蓋即此。戲中事跡，固多所點竄。錢唐蘇小小，風流佳話，傳於人口。（蘇小小有二，此宋人，或謂明人者，非。其一南齊時人，葬西子湖者也。）而易名爲玉堂春，爲蘇三，不可解也。（《花朝生筆記》）

紅梅閣第十五

元賈雲華，名娉娉，錢唐賈平章女也。母莫氏，先與魏家蕭氏，有指腹之約。蕭氏生男，名曰鵬，既長，遣就賈。賈母忽翻前議，命以兄姊之禮見。鵬因侍婢致詞娉娉，私諧舊盟，莫不知也。鵬後登第，任浙學提舉，託人講婚，莫不允，旋以母憂歸，而娉娉之弟，適授陝西咸陽尹，挈家北上，娉娉不勝悲思，感疾而卒。今劇《紅梅閣》，謂賈平章妾娟娘，屬意一書生。平章覺，殺妾，并欲甘心於書生，娟娘冥中力救得脱者，非事實也。娉娉臨没，命婢致書於鵬，又集唐人詩爲《永訣詞》十首，皆極凄惋，附録於下。書曰：『妾薄命，不得奉侍左右，爲久遠計。今馬首欲東，無可相矚。手製粗鞋一雙，綾襪一兩，聊表微意。庶幾步履所之，猶妾之在足下也。悠悠心事，書不盡言。伏楮緘詞，涕淚交下。不宣。』詞云：『兩行清淚語前流，千里佳期一夕休。倚柱尋思倍惆悵，寂寥燈下不勝愁。』、『想見時難別亦難，寒潮惟帶夕陽還。鈿蟬金雁皆零落，離別煙波損玉顏。』、『倚闌無語倍傷情，鄉思撩人撥不平。寂寞閒庭春又晚，杏花零落過清明。』、『自從消瘦減容光，雲雨巫山枉斷腸。獨宿空房淚如雨，秋宵祇爲一人長。』、『紗窗日落漸黄昏，春夢無心祇似雲。萬里關山音信斷，將身何處更逢君？』、『一身憔悴對花眠，零落殘魂倍黯然。人面不知何處去？悠悠生死別經年。』、『真成薄命久尋思，宛轉蛾眉能幾時？漢水楚雲千萬里，留君不住益凄其？』、『魂歸冥漠魄歸泉，却恨青娥誤少年。三尺孤墳何處是？每逢寒食一潸然。』、『物換星移幾度秋？鳥啼花落水空流。人間何事堪惆

帳？ 貴賤同歸土一丘。』、『一封書寄數行啼，莫動哀吟易慘淒。古往今來祇如此，幾多紅粉委黄泥。』（《花朝生筆記》）

梅龍鎮第十六

明武宗在宣化，有女子李鳳姐者，年十四五，有殊姿。其父設酒肆，以鳳姐當壚。一日，父適外出，帝微行過之，見其風神綽約，國色無雙，不禁眯眩。入肆沽飲，鳳姐送酒來，帝誤以爲娼妓之流，突起擁抱入室。鳳姐驚喊，帝急掩其口曰：『朕爲天子，苟從我，富貴立至。』且示以信物。女喜，任帝闔户，解襦狎之。落紅殷褥，實處子也，帝大悦。時李父聞喊趨救，門已閉矣。唯聞寶釵聲顫，佩玉鏘鳴，其女氣促聲嘶，若不勝其强暴者。急奔告卡兵，蜂擁而入。見帝拔關出，兵士伏謁。叱令將鳳姐歸豹房，爵其父三品卿，賜黄金千兩。欲封鳳姐爲嬪妃，命其自擇。鳳姐固辭曰：『臣妾福薄命微，不應顯貴，恐於身不利。今以賤軀事至尊，曷勝榮幸之至。伏願陛下早回宫闕，以萬幾爲念，則臣妾心安，較爵賞爲榮矣。』帝頷之。因睹鳳姐玄衣玄裳，益顯嬌媚，故不强易宫裝。鳳姐恒於枕畔筵前，委曲勸帝還宫。帝乃擇日，與鳳姐并轡齊驅，至居庸關。風姐睹所鑿四大天王像，怒目生動，眩暈墜馬。帝親扶之，疾外退，駐蹕行宫。鳳姐伏枕泣曰：『臣妾自知福薄，不能侍宫禁，請帝速回。』帝曰：『若是，朕忍棄天下，不忍棄卿，決不歸矣。』鳳姐一慟而絶。或曰：帝之寵妃遣刺客暗殺之也。帝哀憐甚，命葬關山之上，寵以殊禮，用黄土封塋。既追念其言，奮然曰：『小女子尚知以社稷爲重，安忍背之。』遂還宫。

考《明史》，武宗崩於豹房。蓋當時屢駐豹房，還宫後復幸也。此事《武宗外紀》及《彤史拾遺》不載，余於《客窗閒話》見之。京劇《梅龍鎮》，易父爲兄，而以李龍名之，蓋即就此事而改削之也。（《勞久雜記》）

大紅袍第十七

近日梨園有演《大紅袍》全部者，其醜詆江陵張文忠，與奸佞同科，并形容其子懋修等，爲亂臣賊子之不如，殊爲過當。太岳當前明神宗朝，獨持國枋，毁譽迄無定評。要其振作有爲之功與威福自擅之罪，俱不能相掩。即其子懋修等，亦并非紈袴下流。考《湖北詩録》，載張懋修，字子樞，萬曆庚辰廷試第一，授修撰。遘家難，冤憤投井，不死。絶粒累日，又不死。手抱遺集，淚漬紙墨間。天啓辛酉，文忠墓忽有白氣，如雲如煙。越明年，奉特旨昭雪，時子樞年八十矣。其《渡江津有感》云：『秋色滿林臯，霜天雁唳高。野花寒故細，濁酒醉偏豪。白雪知孤調，青山有二毛。從來仲蔚宅，匝地起蓬蒿。』弟允修，字建初，蔭尚寶寺丞。崇禎甲申正月，獻賊掠荆州，憂憤不食死。有《絶命詞》云：『八十空嗟鬢已皤，豈知衰骨碎干戈？純忠事業承先遠，捧日肝腸啓後多。今日敢言能報國，他年漫惜未掄科。願將心化錚錚鐵，萬死叢中氣不磨。』俱可想見其忠義之氣。至文忠曾孫别山先生同敞，在桂林死事尤著。然則文忠之澤，固久而未斬也。（《浪跡叢談》）

紅門寺第十八

《紅門寺》院本，演紅門寺奸僧淫凶不法。清于清端公成龍，巡視所及，微服入僧室，幾爲僧害，賴侍衛救護得免。按：此非于成龍事，乃海陽李公贊元也。紅門寺亦係洪恩寺之誤（寺在房山）。李公一名立，清順治乙未進士，巡視鹺政，志在鋤奸。洪恩寺僧窩藏婦女，劣跡昭章。公微行之房山，誤入僧室，被縛。有沙彌陳姓者，爲之奔訴，得救出。公德之，使返初服，依於公家。公官至兵部侍郎，立朝有風節。鈕琇玉樵《觚賸》載公按楚時，鄂渚大猾段世昌，稔惡萬端，而神謀四達，前臺使莫能誰何。公至，佯置不問。一日，餞客江干，已微醉，以一尉一僮夜往叩門，世昌倉黃趨出，徑前手繫之。命尉牽其頸，踏月還署，即置之獄。遠近顯要爲之求解，書牘盈案，概不發，立杖殺之。而未詳洪恩寺事。陳姓沙彌之後，道光間尚有在海陽者，此劇亦未提及。梆子班演是劇最早，乾嘉間，盛行於山陝，當日去李公爲時非遥，已誤爲于成龍事。迄今沿訛襲謬，均以此與《拿魚殼》一劇，并稱爲于公二奇案，亦不深考矣。（《耕塵舍筆記》）

瑞藻按：清端同知黄州時，有大盜窟穴野廟中。公敝衣願入爲伍，變姓名曰楊二，旬日内，盡得其行劫狀。密召捕役擒之，盜問：『捕我者誰？』曰：『于二府也。』及至，見即入夥之楊二，盜叩頭請死。公下堂酌酒遍飲之曰：『念古廟一日之雅，聊用一樽決别，特欲免汝曹於刑戮。』

舁棺至，皆活埋之，一時稱奇焉。此其智勇，殆出李贊元上。試演之劇場，其可觀亦不在《紅門寺》下矣。附志於此，告編排脚本者。

盜御馬第十九

小説載竇二敦盜御馬事，文不雅馴，不爲士大夫所稱道。然而齊東野語，未必盡屬子虛。其人其事，有可述者。竇二敦，獻縣無賴子也，以健鬥橫行於市。椎埋惡少，奉以爲魁，竇欣然自得。凡江湖賣藝之流，必先投刺，始得售其技。一日，有老叟率二女郎鳴金售技於市。叟年七十許，虬髯鶴髮，精神矍鑠。二女郎年均十三四，貌極娟麗。吴鈎對舞，寒光逼人，觀者歡聲雷動。竇黨走白竇，竇大怒，曰：『何來野老，乃敢藐我？』率其徒十餘人，直前叱之曰：『識山東竇二敦否？』叟笑不答。竇益忿，奮臂力擊之，叟兀然不少動。竇氣奪，怏怏返，欲以計劫之。偵知叟寓嶽廟，夜懷刃逾垣而入。三更既竟，萬籟寂然。度叟已睡熟，蛇行入室，力砍叟項，叟酣卧如故。連砍之，則刀折矣，大驚欲遁。叟徐徐曰：『擾人清夢，客何惡作劇也？』笑揮之去。竇伏地不起，請北面執弟子禮，叟不許。竇請益堅，乃曰：『我無他術，祇有退讓二字。子才可造，能變化氣質，我又何惜？特子非其人耳。』竇力言知悔，始許之，乃隨叟去。越五載歸，已有妻，蓋當年二女郎之一也。女郎爲叟女孫，叟姓石氏，故明史閣部部將，閣部殉國，走依張蒼水。既蒼水被殺，石攜二女浪游四方，思物色人傑，得當以報故國。既得寶，悉以藝術授之。寶殊靈敏，一見即了解，叟大喜，贅於其家。居半載，詔寶曰：『爾夫婦可歸矣，所語慎毋忘也。』寶唯唯。到家，舊黨咸來問訊，謂之曰：『吾儕昔日之爲，殊足爲豪傑耻，今當反之。』徒請反之之道，曰：『力除民間疾苦，爲世界鏟削不平耳。』蓋其志事未易爲若輩言，若輩亦非可與言者，故語止此。一日，寶聞清聖祖南巡，慨然語其妻曰：『三户亡秦，我則不能。博浪一椎，庶幾有當。我不能復忍矣。』駕抵沛南，二敦隻身夜入行宫，見守衛甚嚴，苦不得近。折至後苑，聞馬鳴，聲雄烈，異凡駟，知爲汗血之流。心怦然動，急盗之出。一夜馳五六百里，至河南境，天尚未明也。馬名赤騏，蓋喀爾喀所貢。帝愛之甚，車駕南幸，攜與俱下。至沛南，一夕忽失所在，有旨遍索之。時錢珏爲山東巡撫，聞之震恐。偵騎四出，務欲獲盗馬者，而卒不可得。珏幾獲罪，張玉書力救，乃免。及駕發郯城，山東巡撫署内室，忽大書曰：『盗御馬者山東竇二敦也。』珏見之失色，戒左右毋泄，其事遂寢。二敦後潛行歸魯，屢欲行其夙志，不得間。妻死，披緇入山，不復與人世事。至今山左父老，猶能言之云。（《闕名筆記》）

案中案第二十

雜劇有《案中案》，考《益都耆舊傳》，嚴遵爲揚州刺史，行部。有蠅數頭遮於前，驅之不去，乃隨以行。聞道旁女子哭而不哀，問之，曰：『夫遭焚死。』遵飭吏舆屍驗之，得鐵錐貫頂。拷問女子，乃供以淫殺夫，坐大辟。小説《龍圖公案》，附會其事，屬之包希仁。以青蠅遮道爲一布商越貨殺人，鐵

椎貫頂殺夫爲又一案。一事也，而故二之，此蓋雜劇所本。（《東山譚苑》）

殺子報第二十一

清康熙乙未，有方山民商於外者，其妻與人通。一子方九歲，中夜醒，忽肩旁有一足，詢其母曰：『父歸耶？』其母惡之，且戒曰：『苟泄吾事，吾寸臠汝。』其子旦入小學，至午不敢歸餉，及暮亦然。其師窮問，乃述母誡。師强送之，及門乃反。次日，其子不赴學，呼之。其母曰：『昨兒未嘗歸，方欲向師求兒，何事久留之？』師知其故，遂宣兒語於衆，因訟之。縣令不信，督師出兒。師歸，帥徒衆登婦樓窮索之，不得。將下樓，已躡數級，正見二甕於婦床下，血腥逼人。取視之，兒果碎臠於中，事乃白。其私人逃於杭之護國院爲僧，并獲之，就法焉。清景星杓《山齋客談》紀其事。

案：晚清京劇中，有新編《殺子報》，實本此也。而演者以縣令爲鄞人董沛，謬已。沛，字覺先，清同、光時人，先後相距，幾二百年。抑别有所據，記之以待高明者考證焉。（《勞久雜記》）

潘查鬥勝第二十二

戲劇中演《潘查鬥勝》，事甚委瑣，然實非無因，特流傳之失真耳。乾嘉間，禾中殷富，首以王江涇陶氏爲鉅，此外則推查氏。查自天津鹽務敗歸，猶存數百萬。所居有内外二園，林壑幽曠，内室尤弘麗，皆仿内式。凡各鹽岸派夥更動，皆書『某人去』，蓋仿邸鈔云。查小山而圻，即聲山宫詹之曾孫，由天津鹽務起家。祖父皆仕宦鼎盛，與朝貴多至親，一時烜赫無比，年甫四十而卒。計生平揮霍，殆不下六七千萬，故俗呼曰『遮半天』。其母喪時，致相國三人，爲之知賓。大僚有所稱貸，無不資之。如陶文毅、百文敏，每貸銀率以萬計，取之如攜也。其最著名者，乃四鼓開正陽門一事。禁門非特旨不得夜開，查在外城宴客，忽有事急於還宅，時已四鼓，乃使其幸客道地，門遂獨啓，以三十萬犒守兵，一時轟傳，以爲豪舉。其出京歸浙省墓，行至禾。適閩督閱伍，泊南岸，太平巨艘十數，用紅旗。查泊北岸，用藍旗，聲焰往往如此。此嘉善金眉生筆述，語雖侈妄，蓋稍得其實云。（《闕名筆記》）

過新年第二十三

《困學紀聞》謂俗語皆有所本，羅舉數十條。余謂俗事亦有所本，《法苑珠林·愚憨部》引《百喻經》云：昔者夫婦，有三皤餅，夫婦各食一餅。餘一皤在，共作要言，若有語者，要不與餅。爲一餅故，各不敢語。須臾有盜，入家偷盜，取其財物，一切所有，盡致賊手。夫婦二人，以先要故，眼看不語。賊見不語，即其夫前，侵掠其婦。其夫眼見，亦復不語。婦語其夫云：『何癡人！爲一餅故，見賊不唤。』其夫拍手笑言：『拙婢，我定得餅，不復予爾。』今世俗演劇，有《王小二夫婦過年》事，即本此也。（《壺東漫録》）

探新親第二十四

《太平御覽·嘲誚部》引《啓顔録》，唐京師有婦人姓田，年老口無齒。有男娶同坊人張氏女，張因節日，盛饌招田母飲啖，及相送出，主人母云：『慚愧無所啖嚙，遣親家母空口來，空口去。』田歸語夫，夫曰：『此是弄君無齒。張家母面上有瘡瘢，眼下皮急極沾視。若更有此語，可報云：「只是眼下急」。』居數日，張復召田。臨起復云：『慚愧空口來，空口去。』田母乃熟視主人母眼，直云：『是眼皮沾視。』合家大笑。今世俗演劇，有《城鄉兩親家》事，即本此也。（同前）

《探親相罵》一劇，原爲昆曲中之梆腔雜劇，雖京戲亦演之，然悉仍其舊。蓋道、咸之際，樂風漸變，趨重京劇。自後内廷傳唱，常例皆京昆并奏，故率將昆曲闌入。各地伶人，遂亦相沿成習，意謂亦在京戲範圍。實則此劇純用吹腔，固猶自昆曲之面目也。唯服裝做工，則因時會而遷移，間有不相沿襲者。而唱白腔調，悉與《綴白裘》同（調門悉用銀絞絲曲）。中有不合者，殆爲沿訛。唯依昆曲原本，尚少末後與男親家相遇、重延解勸、兩親母和好如初之一段。大率爲演京劇者所删矣。至其劇情，則爲鄉間親家母胡媽媽背布袋騎驢入城，探其名『野花』者之女也。先是女見母訴苦，旋與親家母相見，則一村一俏，無不相形見絀。且談吐之時，每被奚落。旋以語及野花之傻，一則苛求，一則回護，遂至争執相駡，不歡而别。（《清稗類鈔》）

新安驛第二十五

《新安驛》一戲，起於道、咸間，不知所託始。或曰，是劇羌無故實，實則爲十三日而設也。初，十三日至京，主者患無以揚之，有詞林某，爲製此劇。故始則紅鬚，裝束嚴急，令人但聞其聲。已而去鬚，已而改爲艷裝，已而又改爲便服，裝束雅淡。頃刻之間，變换數四，無不絶妙。於是一二日間，名已大噪云。（《侯徵録》）

《新安驛》戲，一名《女强盗》，蓋侯俊山登臺逞奇，自行編演者也。劇中情節，脱胎於《文武香球》，然事實人名，均與小説不盡符合。蓋拉雜編凑，亦一時遣興之作。略案其事，則張桂英曾與龍官寶訂婚，及官寶下山，久不得耗，桂英甚念之，遂喬扮男子，下山訪尋。路過新安驛，宿一逆旅，黑店也。主人爲媪女二人，女常喬裝爲男盗，以殺人越貨爲事。是日媪見桂英裝重金多，遂以蒙汗酒醉之使倒，令其女持刀入房行劫。女見桂英之俊美，欲以身委之。遂解除男裝，露出廬山真面。以清水噴桂英使醒，召媪述其意，桂英姑允之。彼此又略校武藝，女見桂英伎不精，意益滿。及合巹後，女爲代解羅襦，則一纏足之女子，大驚，亟詢其故。桂英詳述之，始知亦巾幗也。此劇離奇變幻，本無寓意。惟忽而笄，忽而弁，忽而濃鬚撩鬢，忽而搔首弄姿，爲足增觀者興趣耳。（《清稗類鈔》）

雜記第二十六

優伶盛於元代。梁時大雲之樂，作一老翁，演述神仙變化之事。優伶實始於此。（《淥水亭雜識》）

金元官制，有文班武班。若醫卜倡優，則曰『雜班』。每宴，伶人進，曰『雜班上』，此倡優名『班』之始。（《大雲山房雜記》）

瑞藻案：宋太祖平嶺表，得劉氏閹宦聰慧者八十人，使學於教坊。初賜名簫韶部，後改名雲韶班，此當是倡優名班所自昉，惲氏未深考耳。

六朝以還，歌舞日盛，然與今劇爲不類。自唐有梨園之設，開元朝分太常俗樂，以左右教坊典之，乃爲今劇之鼻祖。伶人祀先，明皇是稱，固其宜也。唯唐人以絶句入歌，朝有佳作，夕被管絃。昌齡畫壁旗亭，《黄河遠上》一曲，遂成千古。其事簡易，去今調遠甚。蓋院本始於金元，唱者在内，演者在外，與日本之演舊戲者相仿。今開幕之跳加官，即其遺意。金元以後，曲調大興。按譜填詞，引聲合節，乃爲昆曲之所自出。今劇由昆曲而變，則即謂始自金元可也。（《清稗類鈔》）

生旦净末之名，自宋有之。然《武林舊事》所載，亦多不可解。惟《莊嶽委談》云：傳奇以戲爲稱，謂其顛倒而無實耳，故曲欲熟而命以生也，婦宜夜而命以旦也，開場始事而命以末也，塗抹不潔而命以淨也。《枝山猥譚》則云，生旦淨末等名，有謂反稱，又或託之唐莊宗者，皆謬也。此本金元闤闠談吐，所謂鶻伶聲嗽，今云市語者也。生即男子，旦曰『裝旦兒』，淨曰『淨兒』，末曰『末泥』，孤乃官人，即其土音，何義理之有？至《堅瓠集》謂《樂記》注，言優俳雜戲，如獼猴之狀。乃知生，狌也；旦，狚也，《莊子》猨猵狚以雌；淨，狰也，《廣韻》：似豹，一角五尾；丑，狃也，《廣韻》犬性驕。謂優俳如獸，所謂獶雜子女也。此近穿鑿，恐非實事。（《浪跡叢談》）

雜劇之盛，始於胡元，分科十有二：忠臣、烈士、孝義、廉耻、叱奸、罵讒、逐臣、孤子、神頭、鬼面、煙花、粉黛也。其分配脚色，殊有深意。曰『正末』，當場男子能指事者也。曰『副末』，亦曰『蒼鶻』，鶻，能擊賊者也。曰『狚』，狐孤屬，性淫，後訛爲旦。曰『孤』，裝官者也，後訛爲狐。曰『靚』，傅粉墨供笑謔之義，後訛爲淨。曰『猱』，妓之通稱。猱亦狐屬，能食虎狼之腦，以喻少年好色，如虎狼愛猱，非殺其身不止也。（《花朝生筆記》）

世人多視優伶爲賤業，過也。雜劇莫盛於金元，編撰固屬名彦，即扮演者，亦多鴻碩之士，有今歐美諸國之風。關漢卿謂扮演戲劇，須士大夫自爲之，可徵也。又趙子昂云：良家子弟所扮者，曰『行家生活』；倡家所扮者，曰『戾家把戲』。（同前）

《揚州畫舫録》云：梨園以副末開場爲領班，副末以下，老生、正生、老外、大面、二面、三面七人，謂之男脚色；老旦、正旦、小旦、貼旦四人，謂之女脚色；打諢一人，謂之雜；此江湖十二脚色，元院本舊製也。又云：大面周德敷，以紅黑面笑、叫、跳擅場。笑如《宵光劍》鐵勒奴，叫如《千金記》楚霸王，跳如

《西川圖》張將軍諸齣。案：近世梨園脚色，與清初不盡同，笑、叫、跳之分類，則無有道及者矣。（同前）

戲具謂之行頭，分衣、盔、雜、把四箱，衣箱、盔箱，均有文扮、武扮、女扮之分；雜箱中皆用物，把箱中皆鑾儀兵器：此爲江湖行頭。（《揚州畫舫録》）

唐段安節《樂府雜録》云：咸通以來，即有范傳康、上官唐卿、吕敬遷等三人，弄假婦人。此即戲旦之濫觴也。《隋書·音樂志》：周宣帝即位，廣召雜伎，好令城市少年有容貌者，衣婦人衣而歌舞。此又弄假婦人之始。（《茶香室叢鈔》）

海鹽少年多善歌，蓋昉於澉川楊氏。其先人康德公梓，與貫雲石交善，得其樂府之傳。今雜劇中《豫讓吞炭》、《霍光鬼諫》、《敬德不伏老》皆康德自製。家僮千指，皆善南北歌調。海鹽遂以善歌鳴浙西。今世俗所謂『海鹽腔』者，蓋發源於貫酸齋，源流遠矣。（《香祖筆記》）

瑞藻按：明李日華《紫桃軒雜綴》云：張鎡，字功甫，循王之孫，豪侈而有清尚。嘗來吾郡海鹽，作園亭自恣，令歌兒演曲，務爲新聲，所謂『海鹽腔』也。據此，則此腔蓋昉自南宋，尤遠於貫酸齋矣。

戲曲二黄調，始自湖北，謂黄岡、黄陂二縣，猶小曲之嶺調，始自段家嶺也。（《偶憶編》）

秦腔與昆曲爲同體，其用四聲相同，其調二十有八亦相同。聲中有音（如喉、顎、舌、齒、唇），調中有頭（如高下、緩急、平仄、艷曼、停腔、過板），板中有起腰底之分，眼中有正側之判；聲平緩，則三眼一板（惟高腔則七眼一板）；聲急促，則一眼一板，又無所不同。其微異之處，則昆曲必佐以竹，秦聲必間以絲（今之唱秦聲者，以絲爲主，而間以竹，或但有絲而去其竹）；昆曲僅有綽版，秦腔兼用竹木（俗稱梆子，竹用篔簹，木用棗）。其所以改用者，以秦多肉聲，竹不如肉，故去笙笛。又秦多商聲，最駛烈。綽板聲嫌沉細，僅堪用以定眼也。至於九調之説，昆曲僅七調，無四合。七調中乙調最高，唯十番用之，上字調亦不常用，其實僅有五調。若正宫，則音屬黄鐘，爲曲之主。相傳惟蘇昆生發口即是，一生所歌，皆正宫調。其後婁江顧子惠、施某二人，差堪繼聲。今則歌昆曲者，甫入正宫，即犯他調矣。秦人顧曲，人人皆音中黄鐘，調入正宫。然所謂正宫者，非大聲疾呼，滿堂滿室之謂也；當直起直落，而復宛轉環生。即犯入别調，仍能爲宫音（如歌商調則入商之宫，歌羽調則入羽之宫）。《樂經》『旋相爲宫』之義，自可以此徵明之。蓋絃索勝笙笛，兼用四合，變徵變宫無不具。以故叩律傳音，上如抗，下如墜；曲如折，止如槁木，句中鉤，纍纍乎如貫珠。斯則秦聲之所有而昆曲之所無也。（《清稗類鈔》）

劇場有南戲北戲之目，不過以曲調分。近則有文班、武班之名，文班指昆曲，武班指秦腔，則截然兩途矣。余金星不入命，於音律茫無所知，但愛看聲色喧騰之齣。在京師日，有京官專嗜昆腔者，每觀劇，必置《綴白裘》於几。以手按板拍節，群目之爲專門名家。余最笑之，謂此如講古帖字畫者，必陳《集古録》及《宣和書畫譜》對觀，適足形其不韻。真賞鑒家，斷不如是也。夫既演戲，則徵歌選舞，自以聲色兼備爲佳。若徒賞其低唱恬吟，則但令一人鼓喉，和以一笛足矣；又何必聚一班數十人於後臺，爲之結彩張燈，而品評其行頭之妙，脚色之多乎？比年演戲，大約專講昆腔者，不過十之三，而與余同嗜者，竟十之七矣。（《浪跡續談》）

遠時梨園，記載中亦或偶及，然斷句單詞，無可考見。今能略知梗概者，自明季始矣。明季南北兩都對立，善曲者每集於此，而一時秦淮諸妓，亦能粉墨登場。如李香君，如顧眉樓，皆聲價自重，不輕爲人發聲。視今女伶，雅俗迥别。其在梨園之爲人傾倒者，如《吴梅村集》中之王郎，《侯朝宗集》中之馬伶，其人皆不僅能歌，爲士大夫所引重。自南都既下，金陵無復歌場，其最有名者，皆在京師。而清聖祖高宗，六次南巡，兩淮鹽商，迎鑾演劇，争妍鬥靡，亦極一時之盛。今可知者，如康熙時内聚班之演《長生殿》，乾隆時淮商夏某家之演《桃花扇》，與明季南都《燕子箋》之盛，可相頡頏。淮商家豢養名流，專門製曲，如蔣苕生輩，均嘗涉足於此。故其時爲昆曲最盛時代。盛極而衰，理有不可爽者。嘉、道之後，海内晏安，仕紳宴會，非音不尊；而郡邑城鄉，歲時祭賽，亦無不有劇。用日以多，故調日以下。伶人苟圖射利，但求竊似，已足充場，故從無新聲新曲出乎其間。《綴白裘》之集，猶乾隆時本也。道光之季，洪楊事起，蘇昆淪陷，蘇人至京者無多。京師最重蘇班，一時技師名伶，以南人爲最多。自南北隔絶，舊者老死，後至無人；北人度曲，究難合拍，昆曲於是乎衰微矣。（《梨園佳話》）

都中向有梆子腔，多市井鄙穢之劇，唯輿隸賈豎聽之。一二年來，諸邸有好之者，士大夫遂相率盛行。其價頓貴數倍，衣冠宴會，非此不歡。優人益變其音爲急促繁亂，以娱衆耳。其聲噍殺以悲，非祥徵也。聞道光以前，朝士宴集，無不演昆腔者。後漸尚灘簧腔，謂之二黄，其音囂俗，扮演亦惡。元明院本已成雅樂，今則二黄爲立部伎矣。風氣愈下，即此一事而變遷如此。此李蒓客先生(慈銘)《越縵堂日記》中語也。梆子調之不可聽，誠如先生所云：『盛行而還，喪師辱國，日蹙百里，清社且隨以屋。』不祥之徵，亦不幸而言中矣。民國肇造，梆子之聲價，漸趨衰歇。邦人君子，好二黄者日多。然則十數年後，昆腔其復興矣乎？(《花朝生筆記》)

《嘯亭雜録》云：乾隆初，命張文敏製諸院本，以備樂府演習。凡各節皆有奏演，其時典故，如屈子競渡、子安題閣諸事，謂之『月令承應』。其於萬壽令節前後，奏演群仙神道，添籌錫禧，以及黄童白叟，含哺鼓腹者，謂之『九九大慶』。其於内廷諸慶事奏演祥應瑞徵者，謂之『法宫雅奏』。又演目連尊者救母事，析爲十本，謂之『勸善金科』，於歲暮奏之，以其鬼魅雜出，以代古人儺祓之意。演玄奘西域取經事，謂之『昇平寶筏』，於上元前後日奏之。其曲文皆文敏自製，詞藻奇麗。後又命莊恪親王譜蜀漢三國志典故，謂之『鼎峙春秋』。又譜宋政和間梁山諸盗，及宋金交兵、徽欽北狩諸事，謂之『忠義璿圖』。其詞皆出日下游客之手，唯能傳演成章。又襲元明《水滸》、《義俠》、《西川圖》諸院本，曲文遠不逮文敏矣。

案：張得天以書法名，人鮮知其精研音律者，院本入内，竟不傳一字於民間，可惜也。(同前)

近人某説部云：戲劇中《十五貫》，蘇州吴縣事也；《玉堂春》，山西洪洞縣事也；《拾玉鐲·法門寺》，陝西梅河縣事也；今三案全卷猶存。嘗有好事至其處，特弔取全案卷宗觀之，與今劇中所

演，大略不差。此説甚奇，不知信否。（同前）

徽戲情節，凡所注重者，在歷史，而惜非真歷史也。其原本全出於《列國演義》、《三國演義》、《水滸傳》、《西遊記》、《封神演義》諸書，加以明季仕宦閹璫之遺聞（《玉堂春》、《四進士》、《雪杯緣》、《審刺打嵩》、《法門寺》等），國初京師四方之巨獄（《馬四遠》、《送合子》、《殺皮十二紅》、《南通州》等），再以《綴白裘》中之昆戲，稍事變通，亦成今劇。意在以往事動人興感，而事苦不真。且編戲者又非通人，故唱工雖佳，而能入情者絶少。轉不如秦腔各劇，注意家庭，猥瑣之中，却有令觀者入神之妙。蓋皮黄偏重忠孝二字，秦腔則推而廣之。如《蘆花計》以教人之爲繼母者，《打柴訓弟》以教人之爲兄者，《殺廟》以教人之爲僕者，《對影悲》以教人之爲嫡妻者，《雙冠誥》以教人之爲妾者，《算糧登殿》以教人之爲婦翁者，《三疑記》以教人之爲師者。他如《八義圖》則重在友，《六月雪》則重在姑，《獅子樓》則重在鄰（較《水滸傳》增出鄰人弔喪伴宿一層，事雖不情，然足長人敦里睦鄰之念），《小磨房》（即《十八扯》，本梆子戲）則重在小姑叔。凡倫常交際之地，有可戒可風者，皆編入戲文，以資觀感。若與徽初僅行於太行以西，爲鄉人謡唱。故其俗，視關東稍近敦厚，亦未始非先輩提倡興感之功。若與徽戲溝而通之，亦未嘗無益於薄俗也。（《清稗類鈔》）

戲之劣處，無情無理。其最可笑者，如痛必倒仰，怒必吹鬚；富必撑胸，窮必散髮；殺人必午時三刻，入夢必三更三點；不馬而鞭，類御風之列子；無門故掩，直畫地之秦人；舉動若狂，情詞并拙，此猶可云示意於人也。至於手不執圭，障袖若琵琶之遮面；人孰我問，登臺如小鳥之呼名；王曰孤王，寡人絶對；父曰爲父，王季多逢。而且漢相秦丞，有匈奴大人之號（下官必稱上官爲大人）；齊兵魏卒，得滿洲壯士之稱（凡扮胡人必紅頂花翎，稱其卒伍曰巴圖魯）。包孝肅以文正爲名，賈半閒以平章作字。將軍衷甲，必右袒以搴旗（袍帶戲往往曳一袖於背，廟堂壇坫恐萬無此式）；美女捧心，却當門以掩袖（旦兩袖恒交掩於腹下）。種種乖謬，思之啞然。大抵今劇之興，本由鄉鄙。山歌樵唱，偶借事以傳謳；婦解孺知，本無心於考古。故劇詞自爲一類，過雅轉覺不倫；本事全出稗官，正史絶無所採。或用平話之稱謂，或遵昆曲之排場；積久相沿，遂成定例矣。（同上）

伶人以唱工爲難，唱之能事畢，雖斷無他技，亦足以名。然名伶究無善唱而不善做者，聲容并美，乃適觀聽。若論做工，益無窮盡；粗淺者人所共識，姑寘毋論。論其精深刻露，譬如唱《盜宗卷》，則人必忠直；但飾爲癡，則謬矣。唱《空城計》，氣必嫻雅；若露爲詐，則遠矣。爲《天雷報》之老父者，必由愛而激；人總不出鄉愚，方爲合格。爲《白虎帳》之元帥者，必力持鎮定，懼而不失常度，乃近人情。非然者，不厭則疏，過猶不及。其中消息，可意會而難以言傳。從前出一名伶，必經數十年之揣摩閱歷；始能現身示人，惟妙惟肖。斷無率然從事，以意爲之，如近日伶人之惟意自是者。觀於《壯悔集》中之馬伶，欲扮嚴分宜，則必鬻身於權奸之門，窺探三年而後得。《閲微草堂筆記》中之某伶，欲充婦人，必先自忘爲男子，貞淫喜怒，先擬境於心，然後登場自合。其難其慎，蓋可知矣。（《梨園佳話》）